LA RÉCRÉATION EST FINIE

Un roman de

LA RÉCRÉATION EST FINIE

Dario Ferrari

Titre original
La ricreazione è finita

Cet ouvrage a été publié pour la première fois en 2023
par Sellerio editore.

Couverture : René Magritte, *Reproduction interdite*, 1937,
© Adagp, Paris, 2025

Conception graphique : Cyriac Allard

Éditions du sous-sol – 22, rue du Pont-Neuf, 75001 Paris

ISBN : 978-2-36468-975-6

La récréation est finie

Traduit de l'italien
par Vincent Raynaud

Dario Ferrari

CE LIVRE A ÉTÉ TRADUIT AVEC LE CONCOURS
DU CENTRE NATIONAL DU LIVRE

Éditions
du sous-
sol

ANNÉE 0

Certains choix conditionnent toute une vie et, jusqu'à présent, j'ai toujours eu tendance à faire ces choix-là au hasard. Si j'avais dû prendre la même décision cinq minutes plus tard, j'aurais facilement pu faire tout le contraire, et je ne crois pas avoir affronté un moment crucial de mon existence armé du moindre début de réflexion ni disposé à me fixer des objectifs, à long ou même à moyen terme. Le plus souvent, je m'efforce de ne rien faire et de tout remettre à plus tard, jusqu'au moment où, toutes les possibilités envolées, je peux regagner mon cocon d'inefficacité et m'y abandonner. Autre option : je cède à l'inertie et constate que j'ai fait quelque chose sans l'avoir jamais vraiment décidé, blotti dans une rassurante cocagne d'irresponsabilité. Il y a deux ans, saisie par une éphémère fascination pour l'Extrême-Orient, ma mère m'a plus ou moins obligé à lire un ouvrage qui soulignait entre autres un trait caractéristique de la mentalité chinoise : au lieu d'agir avec un but en tête, le sage laisse les circonstances le mener où elles veulent, sans s'obstiner comme les Occidentaux à vouloir être maître de son destin. Si mon analyse est la bonne, ce qui compte n'est donc pas que je sois paresseux, mais que je sois au fond l'archétype du sage taoïste.

Que j'aie fini par entreprendre un doctorat ne fait pas exception : en remontant aux sources de ce choix, on trouverait dans le meilleur des cas un fatras de circonstances fortuites, d'opinions défendues au-delà du raisonnable, uniquement par orgueil, et une profonde incapacité à évaluer les conséquences de mes actes.

Je ne suis pas de ceux dont la carrière universitaire coule dans les veines. Hormis l'habitude de lire (que j'ai conservée, même si je ne la partageais avec aucun de mes amis et que mon père y était ouvertement hostile), j'ai été un étudiant plutôt médiocre. Mon seul talent était un certain savoir-faire. Je devinais dès le premier jour ce qu'un professeur voulait s'entendre dire et j'étudiais seulement ce qui me permettait de lui donner satisfaction, pas un mot de plus. J'avais suffisamment de flair pour sentir à quels cours il fallait assister et à quels autres je pouvais signer la feuille de présence puis disparaître. Je pressentais quels livres du programme lire et quels autres abandonner après avoir parcouru la quatrième de couverture, et je savais repérer au premier coup d'œil l'étudiante binoclarde à qui emprunter ses notes. Finalement, j'ai presque toujours navigué de cette manière, en consacrant beaucoup plus d'énergie et de matière grise à comprendre ce que je pouvais éviter de faire plutôt qu'à faire quoi que ce soit.

J'ai décroché mon master de lettres un peu plus de dix ans après mon entrée à l'université et j'ai consacré mon mémoire à Kafka, un peu parce que l'examen de littérature allemande était l'un des seuls que j'aie potassés avec plaisir et un peu parce que le professeur était un petit vieux passionné qui m'avait d'emblée été sympathique. Le mémoire n'était pas un chef-d'œuvre mais, dans l'ensemble, c'est ce que j'ai fait de plus plaisant à l'université. Tellement plaisant que j'y ai passé presque trois ans et, dans l'intervalle, j'ai même dû changer de directeur, car le petit vieux passionné était mort. Au bout du compte, je l'ai présenté au nouvel enseignant de littérature allemande : un mâle alpha d'âge moyen, très grand et toujours en rogne, avec qui l'antipathie réciproque a été instantanée.

Après la soutenance, j'ai sombré dans un état de torpeur existentielle et, pour la première fois de ma vie, j'ai commencé à sentir le poids de l'âge. J'ai songé qu'à trente ans mes parents avaient eu des tas de choses – des enfants, un travail, des prêts immobiliers, des animaux de compagnie –, que mes grands-parents avaient connu la guerre puis reconstruit le pays, et que mes arrière-grands-parents étaient morts de la grippe espagnole. Non seulement je n'avais rien accompli de tel, mais d'autre part ces perspectives m'apparaissaient comme radicalement lointaines. Pourtant, j'avais toujours estimé qu'il était objectivement absurde de comparer les différentes générations entre elles. Nos grands-parents et arrière-grands-parents devaient tout faire vite, avant qu'un bombardement ou la variole ne les arrachent à l'affection de leurs proches, nos parents n'avaient pas Internet, Ryanair ou Pornhub : les possibilités s'épuisaient donc inévitablement, après quoi il ne restait plus que la famille et la carrière. Chaque génération a sa propre histoire : dans la mienne, on est encore des adolescents à vingt ans passés, mais on peut faire des choses inimaginables, dont nos grands-parents auraient rêvé, comme réserver des vacances en dix minutes ou mémoriser un nombre vertigineux de combinaisons pour manipuler les touches de la manette et gagner à Pro Evolution Soccer.

Hélas, les gars de mon âge ont soudain commencé à devenir adultes eux aussi. De grands gosses débiles et tatoués de la tête aux pieds qui, une minute auparavant, se nourrissaient uniquement de joints XXL et de goûters industriels afin d'apaiser leur faim chimique, dont l'horizon se réduisait au foot à cinq et au Fantasy Football, et qui passaient leurs matinées à traîner d'un café à l'autre pour fuir la honte de rentrer chez eux avant l'aube, ont commencé, du jour au lendemain, à se présenter la bague au doigt, leur progéniture à leur suite, et à incarner les valeurs familiales traditionnelles. Bien sûr, moi, je *sais* que ce sont toujours les mêmes grands gosses débiles, je sais que leur bonheur dépend toujours exclusivement des résultats de la Juventus, je sais que leur adhésion au Parti de la famille n'est qu'un feu de paille et que leurs marmots se retrouveront avec un nombre exponentiel de parents au fur et à mesure que leurs père et mère biologiques se sépareront, se remettront avec quelqu'un, se sépareront de nouveau et se remettront encore avec un ou une autre, et ainsi de suite, à l'infini, réalisant enfin l'utopie platonicienne d'une communauté où chaque enfant est celui de tout le monde. Je le sais, pourtant je n'ai pas pu rester indifférent à ce tournant inattendu comme à tout le reste. D'un coup j'ai vieilli. Même les plus jeunes, ceux qui sont nés dans les années 1990, quand on les croise au volant de leur 4 x 4, avec leur sacoche en bandoulière et leur début de calvitie, vous parlent en véritables experts-comptables, d'Euribor et des services de garderie. C'est ainsi que je suis passé de la jeunesse éternelle à l'*horror vacui* de la sénilité, en sautant les étapes. Et plus je me sens vieillir, plus je vois se profiler devant moi ma version personnelle de l'horloge biologique : l'image de mon père qui veut que j'hérite du café familial. Le jour où il a abandonné ma mère (et par conséquent moi), je me suis juré et je lui ai juré que même mort je ne reprendrais pas le Café Gori ; et désormais il est de plus en plus clair qu'il attend uniquement de voir mon cadavre de diplômé en littérature passer devant lui pour me coincer et m'obliger à perpétuer sa microentreprise personnelle.

Peut-être pour me débarrasser de ce sentiment d'indécision et de menace pressante, je décide d'aller faire un tour à Pise : de Viareggio, on y arrive en une vingtaine de minutes en train même si, aux yeux de n'importe quel habitant de cette ville, à ses frontières, un imposant obstacle mental surgit et conseille sagement de ne pas s'éloigner, car, loin de Viareggio, il ne peut rien y avoir de bon. Nous sommes encore début septembre, l'invasion des étudiants venus d'autres régions n'a pas encore débuté, et je me suis dit que traîner un peu dans les cafés de la piazza Dante où j'ai égrené la plupart de mes jours d'étudiant pourrait prolonger l'illusion que, pour le passage à l'âge adulte, j'ai encore un peu de temps.

Dès que j'ouvre le journal, la tête de Carlo, le chercheur postdoctoral du département d'italien, jaillit devant moi. C'est lui qui m'a interrogé pour l'examen de littérature contemporaine et m'a méticuleusement massacré, après quoi nous sommes restés amis. Il s'arrête pour prendre un café et m'informe des nouvelles du département. Une nana qui couche avec un prof, un mec qui gagne une bourse de doctorant à Cornell, et dans un élan libérateur envoie tout le monde se faire foutre, l'ancien directeur du département à qui on a trouvé un cancer de la prostate, le doctorant qui a fait une dépression nerveuse après des années d'arguties universitaires, la secrétaire qui persiste à dissimuler soigneusement les papiers du Pr Lanza avec un acharnement aussi brutal que désintéressé. Puis il en vient à évoquer les luttes intestines autour du concours pour l'obtention des bourses doctorales de cette année. De son temps, on en comptait vingt-cinq pour toute la faculté de lettres ; maintenant, plus que quatre, à répartir entre six départements. Et comme si cela ne suffisait pas, l'une d'elles est destinée à l'université de Florence, où les doctorats en lettres sont suspendus sine die.

— Aujourd'hui, la plupart des professeurs te déconseillent de te lancer dans une thèse, explique Carlo.

— Je sais. Ils te disent d'aller à l'étranger.

— Exact. Comme si "l'étranger" était un endroit à qui envoyer son CV. S'ils voulaient vraiment qu'on parte, ils devraient nous dire où aller, à qui écrire. Mais ils n'en ont aucune idée eux non plus. Tu imagines : après mon diplôme, Sacrosanti m'a encouragé à chercher une opportunité à Berlin, qui était alors le nec plus ultra dans mon domaine. Le problème, c'est "qu'à Berlin", il doit y avoir quarante universités.

Je souris mais, comme c'est souvent le cas, quand il me raconte ce genre de choses, je ne vois pas très bien où il veut en venir.

— Bref, aujourd'hui les profs choisissent de ne pas s'occuper des doctorats. Ce n'est plus un domaine où les barons veulent exercer leur pouvoir. Mais certains sont attachés à ces petites escarmouches qui permettent de mesurer qui a la plus grosse.

— Du genre Sacrosanti, je dis, car au fond je sais à peu près où il veut en venir.

Le professeur des universités Sacrosanti est une sorte de *dominus* de la faculté de lettres ; dans les années 1970, il a appartenu aux mouvements d'extrême gauche qui flirtaient avec le terrorisme, comme tous les chiots les plus intelligents de la portée révolutionnaire, puis il a bifurqué à temps et s'est recyclé dans l'enseignement, sans même devoir trop renier ses idées. D'ailleurs, maintenant encore, il pique une colère quand on lui dit qu'il est de gauche : "Je ne suis pas de gauche, il rétorque. Je suis *communiste*" ; et parfois, non sans posture, il se déclare maoïste, voire stalinien. Cela étant dit je garde, moi, un très bon souvenir de Sacrosanti : c'est un homme qui a fait de la recherche toute sa vie et qui maîtrise parfaitement ses sujets ; en cours, il était un peu théâtral mais très agréable à écouter et même ouvert à la discussion. De plus, il est de ceux qui ne confient pas leurs cours magistraux à des assistants et qui changent de sujet chaque année, en fonction de ce sur quoi il travaille. Respect, donc. Mais son talon d'Achille, c'est la jouissance quasi érotique qu'il tire des rapports de pouvoir au sein de l'université. Il a toujours aspiré au pouvoir, plus encore depuis qu'il est doyen de la faculté de lettres. Il est capable de paralyser tout le département des études italiennes si on n'engage pas les enseignants contractuels qu'il souhaite, d'empêcher quelqu'un de partir comme *visiting professor* aux États-Unis si on ne convie pas untel de ses amis à donner une *lectio magistralis*, ou encore de boycotter tout un semestre si on ne lui accorde pas deux des quatre places de doctorants disponibles. Dernier exemple en date : cette année, deux bourses seront attribuées au département des études italiennes (dont l'une ira à langues et civilisations et l'autre à la théorie de la littérature, deux domaines dont il est responsable), une à l'histoire du cinéma et du théâtre (ce qui provoquera un duel fratricide entre le camp du théâtre et celui du cinéma au sein du département de Florence) et la dernière à l'histoire moderne, d'ores et déjà destinée à un étudiant de l'École normale de Pise, un gars âgé de vingt-trois ans qui a à son actif une monographie souvent citée sur l'économie au XVIIe siècle et que Carlo Ginzburg remercie à la fin de son dernier essai.

— Sacrosanti a fait ses choix ? je demande.

Il sourit et on devine qu'une partie du plaisir libidineux de ce dernier à distribuer des prébendes lui a été transmise, lui qui, parmi les sacrosantiens, est de ceux que le Grand Homme estime le plus.

— Raffaele prétend que non, mais ça fait partie du jeu. Cette fois, c'est vrai : il n'y a aucun nom pour lequel il soit prêt à se battre jusqu'à la mort.

Raffaele est le prénom de Sacrosanti, s'en servir est l'apanage d'un cercle de fidèles dont Carlo a amplement mérité d'être l'un des membres honorifiques, en vertu de ses quinze années de collaboration pas toujours rémunérées.

— Pourquoi a-t-il exigé des bourses, dans ce cas ?

Carlo hausse les épaules. Peut-être même est-il vaguement décontenancé par une question aussi naïve.

— Il prend sa retraite dans quelques années, il répond, croyant probablement que ça m'aiderait à y voir plus clair.

Je lui adresse un de mes regards bovins.

— Oui, enfin, ce sont ses derniers coups d'éclat..., il tente d'expliquer. S'il veut un dernier héritier, il doit le choisir maintenant.

— Tu veux dire que personne n'a été coopté ?

— Je n'ai pas dit qu'il n'y avait personne. Seulement que les jeux n'étaient pas encore faits.

— Et donc ? j'insiste, l'invitant à cracher le morceau.

Il me montre une feuille de papier couverte de noms et de chiffres. Sur le moment, je ne comprends pas, puis, d'un coup, je me souviens : Carlo est une sorte de bookmaker, il est en train de me montrer les cotes qu'il attribue aux candidats.

— La liste n'est pas définitive, puisque les inscriptions sont encore ouvertes. Les cotes sont donc susceptibles de changer. Mettons qu'un gros calibre se présente : il est clair que je lui donnerai une cote de 1,2 et que les autres augmenteront un peu. Mais si tu veux parier maintenant, les cotes sont celles-là.

Le Docto-Loto : je pariais régulièrement, mais les dynamiques universitaires ont toujours été si obscures pour moi que je n'ai jamais réussi à avoir le moindre nom gagnant. Je parcours la liste des candidats, il doit y en avoir sept ou huit.

— Si peu ? je demande.

— Ce sont seulement les *papabili.*

Les cotes vont d'un minimum de 2 contre 1, pour un certain Camasta, à un maximum de 25 contre 1 pour les deux derniers.

— C'est qui ?

— Le dernier c'est Giacomo Mattei. Tu te souviens de lui ?

— Non...

— Mais si, allez. C'est la douzième fois qu'il tente sa chance. C'est le type qui a des lunettes à la Andreotti et qui prétend avoir écrit un *Dictionnaire Manganelli* que personne ne veut publier.

— Bien sûr ! Celui qui partait dans des colonies de vacances où on ne parlait que latin.

— Mais avec la prononciation *restituée, celle du Ier siècle avant Jésus-Christ.*

Je souris.

— Et l'autre ? je m'enquiers sans transition.

— Ce sont les “divers” et “éventuels”. Ceux qui ne figurent pas sur la liste. C’est-à-dire des gens qui n’ont objectivement aucune chance.
— Et on peut en choisir un ?
— Non, il faut les prendre en bloc.
— Alors je suis presque tenté...
— C’est un choix suicidaire. Si quelqu’un là-dedans pouvait gagner, tu peux être sûr que je serais au courant.
— Attends, laisse-moi voir encore.
Je parcours les autres noms de la liste. Je les connais presque tous : dix années passées à l’université laissent forcément quelques souvenirs. À part Giacomo Mattei, qui n’a aucun espoir, par définition, les autres sont tous des étudiants plus que brillants. Des gens qui ont obtenu leur master dans les temps, qui étaient abonnés aux félicitations du jury, qui ont approfondi, beaucoup lu et fait leur Erasmus à la Sorbonne ou à Tübingen. Des gens à qui, il y a trente ans, on aurait gardé une place au chaud à l’université avant même qu’ils ne soutiennent leur thèse, qui se battent à présent pour ramasser des miettes et qui, dans quelques années, enseigneront l’italien et l’histoire dans la plaine du Pô, au lycée technique Gino-Bartali, un bahut où tout le monde parle le dialecte, où on jure comme des charretiers, et où les enseignants sont le dernier échelon de la hiérarchie sociale et humaine. Peut-être même qu’ils iront faire cours armés d’une kalachnikov, le jour où ils découvriront que le proviseur n’a jamais accordé le moindre participe passé lui non plus.
— C’est qui, le favori, Camasta ? Je le connais ?
— Non, je ne *la* connais pas vraiment moi non plus.

— Alors pourquoi tu la donnes à 2 contre 1 ? C'est une normalienne sous amphétamines ?
— Elle vient de Bologne, c'est la protégée de Savoia.
— C'est-à-dire ?
— Tu le connais, puisque tu en as parlé à l'oral. Le spécialiste de Pirandello.
— Ah oui, bien sûr ! *Un, quelqu'un et moins un* de Giovanni Savoia. Je ne l'ai pas lu : vu le titre, je me suis dit qu'il ne devait rien dire d'intelligent.
— Tu te trompes, c'est un très bon livre. Stanford invite ce type une fois par an. Et c'est aussi un proche de Raffaele.
— Et Pier Paolo, pourquoi tu ne le mets pas dans les deux premiers ?

Il fronce les sourcils. Pier Paolo est un normalien que Sacrosanti estime beaucoup et, objectivement, il paraît étrange qu'il ne soit pas coopté.
— Je pense qu'il choisira de faire son doctorat à la Normale plutôt qu'à l'université.
— Bon, peu importe : si je comprends bien, avec Camasta on est sûr de gagner.
— Tu mises combien ?
— Dix euros. Mais je les mets sur Giacomo Mattei : ce sera l'année d'un outsider.

De retour de Pise, je vais dîner chez mon père qui, conformément aux accords post-séparation, a droit à un soir par semaine, le seul où je ne mange pas à la maison avec ma mère ou une pizza avec quelqu'un, et donc celui où je mange mal.

Je sais bien qu'à l'approche de la trentaine je devrais être un peu plus autonome, mais compte tenu de ma situation professionnelle je ne suis pas en mesure de payer un loyer. Dans le meilleur des cas, les mois d'hiver j'arrive à gagner cinquante euros les samedis soir en travaillant comme serveur dans le même restaurant que mon ami Franz ; cinquante euros un dimanche sur deux, au déjeuner, car le propriétaire a pris un abonnement au stade et donc, quand Viareggio joue à domicile, il s'absente ; une centaine d'euros par mois pour des cours d'italien à des collégiens dont les parents sont si désespérés qu'ils ne peuvent pas se permettre d'engager un vrai professeur et se rabattent sur moi, qui prends douze euros de l'heure et viens chez eux, puisque je n'ai pas de chez-moi ; enfin, une somme d'argent variable pour mettre à jour en trois langues – italien, anglais et un allemand franchement créatif – le site Internet d'une entreprise locale qui produit des tissus coûteux et nourrit des ambitions internationales (un petit travail que j'appelle *copywriting* pour me donner à mon tour un air international). Résultat : je gagne à peine cinq cents euros par mois, heureusement presque entièrement au noir.

Ce soir, je dois admettre que mon père n'est pas au pire de sa forme. Nous avons presque fini de manger le poulet et les pommes de terre qu'il a achetés à la rôtisserie, avec une montagne de mayonnaise et arrosés de bière Moretti, et je n'ai encore eu droit à aucun de ses chevaux de bataille : ma façon de m'habiller ; le fait que je ne fasse rien du matin au soir ; le fait que je ne veuille pas aller travailler avec lui au café ; une étape importante franchie par quelqu'un de mon âge, généralement les fils de ses amis que je soupçonne de raconter des bobards, que mon père avale comme si c'était du caviar, car ils lui confirment que lui seul dans toute la province de Lucques a hérité d'un fils bon à rien. S'il n'a pas abordé ces sujets, ça signifie que nous avons mangé pratiquement en silence, car nous n'avons pas grand-chose d'autre à nous dire ; mais j'ai le sentiment que cette soirée père-fils a somme toute été acceptable et j'éprouve pour lui un vague début d'affection, ne serait-ce que pour avoir enfin changé de rôtisserie, m'a-t-il semblé. Maintenant que nous avons tous les deux atteint un certain âge, peut-être pouvons-nous commencer à avoir une relation plus mature. Je décide même de lui en faire part, de quelque façon.

— Eh, tu sais que le poulet était bon ?

— Qu'est-ce que tu veux dire ? il me demande, l'air méfiant.

— Rien. Qu'il était bon.

— Je l'ai pris chez le traiteur, ce n'est pas moi qui l'ai fait.

— Je sais, mais il était meilleur que d'habitude, je précise.

J'accompagne mon commentaire d'un sourire, comme pour souligner que je ne plaisante pas, je n'ironise pas, je ne provoque pas et n'applique pas je ne sais quelle autre savante tactique d'agression sournoise, mais que je me contente d'un banal compliment, comme le font les gens normaux en partageant un repas. Pourtant, il ne paraît pas reconnaître le caractère pacifique de mes intentions et je pense qu'il y a deux raisons à cela : la première est que nous n'avons quasiment jamais eu de conversation normale et la seconde que les sourires ne sont pas mon fort. Je soupçonne que c'est parce qu'ils sont forcés, comme ils ne me viennent pas spontanément, et le résultat ressemble donc à un rictus ou, dans le meilleur des cas, à une parésie.

— Roberta est en vacances, il dit avant de marquer une pause. Mais c'est vrai qu'il est bon, ce poulet. Il est cuit sous la brique, pas à la broche.

Cette profusion de détails superflus m'étonne encore plus que le changement de rôtisserie. Il se lève pour débarrasser la table et revient avec deux bols, deux cuillères et un pot de glace artisanale. C'est à mon tour de me méfier. Je veux bien croire qu'il veuille me faire part de ses avis sur les rôtisseries de Viareggio, mais qu'au lieu de l'habituel bac vanille-chocolat il soit allé chez le glacier sans arrière-pensée me paraît tout à fait inconcevable. Je me demande quelle pilule amère cette glace est censée adoucir. Deux hypothèses me viennent à l'esprit. La première : il va m'annoncer qu'il est malade. Sa mansuétude pendant le dîner est peut-être un indice plaidant pour cette hypothèse : il essayait de se résigner à l'idée de quitter un monde imparfait et un fils plus imparfait encore, et de profiter des petits plaisirs de la vie qu'il s'est toujours refusés, comme changer de rôtisserie, acheter de la glace artisanale ou ne pas m'insulter. La seconde : mon père a enfin "le béguin pour quelqu'un", comme disent les vieux, et à presque soixante-dix ans son cœur s'est remis à battre. Voilà ce qu'il s'apprête à me dire, usant peut-être de quelques paroles maladroites qui m'embarrasseront terriblement pour lui. Je me demande qui pourrait bien faire battre le cœur de mon père (à part l'Inter de Helenio Herrera et, dans une moindre mesure, celui de Mourinho), mais surtout je me demande *à qui* mon père pourrait faire battre le cœur, lui qui a certes pu être séduisant par le passé mais ne semble plus être qu'un vieux grincheux à l'haleine méphitique de Marlboro (même si, officiellement du moins, il ne fume plus depuis vingt ans). Peut-être une aide à domicile née de l'autre côté du rideau de fer, je me dis : une femme qui a grandi avec le socialisme réel et fui une société patriarcale d'hommes violents, perpétuellement gavés de vodka, me semble le seul type humain pour qui mon père serait un bon parti. Indices en faveur de l'hypothèse romantique : rasage de près, odeur passable dans la maison, intérêt pour la différence entre le poulet sous la brique et celui à la broche. La glace est encore meilleure que le poulet, mais je l'avale la tête enfoncée entre les épaules, dans l'attente que mon père abatte ses cartes. Au lieu de ça, nous mangeons en silence et je suis à deux doigts de prendre l'initiative en suggérant qu'il est malade. Ou amoureux. Dans tous les cas, une affaire sérieuse. Finalement je me retiens : quelques jours d'ignorance supplémentaires ne peuvent pas faire de mal.

— Ah, attends une minute, dit-il alors que je suis pratiquement sorti, que j'ai enfilé ma veste et que j'ai mon casque en main.

— J'ai pris ça pour toi, il dit en me tendant un sac en papier aux couleurs d'une librairie (qui ressemble plus à un supermarché du livre qu'à une vraie librairie, mais je suis trop déconcerté pour m'attarder sur cette nuance). Il m'a offert un cadeau : signe que la situation est sans doute encore plus grave que je ne le pensais.

Un cadeau *lourd*, je remarque en saisissant le sac.

— Mais..., je balbutie, et je le regarde je ne sais trop comment.

Je ne termine pas ma phrase et sors le gros livre du sac. Titre : *954 : Réceptionnistes et gardiens. Concours du ministère de la Culture*. Je suis perplexe. Puis, avant même de comprendre, je sens la colère monter.

— Qu'est-ce que c'est que ça ? je siffle.

Mon père n'a jamais su faire un cadeau de sa vie, mais cette fois c'est un chef-d'œuvre de manipulation déguisée en présent.

— C'est… un manuel de préparation aux concours. Il y a une partie de choses à étudier et une autre de questionnaires.

— Quels concours ?

— Ceux du ministère… Enfin, d'un ministère. Il suffit d'avoir le baccalauréat pour les passer. Mais c'est pour des postes de fonctionnaire, avec ce que ça comporte, tout ça.

— Tout ça, quoi ?

— Je ne sais pas, moi. La sécurité de l'emploi, par exemple. Piero m'a dit qu'il y avait ce concours et que tu le savais. Sa fille travaille au ministère, à Rome, elle est cheffe de service ou je ne sais quoi…

— …

— Je voulais juste te rendre service, puisque tu ne veux pas venir travailler au café…

— Je dois devenir gardien de musée ? Passer la journée dans un couloir désert, les yeux dans le vide, à dire aux enfants de ne pas coller leurs crottes de nez sur les tableaux ? Je dois vendre des billets d'entrée pendant le restant de mes jours ? Tu penses que j'ai fait des études pour ça ?

— Oui, enfin, des études… C'est juste que ça te dégoûte de travailler. En plus tu es présomptueux, tu te crois au-dessus des métiers que font les gens normaux.

Pour la troisième fois de sa vie peut-être, mon père est entré dans une librairie, non pour acheter ma première parution et constater qu'il avait un fils génial, mais pour payer un manuel quarante euros dans l'espoir qu'au moins un strapontin de gardien en CDI dans des musées déserts serait à sa portée (c'est-à-dire à la mienne). Voire qu'une capitulation, même face à ce concours, aplanirait tout obstacle et que je finirais ainsi par reprendre la gestion du café.

— Hors de question, j'affirme avec rancœur.

— Tu as toujours pété plus haut que ton cul. Monsieur veut jouer les intellectuels.

— Oui, je suis un intellectuel. Et alors ?

— Alors qui te le donne, l'argent pour être un intellectuel à vie ?

— L'université.

— Ah, l'université te paie ? Elle rémunère les figurants à l'ancienneté ?

— Je commence mon doctorat en janvier.

— Et donc ?

— Donc l'université me versera une bourse pour faire de la recherche.

— À toi ?

— À moi, oui. C'est la première étape pour devenir professeur des universités.

Mon père n'est pas assez familier avec le monde universitaire pour faire la moindre objection et je pense que l'idée qu'il puisse me sous-estimer lui a, l'espace d'un instant, traversé l'esprit. Cette hypothèse ne dure qu'une fraction de seconde, et je suis sûr qu'aussitôt après il a dû commencer à se dire que le doctorat, dont il chanterait sans nul doute les louages si les enfants des autres l'entreprenaient, doit être une chose privée de toute valeur ou presque. Mais je ne lui laisse pas le temps de répliquer et, sans attendre, je claque la porte puis descends quatre à quatre les marches jusqu'à la porte d'entrée. *Je ferai mon doctorat*, je me dis en pédalant sur ma Vespa PK, avec l'espoir que cette fois au moins elle démarrera, et dans un état de colère, d'exaltation, de déconnexion totale d'avec la réalité.

Le problème, c'est que si Carlo m'incluait dans le Docto-Loto, il devrait me donner à 40 contre 1, soit beaucoup plus que ne rapporterait une déjà très improbable victoire de Giacomo Mattei qui, de son côté, a au moins une solide expérience des sélections de bourse, desquelles il s'est à chaque fois fait jeter. Pas une seule variable qui entre en compte ne jouera en ma faveur. Du CV aux parrains universitaires, du charme personnel aux connexions politiques, du réseau personnel à l'âge, il n'existe objectivement aucune raison de me choisir, moi, plutôt que n'importe qui d'autre. Et pourtant, je suis désormais *committed*, comme on dit au poker : même si les cartes que j'ai en main me suggèrent d'abandonner prudemment, j'ai misé si gros qu'il ne vaut plus la peine de passer : autant prendre le risque, même si je n'ai pratiquement aucune chance. Je me suis trop exposé, pire encore, devant mon père, pour pouvoir me retirer du jeu. Je me remets donc à étudier, tout en sachant qu'il est impensable de rattraper le retard accumulé en une décennie de lectures erratiques et pour la plupart oubliées, à côté des parcours académiques impeccables, riches et bien planifiés de mes concurrents. En tentant ma chance, le seul problème que je résous, momentanément du moins, est celui de l'excès de temps libre.

Durant la phase de préparation à la sélection, j'ai réussi à relire mon mémoire (tout à fait respectable), à réviser certains chapitres du manuel de littérature italienne, *aka* "le Ferroni", et à essayer de déchiffrer mes notes de l'examen de littérature italienne contemporaine, que j'avais passé avec Sacrosanti.

Si ça tourne mal, je recourrai à l'alibi classique : les vainqueurs sont toujours ceux qui sont recommandés.

Trois jours avant l'épreuve écrite, je reçois un message de Carlo.

"Tu participes au concours ?"

Ça sonne presque comme un reproche.

"*Hell yeah*, je réponds. Je veux veiller sur mon investissement."

"Et pourquoi tu ne m'as rien dit ?"

"Tu m'aurais conseillé de ne pas le faire."

"Bien sûr."

"T'inquiète, Charlie. Je ne vais pas perturber votre petite cuisine."

"Aucun risque."

"Je peux au moins espérer être deuxième ?"

"Non."

"Dis-moi juste une chose : quelle cote tu me donnes ?"

"Une cote ? Aucune, tu es dans les 'divers' et 'éventuels'."

"Dans ce cas, je peux transférer mes dix euros sur 'divers' et 'éventuels' ?"

"Ton pari est annulé."

"Tu me rends mes dix euros ?"

Carlo ne répond plus.

"Jette un coup d'œil à *Pragmatique du roman* de Sacrosanti", m'écrit-il le lendemain.

"Et mes dix euros ?" j'insiste.

"C'est le prix du conseil que je viens de te donner."

Puis il se renferme dans un silence dont je sais cette fois qu'il durera au moins jusqu'aux résultats de la sélection. En effet, jeter un coup d'œil à *Pragmatique du roman* est la seule chose que je parviens à faire.

Comme Carlo me l'a suggéré quarante-huit heures avant l'épreuve écrite et que je peux toujours courir pour le trouver à la bibliothèque de Viareggio, je n'ai plus qu'à le commander sur Amazon, et finalement, ce volume de presque cinq cents pages denses, le chef-d'œuvre sacrosantien, je ne peux lui consacrer qu'un après-midi et une soirée, même pas toute la soirée, car je dois aller récupérer mon porte-bonheur chez Dario, un ami hypocondriaque qui en avait besoin avant je ne sais quel examen médical, et nous finissons par passer la fin de la soirée à glander. Résultat des courses : de *Pragmatique du roman*, je n'ai parcouru que les trois quarts de l'introduction. Je me dis que je le reprendrai si jamais je suis admis à l'oral. Ce qui n'arrivera sans doute pas.

Du bout de ses doigts privés d'ongles et de plusieurs couches d'épiderme à force de les ronger férocement, Giacomo Mattei extrait de ses affaires le sujet de l'épreuve écrite : *Le grotesque. À partir de Bakhtine et Kayser, le candidat présentera une esthétique du grotesque chez un auteur, dans un courant ou une époque de son choix*. La trentaine de personnes présentes se regardent avec une expression d'étonnement sans équivoque. La question que tout le monde ou presque se pose à mi-voix est : "Mais qu'est-ce que c'est que ce sujet de merde ?!" Ce qui est assurément une très bonne question, mais il se trouve que c'est justement *mon* sujet de merde, car dans le seul texte que j'ai révisé pour l'examen, à savoir mon mémoire, un chapitre entier est consacré au grotesque chez Kafka. En vertu de quoi, *par un pur hasard*, je sais vaguement qui sont Bakhtine et Kayser, si bien que je me prépare à rendre une excellente dissertation, avec une pensée pour tous les puits de science assis autour de moi, instantanément réduits en miettes par mon coup de bol.

À en juger par les notes de l'écrit, mon enthousiasme à chaud était moins justifié que je ne le pensais ; tout s'est bien passé, certes, incontestablement mieux que ne l'indiquaient les pronostics de la veille, mais ça n'a pas été le triomphe auquel je m'attendais après avoir rendu ma copie. J'ai obtenu 27 sur 30, une excellente note, mais pas assez pour aborder l'oral dans le rôle du favori. Agnese Camasta, la Bolonaise que le Docto-Loto de Carlo donnait à 2 contre 1, a obtenu un parfait 30, ce qui la place hors de ma portée, mais aussi de celle de tous les autres. Ensuite, il y a moi, avec mon très honorable 27, suivi par deux des favoris – Pier Paolo et Virginia – qui ont obtenu de bonnes notes, mais moins que la mienne : 26 et 25. Ce qui pourrait, en commettant une erreur de perspective, laisser croire que je suis en pole position pour la deuxième bourse (trois ans à mille deux cents euros par mois pour *étudier*, je me répète, savourant ce rêve avant qu'il ne me glisse des mains), mais en réalité, si on ajoute d'autres éléments, mémoire de master et mentions, je suis le dernier des quatre. Pour les devancer à l'oral, il faudrait que je batte Pier Paolo et Virginia d'au moins deux points, ce qui me semble franchement impossible.

Quoi qu'il en soit, le simple fait d'être admis à l'oral est déjà une victoire. Nous sommes quatre sur trente, je suis parmi les meilleurs, alors que je l'ai rarement été dans ma vie. Je ne pourrai pas monnayer cet exploit en passant trois ans à lire et écrire aux frais du ministère de l'Éducation nationale et de la Recherche, mais je pourrai au moins sortir de mon expérience universitaire la tête haute. C'est déjà une victoire, pour qui sait se contenter de peu ; et moi, modestement, c'est l'une des choses que je fais le mieux, me contenter de peu.

Le 10 novembre, nous nous retrouvons tous les quatre, les admissibles à l'oral, dans un couloir au deuxième étage du Palazzo Ricci, à côté de la minuscule salle où ils ont décidé de nous interroger. D'après la feuille de papier scotchée sur la porte, je passerai le troisième. En tant qu'ancien de cette université et devant la brillantissime étudiante venue d'ailleurs, j'ai un peu honte de ce laisser-aller presque ostentatoire. Heureusement, pour relever un peu le niveau, Sacrosanti fait son apparition, élégant et désinvolte, et avant de se retirer avec ses collègues il vient saluer chacun d'entre nous personnellement, deux mots et une vague plaisanterie.

À moi, il réserve un “c'est toi, Kafka, pas vrai ?”, allusion (j'espère) à ma dissertation. Il me serre la main d'une poigne ferme mais pas écrasante, à la fois sûre d'elle et réconfortante. Son passage a pour effet d'apaiser les tensions. Nous nous mettons à bavarder. Il ne me faut pas plus de cinq minutes pour comprendre qu'ils viennent tous les trois d'une autre planète que moi, et je ne parle pas seulement des notions de littérature et de critique littéraire qu'ils citent, mais aussi de leur connaissance approfondie de la géopolitique académique. Dans ce domaine, l'excellence incontestée est l'apanage de Pier Paolo, le normalien des Pouilles qui a obtenu son master avec Sacrosanti et qui a visiblement choisi de faire son doctorat avec lui plutôt qu'à la Normale. Avec une compétence louable, Pier Paolo énumère les intrigues et sous-intrigues du petit monde académico-littéraire italien : qui a étudié avec qui, qui ne supporte pas qui, qui a volé la femme de qui, qui a plagié qui, qui ne va pas aux conférences de qui, qui va aux conférences de qui mais en dit du mal en privé, qui a trouvé un poste à qui, qui doit une faveur à qui, qui ne supporte pas qui (mais doit faire avec car l'autre est beaucoup plus puissant), qui n'a aucun espoir d'obtenir un poste avec qui à moins de l'emporter sur qui, qui a brisé la carrière de qui, qui a dû partir à l'étranger pour échapper au veto de qui, qui est à l'étranger et fait la guerre à qui, qui est rentré avec son cerveau en Italie et se le fait à présent centrifuger par la logique de clans, qui écrit un article dans la revue éditée par qui dans le but de renvoyer l'ascenseur à qui et de libérer un poste pour qui en mettant des bâtons dans les roues à qui. Quand ces systèmes d'équations ont atteint cinq inconnues, j'ai cessé de le suivre.

L'épopée narrée par Pier Paolo est interrompue par Virginia – une jeune femme pâle et taciturne qui, ai-je cru comprendre, a surtout étudié le XVIe siècle –, qui a profité de la pause qu'a faite Pier Paolo pour reprendre son souffle, et demandé à Camasta, la Bolonaise, quel était son sujet de mémoire. En moins de dix secondes, elle révèle sa dimension intimement surnaturelle : si, jusqu'à la seconde précédente, elle semblait être quelqu'un d'anonyme, dès qu'elle ouvre la bouche elle devient aussitôt magnifique, avec un charme tel que si je ne tombe pas amoureux sur-le-champ, c'est uniquement pour ne pas risquer de contaminer sa nature divine. Elle a une voix grave qu'un léger accent émilien rend immédiatement sympathique. Elle nous parle de son mémoire sur Éros et Priape, mais elle pourrait parler de n'importe quoi, car au bout de trente secondes nous sommes tous subjugués. Il ne lui faut pas longtemps pour passer de Gadda à *Breaking Bad*, puis porter des jugements loin d'être banals sur *X Factor*, sur Ghali et sur la série *The Lady* de Lory del Santo, sans oublier une remarque sur la façon dont *GTA* a remodelé l'imaginaire collectif et relationnel des adolescents. Tout ce qu'elle aborde, elle le fait avec légèreté, sophistication et perspicacité, et elle semble capable d'anoblir une série ou un youtubeur rien qu'en les nommant. En un instant, nous avons oublié les sordides intrigues académiques que Pier Paolo dévoilait avec expertise et nous nous sommes laissé entraîner par Agnese Camasta vers des sommets d'érudition alexandrine avant de survoler la pop la plus naïve : de Bolaño à Lukaku, puis de Bello FiGo à Berlioz. Virginia et moi sommes envoûtés, et c'est à qui rira le plus fort aux facéties aussi subtiles que brillantes d'Agnese ; Pier Paolo essaie d'intervenir et de montrer qu'il s'y connaît aussi, en culture comme en trash, mais il paraît basique et artificiel là où la Bolonaise est légère et parfaitement naturelle. Je serai sincèrement heureux si c'est elle qui obtient l'une des deux bourses, et je ressens une certaine fierté à participer au même concours qu'elle, tout en ayant bien conscience qu'on ne joue pas dans la même cour.

L'oral est une simple conversation. Les questions sont insignifiantes et ne servent qu'à faire passer la demi-heure réglementaire sans trop d'embarras, en discutant comme si on était au café : des études, du mémoire et des éventuels projets de recherche. L'ensemble du jury fait preuve de courtoisie, ses membres distribuent de larges sourires et j'aimerais les gifler tous les trois. Ils ne font que confirmer un vieil adage de Carlo : nul jury qui connaît son affaire ne laisse l'oral décider de quoi que ce soit. Le choix se fonde sur l'écrit et le parcours des candidats : un oral anecdotique permet de maintenir l'équilibre auquel on est arrivé a priori, à l'abri des regards indiscrets. Ce qui, dans notre cas, signifie le triomphe justifié d'Agnese Camasta et la deuxième place pour le solide Pier Paolo.

Au classement final, affiché dans l'après-midi sur une feuille A4 imprimée de travers et collée au tableau avec un morceau de Scotch, j'arrive troisième, trois points derrière Pier Paolo et un point devant Virginia. Premier des perdants. Je suis vert. Enfin : un peu. Mais objectivement c'est mieux que ce que j'espérais.

— Allô, Carlo !

— Marcello... Il semble hésiter.

— Raconte-moi tout. Je croyais que tu ne voulais plus entendre parler de moi.

— Le concours est passé, maintenant.

— Je me suis bien débrouillé, non ?

— Écoute..., il commence, et je n'aime pas ce ton.

— Euh, tout va bien ? Tu as une drôle de voix.

— Camasta a renoncé. Elle a obtenu une bourse de la Cattolica à Milan et s'est désistée ici.

— Nooooon ! je fais. Puis je comprends : Tu veux dire que... Je suis pris ?

— Tu es pris, oui. Le ton est toujours aussi funèbre.

— Et on n'est pas contents ?

— Bah, d'après moi c'est une connerie.

— De faire un doctorat ? Tu ne veux pas que je suive tes traces ?

— C'est un monde de merde, Marcello.

— Écoute, mon vieux : les gens qui disent que c'est un monde de merde mais qui sont dedans me font bien rigoler. Toi, qui t'a dit d'y aller, dans ce monde de merde ?

— Raffaele n'est pas satisfait du tout.

— Oh, mais excuse-moi, c'est lui qui m'a fait gagner !
— Tu n'as *pas* gagné. C'est l'autre qui a renoncé.
— Et qu'est-ce que je peux y faire ?
— Il aurait mieux valu que Virginia soit prise.
— Dans ce cas, ils n'avaient qu'à la placer devant moi, non ?
— Exactement. C'est ce que je leur ai dit.
— Comment ça ?
— Ils ont préféré que tu sois troisième parce qu'ils savaient que c'était bon pour les deux autres et, en classant Virginia quatrième, ils évitaient d'avoir trois sacrosantiens sur le podium. C'est quelqu'un qui se soucie de la forme, Sacrosanti : quand on gagne, on s'efforce de ne pas le faire par K.-O.
— Je n'ai donc servi qu'à donner un vernis de transparence ?
— Eh, Marcello ! Tu crois vraiment être meilleur qu'eux ? Camasta est une championne, elle a traduit Perec à vingt ans, et Pier Paolo a publié son mémoire, mais aussi trois articles dans les meilleures revues de premier plan. Même Virginia...
— Laisse tomber les explications. Je sais très bien que je n'ai pas le niveau. On pourrait participer à cent concours et ils en gagneraient cent, moi zéro. Mais dans l'un de ces concours, je suis arrivé troisième et la première a choisi de faire son doctorat ailleurs, blessant mortellement l'ego de Sacrosanti. Qu'est-ce que je peux y faire, moi ? C'est ce qui s'est passé.
— Il s'est passé pire encore.
— C'est-à-dire ?
— Elle est partie chez Martesana.
— C'est qui, Martesana ?

— Tu sais vraiment que dalle.
— Je te le confirme.
— Martesana est l'ennemi juré de Sacrosanti.
— La vache, à soixante balais ces types-là ont des ennemis jurés, comme s'ils étaient Batman.
— Ils ont étudié les mêmes sujets toute leur vie et se rendent coup pour coup depuis le début.
— Ah oui. Ali contre Foreman.
— En mieux. Plus subtil et plus passionnant. Un affrontement à fleurets mouchetés qui dure depuis vingt-cinq ans. Chaque fois que l'un d'eux publie quelque chose, tout le monde y cherche des attaques contre l'autre.
— Passionnant, en effet.
— Dis voir, c'est pas toi qui veux faire partie de ce monde ?
— Et vous qui ne voulez pas ?
— Ce n'est pas qu'on ne veut pas de toi.
— Mais...
— Mais c'est une situation délicate.
— Comment ça ?
— Réfléchis : Sacrosanti voulait avoir le ou la meilleure de votre génération, même si Camasta a cinq ans de moins que toi...
— Six : elle a sauté le CP.
— Bref. Raffaele était tout content parce qu'il était sûr d'avoir cette championne. Au lieu de ça, c'est Martesana qui l'aura et lui se retrouve avec...
— Moi.
— Exactement.
— Et c'est grave ?
— À toi de me dire.

ANNÉE 1
Les choses

Premièrement, la barbe. Les symboles sont importants : il me semble donc approprié de démarrer cctte année 2017 par un geste radical qui marque une césure entre un avant, quand j'étais encore un post-adolescent attardé et indécis, et un après, maintenant que je suis un jeune chercheur en herbe. Le geste par lequel je veux entamer cette année qui marque le début officiel de mon doctorat, c'est de me raser. Cela fait cinq ans que je ne l'ai pas fait, et non seulement je ne me rappelle plus à quoi ressemble mon visage sans cette couche de poils, mais il a sans doute tellement changé depuis la dernière fois que je peux à bon droit affirmer que personne ne l'a jamais vu.

Le premier à le voir, ce sera Fedè, le coiffeur octogénaire de la via Coppino, que ni l'âge, ni des hectolitres d'alcool bon marché n'empêchent d'avoir la main ferme, le regard aiguisé et l'insulte prête à fuser. Il fait payer sept euros la barbe, quinze la barbe et les cheveux, pas de prise de rendez-vous, pas de ticket de caisse, et n'espérez pas sortir de sa minuscule échoppe sans qu'il ait traité votre mère de tous les noms.

Assis, les yeux fermés, je décide de profiter de cette opération de renouvellement existentiel symbolique et m'efforce d'en savourer chaque instant. J'aime l'idée que trois décennies durant Fedè a rasé mon grand-père tous les jeudis, de son installation dans le quartier de la Darsena, à la fin des années 1970, à sa mort peu après le début du nouveau siècle ; j'aime l'idée que mon père se soit toujours rasé seul, lui, avec une tondeuse électrique à trois têtes ; j'aime l'idée d'être enveloppé par ces senteurs qui ne sont pas celles des barbiers *à la page**[01], mais par le parfum qu'avait l'armoire à vêtements de ma grand-mère, qui se dégage du linge qu'il a placé autour de mon cou, par l'éternelle odeur de fumée des deux cents cigarettes par jour que Fedè laisse brûler dans le cendrier, et par l'arôme âcre des après-rasages du siècle dernier, à savoir de l'alcool pur additionné de quelque essence : je sais déjà que j'aurai du mal à retenir mes larmes quand il en aspergera généreusement ma peau fragilisée par la lame.

Les deux retraités garés en permanence chez Fedè commentent la dernière partie de pêche à l'anguille – le coiffeur est l'un des champions locaux – et font le décompte des connaissances qu'ils ont enterrées. Puis, invariablement, la conversation se porte sur les femmes. Je m'en désintéresse aussitôt, estimant que même à l'ère du Cialis ces trois octogénaires ne sont pas susceptibles de m'ouvrir des perspectives nouvelles sur un sujet qui, par ailleurs, me semble déjà universellement débattu.

— Qu'est-ce que t'en dis, mon gars ? j'entends l'un des deux clients demander à un certain moment. Il s'adresse à moi et je ne sais pas quoi répondre.

— Comment ?

— Y en a bien une qui te plaît, non ?

— Il a une copine, intervient Fedè. La petite Briganti. Letizia.

— Briganti, le charpentier ?

01 — Les mots ou expressions en italique suivis d'un astérisque sont en français dans le texte original. (Toutes les notes sont du traducteur.)

— Lui-même.

— C'est bien, mon garçon, commente le second vieillard, t'as bien choisi. Celui-là, c'est pas l'argent qui lui manque.

Exact : j'ai une copine. Exact : ma copine s'appelle Letizia. Exact : son père est une sorte de magnat du bois, un magicien du meuble sur mesure adoré par l'industrie navale locale, qui construit des yachts de soixante mètres et les vend des dizaines de millions d'euros à des émirs arabes et à des oligarques russes. Comment Fedè qui, en théorie, ne devrait même pas savoir qui je suis, peut-il être au courant ? je m'interroge. Heureusement, avant que je ne sois obligé d'intervenir dans la discussion des retraités, Fedè me libère de la blouse et de tout embarras. Je me regarde dans le miroir et j'éprouve une agréable sensation qui confirme ce que je supposais : je suis bien un homme nouveau, méconnaissable et prêt à me lancer vers des horizons inexplorés. Immédiatement après cette première sensation, une seconde affleure à ma conscience et son intensité éclipse la précédente : mon visage imberbe ressemble aux fesses d'un nourrisson, qu'il aurait peut-être été plus sage de ne pas révéler.

“Tu es le portrait *craché* de ton père” : telle est la première chose que Letizia dit en me voyant, quand je vais la chercher à la gare au retour de l'université, manifestement sans se rendre compte du traumatisme qu'elle me cause en suggérant que mon père se cachait sous ma barbe vieille de plusieurs années, comme si elle me condamnait à devenir lui un jour, peu importent les barbes et les stratégies dont j'userai pour échapper à ce triste sort. Je ne réponds pas, comme si j'étais vexé. Je suis légèrement plus âgé qu'elle et je veux croire que mon attitude vaguement lointaine lui fait comprendre d'une façon ou d'une autre qu'il existe une distance entre nous, que le fait que je sois un homme presque adulte, parfois insaisissable ou tourmenté, puisse d'une certaine manière accroître mon charme. Elle me laisse quelques instants, le temps que la tension retombe, puis se met à me raconter en détail ce qu'elle a fait entre les cours et la garde.

Letizia est naturellement douée pour raconter des histoires et possède une verve inarrêtable. C'est une des choses qui m'ont tout de suite plu chez elle, qu'elle m'évite les longs silences gênants auxquels mes relations avec le sexe opposé m'ont toujours contraint : il y a les gens qui ne parlent pas, ceux qui se taisent et s'en accommodent, enfin ceux qui se taisent et en souffrent, et comme j'appartiens à cette troisième catégorie, pour moi, une copine intarissable est aussi précieuse qu'une licorne. En plus, elle est jeune, riche et étudiante en médecine : le meilleur parti imaginable. Tellement parfaite que lorsque nous étions encore dans la phase initiale de notre relation, celle où on se laisse emporter par un enthousiasme déraisonnable et où on s'efforce de paraître meilleur qu'on ne l'est, je me suis mis à la surnommer Goldilocks, c'est-à-dire Boucle d'Or ou “plus-que-parfaite”. Mais j'ai aussi l'impression que, parfois, cette perfection est une sorte de reproche indirect adressé à ma vie sans queue ni tête, et celle qui était Boucle d'Or quelques instants plutôt me fait à présent penser à Jiminy Cricket. Ce qui différencie les deux personnages que Letizia incarne tour à tour ne tient presque jamais à ses gestes ni même à son attitude envers moi, seulement à ce que je ressens, à un moment donné, en la voyant interpréter toujours aussi impeccablement son rôle.

Aujourd'hui, par exemple, malgré son commentaire maladroit sur ma barbe, je suis de bonne humeur et Letizia est assurément en mode Boucle d'Or. Une Boucle d'Or qui me fait un compte rendu minutieux de sa journée, et je songe alors que si j'écoutais ne serait-ce que 30 % de ce qu'elle dit, je la connaîtrais vraiment bien. Mais, tandis qu'elle parle, je pense au fait que demain je serai pour la première fois seul à seul avec le professeur Raffaele Sacrosanti et que je devrai lui présenter une idée de thèse qui conditionnera les trois prochaines années de ma vie. Pendant ce temps, Letizia égrène les noms, expose les événements, décortique les relations, rapporte des extraits de conversations et passe en revue les projets : sa voix me berce telle une musique de fond, suffisamment agréable pour ne pas l'éteindre, mais pas assez pour lui accorder toute mon attention.

Nous sommes ensemble depuis des années, je l'ai attrapée l'été de son baccalauréat, juste avant qu'elle n'aille à l'université et ne se trouve un chirurgien en herbe, le classique *Übermensch* étudiant en médecine, et nous ne nous sommes plus quittés depuis. En théorie, je suis son premier petit ami digne de ce nom et, outre la durée, c'est ce qui a donné à notre relation le caractère d'un fait presque naturel, comme le cycle des saisons ou les règles, qu'il serait absurde de remettre en question. Letizia est par ailleurs une fille très solide, la meilleure élève de sa promo, entièrement concentrée sur l'obtention de notes stratosphériques, diplômée en six ans plus une minute et spécialisée en oncologie (dont elle juge sans doute que c'est une sorte de niveau premium de la médecine), ce qui explique pourquoi elle n'est pas disposée à investir beaucoup d'énergie dans sa vie amoureuse. Mario Tobino affirme que les filles de Viareggio "ne sont pas sensuelles : elles sont heureuses et fortes" ; c'est peut-être une généralisation grossière, mais il faut reconnaître que c'est un portrait presque parfait de ma petite amie.

Comme elle ne s'intéresse guère à la sensualité et aux sentiments en général, avoir réglé la question amoureuse, cochant cette case grâce à un copain stable et durable, doit être, pour elle, comme d'avoir résolu le problème de la quadrature du cercle. Elle se contente donc de ce que j'ai à lui donner, en somme très peu, objectivement : je serai un futur mari fauché qui ne lui fera jamais d'ombre, un père aimant et pas trop occupé, qui lui fera des enfants et s'en occupera, et pour le moment je suis un compagnon avec lequel elle peut sortir le samedi soir, partir de temps en temps en week-end et à l'occasion faire l'amour, de préférence sans interférer avec ses études ou ses cours de pilates. En réalité, faire l'amour, c'est beaucoup dire. Ça n'a jamais été une expérience à se rouler par terre, pas même au début. En ce qui me concerne, le sexe m'a toujours donné l'impression que la vie ne valait pas la peine d'être vécue sans, mais lorsqu'il était à portée de main j'ai toujours cru que je pouvais m'en passer facilement. Bien sûr, faire l'amour avec Letizia est parfois agréable, mais pour l'essentiel c'est une activité plutôt marginale dans notre relation et notre vie. Je pense qu'elle s'en soucie très peu, et je suppose qu'elle préfère l'idée désincarnée de faire l'amour à l'acte sexuel proprement dit, si bien que notre érotisme se limite principalement au sexe oral, puisque nous en parlons beaucoup et le pratiquons peu. J'admets que l'acte sexuel me semble un peu ridicule. Tous ces gestes, ces grimaces, ces gémissements, ces langues dans l'oreille, cet excès de salivation, cette transpiration en été et ces mains glacées en hiver, ces cochonneries susurrées, ce besoin de croire que oui, les organes génitaux sont beaux : tout ça me semble maladroitement simulé.

— C'est bon, tu es à fond pour demain ? je l'entends demander à un moment.

— Comment ça ?

— C'est bien demain que tu vois Sacrosanti, non ?

Je ne peux m'empêcher d'être impressionné par la mémoire de Letizia alors que moi, je ne me souviens même pas de lui avoir parlé de certaines choses.

— Je suis à fond, je réponds.

— Super, tu me raconteras.

Puis elle me colle un baiser sur les lèvres, me salue, descend de voiture et se dirige vers ses innombrables obligations. Je la regarde s'éloigner et, l'espace d'un instant, sa stabilité et son inébranlable solidité chassent la sensation que je ressens d'être toujours en équilibre précaire, à la merci des événements : même si je continue à ne pas savoir quoi faire de moi, elle saura, elle, avec une certitude qui n'admettra aucune objection.

J'arrive en avance à mon rendez-vous avec Sacrosanti, ce qui n'est pas dans mes habitudes. Mais c'est une rencontre importante, que j'ai préparée pendant plus de deux mois, depuis le jour où Carlo m'a annoncé que j'avais obtenu la bourse de recherche et a laissé entendre que ce n'était pas forcément une bonne nouvelle. Entre-temps, je n'ai fait qu'élaborer, affiner et ciseler des projets dignes d'être présentés au Grand Professeur. Pour être franc, j'ai le sentiment d'avoir accompli du bon travail et je suis prêt à lui montrer que même si je n'ai pas été son premier, son deuxième ni son troisième choix je peux être à la hauteur de ses attentes. Bien sûr, je ne suis pas Carlo, je n'ai pas le pedigree d'un chercheur, mais je peux y mettre un peu de bonne volonté et quelques idées valables. D'ailleurs Sacrosanti n'est pas un érudit raffiné qui veut uniquement des disciples super appliqués et ennuyeux. Peut-être que je lui plairai.

Après une longue attente, le professeur sort dans le couloir, précédé de Pier Paolo, et à la façon dont ils se comportent on dirait vraiment deux vieux amis.

— Alors je vous envoie l'article et les épreuves corrigées d'ici la fin de la semaine..., récapitule Pier Paolo.

Ils se serrent la main et se saluent :

— Bonne journée, professeur.

— Au revoir, Pier Paolo.

En me voyant, Pier Paolo ne semble pas me reconnaître, puis il murmure un "bonjour" et s'enfuit.

"Docteur Gori[01]", m'interpelle le Grand Professeur Sacrosanti, et je fonds presque de satisfaction en comprenant qu'il m'a reconnu, lui, et aussi parce qu'il m'a appelé "Docteur". C'est la troisième fois de ma vie qu'on m'appelle "Docteur" : la première, c'était au moment des félicitations, quand j'ai soutenu mon mémoire, et la deuxième, quelques minutes plus tard, dans la fameuse chanson des diplômés, qui évoque "Dr le trou du cul". Mais depuis ce jour, ni moi ni personne d'autre n'a jamais rêvé d'accoler ce titre à mon nom.

Il me fait asseoir devant son bureau, sur lequel sont empilés des livres et des thèses, à côté d'un iMac

01 — En Italie, on est docteur dès la *laurea*, c'est-à-dire le master 2 (bac +5).

vingt-sept pouces flambant neuf. De l'autre côté, il est installé dans un grand fauteuil en cuir. Ses cheveux sont gris, impérieusement épais, il porte une veste et une chemise, pas de cravate, et réussit à conserver un regard qui allie admirablement bienveillance et perspicacité. Derrière lui, une gigantesque bibliothèque surchargée, faite de briques et de planches en bois, et au mur de droite une affiche de la conférence des études italiennes organisée à Stanford l'année dernière, sur laquelle son nom figure en gros caractères.

— Vous êtes venu me présenter votre projet de recherche, j'imagine.

— Oui, en effet… J'en ai préparé trois, à vrai dire.

— Trois !

Je me demande si le fait de présenter trois projets n'apparaît pas comme exagéré, l'erreur typique de quelqu'un qui n'est pas du milieu, comme le gars de la campagne qui s'habille chic pour aller à un barbecue et se retrouve entouré de gens en jean ou survêtement.

— Je voulais dire deux, je me corrige en éliminant mentalement le plus improbable des trois. Donc…

Les présentations que je m'étais répétées hier soir, convaincantes, savantes et ironiques, se sont envolées. J'ai la bouche sèche et je peine à trouver le souffle nécessaire pour aller au bout de mes phrases.

— Je pensais bien sûr à la théorie de la littérature, plutôt qu'aux études italiennes, d'autant que, si vous vous souvenez, j'ai surtout travaillé sur Kafka, donc, bref… Je suis plus comparatiste qu'italianiste, même si comparatiste est un bien grand mot.

Je pouffe : intérieurement, seul.

— Je devrais peut-être vous interrompre dès maintenant…

— Non, attendez, laissez-moi vous en parler, je proteste, avec une détermination dont j'ignore d'où elle vient. Un projet que j'aimerais développer porte sur Borges et Unamuno lecteurs du *Quichotte*.

— Diable... Et l'autre ?

“Diable” ? Je ne sais pas si c'est un “diable” impressionné ou moqueur, mais à vue de nez je penche pour la deuxième solution.

— L'autre est... plus ambitieux. Et aussi plus risqué. Je pensais à quelque chose qui réunisse Gadda, Bolaño et Foster Wallace.

— Qu'est-ce qui les relierait ?

— Leibniz ! je dis (ou je crie ?) d'un air triomphant, comme si je venais de réussir un formidable tour de prestidigitation.

— Rien que ça ! s'exclame-t-il. Puis il éclate de rire, ce qui n'est pas vraiment la réaction que j'espérais. Écoutez, je vais être franc avec vous : j'apprécie beaucoup les gens qui ont le courage de leurs ambitions, même quand elles vont à l'encontre du bon sens. Je dirai même plus : si les gens écoutaient toujours le bon sens, ce serait un désastre. D'abord, il n'y aurait pas de littérature. Songez à l'inconscience qu'il faut pour écrire la *Divine Comédie*, ou à l'indifférence au jugement d'autrui que doit avoir un bourgeois d'âge mûr pour vouloir entrer, pendant des années, dans la tête d'une femme de province même pas très sympathique. S'il est un ennemi de l'art, c'est assurément le bon sens. Néanmoins, je vais quand même vous parler de bon sens, notamment parce que ce que vous vous apprêtez à faire n'est pas écrire un roman, pour lequel je suggère d'avoir à la fois la plus grande rigueur et la plus grande audace. Vous allez entrer dans un monde professionnel très réglementé et même codifié. Et, dans ce monde, la circonspection est de mise. Gadda, Bolaño et Foster Wallace nécessiteraient chacun une thèse de doctorat ; et, pour Leibniz, une vie entière n'y suffirait pas. Disons que vous pouvez garder ça comme projet à très long terme, une fois devenu un universitaire confirmé, peut-être en Amérique, car en Italie nous ne sommes pas prêts pour ce genre de recherche transversale. Ce qui n'est pas nécessairement une bonne chose, au contraire.

Je ne sais pas si mon état émotionnel déforme ma perception, mais je n'arrive pas à comprendre s'il est sérieux ou s'il se paie ma tête. A-t-il voulu dire que mon projet était ambitieux ou qu'il était délirant ? Après tout, il a écrit *Pragmatique du roman*, ce qui, comme ouvrage transversal, ne me semble pas avoir quoi que ce soit à envier aux Américains.

— D'après moi, nous devrions être plus modestes, reprend-il. Il ne s'agit pas d'une critique, je tiens à le dire, et c'est vous qui choisirez en fin de compte sur quoi travailler. Mais je voudrais vous faire réfléchir à deux choses : la première, c'est que les thèses de ce genre risquent fort de dérailler, c'est-à-dire d'échapper à tout contrôle ; vous pourriez vous retrouver avec une quantité infinie de matériel sans savoir quoi en faire. La seconde est que, pour la même raison, je vous déconseille de faire une thèse en théorie de la littérature, qui me semble plus destinée à un chercheur chevronné qu'à un novice. À votre place, je pencherais pour une thèse en études italiennes, qui présenterait plusieurs avantages : d'abord, un sujet circonscrit

permet de produire un travail plus solide, mieux étayé et finalement plus vendeur sur le plan académique. Ensuite, pensez au futur : avec une thèse sur Bolaño et les autres, vous ne trouverez pas d'interlocuteurs, tandis qu'une thèse sur un auteur italien, même mineur, fera de vous un chercheur intéressant pour pratiquement tous les départements d'Italie. Et plus encore à l'étranger, où un Italien spécialisé en littérature italienne peut facilement trouver un poste. Je connais des abrutis qui étaient les plus grands connaisseurs de Gozzano ou de Giambattista Marino, ce qui leur a ouvert des postes enviés à St Andrews et à Northwestern.
Vient-il de me traiter d'abruti ?
En disant cela, je ne veux rien vous interdire : je dis simplement que certains choix ouvrent des perspectives, tandis que d'autres mènent à des impasses... Il marque une pause, comme pour s'assurer que je le suis.
— Je comprends, je fais, ce qui n'est qu'en partie vrai.
— Bref, mon conseil est le suivant : restreignez votre champ de recherche, définissez-le précisément et devenez la plus haute autorité dans ce petit domaine. C'est ainsi que fonctionne l'université. Partez à la conquête d'un fief d'où vous serez inexpugnable, et pour lequel quiconque voudra le traverser devra vous régler un péage : vous lire et, plus encore, vous citer. Puis, à partir de là, vous pourrez peut-être l'agrandir au fil du temps. Mais sans fief vous n'irez nulle part. D'ailleurs, il est difficile de décider d'écrire une thèse sur Cervantès, Borges et Unamuno à partir de rien. Vous auriez tout le monde contre vous. Vous connaissez les

cervantistes ? Ils sont intraitables et ne tolèrent pas le moindre faux pas. Si vous transcrivez de travers un seul mot des *Nouvelles exemplaires*, ils vous crucifieront, ils sont même capables de publier sept articles en deux mois pour clamer que vous êtes un charlatan. Croyez-moi : faites vos premières armes et forgez-vous une respectabilité académique en montrant que vous pouvez vous occuper d'un sujet spécifique sans commettre de bévues. Vous aurez alors la crédibilité nécessaire pour parler de tout ce que vous voudrez. Umberto Eco a fait une thèse sur l'esthétique de saint Thomas avant d'écrire sur tout ce qu'on peut imaginer. Moi aussi, à mon échelle, le premier livre que j'ai écrit portait sur la relation entre Dante et les averroïstes latins.

— Je devrais donc me concentrer sur un auteur.

— D'après moi, oui. Un auteur italien mineur serait l'idéal. Devenez le plus grand spécialiste mondial d'Iginio Ugo Tarchetti, par exemple. Ou de Guido da Verona.

Qui diable est Guido da Verona ?

— D'accord. Je vais y réfléchir.

— Avant cela, j'ai une proposition à vous faire. Mieux : j'ai même un tuyau pour vous. Vous connaissez Tito Sella ?

Sérieusement, qui oserait dire qu'il a peut-être déjà entendu parler de Tito Sella, mais serait incapable de citer un seul de ses livres ? Pas moi.

— Bien sûr, je réponds.

— J'en suis ravi. Après tout, il est de Viareggio, comme vous. Il est peu connu du grand public et il n'a pas obtenu la reconnaissance qu'il méritait :

il n'a jamais fait partie des auteurs en vogue, si vous voyez ce que je veux dire.

Au point où j'en suis, autant faire semblant de comprendre jusqu'aux sous-entendus : d'où un sourire complice.

Moi-même, je m'en suis occupé il y a quelques années, surtout pour… Mais je ne veux pas vous ennuyer. Je me suis occupé de lui parce que nous étions amis et camarades dans les années 1970, et que je l'aimais beaucoup, même quand il s'est égaré.

Il devient pensif, peut-être soupire-t-il, puis il reprend :

Pour autant, je le répète, le choix du sujet vous appartient. Mais je vous livre aussi cette indiscrétion : il y a de fortes chances pour qu'on découvre concernant Tito Sella des documents inédits sur lesquels travailler. Ses archives seront bientôt consultables. Elles seront sans doute données à la Bibliothèque nationale de France, à Paris. Ce serait en outre une bonne excuse pour passer quelques mois à l'étranger : le cas échéant, je vous indiquerai des collègues de Nanterre qui sont d'excellents italianistes. Et, de cette façon, vous pourrez envisager de faire une thèse en ayant à votre disposition des notes et des éléments préparatoires. C'est probablement un travail très différent de ce que vous aviez en tête, mais il en résulterait quelque chose de pertinent, j'en suis sûr, et aussi de beaucoup plus vendeur sur le plan académique. Et si vous retrouviez au fond d'un carton d'archivage *La Fantasima*, son récit autobiographique dont on prétend qu'il a été perdu, ce serait le jackpot. Qu'en dites-vous ?

Je ne saisis pas tous les détails, mais toucher le jackpot me semble être une bonne perspective. Résultat :

j'abandonne sur-le-champ les projets de recherche que j'avais laborieusement échafaudés et j'accepte sans poser de questions celui que me propose le Grand Professeur. Sacrosanti en est manifestement heureux et sa satisfaction me donne un coup de fouet. *Vous serez fier de moi, professeur, et je deviendrai un membre de votre cour d'intellectuels. Je peux même vous l'avouer : ça ne me dérangerait pas trop de vous accompagner à Stanford. Surtout, ça ne me dérangerait pas trop d'y aller en tant que professeur surpayé, vaguement hippie, du genre à grimper sur son bureau et à s'envoyer du LSD en faisant passer ça pour de la recherche.* En sortant de la pièce, je suis plutôt exalté. Une fois hors du Palazzo Ricci, je prends mon téléphone portable et je cherche sur Google le nom du type qui sera au centre de mon travail pendant les trois prochaines années.

Wikipédia : "Tito Sella (1953-1998), terroriste italien."

"Marcello", j'entends qu'on m'appelle. Je me retourne et j'aperçois à une petite table du café de philo Pier Paolo, dont l'*aplomb** impeccable, l'élégant gilet et la chemise blanche ne semblent nullement affectés par le froid glacial qui s'est abattu sur la Toscane depuis l'Épiphanie, comme si la météo était un sujet trop vulgaire pour le concerner. J'ai la sensation qu'il m'attendait. Je m'assieds en face de lui et il tient à tout prix à m'offrir quelque chose, annihilant mes intentions de me prendre un second petit déjeuner introspectif et ainsi de méditer sur la tournure inattendue qu'a prise mon doctorat avant même de commencer.

"C'était rapide, avec Sacrosanti", il observe.

Je regarde ma montre : en effet, il n'a fallu qu'un quart d'heure au professeur pour écarter les projets ronflants que j'avais imaginés ces derniers mois et m'en attribuer un autre, sur un auteur dont je ne sais pas grand-chose et qui, d'après Wikipédia, était un terroriste, plus qu'un écrivain. En comparaison de la bonne heure qu'il a consacrée à Pier Paolo, je dirais qu'il n'y a pas photo. Je commande un sandwich et un jus d'orange : puisqu'il veut souligner qu'il a plus de crédit que moi auprès de notre mentor commun, qu'il m'offre au moins un petit déjeuner digne de ce nom.

— Alors, vous avez parlé de ton projet ?

— Oui. Enfin, c'est surtout lui qui a parlé.

— Ha, ha, classique.

Après quoi il tente de m'extorquer la quasi-totalité du contenu de notre conversation et, en maître consommé dans l'art subtil de la réticence, je déballe tout, concluant par un petit rire d'autodérision.

— Ma foi, observe-t-il d'un air sérieux, tes projets n'avaient effectivement aucun sens.

— Hmm…

— Mais je trouve très judicieuse la proposition qu'il t'a faite, tu sais.

— Tito Sella ?

— Personnellement, je ne l'adore pas, mais c'est un auteur qui compte. On a même publié une série d'études sur lui, il y a quelques années. Toi, tu en penses quoi ?

— Euh, je le trouve très intéressant.

— Quoi, en particulier ?

— Euh, un peu tout, je réponds, pataugeant pour de bon.

— Mais sur quoi tu voudrais travailler ?

— Surtout ses premiers textes, je risque.

— Ceux du début des années 1980 ?

Je fourre la moitié du sandwich dans ma bouche et j'acquiesce.

— Moi aussi, je trouve ce qu'il a écrit par la suite bien plus faible.

— Et puis, si j'arrive vraiment à consulter ses archives personnelles, je trouverai peut-être des choses intéressantes, je suggère timidement. Je ne sais pas pourquoi, mais le seul adjectif que j'arrive à employer est "intéressant" : peut-être parce que ça sonne professionnel.

— Les archives ? demande-t-il d'un air étonné, comme si j'avais dit que j'allais consulter mon ami imaginaire.

— Oui, ses archives… Elles contiennent peut-être sa *Fantasima*, qui sait. Ce serait le jackpot.

Il rit.

— C'est une des obsessions de Sacrosanti. Tu ne crois quand même pas que ce texte existe, hein ?

— C'est une hypothèse intéressante.

Il me regarde comme pour dire : *T'es vraiment con ou tu fais juste semblant ?* Puis il m'adresse un sourire complice, qui signifie peut-être qu'il n'a pas encore la réponse à cette question.

— C'est brûlant, comme sujet.

— Brûlant ? Quoi, le terrorisme ?

C'est à peu près la seule chose que je sais de Sella, alors autant en profiter.

— Je ne m'inquiéterais pas trop de ça. Le vrai problème, c'est que Sacrosanti le connaissait bien.

— Bien sûr, ils étaient camarades.

Il rit.

— C'est lui qui te l'a dit ?

— Oui.

— C'est tout Raffaele, ça.

Pier Paolo est du genre à vouloir montrer qu'il est proche des mentors d'autrui.

— Comment ça ?

— Je veux dire que Sacrosanti aime jouer le type qui était révolutionnaire dans les années 1970, en parka kaki et un cocktail Molotov à la main. Le type qui a un passé politique...

— Et ce n'est pas le cas ?

— Allons donc ! Il a fini le lycée et il est entré à la Normale de Pise, il était trop occupé à étudier comme un fou, à devenir l'assistant préféré de Sansoni et à entretenir une liaison avec sa femme. Il n'avait pas de temps à perdre en jouant au révolutionnaire. Mais aujourd'hui il aime se donner l'aura de quelqu'un qui, à l'époque, était l'égal de Toni Negri. À mon avis, la redécouverte de Sella, après sa mort, comme par hasard, est aussi liée à sa volonté de se forger un passé légendaire, pour pouvoir raconter ce qu'il aurait voulu être, alors qu'en réalité il alternait à l'époque entre rat de bibliothèque et chouchou de dames plutôt mûres... Mais ne le contredis pas s'il veut te faire croire qu'il a été un militant dans sa jeunesse. Il est très susceptible.

— Je ferai attention.

— Il ne faut pas verser dans la flatterie non plus.

— Intéressant, je réponds en faisant un signe de tête à la serveuse.

— Il y a aussi cette histoire de Martesana.

— Le rival de Sacrosanti. Lui aussi connaissait Sella ?

Il rit encore. Je dois être tellement drôle.

— Martesana ? Tu plaisantes, c'est un ultra-catho. Mais à un moment donné ils se sont affrontés.
— Sur Sella ?
— Tu es sûrement au courant...
Je ne réponds pas.
— Quoi qu'il en soit, oui, les archives peuvent être une vraie mine d'or. Mais attention à ne pas verser dans le beuvisme, sinon Sacrosanti va faire une attaque.
— Un spritz, je demande à la serveuse. Un pour toi aussi ?
— Non, merci, il n'est même pas onze heures.
Je profite de cette pause pour changer de sujet.
— Et toi, alors ?
Il prend immédiatement une expression de formidable modestie.
— Ma foi, rien de précis pour le moment. Mais je vais sans doute continuer sur la lancée de mon mémoire.
— Il était sur quoi ? je demande.
Il paraît étonné que je ne connaisse pas son sujet.
— Eh bien, c'est un peu difficile à résumer en deux mots.
— Pas grave, une synthèse approximative fera l'affaire.
C'est mon tour de le torturer un peu.
— Disons que je pourrais le présenter comme ça : c'est une étude de la reprise ironique de thèmes de la littérature religieuse médiévale par certains auteurs de la seconde moitié du XXe siècle. En gros, je m'inspire un peu de certaines idées de Francisco Ortega Magán, revues et recontextualisées, mais je m'éloigne des divagations plus

ou moins fascistes d'Achilla Monocastro, que je démonte complètement.

Je ne sais pas vraiment si je dois rire pour montrer que j'ai compris que c'est du grand n'importe quoi ou garder mon sérieux et faire comme s'il existait une dimension dans laquelle les mots que je viens d'entendre ont un sens. Il garde son sérieux, lui, alors j'en fais autant.

— Si ça t'intéresse, j'ai les épreuves d'un article que je viens d'écrire. Il reprend en partie la problématique de la thèse, déclinée cette fois dans un cas spécifique. Je te les laisse ?

— Avec plaisir.

Il me tend une liasse de feuilles, une trentaine de pages environ, mais ce qui est impressionnant, c'est que la moitié supérieure des pages est en caractères normaux, tandis que la moitié inférieure est remplie de notes de bas de page en corps 9 et interligne simple. Autrement dit, les notes représentent les trois quarts de l'article.

— Ça fait beaucoup de notes de bas de page, j'observe.

— J'en ai supprimé un paquet.

— Tu parles.

— Eh si... Il m'examine un instant.

À l'évidence, il essaie de comprendre qui il a en face de lui : un pauvre ignorant dont il faut faire l'éducation et qu'on doit en même temps humilier, ou un potentiel rival académique. S'il a pu avoir un doute jusqu'à maintenant, il opte désormais pour la première hypothèse, et j'ai dès lors droit à un cours liminaire intitulé "Comment écrire un article universitaire (et, surtout, qu'est-ce que c'est en réalité)".

Voici un résumé de ce que j'ai compris, moi, des différentes choses qu'il m'a dites (ce n'est peut-être pas une transcription fidèle, mais je tiens à souligner que Pier Paolo est quelqu'un qui, même lorsqu'il parle, fait entendre qu'il utilise des points-virgules) :

"C'est moins une question de culture que de politique : en gros, 20 % de culture et 80 % de relations publiques. Dans le meilleur des cas, on écrit un article parce qu'on a quelque chose à dire ou qu'on veut contribuer à une discussion sur un sujet qu'on maîtrise. Mais, le plus souvent, les articles ont des motivations extraculturelles, ils servent simplement à faire nombre, à ajouter une ligne sur un CV, à figurer dans un volume en l'honneur de quelqu'un, à créer une relation avec la rédaction d'une revue, à donner un sens à une subvention de recherche, à montrer le résultat concret d'un travail impossible à évaluer sans ça, à gagner des points pour décrocher un poste ou, dans un nombre de cas non négligeable, à satisfaire la simple vanité. Mais supposons que le chercheur *x*, ou le doctorant *y*, ait réellement quelque chose à dire : il publie alors un article. Ce qu'il a à dire pourrait raisonnablement tenir en une demi-page, voire moins, disons dix lignes. Et donc, comment passe-t-on de dix lignes à vingt-cinq pages ? Une partie des vingt-cinq pages sert à donner des gages : exposer des choses intelligentes, employer des termes qui prouvent qu'on a travaillé, montrer qu'on connaît la bibliographie indispensable, parcourir les étapes du débat dans lequel on s'inscrit : bref, faire comprendre qu'on a la crédibilité nécessaire. Une autre partie sert à donner du volume : on répète ce qu'on veut dire en le déclinant de différentes manières, car si une idée n'est pas répétée au moins trente fois, c'est comme si on ne l'avait pas émise.

“Et puis il y a la partie décisive : les notes. C’est dans les notes que se trament les intrigues politiques, car c’est là qu’on parvient à positionner son article sur la carte complexe de la géopolitique académique. Tous te diront qu’il est inélégant de citer son mentor : ne les écoute pas, cite-le, cite-le sans cesse, en toutes circonstances, cite-le plus qu’il n’est nécessaire, ne lésine jamais sur les éloges et les remerciements. Moi – c’est la stratégie Pier Paolo, à toi de trouver la tienne –, j’écris toujours quelque chose comme : ‘Je n’ignore pas qu’en vertu du *bon ton** académique on ne remercie pas son maître, toutefois, je ne peux m’empêcher de souligner le rôle fondamental de…’, ainsi je fais comprendre que je connais l’étiquette et dans le même temps j’amplifie le remerciement en le rendant quelque peu transgressif. Ne l’oublie jamais : ton mentor est ta seule voie d’accès à la carrière universitaire, tu dois donc le servir et le révérer.

“Ensuite, tu dois positionner tes recherches par rapport aux travaux des gens dotés d’un minimum de pouvoir qui ont traité – parfois de manière indirecte, parfois il y a vingt ans – le même sujet que toi. Avant tout, tu dois citer les personnes importantes *sans lésiner sur les superlatifs :* celles qui sont très proches de ton prof et celles qui, pour une raison ou pour une autre, t’intéressent. *Sans lésiner sur les superlatifs*, c’est dire des choses comme : ‘On fait référence ici à la contribution *fondamentale* de Machin’, ‘on partira de la définition *incontournable* de Truc’, ‘il s’agit naturellement du texte *lumineux* de Bidule.’ Ensuite, tu dois citer toutes les personnes dont tu veux qu’elles sachent que tu les respectes et auxquelles tu tiens à rendre hommage, mais qui ne s’attendent pas aux superlatifs : des personnes moins importantes mais tout de même proches de ton prof, ou importantes mais appartenant à un autre groupe, et ainsi de suite. Tu peux compenser l'absence de superlatifs en citant plusieurs fois le même professeur. Ces citations doivent *obligatoirement* être accompagnées de références précises, c'est-à-dire les pages du livre dont tu t'inspires. Par contre, réserve les citations vagues du type 'À comparer avec les travaux de Machin' ou 'Voir également Truc sur ce sujet' à des personnes que tu ne peux pas ne pas citer mais auxquelles tu ne souhaites accorder aucun crédit et que tu veux même rabaisser, d'une certaine manière. Assure-toi d'abord que ce sont des professeurs émérites, des francs-tireurs ou des outsiders, c'est-à-dire des gens qui ne comptent pas. Enfin, et c'est décisif, ne cite *jamais* les ennemis de ton prof ou de son entourage, et fais en sorte que cette absence soit manifeste, qu'elle ne passe pas inaperçue. Crée une toile dans laquelle le lecteur roué s'attend à voir apparaître un certain titre, puis refuse-le-lui, fais-lui percevoir clairement qu'il y a un trou au milieu et qu'il y a ce trou parce que tu ne penses pas que ce spécialiste ou sa contribution méritent d'être cités. Ne pas citer est un art beaucoup plus subtil et délicat que citer, mais non moins important.

"Dans ce système différentiel, tu dis certes la petite chose que tu as à dire sur le *Sonnet XXIV* de Pétrarque, mais dans le même temps tu lances des déclarations de guerre, tu noues des alliances, tu t'inscris dans des équilibres de pouvoir. Presque personne ne lit les articles qu'on lui envoie, c'est pour ça qu'on a inventé les abstracts, mais on parcourt toujours les notes de bas de page et on lit la bibliographie : tout ce qu'il faut comprendre s'y trouve. Je dirais même plus : de là, on peut facilement déduire l'ensemble de l'article. Comparé aux notes, l'article est un appendice négligeable : seuls ceux qui ignorent tout pensent le contraire.

"Évidemment, ça t'expose à un certain nombre de risques. Si tu oublies de citer quelqu'un, l'élève de quelqu'un ou le maître de quelqu'un, c'est un problème. Moi, par exemple, dans mon dernier article, j'ai cité avec les références mais sans superlatifs Angelo Sardi, l'angliciste de l'université Federico II, et j'ai aussi pensé à citer Brugnetti, qui est son dauphin, mais ensuite, dans une note vers la fin de l'article où je parlais de la réception de Chaucer dans le roman post-néoréaliste, j'ai oublié de citer un de ses articles, un peu daté mais incontournable, et je pense qu'avec le clan Sardi c'est cuit, peut-être même avec toute la Federico II, qui est le hub du Sud, à peu de chose près. Tu sais ce que Sardi a fait à Bartellutti. Tu ne connais pas l'histoire de Bartellutti ? Sonia Bartellutti, l'étoile montante de la recherche en études italiennes contemporaines dans les années zéro ? C'est un vrai film d'horreur, un avertissement à tous les chercheurs italiens."

Pour finir, Pier Paolo ne m'a pas raconté le film d'horreur de Sonia Bartellutti, car il a reçu un coup de téléphone et a dû filer. Bilan de mon premier jour comme doctorant : j'ai dû renoncer à mes projets de recherche, accepter de me replier sur un terroriste qui a aussi écrit des livres et dont les archives contiennent peut-être (mais sans doute pas) le Graal, recevoir une leçon d'académisme à l'issue de laquelle j'ai conclu que je ne pourrai jamais publier le moindre article, car avec ma chance je risquerais de déclencher une sanglante guerre des clans, et régler l'addition – dix-huit euros – au café de la fac de philo, ce qui pourrait bien constituer sa meilleure recette de l'année.

Avant de me lever, je jette un coup d'œil à l'article de Pier Paolo. Titre : "*In regione dissimilitudinis*. Sous-titre : La reprise méta-ironique de stylèmes dantesques dans les dernières œuvres de Borges." OK. Je le lirai plus tard.

Avant ça, je me faufile dans la bibliothèque, d'où je ressortirai quelques heures plus tard avec une longue liste d'ouvrages de Tito Sella, de tribunes de Tito Sella, de livres sur Tito Sella et d'articles de revues spécialisées sur Tito Sella. En réalité, je n'ai pas trouvé grand-chose – au fond, c'est vraiment un auteur mineur –, mais rien que l'idée d'avoir dressé cette liste, sur les premières pages du très sérieux Moleskine noir que j'avais opportunément acheté et dans lequel j'ai écrit avec un soin tel qu'on ne dirait pas mon écriture, me donne l'impression d'être un authentique chercheur. Soit dit en passant, je dois avouer que j'ai encore quelques doutes sur le Moleskine : j'ai l'impression que c'est un must à l'université et je m'y suis donc immédiatement adapté, mais je n'ai pas encore compris si c'est un signe qui montre qu'on appartient au bon cercle ou s'il révèle le ou la parvenue.

Je me vois déjà interviewé à la télévision en tant qu'intellectuel mondialement connu et racontant que non, je ne pensais pas faire ça dans la vie, je me suis retrouvé là par hasard, et c'est ainsi, l'air de rien, que j'ai compris que c'était ma vocation. "Le reste appartient à l'histoire", remarquerait le célèbre présentateur. "De l'histoire ancienne", répondrais-je modestement, en écartant de la main la mèche de cheveux poivre et sel héritée de mon défunt mentor Sacrosanti. Encore tout au plaisir de cette petite fantaisie narcissique, je reprends l'article de Pier Paolo, à qui je tiens à donner sans tarder un avis de collègue, pour lui signifier mes intentions de bon camarade. Malheureusement, en lisant l'incipit de son article, je me retrouve de nouveau les pieds sur terre.

"Dans la présente recherche[1], nous nous proposons d'examiner certains *loci* textuels des plus problématiques et souvent négligés par la critique[2] – y compris la plus sensible aux thèmes d'une analyse comparative *iuxta propria principia* – dans lesquels il est possible d'entrevoir à contre-jour la transposition de certains stylèmes dantesques dans l'œuvre de Jorge Luis Borges[3], en particulier dans sa production tardive, trop souvent mal traitée[4] et de manière superficielle, avec la conviction qu'il ne s'agit pas d'une simple citation, mais d'une recréation substantielle[5]. Borges avait déjà donné un indice d'un tel procédé métatextuel dans *Pierre Ménard, auteur du* Quichotte : de même que le chercheur français imaginaire s'efforçait de reproduire, par des moyens postérieurs et autonomes, le chef-d'œuvre de Cervantès, Borges lui-même, tel un nouveau Ménard, réécrit le Purgatoire, mais en le rendant *ipso facto* méconnaissable..."

Je m'arrête après les deux premières phrases de l'essai de Pier Paolo Falcone à paraître prochainement, ce dernier étant en théorie mon camarade thésard, mais en pratique quelqu'un d'une autre espèce, voire d'un autre règne.

Je pose les pages et je lui écris : "J'ai lu ton essai. Fantastique."

Il me répond presque aussitôt : "Merci. J'avais peur que la partie sur *Le Livre de sable* ne soit un peu trop à contre-courant. Tu en penses quoi ?"

“Pas du tout. C’est celle que j’ai préférée. Et tu es un véritable maître des notes.”

“Naturellement, si tu veux mon avis sur un de tes articles, envoie-le-moi.”

“Ce sera fait. Bonne soirée.”

Je pose mon téléphone, je saisis le gros livre de Sacrosanti, *Pragmatique du roman*, et je vais directement au chapitre consacré à Tito Sella. Il s’intitule “Oblomovisme et morale. Notes sur Tito Sella”.

Je reprends mon téléphone portable et j’envoie un message à Franz : “Il vous manque toujours quelqu’un pour la partie de foot, ce soir ?”

Avant de m'intéresser à ses livres, je veux comprendre qui est ce Tito Sella, je mène donc mon enquête personnelle. Surtout, je cherche la réponse à une question qui me paraît essentielle : comment se peut-il que je n'aie pratiquement jamais entendu parler de lui ? Ce que je veux dire, c'est que c'est un écrivain d'une certaine notoriété : pas Calvino, certes, et pas Tondelli non plus, ni même Tobino, mais c'est tout de même quelqu'un dont les livres ont toujours été en librairie ces trente dernières années et sur qui on a publié des travaux. Surtout, c'est un écrivain de Viareggio : étant un de ses concitoyens, qui plus est étudiant en lettres modernes, je fais partie de ceux qui devraient savoir qui il est. Pourtant, non. Quand Sacrosanti a sorti de son chapeau le nom de Sella, celui-ci a eu un vague écho en moi, comme si ce n'était pas la première fois que je l'entendais, mais je n'ai pas pu l'associer à qui que ce soit. Un impressionniste mineur de la fin du XIXe siècle ? Le propriétaire de la fabrique de meubles sur la route de Camaiore ? L'un des deux cents parents de Letizia ?

Certes : mon incapacité à retenir les noms propres est proverbiale, signe, selon Letizia, dans son rôle de Jiminy Cricket, de mon manque de curiosité pour mes congénères, mais la chose me semble tout de même étrange. D'accord : c'est un personnage controversé, qu'on préfère peut-être oublier, mais je ne crois pas qu'à Chicago on ignore qui est Al Capone ou chez Fiat qui est Lapo Elkann. D'autant qu'on aurait pu se souvenir du Sella intellectuel, à défaut du terroriste. Peut-être que ce n'était pas le candidat rêvé pour donner son nom à une école élémentaire, mais à un centre socioculturel, oui. Cette énigme a guidé les premiers pas de mon enquête.

J'ai commencé par ma mère. Je l'ai coincée alors qu'elle corrigeait des copies, comme celles que je vois traîner à la maison depuis au moins vingt ans, et elle a semblé quelque peu décontenancée.

— Bien sûr que je le connais. Tout le monde le connaît.

— Tu veux dire tout le monde à Viareggio ?

— Non, en général : à l'époque ils étaient assez célèbres.

— Quelle époque ?

— Les années 1970... C'était quand ? 1976, 1977 ? Peut-être un peu avant, mais dans ces eaux-là. Tous les journaux en parlaient. On ne savait pas vraiment qui ils étaient, on savait seulement ce qu'ils faisaient.

— Tu veux parler des histoires de terrorisme ?

— Oui, les actions politiques. Après leur arrestation, on a découvert que c'étaient eux... Tito Sella... Vitale, Athos Bastiani... Je ne me rappelle pas tous les noms, mais le groupe était déjà connu avant ça.

— Ils faisaient partie des Brigades rouges ?

— Plus ou moins. Pas vraiment les Brigades rouges, en tout cas cette frange-là.

— Donc tu ne l'as pas connu en tant qu'écrivain ?

— Non... (Elle réfléchit, mais on voit bien qu'elle ne sait pas trop ce qu'elle cherche.) Enfin, peut-être que si, plus tard. Je ne m'en souviens pas vraiment.

— Et de quoi tu te souviens ?

— Des braquages, des enlèvements. De l'affaire Altieri, bien sûr, le juge qu'ils ont tué. Et puis du carnaval, naturellement.

— Le carnaval ?

— Ils ont fait sauter un char pendant le défilé masqué. C'était le carnaval de 1977 : je le revois comme si c'était hier.

— Tu plaisantes ?

— On n'a parlé que de ça pendant des mois. Les journaux télévisés passaient les images de l'explosion en boucle, elles ont fait le tour du monde.

— Un attentat en plein carnaval de Viareggio ?

— Oui...

Ma mère a l'air presque rêveur en repensant à l'attentat, comme si elle se souvenait de son premier baiser, ce qui me paraît vaguement sinistre. Puis elle s'extrait de sa rêverie.

— Ce n'était pas une vraie bombe, personne n'a été blessé. Mais on en a beaucoup parlé, ç'a même été une sorte de publicité pour Viareggio, il faut le reconnaître.

— Comment ça ?

— Eh bien, on a eu une sacrée trouille. Mais on voyait bien que c'était justement ça : une chose qui ferait parler, pas une chose qui blesserait des gens. À l'époque, on faisait tout et n'importe quoi, on peut même dire qu'on était fiers qu'ils aient organisé quelque chose d'aussi spectaculaire chez nous. Ils ont fait sauter le char le plus laid de cette année-là, ça n'a pas été une grosse perte. Le pire, c'est qu'au final le jury a récompensé Giunti, celui dont le char avait été détruit.

— En dédommagement ?

— Oui. Le message qu'ils voulaient faire passer, c'est qu'ils ne se laissaient pas intimider par les terroristes... Une bêtise de ce genre.

— Après qui en avaient-ils ?

Elle suit le fil de ses pensées.

— À Viareggio, personne ne supportait Giunti... C'était un vrai emmerdeur, tu sais ? Alors on a tous été déçus qu'ils l'aient laissé gagner à la fin.

— Pourquoi c'était un emmerdeur ?

— D'abord parce qu'il était fasciste, mais aussi parce qu'il était alcoolique. Si tu avais vu comment il traitait sa femme et ses pauvres enfants. Et puis ses chars étaient vraiment laids. Mal fichus, bâclés. Il concourait dans la catégorie principale uniquement parce que son oncle était conseiller régional, c'était de notoriété publique. Et cette fois-là il emmerdait encore plus tout le monde, non seulement parce qu'il avait gagné avec un char atroce, mais aussi parce qu'il avait joué la carte politique. Il a dit qu'ils l'avaient attaqué parce qu'il était le seul artiste de droite à Viareggio, qu'ils le censuraient et l'intimidaient. Un "artiste" : tu parles.

— Mais ils ont fait sauter son char.

— Oui, mais pas parce qu'il était de droite : qu'est-ce qu'on en avait à faire, de Giunti ?

Je découvre aujourd'hui qu'à l'époque ma mère prenait le carnaval très au sérieux. Ou, plus précisément, qu'à Viareggio le carnaval est une chose qu'on prend très au sérieux. Mais je ne pensais pas qu'à soixante ans ma mère puisse encore se sentir insultée par la laideur d'un char d'il y a quatre décennies.

Elle poursuit :

— Ce n'était qu'une posture : il savait qu'il emmerdait tout le monde et il se plaisait à dire qu'il était

celui qui s'opposait au système. Tu peux donc imaginer sa satisfaction quand ils ont fait sauter son char.
— OK, je vois, ai-je coupé court, car cette histoire de carnaval ne m'intéressait que dans une certaine mesure.
— À mon avis, c'est à partir de là qu'ils ont mal tourné et qu'ils ont perdu la sympathie dont ils bénéficiaient.
— De la sympathie ? Les brigadistes ?
— Pas "les brigadistes". Ceux d'ici. Ils s'appelaient les Ravagés, je crois. Au fond, jusqu'alors ils faisaient des choses, des choses moches, c'est vrai, mais ils les faisaient sans causer de dégâts, contre des gens qui l'avaient un peu cherché. On peut même dire que l'explosion du carnaval a été une sorte de triomphe, spectaculaire mais inoffensif.
— Quand tu dis des choses moches mais justes, tu parles des gens qu'ils ont tués ?
— Ce que tu es bête ! Bien sûr que non ! C'est venu plus tard, ça, quand ils ont perdu la tête et qu'ils se sont mis à tirer pour tuer.
— Avant ça, non ?
— Non, avant ils faisaient… comme les Indiens.
— C'est-à-dire ?
— Disons, de la propagande. Un peu agitée, peut-être, mais de la propagande.
— "Agitée" ?

Ma mère qui juge qu'"au fond" le terrorisme, ce n'était pas si terrible, je ne m'y attendais pas.
— C'était une autre époque, Marcello. Qu'est-ce que tu veux que je te dise ? Quand on secouait un peu le contremaître sadique des chantiers navals, les gens ne poussaient pas les hauts cris comme

aujourd'hui : on savait que ce n'était pas bien, mais on savait aussi que le type l'avait mérité.

— Excuse-moi, tu avais quel âge à l'époque ? Vingt ans ?

— À peu près.

Ma mère a tellement l'habitude de garder un silence pudique sur son âge qu'elle reste vague, même si elle doit admettre qu'elle avait une vingtaine d'années.

— Tu avais vingt ans, tu allais à l'université et tu trouvais ça bien, les braquages ? Tu trouvais ça bien de tirer sur des gens ?

— Ne me mets pas les mots dans la bouche. J'ai juste dit que c'était une autre époque.

Elle marque une pause, puis s'illumine, comme si elle avait trouvé l'argument décisif :

— Prends grand-père Antonio, par exemple. Il était socialiste, "socialiste réformiste", disait-il, et il était donc contre ces groupes de jeunes bourgeois qui finissaient par devenir des terroristes ; mais il était aussi ouvrier sur les chantiers navals et savait ce que c'était que d'être sous la coupe de certains contremaîtres. Alors chez lui il disait que ces terroristes étaient des criminels à fusiller, qu'ils faisaient le jeu de la Démocratie chrétienne et de son leader Cossiga. Mais quand ils ont mis le feu à la voiture de son contremaître, qui devait être un fils de pute comme tu ne peux même pas en imaginer, et que mort de peur le type a fini par filer droit, je t'assure que ton grand-père Antonio – un homme dur, un homme austère qui ne se laissait jamais aller, tu t'en souviens ? – était heureux comme je ne l'avais jamais vu. Je me le rappelle comme si c'était hier, le visage qu'il avait quand il est rentré à la maison. Je crois qu'il ne s'en rendait pas compte, sinon il n'aurait rien laissé paraître. Il n'en était pas conscient, mais il était radieux... comme s'il venait de gagner au loto... Je te l'ai dit : c'était une autre époque.

— Une autre époque, je répète, songeur.

— Puis les choses ont dégénéré. Après coup, on examine les événements à la lumière de ce qui s'est passé ensuite et on voit tout ce qui est allé de travers, tout ce qui laissait présager que ça ne finirait pas bien. Mais à l'époque, que veux-tu que je te dise : on avait l'impression que le plus grand tort était d'avoir fait gagner ce sale con de Giunti.

Je la remercie et la laisse à ses copies. Ma mère enseigne l'histoire de l'art. Elle travaille depuis des décennies dans le même établissement et le progrès le plus significatif qu'elle ait fait au cours de ces dix dernières années est d'avoir mis à la retraite ses glorieuses diapositives et accepté d'utiliser un tableau numérique. C'est une femme aux solides principes moraux, au tempérament facile et conciliant, qui fuit toute forme de conflit et refuse totalement la violence (de ma vie, je n'ai reçu aucune gifle de sa part, pourtant j'en aurais mérité quelques-unes). C'est pourquoi je suis troublé par la manière pragmatique et assurée avec laquelle elle a contextualisé et historicisé ces gestes. En effet, je considérais comme acquis qu'elle les condamnerait simplement en tant que “criminels”. D'où mon étonnement.

L'assurance avec laquelle elle a parlé de faits survenus il y a quarante ans m'a également étonné. Oui, peut-être que l'explosion de ce char pendant le carnaval avait été pour elle une sorte de 11 Septembre, l'un de ces événements que chacun sait situer avec précision non seulement dans le temps, mais aussi dans sa propre vie : nous nous souvenons de ce que nous faisions au moment où il s'est produit, avec qui et où nous étions, et nous sommes capables de répartir les différents éléments de notre biographie avant et après ce moment décisif. L'autre hypothèse qui puisse cxpliquer une reconstitution si sûre d'un passé lointain est que les années avaient alors une identité pour elle, c'est-à-dire qu'elle était dans cette phase de la vie où elles ne se ressemblent pas toutes, où chaque année est caractérisée par des événements uniques et des premières fois qui sont des tournants dans une existence. Plus tard, distinguer une année d'une autre et se rappeler quel char a été récompensé au carnaval d'il y a trois ans est tout simplement impossible. Mais la victoire du char de Giunti, ma mère s'en souvient parfaitement : elle ne l'oubliera jamais et saura toujours la situer dans le temps (février 1977) et, dans le cours de sa vie, un dimanche ensoleillé de sa vingt et unième année, alors qu'elle aurait dû croiser sur l'esplanade de la mer le chemin d'un garçon qui lui plairait (peut-être mon père, en version favoris longs, moustache et Ray-Ban d'aviateur) et avait au contraire assisté à l'explosion d'un char de carnaval, prise entre la peur des attentats des dernières années et l'émotion que suscite l'histoire en marche, face à laquelle la lumineuse jeune femme de vingt et un ans se sentait invincible.

Pour ma part, je suis incapable de distinguer une année d'une autre, car je fonctionne par blocs : élémentaire et collège (ou plutôt : élémentaire suivie par le trou noir du collège), et après ça le lycée. Cet *après* en particulier est des plus nébuleux et, bien que je puisse à peu près faire la distinction entre un *après* initial et un *après* tardif, la plupart des événements se mêlent pour former une série de présents qui n'en ont jamais réellement été. Le fait est que, dans ma vie récente, il n'y a pas d'événements suffisamment significatifs pour constituer des lignes de partage en mesure de donner une direction au temps, si bien que les différentes années ne sont pas seulement floues dans ma tête, mais qu'elles sont aussi globalement indiscernables dans la réalité.

— Tu te souviens de Tito Sella ?

— Ah oui. Un vrai champion, celui-là.

La deuxième personne que j'interroge dans le cadre de mon enquête sur la mémoire historique de Viareggio et l'auteur à qui je consacre ma thèse de doctorat est mon père. Je vais le voir au café, à une heure où je sais qu'il n'y a pas foule, à supposer qu'on puisse appeler "foule" sa clientèle clairsemée et sénile, que le refus de mon père d'installer des machines de vidéo poker dans la petite salle, non pas tant par opposition morale que parce qu'il dit que les gens qui jouent à ces trucs le dégoûtent, contribue à réduire un peu plus.

— Donc tu t'en souviens ?

— Bien sûr que je m'en souviens, je n'ai pas Alzheimer.

— Tu te souviens de lui en tant qu'écrivain ou que… militant ?

— Ah bon, c'était aussi un écrivain ? Comme quoi, n'importe qui écrit des livres… (Et c'est la plus haute appréciation de mon métier d'homme de lettres que je puisse attendre de lui.) Mais je ne savais pas qu'il avait été militant.

Je suis pris au dépourvu : y aurait-il une troisième partie dans la vie de Sella, en plus de la politique et de la littérature ?

— Et donc ?

— Je me souviens d'un criminel qui tirait sur des gens désarmés.

— Oui, bon : quand je parlais de militant, c'est ce que je voulais dire.

— Alors tu aurais dû dire criminel.

— OK, OK. Donc tu te souviens de lui comme d'un terroriste.

— Non.

— Mais tu viens de dire...

— ... que je me souvenais de lui comme d'un criminel. C'étaient tous des criminels. Des délinquants de droit commun. Des exaltés qui prenaient la politique comme prétexte. Ils braquaient des banques, kidnappaient des gens et demandaient des rançons. Et ils tuaient.

— L'histoire du carnaval, tu t'en souviens ?

— Bien sûr que je m'en souviens. Ç'a été un véritable cirque, quelqu'un aurait pu y rester. Mais qu'est-ce que ça pouvait bien leur faire ? Il fallait qu'ils jouent aux héros. Des types qui ne couraient aucun véritable risque, des fils à papa surprotégés qui s'amusaient à foutre le bordel en prétendant être des révolutionnaires.

Mon père n'a jamais été du genre à avoir peur du manichéisme.

— Ils n'étaient pas si surprotégés que ça. Certains sont morts. Et Sella a passé sa vie en prison.

— Tu parles, il lâche d'un ton définitif.

Car il n'est pas non plus du genre à discuter : une fois qu'il a affirmé sa position, il la consolide et estime qu'il n'est pas nécessaire d'y revenir. S'il pense que c'étaient des fils à papa surprotégés, tout élément susceptible de contredire sa vision sera écarté d'un geste souverain. Pourtant, cette fois, mon père fait deux choses qui m'étonnent. Avant tout, il contre-argumente :

— Il avait tué deux personnes : qu'est-ce qu'il fallait faire, lui dresser une statue ? Mais bon, il est moins pire que ceux qui se sont désolidarisés et qui, au bout de deux ans, étaient déjà dehors. Il y en a plein qui ont fait ça.

La deuxième chose étrange est qu'il se laisse aller à ce qui, dans son monde, peut aisément être considéré comme une confession à cœur ouvert :

— Le lendemain de ce carnaval, tu sais ce que j'ai fait ? Je suis allé déposer ma candidature comme carabinier auxiliaire. J'espérais qu'ils m'enverraient matraquer ceux que tu appelles des "militants".

— Tu as été carabinier ? je demande, stupéfait.

— Non, j'ai fait mon service militaire comme tout le monde. Il n'y avait pas beaucoup de places chez les carabiniers et je n'ai pas été pris.

Au vu des prémices, il ne me semble pas opportun de lui demander pourquoi, d'après lui, la ville n'a jamais rendu hommage à l'écrivain Sella, et l'a même pour l'essentiel oublié.

— Tu prends quelque chose ? il me demande.

— Je veux bien. Un ginseng, s'il te plaît.

Pendant une ou deux secondes, il m'observe, soupesant cette énième confirmation : il a bel et bien hérité d'un raté comme fils. Puis il se tourne pour préparer mon ginseng. Soyons clairs : je ne suis pas un buveur de mixtures exotiques, je me tiens même à l'écart des aliments à la mode, dont l'impardonnable avocat. Mais, quand je vais voir mon père, je fais exprès de lui commander quelque chose de bizarre, pour le simple plaisir de lui casser les pieds. Un cappuccino au lait de soja, une barre protéinée, un croissant vegan : toutes ces choses qu'il vend dans le seul but de mépriser ceux qui les lui achètent.

— Et c'est quoi, cette histoire de Paris ?

— Paris ?

— Ta mère dit que tu vas partir à Paris.

— Ah oui. L'année prochaine. J'y passerai quelques mois.

Je ne me souvenais pas de l'avoir dit à ma mère et, si je l'ai fait, c'était seulement pour me donner un air d'intellectuel, car je n'ai aucune intention d'y aller. Mais il serait bien trop compliqué de l'expliquer à mon père et ça renforcerait sa conviction que son fils n'est absolument pas prêt à assumer ses responsabilités.

— Et qu'est-ce que tu vas y faire, à Paris ?

— Je vais y faire des recherches.

— Là-bas ? Tu ne peux pas les faire en Italie ? Il n'y a pas assez de livres chez nous ?

Son attitude est bien plus agressive qu'avant, je ne comprends pas pourquoi. Je ne pense pas que ce soit seulement à cause du ginseng et, même si mon père a une aversion aussi résolue qu'arbitraire à l'égard des Français, il s'agit tout de même d'une capitale étrangère, de celles où vont les enfants de ses amis, ceux dont il loue les hauts faits.

Quoi qu'il en soit, face à ce ton hostile, j'essaie de me défendre :

— Les archives de Sella sont là-bas.

— Ces gens-là sont tous allés à Paris. Les Français ont protégé les terroristes.

— Sella est mort en prison, je répète, même si je sais que mes arguments ne valent rien.

— Parfait, c'est donc là que tu échoueras, pour faire des recherches sur un assassin.

Ma thèse sur Tito Sella a fourni à mon père une raison définitive de s'en prendre à moi, je soupçonne. Comme si j'étais moi-même devenu un terroriste à ses yeux.

— Attends, ce n'est pas toi qui disais qu'il fallait acquérir de l'expérience à l'étranger et tout ça ? Putain papa, tu me parlais de ceux qui partaient comme si c'étaient des modèles à suivre, et maintenant que c'est moi, tu trouves ça con ?

J'ai un peu haussé le ton et je suis bien conscient que ça va stimuler son agressivité.

— Quel rapport ? On part jeune pour apprendre un métier. Pas quand on est adulte.

— Mais la dernière fois tu chantais les louanges de la fille de Sandro, qui est partie à Londres pour être serveuse et qui a deux ans de plus que moi !

— Londres, c'est autre chose. On y va pour apprendre l'anglais.

— Eh bien, j'apprendrai le français, moi.

— Personne ne le parle.

— Les Français le parlent.

— Formidable. Les Français.

— OK. Salut, papa, je dis et m'en vais sans avoir bu mon ginseng, mais en laissant tout de même un euro sur le comptoir en guise d'ultime provocation, comme si je ne voulais pas accepter ça de lui non plus.

Il hurle dans mon dos :

— Eh, le ginseng, c'est un euro vingt !

— Parce que tu es un voleur ! je hurle à mon tour, essayant d'avoir le dernier mot.
— Va te faire foutre ! il me crie.
— Toi, va te faire foutre ! je réplique.

— Tu comprends ? Oui on a Tobino, qui a même gagné le prix Strega et dont Fellini voulait adapter un des romans, mais quand même : tu ne trouverais pas normal qu'à Viareggio on se souvienne au moins un peu d'un écrivain natif de la ville et devenu assez célèbre comme Sella ?

Letizia est la première destinataire de mon analyse des mécanismes de la mémoire historico-politique locale. J'ai réussi à la convaincre de venir déjeuner au bord de la mer, pour profiter un peu du timide soleil d'hiver qui a succédé comme de coutume à plusieurs jours de pluie battante dans la verte Toscane. J'ai l'impression que depuis que j'ai commencé à appeler ces pauses en plein air "Opération Vitamine D" Letizia accepte plus volontiers de m'accompagner, bien que nous soyons en février, un mois où elle fait traditionnellement face à l'une de ses sessions d'examens *monstre**.

— Tu te souviens de l'occupation du lycée en 2006 ? elle me demande.
— Mais tu m'écoutes, oui ou merde ?
— Réponds-moi : tu t'en souviens ?
— Bien sûr que je m'en souviens, j'étais en terminale.

La terminale, je m'y sentais tellement bien que je l'ai refaite. J'étais aussi représentant au conseil d'établissement.

— Sans fausse modestie, on peut dire que cette occupation, *c'était moi**.

— Oui, c'est vrai. Je m'en souviens très bien, de cette occupation. Tu imagines, j'étais en seconde, tout intimidée. Vous aviez l'air si grands. Et même beaux.
— Je pense que j'étais le plus beau des trois.
— Non, c'était Lucio.
— Tu veux dire que tu étais team Lucio, pas team Marcello ? Tu n'es pas tombée amoureuse de moi à ce moment-là ?
— Non, pas à ce moment-là. On en a parlé plusieurs fois : j'étais dingue de Lucio.
— C'est si manifestement absurde que je continue de l'oublier.
— Bref. Tu te souviens des raisons de cette occupation ?
— Oui, bien sûr…
— Qui sont ?
— Les trucs habituels : Berlusconi, la ministre Moratti, les écoles privées, ces choses-là… "Dix, cent, mille occupations / Contre l'école des patrons."
— Pas du tout.
— Mais si, bien sûr.
— Cette année-là, la gauche était au gouvernement et il n'y a presque pas eu d'occupations, seulement quelques autogestions symboliques.
— On a occupé le lycée, nous, je m'en souviens très bien.
— Vous vouliez à tout prix l'occuper. Mais cette année-là il n'y avait pas de bonnes raisons politiques. Alors vous en avez inventé une.
— Ma foi, ça colle. D'ailleurs c'était mon modus operandi à cette période : l'invention.
— Laisse-moi te rafraîchir la mémoire : vous aviez organisé une conférence avec certains de vos amis

de l'université et le proviseur ne vous a pas donné la permission de la faire au lycée. Vous n'attendiez que ça et vous avez lancé cette occupation.
— Mais oui, ça se peut... Quelle bande de... Va savoir quelle foutue conférence on avait imaginée.
— Tu ne t'en souviens pas ?
— Eh bien, Lucio a dû trouver quelque chose comme le Darfour, la guerre en Irak... C'est lui qui avait des amis en fac de sciences politiques. C'était lui, le cerveau. Moi, je bouleversais les foules.
— D'après toi, ils ont interdit une conférence sur le Darfour ? Tu ne sais vraiment pas de quoi parlait la conférence dont l'annulation a provoqué l'occupation du lycée ?
— Non, aucun souvenir.
— C'était sur Tito Sella.
— Tu plaisantes ?!
— Vous aviez demandé à organiser une conférence sur Tito Sella écrivain, mais le proviseur l'a interdite parce qu'il était le candidat de la gauche aux élections municipales et qu'il ne voulait pas être accusé de faire la publicité d'un terroriste. Vous saviez qu'il vous dirait non et vous en avez profité.

Je suis stupéfait. De fait, cette histoire ne me semble pas complètement inconnue. Dans une brume aussi épaisse que lointaine, je perçois une chose dont j'ai déjà entendu parler. Perdu dans une hébétude causée par un mélange de haschisch, de frivolité adolescente, de frivolité personnelle et de frivolité générationnelle, j'avais complètement oublié cette première incursion de Sella dans ma vie. Et qui sait s'il n'y en a pas eu d'autres, car à ce stade je suis certain que même s'il y en avait eu je les aurais oubliées elles aussi.

— Incroyable ! Maintenant que tu me le dis...

— C'est impressionnant, tu sais, comme tu ne te rappelles jamais rien...

— Oh, Leti, je l'interromps. D'après toi qui es presque médecin, comment est-il possible que je ne me rappelle jamais rien ? Je dois avoir des troubles de la...

— J'ai ma petite idée, elle me coupe, et je constate qu'elle a repris l'apparence de Jiminy Cricket.

— Laquelle ? je demande prudemment.

— Je pense qu'on se rappelle les choses qui nous ont émus d'une manière ou d'une autre. Tu sais, quand on retient un mot nouveau dans une langue étrangère alors qu'on l'ignorait complètement et qu'on a fait mauvaise figure ? Ou ceux prononcés par une personne qui nous plaît ? Voilà : c'est parce qu'on a été émus. L'émotion a gravé ces mots dans notre mémoire.

— Donc ? je demande avec scepticisme, car je suis programmé pour me méfier des émotions.

— Donc un événement a besoin d'une certaine forme d'émotion pour rester dans la mémoire.

— Donc ? je répète.

— Tu n'as aucune émotion. Tu es inaffectif : tu vis ta vie comme si c'était celle de quelqu'un d'autre. Et pas un autre au hasard : quelqu'un dont tu te fiches complètement. C'est comme si on te parlait de quelqu'un dont tu ne sais pas trop qui il est, alors que tu es occupé à faire autre chose. Pas étonnant que tu ne te rappelles rien. Je vais te donner un exemple...

J'ai cessé de l'écouter. C'est vrai : peut-être que je ne me trouve pas assez intéressant pour mériter ma propre attention.

Commencer mes recherches par le biais d'entretiens sommaires avec des personnes qui ont pour seule compétence de m'être proches n'était, bien sûr, qu'une simple façon de gagner du temps, comme la cigarette qu'on se roule pour s'accorder un dernier sursis avant d'entamer une tâche importante. Le travail, tel que je l'avais imaginé, consisterait, selon moi, à combiner l'étude des romans de Sella avec la lecture d'une de ses biographies, sauf à découvrir ensuite que personne n'aurait pris la peine d'en écrire une. Si on y ajoute mon refus inébranlable de me rendre à Paris pour fouiller dans les archives, malgré l'aimable pression exercée par Sacrosanti, on comprendra pourquoi j'ai dû inventer des solutions afin de combler les lacunes dans la vie de l'auteur sur lequel je fais ma thèse (ou plutôt : sur lequel je travaille, comme on dit à l'université, où tous répètent sans cesse qu'ils "travaillent" sur ceci ou cela, histoire de souligner que, malgré les apparences, ils ne sont pas au chômage).

C'est ainsi que j'ai fait connaissance avec un instrument qui m'a d'emblée fasciné : le microfilm. À l'hémérothèque universitaire de Pise, où je me suis rendu pour consulter la presse locale des années 1970, j'ai eu affaire pour la première fois à ces bobines sur lesquelles on transfère les vieux journaux. Quand on veut les consulter, on doit s'installer dans des espèces de cabines qui ressemblent aux bornes d'arcade du siècle dernier, sauf qu'au lieu d'une manette de jeu on se sert d'une manivelle qui permet de passer d'une page à l'autre et qui, chaque fois qu'on la tourne, émet un puissant bruit de mixeur.

Se tenir devant ces choses (même si on a plutôt l'impression d'être *dedans*) procure une étrange sensation : d'abord parce que je pensais que les microfilms existaient seulement dans les vieux films d'espionnage ; ensuite parce que les utiliser donne immédiatement l'impression d'être un vrai chercheur, pas simplement un étudiant imberbe qui vient tuer le temps à la bibliothèque ; et enfin parce qu'il est difficile d'expliquer l'effet psychologique d'un outil à l'air décrépit propre aux objets conçus pour avoir l'air futuristes. C'est comme de se retrouver au centre du flux canalisateur de *Retour vers le futur* : on est à la fois en 2017, d'où on vient, dans les années 1970 dont on lit les journaux, dans une salle d'arcade des années 1980 et dans une dystopie technologique du troisième millénaire telle qu'on aurait pu l'imaginer dans les années 1960. D'où, je pense, la sensation d'être dans un mixeur.

Grâce aux microfilms, j'ai aussi découvert qu'il y a peu de choses au monde qui me plaisent autant que de lire des journaux vieux de quarante ans. Chaque fois que j'ouvre un journal, à n'importe quelle date, au lieu d'aller directement aux nouvelles locales pour voir s'il contient des informations sur l'activité politique de Sella et de ses camarades, je me perds dans un millier d'articles, d'entrefilets, de reportages et d'éditoriaux. Je lis des articles sur la politique remplis de noms qui semblent remonter à une époque lointaine et presque légendaire (Zaccagnini, De Martino, Forlani...), évoquant des questions que j'ai le plus grand mal à me représenter (l'échelle mobile des salaires, la stagflation, l'OPEP...), pourtant je les lis de bout en bout, hypnotisé par leur langage désuet et presque abscons. Dès la troisième ligne, je cesse de lire tout ce qui parle d'une crise gouvernementale actuelle, alors que la chute du gouvernement Rumor IV et son remplacement le lendemain par un gouvernement Rumor V, pratiquement identique à l'exception de deux ministres républicains qui ont été torpillés, m'enchante tout un après-midi.

Pendant que je mène cette enquête en hémérothèque et savoure la lenteur permise par mon rôle, je déjeune régulièrement avec Carlo qui, entre mars et mai, donne chaque jour des cours à l'université, un contrat que lui a procuré Sacrosanti. Il semble m'avoir pardonné l'obtention d'une bourse de recherche qui ne m'était pas destinée et, à présent, c'est presque toujours lui qui parle, me conseillant surtout une montagne de livres et m'expliquant le fonctionnement de l'université, lequel devient petit à petit moins brumeux à mes yeux. Depuis qu'il m'a fait entrer dans les bonnes grâces de la secrétaire, toute l'impénétrabilité de la bureaucratie byzantine du département s'est dissipée d'un coup. Ce qui me plaît peut-être le plus, c'est qu'avec moi – peut-être justement parce qu'il ne peut en aucun cas me considérer comme un rival – il semble s'ouvrir plus qu'à l'ordinaire. Il me parle de sa compagne, qui voudrait un enfant, tandis qu'il craint, lui, que la procréation ne soit incompatible avec une carrière universitaire (ce que sa compagne a compris depuis longtemps, si bien qu'elle cherche à présent un vrai travail), ajoutant que de toute manière il doit d'abord décrocher un poste. “Ici, depuis quinze ans, tout le monde me traite comme l'*enfant prodige** du département. On m'a donné un doctorat, un second doctorat, des bourses, des contrats, etc. Mais l'année prochaine j'aurai quarante ans et j'en ai plein le cul d'être l'*enfant prodige**."

Notamment parce que le solde de sa bourse lui a été versé il y a un an et demi, m'explique-t-il, que cette année il devait obtenir un poste de chercheur "de type B" (j'aimerais savoir ce que c'est, mais il me l'a déjà expliqué deux fois et je ne le lui demanderai pas une troisième) et qu'au final le poste reviendra à quelqu'un d'autre, un ancien élève de son ennemi juré Martesana, lui a annoncé Sacrosanti. Et là, je ne sais pas si c'est vraiment ce qu'il a dit ou si c'est moi qui l'ai inventé, mais il me semble que Sacrosanti s'est senti obligé de rendre la politesse à son adversaire en lui volant un élève pour se venger de l'affront causé par l'extraterrestre bolonaise. Je ne suis pas sûr que ce soit le cas, mais ce qui m'a impressionné, c'est que Carlo, qui est la victime des représailles puériles entre deux messieurs savants en âge de prendre leur retraite, était tout à fait d'accord avec le choix de Sacrosanti, comme si, en effet, l'affront devait être lavé.

Je dois dire que de façon générale j'ai le plus grand mal à obtenir le soutien de Carlo quand je me lance dans une de mes philippiques national-populistes contre les passe-droits, les privilèges, les baronnies, l'absence de méritocratie et les logiques courtisanes qui règnent au sein de l'université italienne. Je ne sais pas si c'est moi qui me suis paresseusement laissé aller à des positions un peu trop superficielles ou si c'est lui qui a désormais intégré la logique d'un système toxique ; le fait est que Carlo partage tout à fait cette logique qui manifestement l'écrase.

— Tu sais, Sacrosanti ne fait rien d'inhabituel, m'explique-t-il. Et de toute façon le rôle de Raffaele est fondamental : c'est justement parce que c'est un baron à l'ancienne que les choses fonctionnent. Il en profite, bien sûr, mais en même temps il soulage tout le département. S'il partait, ce serait le chaos, un affrontement permanent de poids coqs pour grappiller des bribes de pouvoir. Sacrosanti empêche la guerre entre clans rivaux : il distribue à tout le monde, peu, certes, mais il attire sur lui la haine et la jalousie, évitant ainsi la guerre civile.

— OK, mais c'est quand même lui qui décide à la fin quel étudiant, doctorant ou chercheur fera carrière, contre toute forme de méritocratie.

— Allons, Marcello, ne joue pas les âmes pures. Tu te doutes bien que s'il y a des jeunes gens qui valent la peine d'être pris, il le sait. Et ceux qui prétendent qu'ils avaient plus de qualifications mais qu'ils ont été écartés au profit d'un sponsorisé sont en général des gens qui, au mieux, se font un film et, au pire, croient qu'ils valent quelque chose parce qu'ils ont autopublié cinq monographies illisibles manquant, je ne dirais même pas de valeur scientifique, mais simplement de ponctuation. Quand Raffaele utilise son pouvoir pour embaucher quelqu'un, c'est parce qu'*il sait* que cette personne est la meilleure pour le poste.

Pourtant il ne remet pas en cause le système, y compris quand on lui fait l'objection la plus évidente : "Et toi ?" Il hausse alors les épaules et souligne qu'au cours de ces dix années et quelques Sacrosanti a fait mille choses importantes pour lui. Par exemple, cette année il lui a obtenu un contrat pour deux cours au premier semestre et deux autres au second. Notre déjeuner quotidien est coincé entre celui qu'il donne le matin aux étudiants en langues et celui de l'après-midi aux étudiants de première année en philosophie.

— Ce sont des cours de trois cents étudiants, Institutions de ceci et Introduction à la critique de cela, dans lesquels il n'y a que des premières années et pour lesquels on doit faire passer un tas d'examens à une bande de décérébrés. Mais ça va : avec quatre cours par an, même si on a un contrat et qu'on n'est pas titulaire, on peut s'en sortir. Peut-être qu'on ne peut pas obtenir un prêt immobilier ni faire des enfants, mais on verra plus tard. Et de toute façon, il ajoute, cette année, c'est comme ça, mais en vue de l'année prochaine, le tout-puissant Sacrosanti a fait des pieds et des mains pour lancer un nouveau concours et, cette fois, il n'y a pas de compte à solder, personne à satisfaire, le poste sera donc pour un des siens.

En attendant, si j'ai bien compris, Carlo s'en tire grâce à une discipline de fer, "pour ne pas finir comme Sonia Bartellutti", il souligne (et je manque de lui demander enfin ce qui est arrivé à cette Sonia Bartellutti) : il travaille plus dur qu'avant, termine un nouveau livre que Sacrosanti fait publier sur ses fonds propres, et il se gave d'endorphines en faisant des marathons de *spinning* tous les deux jours. De cette façon, il m'explique, il "garde la cyclothymie sous contrôle" (*sic*) et, d'ailleurs, depuis l'année dernière il a troqué quinze kilos de graisse contre cinq de muscles et de nerfs.

Peut-être que j'aurais bien besoin, moi aussi, d'un peu de cyclothymie à garder sous contrôle.

D'après ce que j'ai pu reconstituer durant ces mois passés à lire les journaux des années 1970, Tito Sella

– ou plutôt la cellule terroriste dont il faisait partie, la brigade Ravachol – apparaît par intermittence entre 1975 et 1977, puis quitte les pages politiques pour celles des faits divers, pendant le procès qui s'est déroulé de 1978 à 1980, et s'est conclu par sa condamnation à la réclusion criminelle à perpétuité pour crime terroriste, enlèvement et séquestration, vol et homicides multiples, ainsi que par la condamnation à vingt-deux ans de prison par contumace de Giorgio Palamides, en cavale jusqu'à la prescription en 2007, soit trente ans après les faits et plus de vingt-cinq ans après la fin du procès.

La première action revendiquée par la Brigade de Viareggio est en réalité assez inhabituelle. Le 18 avril 1975, la presse locale fait état du prétendu enlèvement d'Alfredo Zama, un armateur local très connu et très riche, dont une photo est envoyée aux rédactions des journaux avec une pancarte autour du cou : "Personne n'est intouchable. Tout le pouvoir au peuple." La revendication est signée "Ravachol", un nom que personne ne connaît. L'un des journaux que je consulte écrit que

> les premières vérifications effectuées par la rédaction semblent confirmer que M. Zama est introuvable, mais qu'il est prématuré d'en tirer quelque conclusion que ce soit.

Un autre journal rappelle, certes timidement, que c'est l'anniversaire du premier grand enlèvement commis par les Brigades rouges, celui du juge Sossi, dont le souvenir douloureux est "resté gravé dans la mémoire de chaque Italien".

La nouvelle prend encore plus d'importance le lendemain, quand les éditions régionales rapportent, alarmées, que Zama demeure introuvable, information confirmée par son épouse, sans toutefois faire la moindre allusion à d'éventuels contacts avec les ravisseurs. Les journalistes laissent entendre que, dans de telles circonstances, il est d'usage de nier, et que les contacts sont probablement occultés afin de mener des négociations secrètes avec les criminels. Cette fois, la photo envoyée par les terroristes est publiée : même la presse nationale s'empare de l'information et consacre des papiers à "l'étrange enlèvement d'un armateur toscan bien connu", voire aux "méfaits du terrorisme rouge".

Puis, soudain, cette histoire disparaît, on ne trouve plus que quelques entrefilets en bas de page affirmant que depuis le début la revendication était suspecte, que la photo de l'homme enlevé avait clairement été "trafiquée" et qu'il était à présent établi de manière certaine que M. Zama était simplement en vacances à Monte-Carlo, d'où il a démenti les fausses nouvelles ayant circulé à son sujet. À partir de là, silence.

Il faut attendre la fin de l'été 1975 pour que les Ravachol réapparaissent dans les journaux. Dans un article du 9 septembre, on apprend qu'un incident s'est produit dans la nuit du 7 au 8 : l'incendie de l'Alfa Romeo toute neuve de l'ingénieur Enzo Ramacciotti, directeur des chantiers navals Zama.

> Dans la soirée du 7 septembre, ont eu lieu, comme chaque année à Viareggio, les traditionnels *baldorie*, ces grands feux de bois et d'aiguilles de pin qui embrasent les rues pour célébrer de manière païenne la fin de l'été et, de façon plus chrétienne, la naissance de la Vierge. Ce 7 septembre a cependant été marqué par un événement violent. En effet, parmi les multiples bûchers

> inoffensifs et festifs, un feu séditieux a été allumé : celui qui a consumé la voiture flambant neuve de l'ingénieur Ramacciotti…

Outre le mauvais goût d'associer un incendie criminel à la fête et de qualifier la voiture de "flambant neuve", il ne semble pas, d'après le ton employé, que le journaliste fasse grand cas de cet incendie. Il s'agit presque d'une nouvelle folklorique : parmi les nombreux feux de joie traditionnels, il y a eu aussi celui d'une voiture. En lisant l'article, je n'ai pu m'empêcher de penser à ma mère qui racontait que mon grand-père Antonio avait les yeux qui brillaient quand on avait brûlé la voiture d'un salopard de contremaître. Peut-être que c'était Ramacciotti, peut-être que c'était bel et bien un fils de pute, et peut-être qu'il avait acheté sa nouvelle voiture avec les primes gagnées sur le dos des ouvriers qu'il humiliait. "Sur le mur en face de la voiture incendiée, les délinquants ont écrit : 'La lutte, c'est la lutte', signé : brigade Ravachol", poursuivait le journaliste.

Le lendemain, dans un journal nettement moins complaisant, on pouvait lire un papier très dur dans lequel, en plus de mettre en garde contre les dangers des "cellules terroristes devenues folles", le journaliste élaborait une théorie fort sophistiquée selon laquelle ces brigades

> montrent à la fois qu'elles sont enracinées localement (le slogan "La lutte est la lutte" est une réponse à la déclaration de l'ingénieur Ramacciotti concernant le renouvellement de la convention collective : "La négociation est la négociation"), et qu'elles s'insèrent en toute conscience dans un contexte international plus vaste, dans lequel elles jouent un rôle certes

périphérique, mais tout de même important. Les symboles utilisés par le groupe le montrent tel M. de la Palisse : il ne s'agit pas seulement de prendre l'Union soviétique comme modèle, mais aussi de s'inscrire pleinement dans le débat sur la situation au Proche-Orient, en entretenant de toute évidence des relations avec le Mossad, et nous ne serions pas étonnés de découvrir que les auteurs de ce geste sont pilotés, armés et subventionnés par celui-ci.

Sur ce point, je dois m'incliner : je ne connais pas suffisamment la situation internationale des années 1970 et je n'ai jamais rien compris aux affaires du Moyen-Orient, si bien que je me contente d'une note – *le Mossad ???* – avant de poursuivre. Trois mois plus tard, l'avant-veille de Noël 1975, les Ravachol repassent à l'action. Le matin du 23 décembre, alors que les supermarchés débordent de clients venus faire leurs achats, malgré l'inflation galopante et la première véritable récession que l'Italie ait connue depuis la guerre, le supermarché Iperdomus de Viareggio est pris d'assaut par quatre hommes armés et masqués.

L'opération a été pensée de manière à bloquer les deux entrées, à tenir les caisses sous la menace et à couvrir la fuite des criminels. Dès leur entrée armes au poing et cagoule sur le visage, l'un des hommes prend le micro et annonce à tous les clients qu'ils doivent se dépêcher de quitter le supermarché avec leur chariot plein, car aujourd'hui ils n'auront pas à payer. Le message se termine ainsi : "Remerciez M. Iperdomus pour sa générosité et la brigade Ravachol pour la logistique. Bientôt nous ferons tous nos courses de cette manière. Joyeux Noël." Mi-effrayés mi-ravis, les gens sortent au pas de course. Les moins timides attrapent tout ce qu'ils peuvent avant de sortir. Certains poussent un chariot rempli de bocaux de légumes, d'autres ont quinze *panettoni* dans les bras. En moins de cinq minutes, la foule est dehors, personne n'a été blessé et la bande a filé. Une fois que tout est terminé, il serait hypocrite de nier que l'atmosphère était celle d'une fête improvisée, pas celle d'un danger auquel on aurait échappé.

Le supermarché est ensuite resté fermé jusqu'à l'ouverture de l'après-midi, le temps de ranger et de mesurer les dégâts subis. À la réouverture, les gens faisaient la queue devant l'entrée : certaines personnes étaient là pour exprimer leur solidarité avec les victimes de l'agression en venant faire leurs courses ; mais pour la plupart, elles avouaient à demi-mot leur espoir que "Ravagé revienne", comme on commençait à désigner la bande. Pourtant, à leur grande déception, "Ravagé" n'est pas remonté sur scène.

À Viareggio, l'année 1976 est, pour les cercles militants, celle de l'occupation des bâtiments abandonnés ayant appartenu à l'ENEL, la compagnie d'électricité publique, un geste qui, d'après les journaux que j'ai sous la main, a suscité un large consensus. Squattés pour héberger pendant l'hiver des familles qui venaient d'être expulsées, ces bâtiments furent aussi partiellement utilisés pour y installer le centre socioculturel des Ginepri, qui constituerait des années durant le cœur de la contre-culture locale, avec un ciné-club, les meilleures fêtes de carnaval que l'histoire locale se rappelle, un dispensaire, des cours de yoga et des expérimentations psychédéliques, avant d'être contaminé à la fin des années 1980 par la poussée de l'héroïne. À Viareggio, "Ginepri", les genévriers, deviendra synonyme underground de ce que le reste de l'Italie appelait les "shooteuses".

À l'époque, les Ravagés cherchent avant tout à "s'autofinancer", c'est-à-dire qu'ils réalisent (au moins) un braquage de banque et un enlèvement. L'enlèvement, celui de Gionata Funi, rejeton d'une famille de riches entrepreneurs du bâtiment à Lucques, est resté célèbre, car il a tenu l'Italie en haleine pendant plus de deux semaines, au terme desquelles la victime a été rendue à ses proches contre plus de trois cents millions de lires.

Ces initiatives traduisent une évolution manifeste, non seulement parce qu'elles sont fort rentables, mais aussi parce qu'elles sont ouvertement violentes (s'il n'y a pas eu de morts, c'est uniquement par chance, ai-je cru comprendre) et que, tout en restant périphériques, elles parviennent à retenir l'attention des médias pendant des semaines. Entre le 10 et le 28 octobre 1976, par exemple, il est difficile de trouver un quotidien, même national, qui ne consacre pas plusieurs pages au sort de Gionata Funi, aux manifestations de soutien, à l'inquiétude sur son état, aux appels de sa famille et aux séances de spiritisme visant à le retrouver.

À ce stade, la brigade Ravachol a cessé de bénéficier de la sympathie implicite des journaux : on ne compte plus les articles de commentateurs qui en appellent à l'intervention de l'armée ou qui exigent au minimum qu'on emploie la manière forte pour sortir de ce climat d'instabilité terroriste. La polarisation suscitée par le groupe durant cette période est telle qu'on commence à lire des théories selon lesquelles les Ravachol seraient en réalité manœuvrés (ou du moins infiltrés) par l'extrême droite, voire par la police ou les services secrets (comme le prouverait, par exemple, le fait qu'ils connaissent à l'avance les mouvements des flics), dont l'intention serait précisément de saper la crédibilité démocratique et les récents succès électoraux de la gauche italienne, en particulier du parti communiste italien. Publié durant l'hiver 1976, un article d'un dirigeant toscan du PCI affirme sans ambiguïté que non seulement le parti "rejette catégoriquement" toute association avec ce groupe, mais qu'il s'agit d'une émanation directe des services de renseignement dévoyés qui préparent un tournant autoritaire à travers la stratégie de la tension.

> Piazza Fontana, Brescia, l'Italicus Express, l'enlèvement de Sossi et celui de Funi sont autant de chapitres d'une même histoire, et il n'est pas difficile de relier ces pièces disjointes pour y reconnaître le dessein sous-jacent. [...] De l'étonnante capacité à devancer les mouvements de la police aux voitures volées conservées pendant des mois, de l'impossibilité de trouver leurs planques dans une ville de quelques dizaines de milliers d'habitants à la facilité avec laquelle ils se sont procuré des armes (et quelles armes : un Beretta identique à ceux utilisés par la police et une carabine comme celles dont l'armée disposait il n'y a pas si longtemps) : tout laisse à penser qu'il ne s'agit pas de simples terroristes, mais de professionnels, peut-être très expérimentés.

Ma note sur ce point : *???*

En 1977, la Brigade se fait remarquer par deux opérations, qui sont de loin les plus spectaculaires. La première est celle que ma mère m'a racontée et qui est apparemment une des pierres angulaires de l'histoire de Viareggio : l'explosion d'un char lors du carnaval. Ce que ma mère n'a pas mentionné, c'est que le char en question était composé de deux énormes masques en papier mâché de plus de cinq mètres de haut chacun, représentant un mariage entre Enrico Berlinguer et Aldo Moro, pour protester contre le “compromis historique”, considéré comme une alliance contre-nature entre les communistes et les démocrates-chrétiens. Une alliance qui, à la gauche du PCI, était vue comme de la poudre aux yeux, car elle confirmait le renoncement du Parti à poursuivre le rêve communiste, à force de plier le genou devant le pouvoir démocrate-chrétien, aussi implacable qu’infiniment malléable.

Les Brigades rouges exprimeraient leur propre désaccord en 1978 en enlevant et en assassinant Aldo Moro, le président de la Démocratie chrétienne. Un an auparavant, la brigade Ravachol l’a manifesté, elle, comme pouvait le faire un petit groupe de jeunes provinciaux dont l’horizon s’étendait jusqu’à une bande de terre située entre les Alpes apuanes et la mer Tyrrhénienne, et qui a connu son heure de gloire durant le carnaval.

Cette opération, qui a admirablement combiné propagande politique, spectacle et publicité, sans faire couler une goutte de sang et en parfait accord avec le sentiment populaire, a probablement été le moment de consensus maximal obtenu par les terroristes toscans ; un consensus encore plus difficile à comprendre si on songe que, quelques mois plus tard, on ne trouverait plus ni à Viareggio ni ailleurs en Italie qui que ce soit pour les défendre, ou même simplement pour les considérer comme autre chose que de lâches et vulgaires assassins.

Leur dernière opération est bien sûr le tristement célèbre “massacre de Gombitelli” dont j’ai entendu parler moi aussi, même si j’ignorais il y a peu de temps encore que le responsable était l’auteur qui m’occupe.

Le 4 août, je pars finalement en vacances, après des mois à étudier les romans de Tito Sella et à reconstituer son parcours politique. J'ai sagement recopié mes notes dans un cahier rouge sur la couverture duquel j'ai pompeusement écrit *LES CHOSES* et qui renferment les informations sur la vie de Sella ; dans le même temps, un second cahier, vert celui-là, sur la couverture duquel j'ai pompeusement écrit *LES MOTS*, contient mes notes de lecture sur ses romans.

Depuis l'année du baccalauréat, le premier vendredi du mois d'août est traditionnellement l'occasion pour mon groupe d'amis historiques de se réunir, une bande de *vitelloni* felliniens que ni les années, ni les mariages, ni les enfants n'ont réussi à changer et qui sont comme ils étaient à quinze ans. Ceux qui ont des enfants commencent en général par jurer leurs grands dieux qu'ils n'exagéreront pas, pour ne pas risquer d'être convoqués par les services sociaux de retour à la maison, mais c'est un scrupule qui se dissipe au fil de la soirée. Depuis cette année, le problème ne concerne plus le Sarde : lors du dernier anniversaire de son fils, il était ivre et a vomi sur le gâteau, soufflant les bougies à sa place, si bien que celui-ci vit désormais avec sa mère.

Les seuls qui peuvent se permettre de ne pas s'inquiéter de l'état dans lequel ils rentreront chez eux douze heures après en être sortis parfaitement à jeun et la chemise bien repassée sont l'Avocat et moi. Moi parce que je vis chez ma mère et l'Avocat parce qu'il regagnera le taudis malodorant où il passe presque toutes ses journées seul, fan de métal attardé portant des débardeurs noirs, les cheveux fièrement longs malgré une calvitie désormais évidente, en permanence devant son ordinateur (pour quoi faire, personne n'a encore compris), à écouter *Master of Puppets* au casque, sans que l'idée d'ouvrir la fenêtre pour renouveler l'air ne l'effleure. Tout comme le Sarde n'a aucun lien avec la Sardaigne, l'Avocat n'a aucun lien avec le droit. Ce surnom lui est resté après des vacances en Sicile, l'enterrement de vie de garçon d'un de ces amis de jeunesse qui se volatilisent immanquablement après le mariage. Je n'ai pas assisté à la scène, mais d'après la légende il avait répondu à un douanier qui comptait le fouiller à la recherche de drogue : "Si vous voulez, vous pouvez parler à mon Avocat." En réalité, "Avocat" était le petit nom affectueux qu'il avait donné à son direct du gauche, perfectionné durant ses années de boxe amateur. Les rumeurs sur ce qu'il est advenu du douanier divergent, mais le fait est qu'ils ont passé la nuit au poste, ceux qui l'accompagnaient et lui, tout comme le futur marié, ravi par la tournure "épique" qu'avait prise cette célébration. Depuis ce jour, l'Avocat a gardé le nom que tout le monde lui connaît aujourd'hui et il a en outre trouvé place dans les méandres d'un procès pénal pour violences contre une personne dépositaire de l'autorité publique, dont on n'a jamais su le verdict.

Au coucher du soleil, nous nous retrouvons tous les six sur les rochers : chacun apporte une bouteille de prosecco pour l'apéritif, après quoi nous ferons à bicyclette le tour des bars qui nous acceptent encore. Les seules exceptions sont l'Avocat, qui apporte une bouteille de prosecco pour nous mais s'en réserve une de tequila qu'il boira seul au cours de la soirée, sans effets psychotropes mesurables ; et le Maître qui, à la place du prosecco, a apporté une bouteille de Pampero Aniversario, signe évident qu'il est de nouveau en crise avec Marta et qu'il a l'intention de se mettre la tête à l'envers. Vers deux heures, épuisés, nous arrivons devant le glorieux Circolino Operaio, désormais fréquenté non plus par les ouvriers des chantiers navals mais par les jeunes bourgeois bohèmes de Viareggio, qui aiment commander des gin-tonics sous un austère portrait de Lénine, et nous buvons ce qui sera probablement le dernier cocktail. Il semble assuré que la soirée touche à sa fin, même si personne ne veut l'admettre. Tandis que se succèdent diverses propositions de moins en moins enflammées d'endroits où prolonger la nuit, séparées par de longues pauses de silence, je me distrais un instant et j'imagine la même situation, peut-être au même endroit, il y a quarante ans, mais avec Tito Sella et ses camarades, peut-être ivres eux aussi et sans doute pas à leur place eux non plus. Simplement, au lieu d'ânonner des noms d'endroits où finir la soirée dignement sans le stigmate de se coucher avant le lever du jour, ils pensent à faire la révolution, à éventrer ce monde et à en créer un nouveau, au risque de mourir ou de tuer quelqu'un. Ils se demandent si le moment n'est pas venu de passer la vitesse supérieure et se disent que les vols, les expropriations et les gestes démonstratifs les ont usés sans résultats, tout comme les grandes manifestations et les grands espoirs de 1968 ; ils retournent un P38 entre leurs mains avec la même familiarité que le Sarde se roule un joint ; ils regardent autour d'eux pour s'assurer qu'aucune bande de fascistes ne va les attaquer, comme nous surveillons le vieillard qui habite au-dessus du Circolo et qui nous balance régulièrement un seau d'eau sur la tête. Nous n'avons connu aucune peur, aucune tension comparable à ce qu'ils ont vécu ; notre amitié s'est forgée dans le petit parc en goûtant diverses substances, dans les fêtes sur la plage, en jouant à la PlayStation, en sortant à tour de rôle avec les mêmes filles et en se livrant à quelques frasques qui deviennent un peu plus légendaires chaque fois que nous nous les racontons, avec un nouveau détail farfelu. Comment se peut-il qu'en un peu plus d'une génération et demie les perspectives aient si radicalement changé ? Est-ce uniquement parce que la victoire du capitalisme est si écrasante que nous sommes incapables d'imaginer ne serait-ce qu'un début de solution alternative ? Ou bien parce que, eux se sont retrouvés, au beau milieu d'une tempête idéale, avec la certitude qu'on ne pouvait rien envisager d'autre qu'une nouvelle guerre, que la révolution se faisait dans le sang et pas en poussant la chansonnette ?

Pour ma part, je ne crois pas que la force de la volonté existe. Les gens imitent simplement ce qu'ils voient les autres faire, ce qui *se fait*. Si nous étions nés quarante ans plus tôt, nous aussi serions en train de nous demander s'il faut lancer un cocktail Molotov contre les bureaux du MSI ou organiser un braquage pour financer la lutte. Ou peut-être, si nous avions fréquenté d'autres cercles, que nous réclamerions à présent le retour du Duce et que nous jugerions toute violence légitime, dès lors qu'elle sert à rétablir l'ordre et la discipline. Néanmoins, à mon avis, à cette époque non plus l'Avocat n'aurait pas fait partie de ce second groupe, même s'il avait grandi pendant vingt ans entouré de fascistes : il a une personnalité qui existe indépendamment du contexte, ai-je envie de dire. Et moi ? Moi qui, en fin de compte, ai toujours pris les choses comme elles viennent, qu'aurais-je fait ?

Alors que je suis encore en train de m'interroger sur l'esprit du temps, le Maître sort du silence dans lequel il est resté enfermé depuis notre arrivée ici et grommelle quelque chose. Soulagés, nous nous disons tous qu'il sera le premier à renoncer, avec sa mauvaise gueule de bois et le Pampero Aniversario qui remonte. Nous nous moquerons de lui – la défection n'est pas tolérée : nous avons nous aussi notre microsectarisme totalitaire –, mais à la fin nous serons tous soulagés de pouvoir aller nous coucher. Au début, on ne comprend rien aux paroles du Maître. Puis, peu à peu, quelque chose d'intelligible commence à émerger.

— Putain de merde, Marta est enceinte ? Génial ! s'exclame le Sarde. T'aurais dû nous payer à boire !

C'est ce que nous avons compris nous aussi, mais l'air sinistre du Maître n'est pas en accord avec la nouvelle.

— On s'est séparés il y a un mois, Marta et moi, bon sang.

— Et alors ? Vous n'avez qu'à vous réconcilier. Vous avez dû rompre trois cents fois. Maintenant vous avez une excuse pour rester ensemble, observe Franz.

— T'aurais dû nous payer à boire, insiste le Sarde qui, quand il est tombé enceint, lui, a payé sa tournée pendant des mois à tous ceux qu'il rencontrait. Et dire qu'à présent son fils, à travers sa mère, le méprise sans appel.

Le Maître ne répond pas. Au bout de quelques secondes, l'Avocat prend la parole, avec une délicatesse qui ne lui ressemble pas :

— Elle est enceinte de toi ?

L'autre reste silencieux un moment.

— C'est possible, il répond. On n'en sait rien. En tout cas, on fait comme si c'était de moi.

Silence.

— Super, annonce l'Avocat. Maintenant on va tous au Baraonda et on s'enfile des Ammazza Vampiri jusqu'au coma éthylique.

Le Baraonda est la discothèque de rockeurs que nous fréquentions quand nous étions au lycée et les Ammazza Vampiri sont les cocktails avec lesquels il était à la mode de se démonter la tête à l'époque. Une lueur de gratitude est passée dans le regard du Maître. Il faut au moins une demi-heure pour se rendre au club à vélo. C'est pourtant la meilleure demi-heure de la soirée, que nous passons à chanter à tue-tête les succès de 883, le duo dont faisait partie Max Pezzali, un choix contre lequel l'Avocat évite de vitupérer uniquement par respect pour la situation délicate du Maître : il a besoin de se sentir enveloppé dans une bulle utérine et, pour notre génération, ça ne peut venir que des chansons de 883.

Quand nous arrivons au Baraonda, on dirait que nous sommes de retour au lycée, six gamins qui seraient tous prêts à se tuer pour les autres et qui, plutôt que de se disputer une fille, préféreraient la tuer, elle. Et, ce soir, c'est vrai : nous avons oublié que nous sommes des adultes, que nous n'avons rien à faire dans cette discothèque pleine de jeunes de vingt ans, que nous sommes aujourd'hui très différents de ce que nous étions et qu'à bien des égards nous sommes désormais incompatibles. Mais ce soir tout est en suspens et les Ammazza Vampiri (dont il nous faut donner la recette aux nouveaux barmen nés au tournant du millénaire) font le reste, ils nous incitent même à mettre de côté la pensée qui va nous tarauder à partir de demain : qui diable a bien pu engendrer le fils du Maître ? Mais ça, c'est pour demain, quand le soleil se lèvera sur 2017. Cette nuit, elle, n'appartient pas à 2017 : elle relève d'une vie passée et ne s'est déroulée en 2017 qu'à la suite d'un curieux concours de circonstances, et nous aussi, ce soir, nous avons dix-huit ans, même si nous habitons ces corps maladroits, déjà sur la pente déclinante, prix à payer d'une existence faite de hauts et de bas. Nous nous lançons sur la piste de danse, une bande de trentenaires alcoolisés, pas du tout à leur place parmi ces jeunes vingtenaires, lesquels nous regardent avec pitié, en espérant au fond d'eux-mêmes qu'une fois adultes ils ne nous ressembleront pas. Nous faisons des bonds sur *Basket Case* de Green Day comme si nous étions encore au siècle dernier : en sueur, ivres, heureux, malodorants, grossiers, disgracieux et invincibles.

ANNÉE 2
Les mots

À la fin des années 1970, le philosophe français Michel Foucault envisage d'écrire un recueil de textes intitulé La Vie des hommes infâmes, *des biographies d'internés psychiatriques aux XVIIe et XVIIIe siècles. Le projet ne verra jamais le jour et il n'en reste que l'introduction, dans laquelle il est intéressant de noter l'usage que le philosophe fait du terme "infâme" : celui qui a mauvaise réputation – parce qu'il est coupable d'une faute –, mais aussi celui qui est sans voix (en grec :* pheme*). Son intention est de donner une voix à ceux qui n'en ont pas, tant pour des raisons individuelles (ils sont fous et ne peuvent donc pas s'exprimer normalement) que pour des raisons sociales (ils sont exclus de la société, enfermés dans un espace qui, lui, est extérieur). […]*

Si le projet de Foucault s'embourbe et si, à partir des années 1980, le philosophe suit d'autres chemins, laissant derrière lui les questions de l'internement et de la société punitive, on peut dire que Tito Sella est un de ceux à avoir relevé le défi, dans son premier ouvrage, Hagiographies infâmes, *son texte le mieux accueilli, régulièrement republié depuis 1983 (année de sa parution). Sella y livre une série de portraits d'hommes qu'il a connus en prison au cours de ses premières années de réclusion. La référence à Foucault est manifeste dans le titre, mais la volonté d'élever ces hommes infâmes, auxquels il entend donner la parole et que le terme d'"hagiographie" apparente fondamentalement à des saints, est plus marquée encore.*

L'oxymore du titre donne ensuite sa structure binaire à l'ouvrage : chaque récit commence par un résumé rédigé dans un style bureaucratique, qui reprend et retrace les motivations judiciaires de la sentence, après quoi il entreprend de raconter ces histoires, dans une prose inspirée et parfois lyrique, avec empathie pour les détenus. [...]

La dimension littéraire de chaque récit vise à identifier ce quelque chose *qui rend une vie unique, sa singularité non reproductible, le détail qui la définit et la signale une fois pour toutes. Comme le dit Plutarque, cité à trois reprises dans le texte, "un fait bref, une phrase, une plaisanterie, révèlent le caractère d'un individu mieux que les batailles où tombent dix mille morts, la plus grande armée et les sièges".*

Ce sont les premières lignes de mon *paper* (le département de lettres entier d'une grande université italienne n'a pas réussi à trouver un meilleur terme) à l'issue de ma première année de doctorat. Il est évident que j'ai travaillé et que je l'ai fait comme jamais auparavant : au cours de ces premiers mois, j'ai lu pratiquement toute l'œuvre de Sella, une bonne partie de la bibliographie et d'autres auteurs pour donner de la profondeur, exactement comme me l'avait suggéré Sacrosanti. J'ai non seulement lu Foucault et [des passages significatifs de] Plutarque, mais aussi *Vie des hommes non illustres* de Giuseppe Pontiggia, *Les idiots : petites vies* de Ermanno Cavazzoni (que Sacrosanti m'avait recommandé), et même *Vies minuscules* de Pierre Michon (que j'ai déniché tout seul). En effet, sur Michon, je m'étais aussi lancé dans une analyse (à mon avis) très fine, dans laquelle je soutenais que là où celui-ci aspirait à une dimension métaphysique, Sella avait un objectif plus pressant, qui était avant tout politique : le salut des plus faibles. J'ai même utilisé le mot "stylème" et, aussitôt après l'avoir écrit, j'ai eu l'impression d'être un demi-dieu tout en me sentant un peu honteux.

Résultat : satisfaisant. C'est la mention que j'ai obtenue : "Satisfaisant". Pier Paolo, par exemple, a eu "Excellent", peut-être parce que c'est un virtuose de la note de pied de page avisée ou qu'à chaque fois qu'il ouvre la bouche il donne l'impression d'être sur le point de révéler une vérité indiscutable. Sacrosanti a expliqué que mon *paper* était une "compilation" dans laquelle on ne sentait pas encore le chercheur accompli mais seulement le chercheur *in fieri*. Il m'a également reproché de ne pas avoir cité un certain Marcel Schwob qui, selon lui, était "un point d'articulation essentiel dans cette généalogie".

Après avoir discuté des *papers*, nous sommes allés boire un verre tous ensemble au café de philo, professeurs, doctorants et quelques étudiants appartenant à la vaste cour de Sacrosanti. Carlo était là lui aussi, il faisait partie de la commission, mais je n'ai pas compris à quel titre, puisqu'il n'a pas encore de poste et que le concours ne devrait être lancé qu'en 2019. Quoi qu'il en soit, j'étais heureux qu'il soit là, car il avait lu mon article avec attention et m'avait même complimenté pendant la discussion "pour certaines intuitions" (*sic*). Une autre raison pour laquelle Carlo m'est particulièrement sympathique aujourd'hui, c'est qu'on voit bien que Pier Paolo l'envie à mort. Il fait sans doute ses calculs, Pier Paolo, et comme Sacrosanti organisera un concours pour Carlo l'année prochaine, il craint que le Grand Homme ne puisse pas le faire pour lui, du moins pas tout de suite ou pas à Pise. Ça paraît plutôt évident, mais d'y avoir pensé estompe le sentiment de la naïveté que j'avais il y a quelques mois face au monde universitaire. Tout le temps de cet apéritif où ma présence est purement ornementale, je le consacre à observer les deux protégés de Sacrosanti qui se disputent l'attention du professeur, s'efforcent de dire des choses intelligentes ou spirituelles, et rient bruyamment chaque fois qu'il sort une de ses répliques éblouissantes, une pique à l'encontre d'un collègue/rival/ennemi juré, ou une anecdote peut-être apocryphe mais objectivement désopilante. Au bout d'un moment, même un observateur aussi distrait que moi remarque que Carlo et Pier Paolo (et peut-être Pier Paolo plus que Carlo, car il est plus bas dans la hiérarchie) ont hérité, par émulation inconsciente, de chaque mouvement, chaque tic de langage, chaque geste du maître. Ils parlent avec la même intonation, ils font des pauses là où il en ferait et dans le même tempo, ils insistent sur les mêmes mots. Une fois qu'on l'a noté, il est presque anormal de les entendre glisser comme il le fait des "fondamentalement" ou des "de fait" ; commenter un épisode en le qualifiant de "saugrenu" ou de "singulier" ; rire d'une plaisanterie raffinée et d'une autre plus grossière ; mettre l'accent tonique sur l'avant-dernière syllabe de "matrimônial" et de "fidélîté" ; ou faire allusion au sort qu'a subi "la pauvre Bartellutti" sans plus de détails. Ils gesticulent tous les trois de la même manière, en tenant la main droite ouverte à quatre doigts et en la faisant tourner pour accompagner les mouvements de leur pensée, avant de la serrer fermement pour souligner le point fort de leur raisonnement. On dirait trois marionnettes manipulées par un unique marionnettiste. Mais la vraie différence, c'est que le professeur parle en s'adressant à tout le monde, il attire l'attention des spectateurs tel un aimant, proclame des discours qui intéressent toute la tablée et que tous peuvent comprendre, alors que ses émules s'adressent manifestement à lui et à lui seul, ils veulent qu'il les comprenne et fasse descendre sur eux la Grâce de Son intérêt. Mais chaque fois qu'ils lui tendent une perche privée, il relance la discussion avec une réponse qui concerne de nouveau tout le monde.

Il est vrai qu'il ne me déplairait pas de dire quelque chose d'intelligent et de briller à Ses yeux, de sentir sur moi Son regard pénétrant et paternel. Mais j'ai l'impression que leurs discours parcourent des fréquences qui ne me sont pas autorisées et, d'ailleurs, j'aime les écouter, je me demande si un jour ces logiques supérieures me seront révélées à moi aussi et si j'aurai la capacité de parler de n'importe quoi en donnant le sentiment d'avoir une opinion intelligente et irréfutable, comme si je n'avais fait qu'y penser toute ma vie.

Quand je monte dans le train pour Viareggio, je suis passablement éméché, ayant tenté de noyer mon embarras à coups de spritz bon marché. Je m'assoupis sur la banquette qui dégage l'odeur désormais familière de stratifications sébacées multigénérationnelles, et je songe que, pour quelqu'un comme moi, même "satisfaisant" est peut-être trop généreux. Je suis réveillé par des soubresauts alors que je suis déjà à La Spezia, soit à plus d'une heure de chez moi.

"Tu sais qu'entre Massa et Carrare, j'ai rêvé de faire l'amour avec toi ?", je dis à Letizia. Je ne le fais pas pour la remercier d'être venue me chercher jusqu'en Ligurie ni parce que j'espère me débarrasser de l'amertume due à mon *paper* médiocre et mon insuffisance globale avec un peu d'amour conjugal. Je le lui dis parce que c'est vrai : j'ai rêvé que nous étions dans le chalet de ses parents à Abetone, devant la cheminée, en train de faire l'amour. Ce que je ne précise pas, c'est que le rêve d'aujourd'hui est une exception, car je rêve souvent de faire l'amour dans le chalet à Abetone, mais jamais avec elle. Elle sourit et ne me répond pas. Ce qui est étrange, ou, comme dirait Sacrosanti, saugrenu. Je lui parle un peu de la discussion sur les *papers* et de l'apéritif qui a suivi, de ce qu'est un article de "compilation" et de l'abîme anthropologique immense qui sépare un "excellent" d'un "satisfaisant". Mais elle reste silencieuse et il est clair que c'est un signal d'alarme.

— Eh, y a quelque chose qui ne va pas ? je demande, tout en regrettant de devoir parler d'autre chose que de moi.

— Non.

— Tu es bizarre.

— C'est faux.

— Tu as une mauvaise nouvelle à m'annoncer ?

— Non.

Le ton de ce "non" me le confirme : la perception que j'ai eue est plus que fondée. C'est la sensation de craquement juste avant qu'un gouffre ne s'ouvre. La cerise sur le gâteau de cette journée qui a mal débuté serait que Letizia m'annonce que notre relation est satisfaisante, certes, mais qu'elle a trouvé quelqu'un d'autre avec qui elle a enfin compris ce qu'est l'excellence. L'espace d'un instant, ça me semble être l'épilogue le plus logique. Letizia ne quitte pas la route des yeux, elle est au volant de sa Smart et je songe combien je l'ai toujours détestée, cette parodie de voiture qui coûte aussi cher qu'un 4 x 4 et dans laquelle on ne peut jamais aller chercher un ami qui a besoin d'être accompagné quelque part, ni se rendre à un festival en groupe, ni faire l'amour sans se contorsionner. Je me rends compte qu'avec le temps je me suis efforcé de détester beaucoup de choses dans sa vie. Et que je mérite qu'elle me quitte pour quelqu'un de mieux que moi, je suppose. D'autant plus qu'objectivement les choses ne vont pas bien entre nous ces derniers temps et que je suis à 95 % responsable de cette situation.

Je me dis que la fissure qui va bientôt provoquer l'effondrement de notre édifice a commencé à s'ouvrir il y a un an, quand j'ai entamé mon doctorat : peut-être me suis-je alors mis à avoir la grosse tête et à croire que j'étais une sorte d'élu, d'intellectuel pur et dur. J'ai eu de plus en plus de mal à supporter Letizia et ses manières autocentrées, si solides et si saines. Elle m'agace parce qu'elle n'est jamais en difficulté et se lance sans aucune réserve dans tout ce qu'elle fait, qu'elle se divertit avec des choses ordinaires, le dernier best-seller en librairie ou la énième comédie romantique, le dernier film d'horreur au cinéma (qu'il s'agisse de sentiments ou de sang qui gicle, pour elle tout doit être premier degré : jamais de sous-entendus). Elle m'agace parce qu'elle chantonne les tubes du moment et croit que les paroles de Fedez contiennent une quelconque vérité. Elle m'agace parce qu'elle surmonte les obstacles de la vie avec la sérénité de quelqu'un qui n'est jamais pris en défaut. Elle m'agace parce que son compte en banque est inépuisable, que son père s'est offert une Jaguar pour ses soixante ans et lui a acheté une Smart pour ses dix-huit ans à elle. J'ai alors commencé à lui faire peser tout ce qui m'agaçait, devenant ainsi l'archétype du petit ami merdique : toujours à donner son avis, toujours snob et ennuyé. Et donc oui : non seulement je m'attends à ce qu'elle me largue, mais disons que je le mérite. Et le fait qu'elle se soit trouvé quelqu'un d'autre (en le choisissant peut-être parmi ses innombrables collègues, ces petits médecins qui lui font une cour tenace, ne comprenant pas comment elle peut rester avec un type comme moi) me semble non seulement inévitable, mais aussi juste.

— Écoute..., elle commence. Le ton est tendu, elle cherche les mots justes pour me parler.

— Je t'écoute, je réponds sèchement.

— Tu sais, l'appartement de la via Guerrazzi ?

— Oui ?

— Eh bien, les locataires s'en vont et j'ai demandé à mon père si on pouvait y aller... Je veux dire, m'y installer, moi, et j'aimerais bien que ce soit avec toi... Enfin, si tu en as envie...

Elle a la voix cassée. Visiblement, elle a plus peur de me demander d'emménager avec elle que de passer l'examen d'anatomie avec le redoutable professeur Villari. Je devrais peut-être me regarder dans la glace.

Je me retrouve dans cette proposition incongrue, emménager ensemble alors que nous avons atteint le point le plus bas de notre relation, une façon de faire typique de Letizia, la Boucle d'Or adorée par sa famille à qui la chance a toujours souri : si quelque chose ne va pas, elle ne se contente pas d'aller de l'avant, elle met la barre encore plus haut. Elle fait monter les enchères, convaincue qu'il lui est impossible de perdre et qu'il suffit donc de rester dans la partie, quoi qu'il en coûte, car les choses finissent toujours par s'arranger. Le soulagement de découvrir qu'elle n'était pas sur le point de me liquider dure moins d'une seconde. Car ce qu'elle essaie de faire est bien pire : elle veut me coincer. Elle veut m'enfermer dans une vie ordinaire, une vie de couple, une vie en Smart. Au moment où je goûte aux joies d'une bourse de recherche qui tombe tous les mois, d'un travail qui me garantit un salaire et une liberté totale, Letizia à la voix tremblante et au sourire si doux, si vulnérable, incarne la version la plus manipulatrice de Jiminy Cricket et glisse sous mes pieds une trappe de cent mètres carrés avec jardin, four à bois et table de ping-pong : une trappe dans laquelle je pourrais avoir mon bureau à moi, où je pourrais organiser des tournois de Texas Hold'em et de Pro Evolution Soccer.

Alors que je suis encore en train de réfléchir aux conséquences (de fait, ce serait une prison plus que dorée, il faut le reconnaître), elle abat son atout, titillant une de mes cordes sensibles, un rêve qui remonte à la lecture de *L'Appel de la forêt*.

“Peut-être qu'une fois installés on pourrait prendre un chien”, elle ajoute avec un sourire éclatant dans lequel j'entrevois la promesse de la vie que je voudrais. Chaque fois que je demandais à avoir un chien quand j'étais enfant, mon père répondait par de grands rires : j'aurais accepté n'importe quel compromis, même un chien microscopique, même sans poils, même en peluche, mais il m'a toujours opposé un refus méprisant et systématique. Mon père : l'incarnation de l'arbitraire et de l'implacabilité du pouvoir. Quand il a quitté la maison, j'ai cru pouvoir réaliser enfin mon rêve, mais au lieu de cela, ma mère aussi, pourtant conciliante, s'y est fermement opposée, prétextant une allergie aux poils de chien qui ne s'était jamais manifestée auparavant.

“Ce serait magnifique”, je réponds en savourant la vision d'un labrador noir qui gambade dans notre jardin, tandis que je rédige dans mon bureau personnel un article de critique littéraire consacré à Frank Zappa qui ferait date. Puis, par chance, mon cynisme circonspect reprend le dessus. Quand on a l'impression que les choses sont trop parfaites, ça signifie sans doute qu'on a atterri dans la maison en pain d'épices et qu'on se retrouvera une demi-heure plus tard dans un four, prêt à servir de rôti à la sorcière (qui préfère ça plutôt que de lécher les murs de la maison, à juste titre, car personne n'a jamais aimé le pain d'épices). Ébloui par cette perspective immobilière, j'allais oublier que “prendre un chien” est une métonymie qui signifie “avoir un bébé”, et que vivre ensemble n'est pas gratuit, mais s'accompagne de la plus sordide des contreparties : le *passage à l'âge adulte*.

— Peut-être qu'on y réfléchira après Paris ? je suggère, tout en continuant à faire mine d'étudier sérieusement sa proposition, que j'ai décidé non pas de décliner mais dont je compte reporter l'examen ad libitum.

— On a prévu d'aller à Paris ?, elle demande avec méfiance et peut-être aussi une pointe d'espoir.

— Je dois y aller, moi.

— Pour quoi faire ?

— Un séjour de recherche à l'étranger.

— Qu'est-ce que tu irais faire à Paris si tu t'occupes d'un auteur né à Viareggio et mort à Lucques, qui a en plus passé l'essentiel de sa vie en prison ?

— Je te l'ai dit : ses archives sont à Paris.

— Tu m'as aussi dit que tu te fichais de ses archives et que tu préférais mourir plutôt que d'aller à Paris.

— Exact.

— Et donc ?
— D'après Sacrosanti, il faut que j'y aille. Quelques mois suffiront. Sans compter qu'à l'étranger je toucherai une double bourse de recherche.
Elle ne dit rien.
— Et puis il y a la question de la *Fantasima*.
— C'est-à-dire ?
— C'est le livre de Tito Sella qui n'a jamais été publié et dont certains, Pier Paolo par exemple, prétendent qu'il n'existe pas. Ce serait une sorte d'autobiographie, si j'ai bien compris. Sella en a vaguement parlé, comme s'il l'avait écrit, mais personne n'a jamais vu le texte. Maintenant que les archives deviennent publiques, Sacrosanti pense qu'il refera surface ; si c'est le cas et que je suis le premier à mettre la main dessus, ce sera un vrai coup d'éclat.
— Quand est-ce que tu pensais me le dire ?, elle demande, moins intriguée par ce petit *Nom de la rose* que je ne l'espérais.
— Je suis en train de te le dire.

L'idée de fouiller dans des archives me tente à peu près autant que de compter les grains de riz dans un paquet d'un kilo, et l'idée d'aller à Paris me répugne, à la fois parce que je ne me vois pas du tout là-bas et parce que ce serait un changement, or j'ai toujours évité le changement. Mais dans l'immédiat c'est la seule *exit strategy* face à la perspective de devenir adulte qui me soit venue à l'esprit, et je risque donc de devoir vraiment planifier un séjour à Paris, ou en tout cas de devoir trouver une *exit strategy* à cette *exit strategy*, ce qui confirme que ne rien faire demande parfois beaucoup plus d'efforts et de constance que faire quelque chose. En attendant, pour les mois à venir, je me fixe comme objectif d'être un peu moins salaud avec Letizia, pour qu'elle ne soit pas tentée de relancer et de me faire d'autres propositions aussi alléchantes.

J'ai trente et un ans, il n'est sans doute pas très sain que la perspective de vivre sous le même toit que ma petite amie, sans même payer de loyer, m'effraie autant qu'une condamnation à perpétuité. À mon âge, Sella avait déjà publié *Hagiographies infâmes*, et était emprisonné à vie, pour de bon, lui. Trente et un ans : il n'était pas aussi précoce que Kurt Cobain – lequel est mort à vingt-sept –, mais la comparaison entre Sella et moi au même âge est plutôt humiliante. À trente et un ans, je ne suis guère différent de ce que j'étais à vingt-deux et je ne l'étais alors guère de ce que j'avais été à seize. Si je passe en revue les étapes que j'ai franchies, je n'en trouve tout simplement aucune : quoi qu'en pense ma mère, au XXIe siècle un diplôme de lettres *ne peut pas* être considéré comme une réussite. À ce jour, je n'ai même pas été capable d'avoir un chien, par exemple. Ou de terminer *Mort à crédit*. À mon âge, Tito Sella était en prison depuis plus de trois ans, il avait tenté (de manière discutable, certes) de changer le monde en créant une bande armée et s'apprêtait à publier un livre d'une profondeur, d'une acuité inimaginables pour moi. Par ailleurs, Ravachol, nom d'emprunt de la brigade de Sella, était un anarchiste français devenu assez célèbre pour avoir posé des bombes chez les flics qu'il jugeait responsables d'un massacre de manifestants à Paris, précisément à l'âge que j'ai aujourd'hui.

J'admets que pour moi qui ai grandi dans le désert pacifié d'une période à cheval entre deux siècles, il est difficilement concevable et presque incompréhensible qu'une même personne puisse être à la fois homme de lettres sensible, empathique et humain, et un terroriste sanguinaire qui, durant son procès, n'hésite pas à répondre à la question des juges qui voulaient savoir s'il avait tué : "Demander à un soldat s'il a tiré n'est que pure rhétorique." Pourtant, il est aussi difficile de faire coexister dans mon esprit rationnel ces deux images de Sella, l'écrivain et l'assassin, qu'il paraît aisé pour lui de rendre dans ses écrits cette coexistence logique et quasi inévitable. Il suffit de prendre ses *Hagiographies infâmes*, en compagnie desquelles j'ai passé ces derniers mois. Le livre rassemble les récits d'hommes que Sella a croisés en prison, d'abord présentés comme les auteurs de leur crime, comme si c'était le geste qui les définissait (ce que font le Code pénal et le sens commun), puis dépeints de plus près, avec une empathie sincère, pour montrer leur humanité intime. Dans les tableaux biographiques les plus réussis, l'effet est de transfigurer complètement l'individu, de lui faire accomplir le long voyage qui sépare, parfois chez une même personne, le criminel perçu de l'être humain réel. L'histoire sur laquelle je me suis concentré dans mon *paper* est celle de Beppe Nocentini, qui ouvre la série des *Violents contre leur prochain*. Il est d'abord présenté comme un "meurtrier", et la sentence qui le condamne est rapportée : en vertu de l'article tant, Nocentini Giuseppe, journalier dans la Maremme, est condamné pour le meurtre d'Enrico Chiti, perpétré sauvagement en s'acharnant avec une faucille sur le corps sans défense de la victime, dans une ferme du domaine de celui-ci, rejeton de la famille de propriétaires terriens qui, depuis des générations, faisait travailler et subvenait aux besoins matériels des

Nocentini. Giuseppe Nocentini est un paysan analphabète, grossier et brutal qui, à un moment donné, tel un chien soudain allergique à l'eau, s'est violemment retourné contre l'homme qui lui offrait un toit et un peu de pain, comme ses aïeuls les avaient offerts aux aïeuls de l'assassin. Et il est aussi de ceux qui se délectent de la vue du sang et en inondent un hangar en s'acharnant sur le corps d'un homme déjà mort. D'ailleurs, durant le procès, Nocentini se montre hésitant et indifférent, renforçant l'impression de bête docile mais sujette à de brusques coups de folie, ce que confirme l'agression gratuite d'un garde au cours du procès. Que Nocentini soit définitivement enfermé en prison et mis en condition de ne plus nuire à son prochain et à la collectivité est, de toute évidence, une victoire de la justice. C'est sur cette image du réprouvé condamné à juste titre que s'achève la première partie du récit, rédigée dans une langue aseptisée et bureaucratique, empruntée aux procès-verbaux de la police.

Une fois atteint cet état de pacification apparente, Sella juxtapose à ce premier portrait de Nocentini un second, qui reconstitue l'histoire de son point de vue. Le meurtrier cesse d'être un simple accusé et acquiert une dimension humaine, de plus en plus insaisissable, et donc de moins en moins facile à juger et à condamner. On commence à entrevoir que son animalité n'est pas un choix, mais le résultat d'une vie aux champs, d'un travail pénible auquel les Nocentini ont été contraints depuis des temps immémoriaux ; et qu'ils seraient restés paisiblement soumis jusqu'à ce jour – bovins, indifférents, voire sereins – si, à un certain moment, l'époque ne les avait amenés à percevoir le caractère intolérable de leur situation. La pression qui s'exerçait sur Beppe, le premier de sa lignée, était double : ses aïeuls avaient simplement été écrasés par le joug et l'avaient accepté tels des animaux domestiqués tandis que, pour lui, au poids réel s'ajoutait la conscience que ce joug était injuste. "S'il était possible de supporter le poids qui pesait sur son dos, il était physiquement impossible de supporter à la fois ce poids et celui de sa conscience, c'est-à-dire un double fardeau." C'est peut-être pour cette raison, insinue Sella, que le curé don Alessandro, prêtre-ouvrier et communiste, aurait dû être considéré comme son co-accusé, lui qui parlait d'un "Christ révolutionnaire et du christianisme comme d'une religion de l'égalité", qui vitupérait dans son église contre l'exploitation et qui avait "subrepticement confondu ce que le Christ promettait comme le Royaume des Cieux avec ce que les hommes devraient créer sur la Terre." N'était-ce pas lui qui avait doublé la charge qui pesait sur les épaules de Giuseppe, en ajoutant au tort subi la connaissance de l'offense ? C'est précisément pour cette raison, suppose Sella, que Beppe s'était retourné contre Enrico, le plus magnanime et le plus poli des Chiti : pas contre son père, "le patron", ni contre son frère Riccardo, qui traitait les ouvriers comme des esclaves. Le plus généreux des maîtres était précisément celui dont la pitié soulignait constamment l'injustice de sa condition subalterne.

À ce stade, le lecteur a la conviction que l'aboutissement du réquisitoire de Sella est la thèse selon laquelle le coupable n'est pas le pion Beppe Nocentini, mais la société qui l'a opprimé et qui ensuite, par un malheureux excès de pitié, tel un médecin charitable qui n'agit pas avec la détermination nécessaire, s'est même payé le luxe de lui montrer l'injustice de l'oppression : "Une société qui ne sait plus être simplement répressive et qui en même temps est incapable d'émanciper est une société qui contraint ses fils au pire des esclavages." Un argument qui n'est d'ailleurs pas très éloigné de celui qu'employaient les groupes armés comme celui dont faisait partie Sella : à un État meurtrier et violent, il est inévitable de répondre par le meurtre et la violence. C'est l'oppresseur qui arme la main de l'opprimé.

Pourtant, alors que le lecteur s'attend à cette fin, Sella l'écarte et commence à parler d'Edda, elle aussi fille de paysan, avec qui Beppe a, comme on pouvait s'y attendre, imaginé un futur à deux. Mais soudain, Beppe ne la croise plus et ses parents refusent qu'il la voie. Quand il la retrouve enfin, il comprend qu'Edda est enceinte. Ce qu'il a toujours craint s'est réalisé : le fils du patron, qui lui tournait sans cesse autour, a fini par la violer. Écrasée par la honte, elle se cache, elle doit avorter. Nous sommes dans les années 1960 : l'avortement est encore un crime, que les riches peuvent commettre dans une clinique à l'étranger alors que pour les pauvres avoir un enfant est encore plus risqué que de se faire enfoncer dans le ventre les aiguilles à tricoter d'une faiseuse d'anges. Sella imagine le tourment intérieur de Giuseppe, qui se change presque en Raskolnikov, sans cesse occupé à analyser et à démonter, même avec ses outils rudimentaires, la rationalité et la justification du meurtre, ou du moins de *ce* meurtre-là. Mais une fois de plus, alors que le lecteur s'attache à suivre les hésitations de Beppe, qu'il sait désormais de quel côté penchera la balance et qu'il se range tout compte fait de son côté, Edda lui parle : elle n'a pas été violée, lui dit-elle, elle a couché volontairement avec cet homme, et si le père ne peut pas ou ne veut pas garder l'enfant qu'elle porte, elle s'en moque ; elle ira jusqu'à le comprendre, au fond. C'est ce qui décide Beppe : si l'hypothèse du viol ne l'avait pas poussé à l'action mais seulement au délire, cette autre violence, celle qui se produit avec la complicité de la victime et colonise sa volonté, fait voler en éclats ses derniers scrupules. Nocentini prend la faucille et se rend, sans être dérangé, dans la remise où il a vu entrer le fils du patron. Une fois à l'intérieur, il le frappe un trop grand nombre de fois, peut-être pris par une fureur meurtrière et peut-être aussi parce que l'arme n'était pas la plus appropriée, ou encore parce que l'homme s'obstinait à ne pas rendre son âme à Dieu. Le hangar ressemble à un abattoir. Le tueur est complètement vidé. Les carabiniers le trouveront non loin et l'arrêteront sans difficulté. Son seul autre geste de violence sera celui commis contre un garde, pendant le procès, alors qu'Edda est entrée dans la salle d'audience. Le garde, une brute épaisse, a fait un commentaire salace et, cette fois sans hésiter, Beppe lui a cassé le nez d'un coup de tête. Il savait que l'autre le rouerait de coups, mais il ne l'a pas regretté un seul instant, même lorsqu'il a distinctement senti les os de sa poitrine craquer sous la matraque. C'est seulement lors de l'audience suivante que Beppe a remarqué qu'Edda ne ressemblait plus du tout à la fille qu'il avait connue : elle était plus belle. Et elle était plus belle parce que ce n'était plus une paysanne : elle avait les vêtements, la coiffure, le maquillage, le port – et même le dédain – d'une grande dame, celle de Riccardo Chiti, le frère esclavagiste d'Enrico. Il s'est souvent demandé pourquoi ils s'étaient présentés au tribunal, si c'était pour qu'il les voie. Beppe comprend alors l'erreur qu'il a commise : il a tué le mauvais frère. Elle n'a pas choisi le frère qui lui faisait la cour, l'homme doux et sensible dont la pitié lui faisait honte, mais le maître méprisant au rang duquel elle rêvait de s'élever. Elle ne voulait pas quelqu'un qui plaindrait sa place subalterne, mais un type qui l'écraserait et en même temps l'anoblirait justement par sa supériorité. Il avait sans doute accepté de l'épouser parce que après tout le bruit qu'avait fait l'assassinat elle ne pouvait plus cacher sa grossesse. "Ou peut-être parce qu'il avait entrevu en elle les traits immortels d'une Lady Macbeth", se demande Sella.

Un improbable concours de circonstances avait brisé trois vies : celle d'Enrico Chiti, massacré sans raison, celle de Beppe, qui passerait une bonne partie de sa vie en prison pour un meurtre qu'il n'aurait pas dû commettre, et celle de Riccardo Chiti, contraint d'épouser une paysanne qu'il aurait pu, comme à son habitude, se contenter de violer. La seule à s'en sortir victorieusement avait été Edda, qui s'habillait désormais comme une dame et pouvait mépriser, peut-être plus que Riccardo lui-même, les paysans qu'il employait.

"À Beppe Nocentini, cela semblait être la fin la plus juste, conclut Sella. Comme si l'apothéose au rabais d'Edda justifiait a posteriori toute l'affaire."

Tout bien considéré, il me semble que l'effet est de brouiller la frontière entre le bien et le mal. À un certain moment tout s'enchevêtre, les bonnes et les mauvaises raisons déteignent les unes sur les autres. Il est difficile d'imaginer ces deux hommes, Sella et Nocentini, tous deux avec du sang sur les mains, tous deux condamnés pour des meurtres qu'ils avaient eux-mêmes reconnus, parler et écrire sereinement à propos de crimes et de châtiments, d'homicides par erreur et de meurtres nécessaires, de criminels par hasard et d'assassins endurcis. Mais c'est de ce genre de conversations qu'est né ce livre : un livre que Sella a pu écrire à mon âge, parce qu'il avait déjà une connaissance suffisante du monde, du mal et de la fatalité ; un livre sur le meurtre écrit dans un esprit fraternel par deux hommes qui avaient été eux-mêmes des meurtriers.

Une fois la tension retombée et après une bonne nuit de sommeil, je crois comprendre pourquoi Sacrosanti n'a pas particulièrement apprécié mon *paper*. J'ai commis l'erreur contre laquelle Pier Paolo m'avait mis en garde dès le début. J'ai repris et fait mienne une lecture de Federico Martesana, l'ennemi juré de Sacrosanti, qui, dans un article publié en 2005 par *Civiltà letteraria* et intitulé "Saint Pierre et les pavés. Le retour du catholicisme refoulé chez Sella", mettait en évidence, à juste titre selon moi, les références religieuses, implicites et explicites, dans l'œuvre de celui-ci. C'est probablement pour cette raison – l'intérêt affiché de Sella pour la dimension religieuse – que Martesana s'était intéressé à lui, mais aussi, probablement, parce que c'était une occasion de traiter un auteur cher à Sacrosanti et d'en donner une lecture diamétralement opposée. Du reste, Sella n'en a jamais fait mystère : il avait trouvé dans le christianisme "l'élan, le courage de faire le grand saut [c'est-à-dire de se lancer dans la lutte armée] qu'il faut bien appeler mystique". Martesana écrit que "si Pasolini était 'une force du passé' venue 'des ruines, des églises, des retables' où il puisait la capacité et l'inspiration d'observer son époque avec effroi, Sella est une 'force du présent', d'une réalité moderne et déjà décrépite, sortie des oratoires soudain illuminés par les promesses de Vatican II, des sacristies sombres et agitées des églises toscanes des années 1960 où, avec l'encens, on respirait le besoin de rédemption sociale". Objectivement, je ne pense pas qu'il faille être un génie pour remarquer que le livre fourmille de références religieuses. Je veux dire : même moi je m'étais aperçu que le livre s'intitulait *Hagiographies*, comme les vies de saints, et que Sella ne pouvait guère avoir employé ce terme par hasard ; on ne pouvait pas ignorer non plus que les différentes sections de l'ouvrage sont organisées comme les cercles dantesques (*Violents contre leur prochain*, *Violents contre Dieu*, *Violents contre la nature*, etc.), ni qu'il y a de multiples références directes et parfois extensives aux Saintes Écritures, que Sella connaissait manifestement très bien. Bref, mettre en lumière dans le sillage de Martesana la structure religieuse de la première œuvre de Sella m'a paru être une démarche raisonnablement sûre. Peut-être pas brillante ni originale, mais somme toute inattaquable. Avec le recul, cependant, il aurait mieux valu ne pas ignorer un détail : en 2006, le Grand Professeur Raffaele Sacrosanti lui avait répondu par un article des plus circonstanciés et au ton acerbe, dans lequel il démontait pièce par pièce sa lecture. Je pourrais expliquer de mille façons comment j'ai pu rater cet article, que m'a cité nonchalamment Pier Paolo peu après l'apéritif, mais toute tentative de justification coulerait inévitablement à pic après avoir percuté le courriel que je viens de rouvrir : un courriel datant de deux mois, envoyé par Carlo, à qui j'avais demandé des conseils pour rédiger mon *paper*. "Évidemment, sur les fameuses *Hagiographies*, m'avait écrit Carlo, lis aussi l'article de Raffaele, 'Avec les boyaux du dernier pape : notes sur les us et abus du Sacré chez Tito Sella'. C'est un article en réponse à celui de Martesana..." J'avais bien sûr noté celui de Martesana, mais pas celui de mon mentor. Pour Sacrosanti, la fréquence des références religieuses chez Sella, en particulier dans les *Hagiographies*, est "tellement hyperbolique qu'elle en devient paradoxale" : il s'agit d'une "exagération grotesque" de ce qui est sa "principale cible polémique" ; "Sella fait un usage parodique du christianisme qui ressemble à celui que fait Don Quichotte de la littérature chevaleresque : une lecture monstrueusement littérale et donc littéralement monstrueuse (comme le montrent les citations des Écritures, longues et fidèles jusqu'au paroxysme, voire à l'automatisme et à l'autisme)" ; c'est-à-dire qu'il accomplit une opération "comparable à celle que Kafka effectue dans sa *Lettre au Père* : magnifier à l'excès, témoigner une crainte révérencielle disproportionnée à ce qui est en fait l'ennemi juré de sa littérature. Sella vénère le sacré exactement comme Kafka vénère son père : pour en faire une énorme marionnette et l'abattre plus facilement".

Bref, je commence à comprendre deux choses : la première, c'est que si on veut connaître un auteur, il faut le lire puis s'abstenir de lire ses critiques. Les critiques commencent à expliquer que l'auteur X ne dit pas ce qu'il dit, qu'en réalité c'est une parodie, une provocation, une antiphrase, un paradoxe, une exagération rhétorique, un usage humoristique, un renversement ironique, un clin d'œil plein d'autodérision : sous les coups des interprétations, l'œuvre s'efface si bien qu'on peut lui faire dire tout et n'importe quoi. Le suprême Pasolini – car il est suprême – a pu contenir aussi bien l'auteur que ses exégètes discordants, et lui-même se donnait d'emblée deux interprétations opposées et inconciliables, telle une guerre herméneutique intestine : "Ces vilains vers, je les ai écrits dans plusieurs registres à la fois : et c'est pourquoi ils sont tous ‘dédoublés’, c’est-à-dire ironiques et auto-ironiques.” La deuxième chose que j’ai comprise, c’est que les études littéraires sont elles aussi une forme de lutte armée et que les auteurs ne sont rien d’autre que des occasions d’exhiber ses propres compétences herméneutiques infinies et narcissiques, qui doivent nécessairement se positionner contre les compétences herméneutiques infinies et narcissiques de quelqu’un d’autre. Si on devient critique, la première chose à faire est donc de choisir dans quel camp se ranger et s’aligner. À moins d’enrôler quelqu’un comme moi, de ceux qui vident sur vous des chargeurs remplis de balles fratricides. Heureusement, de ma position, je tire à blanc, si bien qu’on peut facilement m’ignorer et me donner une note médiocre pour m’apprendre les bonnes manières, puis passer à autre chose.

Les couloirs de l'hôpital Versilia qui mènent au service d'obstétrique sont tapissés d'une interminable succession de nichons, triomphe ininterrompu de tétons cyclopéens. Me voyant déconcerté par cet étalage éhonté de seins, Letizia m'explique que, conformément au nouveau dogme de la puériculture, les gynécologues et les pédiatres locaux ont lancé une formidable campagne en faveur de l'allaitement, recourant aux pratiques les plus diverses, de la contrainte psychologique voilée à l'affichage dans les couloirs de l'hôpital de photos géantes montrant des mères qui allaitent. Vaguement mal à l'aise, je passe en revue les photos : je songe que c'est la première fois que des seins féminins me répugnent et je me réfugie dans la pensée des petits seins encore intacts de Letizia, en me promettant de ne jamais la forcer à avoir un enfant, de ne jamais soumettre sa jolie poitrine bien proportionnée à la déformation progressive causée par la bouche édentée d'un gnome ridé prêt à tout pour obtenir sa dose de nourriture.

"On cherche Gabriel Omar", j'interroge l'infirmière du service. Sur ce point, le Maître n'a pas trahi ses rêves de jeunesse : en classe de seconde, il avait juré qu'il donnerait à son premier fils le prénom de l'ancienne vedette de la Fiorentina, Batistuta. Elle me regarde de travers et je me corrige : "Mastrangeli."

Quand nous entrons dans la chambre qu'elle nous a indiquée, décorée de cocardes et remplie par une odeur mêlée de désinfectant, de corps, de lait humain, et de nouveau-né, un ange passe. La vue du nourrisson est comme une brusque gifle. Sur la photo que le Maître a envoyée ce matin, on ne le devinait pas, mais en vrai l'effet est saisissant. J'échange un regard avec Letizia et nous nous comprenons instantanément, nous pensons la même chose : *merde, c'est le même.* Impressionnant. Et je suis la personne la moins physionomiste qui soit. Le bébé ressemble sans l'ombre d'un doute à l'ex de Marta. Alors qu'il est né il y a moins de douze heures, il nous semble déjà en voir non seulement la paire d'yeux, non seulement le menton et l'inimitable arcade sourcilière, mais aussi l'arrogance du type qui sort de la Bocconi, se prenant pour un dieu, et son sourire suffisant ; il nous semble même voir pousser sa petite moustache soignée, et on entend déjà son insupportable : "Eh, champion !" Attention : rien à objecter à Marta. Tout le monde savait que le Maître et elle se quittaient et se retrouvaient sans cesse, et que leurs périodes de séparation étaient des zones franches. Dès le début, le Maître avait annoncé qu'il garderait l'enfant quoi qu'il arrive, sans poser de questions. Le problème, c'est qu'en l'occurrence il n'y a aucune question à poser : ce nourrisson est une réponse vivante, une réponse aussi claire que dérangeante. Toute sa vie, le Maître s'entendra appeler "papa" par celui qui est incontestablement le fils de Nando Moroni. Et chaque été, lorsque Nando viendra passer les vacances dans sa maison de Versilia, ils se croiseront sur le front de mer : Nando avec sa fiancée du moment, bronzé et arborant divers signes extérieurs de richesse, et le Maître, crevé, fauché et exaspéré, tandis que dans la poussette s'agitera et hurlera un Nandino Morini que son père biologique identifiera instantanément, très satisfait d'avoir maximisé son profit et minimisé ses efforts, transmettant son ADN d'exception mais se déchargeant entièrement des coûts sur le Maître. Ils échangeront quelques mots et Nando Moroni ne manquera pas de dire combien cet enfant est beau, avant de revenir à un sujet apparemment anodin : le énième titre de champion remporté par la Juventus. C'est uniquement ce moment-là que le Maître comprendra que la plus grande douleur de sa vie ne sera pas sa bonne tête de cocu, mais le fait d'avoir souillé le nom de Batistuta en le donnant au fils d'un *juventino* de merde. Et le petit Gabriel Omar sera trop jeune pour se rendre compte de la chance qu'il a eue de naître parmi les *homo sapiens*, car dans tout autre groupe de mammifères son père adoptif ne l'aurait pas laissé survivre après un tel affront.

Pendant près de deux minutes, je ne lève pas la tête et j'improvise même quelques-uns de ces bruits que les personnes âgées émettent pour communiquer avec les nouveau-nés, histoire de m'occuper. Quand je comprends que je ne peux pas attendre plus longtemps, je me décide à regarder le Maître et, en passant, Marta. Ces fragments de seconde suffisent à nous faire comprendre qu'ils savent, et qu'ils ont également compris que Letizia et moi avions compris.

"Quelle sage-femme t'a suivie ?" demande Letizia, rompant le charme.

Marta prononce un nom et, Dieu merci, Letizia la connaît. Elles peuvent alors se mettre à parler de dilatation, de péridurale, d'ocytocine, de tracés et d'épisiotomie (qui, si j'ai bien compris, est le nom technique derrière les effets dévastateurs des trois kilos et huit cents grammes de Gabriel Omar s'échappant du minuscule corps de Marta). Le Maître et moi nous tenons aussi loin l'un de l'autre que le permet la taille de la chambre.

J'ai choisi un gin : un Bombay Sapphire qui m'a coûté près de cinquante euros, mais comme j'ai déboursé vingt-sept euros pour offrir à Gabriel Omar un serpent à sonnette qui s'attache à sa poussette, j'estime que c'est plus que correct.

Devant la maison du Maître, je croise Dario. Il tient un sac de supermarché.

— Tu es allé à la maternité ? je lui demande.

Il hoche la tête.

— Whisky ?

— Gin. Et toi ?

— Rhum.

— Don Papa ?

Il hoche de nouveau la tête.

Depuis que nous avons l'âge où les autres arrêtent de boire, pour justifier notre incapacité à en faire autant nous nous sommes mis à déguster des breuvages plus chers. Avant, nous dépensions les trois quarts de notre argent de poche en bières pression italiennes et aujourd'hui nous dépensons les trois quarts de nos salaires en whiskies japonais et *barley wines*. Nous en parlons en exhibant une compétence de spécialistes, mais au fond l'usage que nous en faisons n'a guère changé.

Dario sonne. La porte s'ouvre sans que personne ait répondu. Dans le salon du Maître, le téléviseur est allumé et diffuse la chaîne Dmax sans le son. Une mauvaise odeur de fumée imprègne la pièce. Le Maître est sur le canapé, devant le poste, deux bouteilles de whisky posées sur la table basse.

"Eh !" fait une voix depuis une autre pièce.

Un instant plus tard, on aperçoit le Sarde, qui hurle : “Prends deux autres verres, Dario et Gori sont arrivés.” Puis Franz apparaît à son tour. Ils ont dans les mains des verres, une carafe avec des glaçons et deux grandes pizzas déjà coupées. Les deux bouteilles de whisky, ce sont eux qui les ont apportées en revenant de l’hôpital, ainsi que les pizzas. Nous nous mettons à manger et nous nous resservons régulièrement en alcool, passant d’une bouteille à l’autre sans critère particulier. Nous ne disons presque rien. De temps en temps un commentaire sur ce que nous buvons, juste pour rompre le silence, ce qui ne fait que le rendre plus évident. Pourtant, que nous n’ayons rien à nous dire est secondaire. Nous restons en silence et nous buvons. Depuis toujours, c’est notre façon d’être ensemble. L’alcool est le seul moyen que nous connaissons de nous manifester notre affection et notre proximité. Si l’un de nous six est en difficulté, la seule chose que nous sommes capables de faire consiste à débarquer chez lui et à picoler. La seule façon de célébrer les anniversaires et les dates importantes est de nous réunir, parfois après des mois sans nous voir ni nous envoyer de message, et de boire. Le seul langage de l’amitié que nous connaissons est celui-là. Plus nous ressentons le besoin de nous témoigner notre affection, plus nous augmentons le degré d’alcool. Ce n’est pas un hasard si, aujourd’hui, il n’est venu à l’idée de personne d’apporter un soda ou une bière artisanale. Ce soir, notre ami a besoin d’un soutien extraordinaire : un soutien extraordinaire, c’est plus que quarante degrés et, si possible, dix ans en fût de chêne.

Nous avons déjà atteint un niveau d’alcoolémie nous obligeant à passer la nuit chez le Maître, quand la sonnette retentit de nouveau. Il faut quelques secondes à Dario, le plus sobre, pour aller ouvrir. L'Avocat fait alors son entrée. Il porte son habituel débardeur noir, la seule tenue que je lui connaisse, et pose avec fracas sa bouteille à côté des nôtres sur la table basse. De l'absinthe. Comme il vit dans l'hyperbole permanente, si nous apportons des bouteilles à quarante degrés, il ne peut pas en apporter une à moins de soixante-dix. Nous en buvons une tournée tous ensemble et, aussi étrange que cela puisse paraître, elle semble nous réveiller. C'est alors que l'Avocat rompt le silence de son ton exagérément puissant : "Merde, j'allais l'apporter à Nando Moroni, la bouteille. Je me suis ravisé au dernier moment." Seul le mauvais esprit de l'Avocat pouvait formuler l'indicible. Cette brutalité remonte aussitôt le moral de tous, surtout celui du Maître, comme si la bulle avait enfin éclaté, lui permettant de respirer.

— Écoute-moi bien, dit l'Avocat, profitant de ce moment de soulagement général. Maintenant je vais te dire un truc sérieux, et puis je te jure que je vais me foutre de ta gueule jusqu'à la fin de tes jours pour avoir mis au monde l'enfant de ce débile. La chose sérieuse, c'est que faire des enfants, c'est vraiment un truc de cons. Les gens font des enfants parce qu'ils n'ont rien d'autre à foutre de leur vie, parce qu'ils croient avoir je ne sais quel patrimoine génétique à transmettre ou parce qu'ils doivent verser leur dû au Seigneur. Il n'y a aucune bonne raison de faire un enfant dans ce monde. Aucune. On est déjà trop nombreux : non seulement on ne devrait pas en faire, mais on rendrait service à tout le monde en nous suicidant. Et ça vaut aussi pour ceux qui, comme le

Sarde et Franz, en ont déjà. *Faire des enfants, c'est un truc de cons*, un point c'est tout. Mais ce que tu fais, toi ? Te cogner l'enfant d'un autre, c'est beau. Ça a un sens. C'est altruiste. Et puis peut-être qu'élevé par toi il sera un peu moins débile que si son vrai père l'élevait. Compris ? Bien. Des questions ? Non ? Parfait. Maintenant, mon brave cocu, va chercher les cartes, on va jouer à Président Arschloch.

Président Arschloch est un jeu à boire que l'Avocat a rapporté d'Allemagne, où il était allé voir un concert de Rammstein, et qui sert essentiellement à finir la soirée dans le coma éthylique.

J'ignore comment, mais la plaidoirie de l'Avocat semble avoir convaincu le Maître, qui se lève en titubant et va chercher les cartes.

— T'es allé à la maternité ? je demande, incrédule, à l'Avocat dès que le Maître s'est éloigné.

— La maternité, une fois que j'en suis sorti, j'y ai plus jamais remis les pieds.

— Alors qui te l'a dit ?

Il suffisait de regarder la photo qu'il a envoyée ce matin, au lieu de répondre avec des emojis à deux balles. C'est Nando tout craché, ce môme. La vache, j'étais pété de rire.

Après un an et demi de doctorat, c'est-à-dire à mi-parcours, je crois pouvoir dire que, dans l'ensemble, je commence à m'en sortir. L'argent de la bourse régulièrement crédité sur mon compte en banque est toujours une bonne surprise et, même si c'est un salaire de misère, c'est plus que je n'ai jamais gagné et, surtout, c'est plus que ne gagnent mes amis, dont les boulots les obligent à se lever le matin, à se casser le dos et à se droguer le week-end pour rendre leur situation existentielle un peu plus supportable. Ajoutez à cela que, jusqu'à présent, mon département ne semble pas souffrir d'un des maux qui frappent les études doctorales en Italie, à savoir le fait que les professeurs considèrent souvent les doctorants comme leur prolongement, auquel ils délèguent les aspects les moins agréables de leur travail, comme les cours, les examens, les séminaires, la lecture et la correction des thèses, et auquel ils font appel pour les conduire en voiture, monter leurs meubles, leur tenir la main dans les moments de solitude, sans compter d'éventuelles prestations sexuelles. Avec Sacrosanti, rien de tel. Pas même une de ces rumeurs classiques, fondées ou non, qui suggèrent des accouplements avec des jeunes femmes plus ou moins diplômées. Le Grand Professeur se tient à des années-lumière de pareilles bassesses. De plus, je ne crois pas qu'il ait jamais délégué un seul de ses cours à ses doctorants, sans doute parce qu'il est sincèrement convaincu que priver les étudiants de l'université de Pise de sa présence serait un véritable crime contre l'humanité. Et avouons-le : quiconque a assisté à l'un de ses cours sur Sciascia, sur Gadda *vs* Calvino, ou encore ceux où il démonte Salvatore Quasimodo vers par vers, sera enclin à partager ce jugement. Pour les mémoires, les examens, certains déplacements et autres problèmes humains, trop humains, il a parfois recours aux stagiaires / boursiers / doctorants qui composent sa vaste cour. Mais, un peu parce que les courtisans sont nombreux et fort serviables, un peu parce que règne un système de castes plutôt rigide – au sein duquel j'occupe naturellement une place à peine supérieure à celle des parias, les étudiants ordinaires –, je n'ai finalement jamais eu autre chose à faire que poursuivre mes recherches, rédiger mon *paper* de fin d'année et commencer à dresser de vagues plans pour ma thèse. Du moins jusqu'au jour où j'ai reçu un courriel dont l'objet était : "Xe Colloque d'études italiennes comparées", que j'ai marqué comme lu et ignoré, comme 90 % de la correspondance que je reçois de l'université. D'autant plus qu'un sujet comme les études italiennes comparées me semblait tellement stupide qu'il ne méritait pas d'être examiné plus avant, sans parler du "Xe" placé devant. Sauf que – je ne comprends toujours pas comment ça a pu se produire – mon absence de réponse au courriel a été interprétée par le département d'études italiennes et son *dominus* Sacrosanti comme ma disponibilité enthousiaste à prendre en charge la quasi-totalité de l'organisation dudit colloque. Le "quasi" coïncide avec l'entrée dans ma vie, en même temps que les Études Italiennes Comparées, de la Doctorante Blonde.

La Doctorante Blonde est une sorte d'institution mythologique au sein du département : le sentiment général est qu'elle a toujours été là et a toujours été doctorante. Dans une ère géologique incommensurablement lointaine, elle a dû être étudiante et, dans un temps tout aussi inconcevable, elle deviendra autre chose, peut-être boursière, chercheuse ou surveillante, mais elle ne partira certainement jamais d'ici, car il est établi que son existence ne peut se dérouler en dehors de ces murs, et il est fort douteux que le département d'études italiennes lui-même puisse survivre à son éventuel départ. La Doctorante Blonde est un spécimen d'une sous-catégorie qui, à ma connaissance, n'existe qu'à Pise : les Paranormaliens. En effet, l'université de Pise est également fréquentée par les élèves de la glorieuse École normale supérieure, un lieu d'ultra-excellence, et pour cette raison elle regorge d'étudiants brillants et vaguement surhumains qui non seulement ont une culture encyclopédique, mais qui se sentent et sont traités par tout le monde comme s'ils étaient de futurs professeurs. À Pise, beaucoup ont appartenu à cette catégorie, y compris Sacrosanti, et bien sûr les mieux intégrés, comme le suprême Pier Paolo. Au-dessous d'eux (*très* au-dessous) se trouve la masse des étudiants ordinaires, qui possède à son tour sa hiérarchie interne. Sans trop entrer dans les détails : au sommet, les élèves du Sud, qui vivent à Pise mais viennent d'un milieu socioculturel suffisamment privilégié pour leur permettre d'étudier "au Nord" et, en bas, les Toscans des régions voisines, comme moi, qui font la navette, n'ont aucune véritable place et retournent à leur vie provinciale dès le coucher du soleil. Mais, entre l'Olympe des normaliens et l'Enfer des étudiants ordinaires, il existe une catégorie intermédiaire : les paranormaliens. Il s'agit le plus souvent de lycéens dotés d'un excellent CV – ils parleraient plutôt de *curriculum vitae* – qui ont passé l'examen pour entrer dans l'empyrée de la Normale mais n'ont pas figuré parmi les élus, et qui tentent donc de racheter ce péché originel par une vie cloîtrée d'études et de dévouement absolu à la cause universitaire. Dans une salle de cours, il est facile de distinguer les trois types d'étudiants : ceux qui lèvent la main et posent mille questions, parfois intelligentes, sont les paranormaliens ; ceux qui ne fréquentent pas les cours ou qui les fréquentent et dorment, car la nuit précédente ils étaient occupés à bizuter les élèves de première année et auront dans tous les cas une excellente note à l'examen, sont les normaliens ; tous les autres sont les étudiants ordinaires.

Durant mes années d'université, la Doctorante Blonde était donc l'une des incarnations les plus accomplies de la Paranormalité, et je pense que son doctorat éternel en est la confirmation. Et si, dans un pays comme la France, il semble que le fait d'être doctorant à durée indéterminée soit considéré non seulement comme une chose usuelle, mais presque comme une garantie de sérieux – au-dessous de sept ans et de quatre mille notes pour la thèse de doctorat, on passe pour un glandeur ou, pour le dire à la française, pour un Italien –, chez nous, en revanche, les temps sont bien définis : le doctorat dure trois ans puis, de fait, quatre en attendant la soutenance de thèse, et peut aller jusqu'à cinq en cas de prolongation (dans des cas particuliers et dûment circonstanciés, une deuxième prolongation peut être accordée, bien qu'avec une certaine réticence). Comment la Doctorante Blonde peut rester en thèse *ad vitam aeternam* est un mystère.

Quand le Grand Professeur m'a convoqué dans son bureau en octobre pour me confier officiellement la tâche de "superviser" l'organisation du colloque qu'il avait parrainé (mais aussi conçu il y a dix ans, scellant d'une certaine manière l'immense pouvoir qu'il était parvenu à détenir), j'admets avoir été flatté. Même s'il était convaincu que je savais de quoi il s'agissait et à quel point c'était prestigieux, il a tenu à me faire comprendre qu'il n'avait reculé devant rien pour ramener le colloque à Pise à l'occasion de son dixième anniversaire, et qu'y être arrivé signifiait que c'était encore lui le maître du jeu dans le monde des études italiennes : il fallait donc que tout se déroule en grande pompe. Et il comptait beaucoup sur moi. Je lui ai bien dit que je n'avais jamais été un champion de l'organisation, mais il m'a répondu que je ne devais pas m'inquiéter, car j'aurais à mes côtés une virtuose en la matière : "Linda. Je suppose que vous la connaissez". Je ne connaissais aucune Linda, mais dès que j'ai découvert que sous ce nom anodin se cachait la Doctorante Blonde, j'ai su que je m'étais fait piéger.

La première impression que j'ai eue en entrant dans le bureau d'un professeur en congé sabbatique, qu'on avait aménagé en centre opérationnel pour l'organisation de la conférence, a été celle d'être Anne Hathaway dans *Le Diable s'habille en Prada*, un des incontournables favoris de Letizia : absolument pas à ma place et sans la moindre idée ne serait-ce des compétences minimales requises pour faire ce qu'on attendait de moi. Linda, il faut le dire, m'a accueilli avec une véritable affection, me disant de ne pas m'inquiéter si je me sentais perdu et de lui poser toutes les questions que je voulais : forte des deux colloques dont elle s'était occupée, elle "m'apprendrait le métier".

“On en apprend plus en un colloque organisé qu’en dix ans de recherche”, elle a souligné, et j’ai songé que c’était une belle phrase, peut-être un peu emphatique, mais dite pour la bonne cause : me convaincre que je ne gâcherais pas les trois prochains mois de ma vie. J’ai cependant découvert qu’il s’agissait en fait de son mode de communication habituel : des déclarations péremptoires, vaguement tonitruantes, qui servent à suggérer qu’elle connaît le monde, ce que la réalité vient souvent démentir. Au cours des interminables journées que nous passerions ensemble, je l’entendrais émettre des dizaines de pronostics sur ce que répondrait untel ou untel, tous invariablement contredits par la suite, sans que cela ne lui fasse jamais venir à l’esprit qu’elle devrait peut-être cesser d’en faire. Mais je dois reconnaître, en toute honnêteté, que cette fois-là elle n’avait pas lancé une de ses affirmations sans fondement : j’en apprendrais effectivement plus en trois mois qu’en plusieurs années de recherche. Je découvrirais notamment que l’université est un monde psychotique, qui possède un très faible sens de la réalité, peuplé d’individus à la réputation extrêmement circonscrite (quelques microzones de leur microchamp d’*expertise**), qui opèrent dans un secteur marginal et totalement démuni comme celui de la culture, et qui se prennent néanmoins pour des rock stars, avec des egos et des comportements à la hauteur de cette conviction. Des gens qui secouent la tête avec incrédulité en constatant que leur ouvrage *La Métrique dans la poésie vernaculaire italienne de la fin du XIXe au début du XXe siècle* ne figure pas dans la liste des best-sellers. Des gens qui vous demandent avec insistance de leur procurer deux billets au départ de New York en *business class* afin d’assister à la conférence et de permettre à leur compagnon argentin de visiter enfin l'Europe. Des gens qui vous demandent de leur envoyer un taxi à Pavie car il est hors de question qu'ils prennent le train, vu la faune qu'on y croise. Des gens qui ne le disent pas, mais qui pensent à l'évidence que "vous ne savez pas qui je suis", sans voir que c'est bel et bien le cas. Ça devrait suffire à les calmer un peu, mais ils persistent à y voir une faute impardonnable. Le problème de Linda, ce n'est pas seulement d'acquiescer aux délires de toute-puissance de ces champions du troisième âge (ce qui est compréhensible, si on veut atteindre la fin de la journée sans que vingt personnes vous envoient poliment vous faire foutre, comme ça a tendance à m'arriver), mais surtout de leur accorder *réellement* le crédit qu'ils s'attribuent à eux-mêmes et de finir par alimenter ces délires. Pour elle, ce sont tous des génies, des sommités, des maîtres incontestés et inaccessibles ("de classe mondiale" est l'une de ses expressions favorites, qui voudrait me faire croire qu'il existe une "classe mondiale" des experts de Gesualdo Bufalino : comme il doit y en avoir trois en tout, ne pas être de "classe mondiale" équivaut de fait à ne pas exister). Linda cite leurs œuvres avec une admiration sincère (elle les a apparemment toutes lues : c'est peut-être pour cette raison qu'elle n'a pas eu le temps de rédiger sa thèse), elle énumère une à une les universités où ils sont passés et les traces qu'ils ont laissées dans l'histoire de la culture italienne. Elle pourrait parler pendant un après-midi entier d'un obscur professeur associé de l'université du Piémont oriental, avec une vaste bibliographie de références ; et non seulement elle en est capable, mais si on lui en fournit l'occasion ou ce qu'elle est susceptible d'interpréter comme telle, elle le fera. Et, âme noble, elle n'a pas un mot de critique pour qui que ce soit : elle idolâtre tout le monde sans distinction, c'est pourquoi elle ne trouve aucune de leurs exigences déplacée. Pour elle, par exemple, Bricca a tout à fait le droit de prétendre à ce que l'on n'entende pas le son des cloches dans sa chambre d'hôtel, lui qui a toujours été un anticlérical militant et qui oublie qu'il est logé dans le centre historique d'une ville italienne médiévale, où il n'y a tout simplement *pas* de chambre qui ne se trouve à un jet de pierre d'une église ; et il est parfaitement légitime que De Santis veuille qu'on lui serve le petit déjeuner à cinq heures du matin parce que ce sont les heures les plus productives de la journée pour lui.

Les premiers jours, Linda m'a expliqué jusque dans les moindres détails comment je devais rédiger mes courriels, avec une pompe digne des usages diplomatiques du XVIIIe siècle et des formules de politesse qui auraient semblé excessives à Mme de Lafayette. Elle m'a fait mettre des majuscules aux pronoms personnels ("si Vous deviez..."), a banni toute espèce d'abréviation et a révisé ce que j'écrivais en y ajoutant des tournures byzantines qui rendaient les phrases particulièrement difficiles à déchiffrer. Une fois, elle a corrigé le mot "prémisses", qui me semblait digne d'un monument fasciste et que je pensais donc assez démodé pour lui plaire, en "prémices", et j'ai ainsi découvert que les deux orthographes existent ; une autre fois, elle a carrément pété un câble parce que j'avais commencé mon courriel à Esther Luzzatto par "Chère Madame" – je n'ai toujours pas compris pourquoi. Les professeurs, eux, répondaient à la hâte, avec des fautes de frappe, une ponctuation négligée, confondant “prémisses” et “prémices”, trop occupés à imposer leurs conditions et à formuler d’étranges demandes. Néanmoins, nous n’en démordions pas et continuions à les traiter tous avec un respect inattaquable, digne du salon des Guermantes.

Quand j’ai commencé à sentir que je maîtrisais à peu près correctement mon travail et qu’il m’a semblé que Linda me considérait un peu plus comme un collègue et un peu moins comme un boulet, je me suis détendu. C’est alors, bien sûr, que j’ai commis ma plus grosse erreur.

— Eh, tu te souviens de Morelli ?

— Hmm, elle a répondu sans quitter son écran des yeux.

— Tu m’avais dit qu’il ne viendrait jamais, qu’il s’était fait opérer de la prostate et que c’était un misanthrope qui désertait les colloques ?

— Je confirme.

— Pourtant, écoute ça : “Cher M. Gori, votre invitation m’étonne et m’honore d’autant plus. Je serai ravi de participer au colloque et de venir évoquer mes théories *in lacum leonum*. Avant la date que vous m’indiquez, je vous ferai connaître plus précisément le sujet de mon intervention, dont je peux d’ores et déjà vous annoncer qu’elle portera sur Giovanni Papini : je suppose naturellement que ma récente monographie sur son œuvre est la raison qui motive cette invitation inattendue.” Prostatite, tu parles : ce gars-là est déjà prêt à lire sa relation !

— Mais qu’est-ce que tu racontes ? Morelli n’a jamais écrit sur Pa... Elle était tellement occupée

à pâlir qu'elle n'a pas terminé sa phrase. Marcello, tu n'as pas écrit à Pietro Morelli, n'est-ce pas ?
— p.morelli@unimacerata.it : c'est lui ?
— Tu as écrit à *Pietro* Morelli ?
— Oui, il figurait sur la liste que tu m'as donnée.
— Non : c'était *Paolo* Morelli, sur la liste. Le spécialiste de Leopardi.
— Qu'est-ce que j'en sais, moi, si c'est un spécialiste de Leopardi ou de Parini. C'est aussi un écrivain italien, Parini, non ?
— *Papini*, qui n'a rien à voir avec Parini. Et tu devais inviter Paolo Morelli, de la Statale de Milan, pas Pietro Morelli, de l'université de Macerata.
— Ben, ça ressemblait à Pietro, ce que tu as écrit. J'ai regardé et j'ai vu Littérature italienne contemporaine. On n'a qu'à les inviter tous les deux, de toute façon on n'aura pas de problèmes de surbooking.
— Pauvre idiot. Morelli a sa place dans ce colloque comme Obama dans un rassemblement du Ku Klux Klan... (Du Linda tout craché, ces comparaisons prétentieuses et même un peu forcées)... ou comme toi dans ce département. C'est un gros catho à moitié fasciste, alors que tous les participants sont de gauche. Et, surtout, il fait partie du cercle de Martesana.
— L'ennemi juré de Sacrosanti !
— N'en rajoute pas.
— Et maintenant, on fait quoi ? Je ne peux pas lui dire que je me suis trompé et qu'il n'est plus invité.
— Tu en as assez fait, n'aggrave pas ton cas. J'avais bien dit à Sacrosanti que je pouvais me débrouiller seule, mais il a tenu à me coller un

minus habens qui ne sait même pas qui est Paolo Morelli. Merde, son livre *Addiction et Révolution* a été traduit en quinze langues. Tout le monde l'a lu sauf toi.

— Aaaah, bien sûr : *ce* Morelli-*là*..., je fais d'un air convaincu. Mais, à la façon dont elle me regarde, je sens qu'elle ne me croit pas.

— Notre seul espoir, c'est qu'il casse sa pipe avant le colloque.

L'espace d'un instant, ça m'a paru plausible : qu'elle espère vraiment que l'excellent *Pietro* Morelli claque avant le colloque, nous tirant ainsi du pétrin. Puis elle a téléphoné à Sacrosanti pour l'avertir du désastre que je venais de provoquer. Une fois que Linda lui eut exposé la situation, avec un mélange de contrition personnelle et de mépris à mon égard, Sacrosanti a plutôt bien réagi :

— C'est une très bonne nouvelle. Je n'aurai jamais imaginé qu'il puisse accepter, sinon je vous aurais dit de l'inviter. C'est un grand professeur et un excellent chercheur. En fait, l'avoir nous mettra en valeur. Je dirais même plus : mettez-le dans la séance plénière du dernier jour, avec mon intervention.

— Vous voulez qu'on retire Franco De Arcangelis de la plénière ? demande Linda, d'un ton scandalisé qu'elle ne fait rien pour dissimuler.

— Oui, on va le mettre en ouverture, lui, avec Capranica.

Je ne sais pas ce qui la contrarie le plus : mon erreur, le fait que Sacrosanti la prenne si calmement (au lieu de me massacrer) ou la rétrogradation de Franco De Arcangelis.

Mais l'*affaire** Morelli n'était rien comparée à ce qui s'est produit quelques jours plus tard. J'ai sincèrement cru que Linda allait tomber dans les pommes. C'était au moment où nous avions enfin appelé les hôtels pour faire les réservations, suivant une stricte division hiérarchico-chromatique. Les invités rouges – ceux qui venaient de l'étranger, les sommités des études italiennes (*sic*) et ceux qui jouissaient de l'estime ou de l'amitié du Grand Homme – devaient être logés à l'Excelsior ; les jaunes – les professeurs ordinaires qui, pour des raisons que j'ignore, ne pouvaient prétendre au statut de sommités –, nous devions les loger au Palace ; les verts – maîtres de conférences à l'université – auraient droit au Safari ; enfin les blancs – les doctorants et autres – devraient squatter le canapé d'un collègue pisan ou payer de leur poche un lit dans le dortoir d'une auberge de jeunesse. Cette répartition avait une origine qui se perdait dans la nuit des temps et était considérée comme immuable : tout colloque à l'université de Pise la respectait religieusement.

S'agissant d'un colloque qui se déroulait à l'approche de Noël, on nous a fortement invités à réserver les chambres un peu à l'avance et nous avons donc contacté des hôtels dès le début du mois de novembre. Mais ils affichaient tous complet. Trop occupés à nous dire que les études italiennes comparées étaient le nombril du monde, nous n'avions pas tenu compte du fait que, la même semaine, Bob Dylan se produirait cinq soirs de suite au Teatro Verdi de Pise – les places étaient à sept cent cinquante euros –, et un autre au Teatro Rossi Aperto, un centre socioculturel très fréquenté, cette fois gratuitement. Les billets s'étaient vendus en une nanoseconde et les riches anciens beatniks de toute la Toscane avaient réservé dans des hôtels du centre historique.

Pisane de souche et très bien intégrée dans le tissu social de la ville, Linda a remué ciel et terre, elle a contacté des amis de sa famille, des adjointes au maire qui avaient joué dans la même équipe de volley-ball qu'elle, des directeurs d'hôtel qui étaient d'anciens camarades de collège, et a réussi à arracher une solution de compromis plus que digne, logeant tout le monde dans le centre historique et parvenant même à tenir le budget en mettant les invités rouges au Relais Pendente, un endroit d'où on voit d'ordinaire sortir presque exclusivement des stars américaines et des oligarques russes. Ce n'est qu'après avoir empoché le triomphe qu'était son plan B que Linda a pris la liberté d'appeler le Grand Professeur pour lui expliquer la situation. J'ai assisté à l'appel et je peux jurer qu'ayant observé le professionnalisme et l'efficacité avec lesquels Linda expliquait à Sacrosanti sa réorganisation, sans lésiner sur les dates, les prix et les détails superflus, le tout de mémoire, en ce qui me concerne elle était prête pour être la productrice exécutive du prochain film de Christopher Nolan. Mais la réponse du professeur a été : "Non, pas question." Puis il a laissé passer quelques longues secondes de silence, afin qu'on entende le bruit du cœur de Linda qui s'émiette, et a ajouté : "Tu as fait du très bon travail, Linda...", une nouvelle petite pause qui entretient l'espoir que ce très bon travail reçoive son approbation,

— ... mais il n'en est pas question...

— Alors... Je... Je ne sais vraiment pas... C'est la première fois que l'infatigable élocution de Linda s'enraye.

— Ne t'inquiète pas. Je vais voir ce que je peux faire.

Linda raccroche.

— Alors ? je demande, faisant semblant de ne pas avoir tout entendu.

— Il dit qu'il va s'en occuper.

— S'occuper de quoi ?

— De régler le problème.

— Bien sûr. Et qu'est-ce qu'il va faire ? Appeler Bob Dylan pour lui demander de reporter ses concerts ?

Linda ne répond pas, mais je me dis que, dans un coin reculé de son cerveau, sa foi en l'omnipotence de Sacrosanti n'exclut pas cette possibilité. Bob Dylan a peut-être obtenu le prix Nobel de littérature, mais Sacrosanti a le pouvoir de les malmener, les Nobel. S'il l'a fait en cours avec Quasimodo, il peut tout aussi bien le faire avec le frimeur de Greenwich Village.

Je me suis senti obligé d'assumer le rôle du Principe de Réalité : "À mon avis, demain il te rappellera pour te dire que ton plan B est très bien et même mieux que le plan A."

Non seulement elle n'a pas apprécié ma tentative de la réconforter, mais elle m'a regardé comme si je venais de lui dire qu'elle semblait avoir pris du poids.

Sacrosanti nous rappelle deux heures plus tard.

— J'ai trouvé la solution..., annonce-t-il d'un ton nettement plus jovial. Certaines chambres de l'Excelsior sont réservées pour le rassemblement annuel de Philologie romane.

Il n'attend même pas un signe d'acquiescement de Linda pour raccrocher. Ma collègue semble un peu perplexe.

— ... Peut-être qu'ils nous laisseront les chambres qu'ils ont réservées et qu'ils logeront leurs invités ailleurs, je suggère.

— Les philologues ?

— Oui, les philologues. Après tout, ce sont des collègues des italianistes, je me dis, ils font partie du même département : ils pourraient nous venir en aide.

Mais il y a plus de chances que la Chine reconnaisse Taïwan, m'explique Linda, ou – elle prend un autre exemple en constatant que le premier me laisse plutôt indifférent – que les Pisans et les Livournais fassent la paix. Car, au sein du département, les philologues et les italianistes appartiennent à deux clans rivaux.

— J'ai compris, je dis pour couper court. Un peu comme Sacrosanti et Martesana.

— Aucun rapport, elle rétorque. Les deux clans, Sacrosanti et Martesana, s'opposent sur tous les fronts : intellectuel, politique, culturel. Mais ils s'estiment. Quand Sacrosanti lit un livre de Martesana, il ne peut s'empêcher de l'admirer, même si ses conclusions le répugnent et qu'il pense déjà à la manière de les contrer. Mais ce sont des adversaires qui reconnaissent chacun la grandeur de l'autre. En d'autres termes, Martesana est heureux d'avoir Sacrosanti pour rival, car ils se garantissent l'un à l'autre un affrontement de haut niveau. Achille contre Hector, disons.

— Achille contre Hector, je répète.

— Avec les philologues, c'est une autre histoire.

— Parce qu'ils ne se respectent pas.

— Pire : ils se méprisent.

— Carrément.

— Oui, mais pas de la même façon. C'est plutôt David contre Goliath.
— Et qui est Goliath ?
— Nous.
— Nous ?
— Les italianistes.
— Nous sommes les méchants ?
— Oui. D'après eux.
— Pourquoi ça ?
— Parce que les italianistes ont la main sur le département. Ils ont plus de moyens, des amphis bondés, ils sont invités partout dans le monde, ils écrivent dans les journaux, ils sont connus, on parle un peu de leurs livres et parfois ils passent même à la télévision. Ce sont les frères cool.
— Cool ? Nous ?
— On parle du département de lettres, pas de Hollywood. Mais ici aussi, il y a des gagnants et des perdants. Et nous, les italianistes, on est cool.
— Alors que les philologues sont des perdants.
— Ce sont des polards : des petits M. Je-Sais-Tout qui jalousent la vie des autres. Ils sont dans leurs petites chambres humides et révisent interminablement leurs cours, leurs variantes, leurs notes et leurs appareils critiques. Ils sont convaincus d'être les gardiens de la sagesse antique du monde des lettres, tandis que les italianistes ne sont pas fiables, ce sont des affabulateurs qui séduisent les foules avec leurs discours fascinants mais superficiels. Comme le *barbaresco*. Tu vois ?
— Quoi, le vin ?
Linda soupire.
— Non, celui du Palio de Sienne.
— Jamais entendu parler.

— C'est le palefrenier qui s'occupe du cheval avant le Palio. Il lui consacre des mois d'attention et lui procure tous les soins possibles. Puis, au dernier moment, le jockey arrive, il le monte, et tous les regards, toute la gloire sont pour lui. Voilà, c'est comme ça qu'ils se sentent : ils sont ceux qui font le sale boulot dans les coulisses. Puis les italianistes arrivent et pondent leurs petits articles dont tout le monde parle, ceux qui font s'évanouir les jeunes filles passionnées de littérature.
— Comme toi.
— Et comme toi.
— Et les linguistes, ils sont où, dans tout ça ? je demande, commençant à m'intéresser.
— C'est encore une autre histoire. Les linguistes se pensent supérieurs aux italianistes et aux philologues. Comme la linguistique a des aspects scientifiques et difficiles qui la protègent des idiots, ils se prennent pour les frères intelligents. À les entendre, les philologues sont des imbéciles pédants tandis que les italianistes sont des imbéciles superficiels. Mais comme ce sont les frères intelligents, ils sont respectés de tous : les philologues fabriquent des poupées vaudoues et y plantent des aiguilles dans l'espoir de voir Sacrosanti chuter, par exemple. En revanche, un linguiste comme Luca Serianni, ils le vénèrent eux aussi. En fait, les linguistes nous intéressent jusqu'à un certain point car, pour ne pas être pris dans nos escarmouches, ils ont créé un département à part entière.
— Et les philologues se sont retrouvés avec nous.
— Exactement.
— Mais ils nous détestent.

— Leur plus grande joie dans ce monde consiste à démonter les articles des italianistes en se servant de doctes références textuelles et à se moquer des types comme Sacrosanti en se donnant des coups de coude, car ils sont, eux, les paladins du Bien et du Vrai en littérature. Cela dit, ça fait une éternité que le lobby des italianistes, ils nous appellent "les comparatistes" en pensant que c'est une insulte, ne me demande pas pourquoi, ne leur laisse rien, ni concours de recrutement, ni bourses. On peut donc comprendre qu'ils en aient après nous.

— Je vois. En gros, il est tout à fait exclu qu'ils remettent à plus tard leur rassemblement annuel pour nous céder la place.

Linda devient pensive.

— Je pense qu'ils l'ont organisé mi-décembre *précisément* pour nous faire chier.

Pour des raisons que je ne suis pas sûr de comprendre, depuis toujours ma mère est chargée à chaque Noël de faire la cuisine pour une bande d'oncles et de grands-oncles qui partagent un certain nombre de caractéristiques : ce sont tous des hommes seuls (et donc incapables d'aider), hyper exigeants et complètement hébétés. En réalité, deux d'entre eux sont en principe des parents du côté de mon père, que le divorce n'a pas découragés et qui continuent de venir à Noël. L'oncle Eugenio m'appelle par le prénom de mon père, mais je suis presque certain qu'il s'est mis à le faire en guise d'excuse pour ne pas me donner l'enveloppe contenant cinquante euros qu'il avait l'habitude de m'offrir il y a quelques années ; l'oncle Gianni, lui, ne m'a jamais donné d'enveloppe, mais à présent, quand il me confond avec mon père, je le félicite d'être arrivé si près de ma véritable identité. Le fait est qu'à l'approche des fêtes, ma mère perd tout *aplomb** ainsi que sa docilité habituelle et répand autour d'elle le ressentiment très pur qu'elle a distillé au cours des douze derniers mois. La semaine dernière, par exemple, je l'ai clairement entendue lâcher un juron après avoir dû remodeler le menu en raison d'une nouvelle intolérance alimentaire de l'oncle Eugenio qui, à quatre-vingt-cinq ans, s'est découvert allergique au gluten (l'oncle Eugenio est un collectionneur acharné de maladies imaginaires alors qu'il est en parfaite santé, mais tout de même convaincu que la production de maladies fictives le protège des vraies).

Cependant, au cours des deux dernières décennies, j'ai pu constater qu'une fois arrivé le matin de Noël, la situation se calme d'un coup : tout est prêt, la fureur organisationnelle se dissipe et les festivités prennent une saveur magique, précisément parce qu'elles marquent la fin de la période merdique qui les a précédées.

Inconsciemment, je pense que j'ai imaginé le Xe Colloque d'études italiennes comparées sur ce modèle, en me disant qu'une fois arrivé le premier jour de la conférence je pourrais enfin me détendre, peut-être même trouver quelques heures pour réviser et répéter mon intervention. En récompense, peut-être, de tout ce travail gratuit, Sacrosanti a en effet inclus mon "intervention" dans un "panel" avec Linda et la professeure Luzzatto, une amie du Grand Homme qui croit en la jeunesse et se prête volontiers à jouer les *discussant* pour les interventions des nouveaux venus, en plus de tenir sa très attendue *lectio magistralis*. J'ai donc dû inventer de toutes pièces une mini-conférence de vingt minutes, en veillant cette fois à ne pas épouser les interprétations de l'équipe rivale et à ne pas marcher sur les pieds de qui que ce soit.

Malheureusement, le début du colloque n'a été accompagné d'aucun effet Noël. Au contraire : non seulement l'organisation a été un tourbillon inarrêtable, mais à l'approche du colloque, puis une fois qu'il a débuté, au lieu de se calmer les choses se sont précipitées. Les conférences étaient programmées du mercredi au dimanche, et les différents professeurs se sont présentés en ordre dispersé dès le lundi, arrivant jusqu'au samedi. Bref, d'organisateur, je me suis transformé en *runner*, un euphémisme pour "esclave". Mon rôle consiste surtout à faire le chauffeur de ceux qui arrivent à l'aéroport, naturellement dans ma propre voiture (c'est-à-dire celle de ma mère) et avec mon propre carburant (à un moment donné, Valeria, la secrétaire-reine du département, m'a annoncé que je recevrais cent euros en bons d'essence, dans un nombre de mois imprécisé et à condition d'avoir conservé les reçus). Dieu sauve celui qui a conçu l'aéroport international de Pise, car il a eu la splendide idée de le construire pratiquement à côté de la tour penchée, de manière à limiter au maximum le temps embarrassant que je dois passer à discuter avec les professeurs (dont certains sont étrangers et avec qui j'exhibe mon anglais de serveur, avant de découvrir chaque fois qu'ils parlent tous italien), en essayant de dissimuler le fait que j'ignore complètement qui ils sont. Malheureusement, dans certains cas et par souci d'économie, l'organisation (c'est-à-dire moi) a pris des vols à l'arrivée et au départ de Florence, sans penser que ce que l'université économisait sur les billets d'avion, je le dépenserais en essence et en péage (même si je dois admettre que dans certains cas Linda s'est sacrifiée, elle qui, d'après mes estimations, n'a pas dormi plus de cinq heures au total durant tout le colloque ; tout comme Pier Paolo, en une occasion, mais seulement parce que c'était une Française avec qui ça l'arrangeait de passer une heure en tête-à-tête dans la voiture, à discuter des bourses postdoctorales à l'École des hautes études de je ne sais où).

Enfin, le panel auquel nous participons, Linda et moi, a lieu très tôt le samedi matin, en compagnie de la professeure Luzzatto, une femme fort élégante et presque hautaine, qui semble être l'archétype de la grande dame milanaise des années 1960, avec son éloquence sophistiquée et ses manières étonnamment directes. Quand nous prenons place derrière la table où sont posées des bouteilles d'eau et des micros à usage purement décoratif (car nous sommes dans une petite salle d'à peine trente places), il n'y a qu'une poignée de personnes dans l'assistance, ce qui me convient très bien : n'oublions pas que c'est ma première intervention dans un colloque et que je l'aborde avec la certitude mathématique d'être la moins qualifiée des personnes présentes. Je constate avec 80 % de soulagement et 20 % de déception qu'aucune des vedettes de la discipline n'est venue nous écouter à l'exception de Sacrosanti, qui ne manque jamais les interventions de ses protégés. Avec le temps, j'ai l'impression qu'il s'est assoupli à mon égard, qu'il m'a peu à peu pardonné le faux pas du *paper* de fin d'année ainsi que le péché originel d'avoir obtenu une bourse qui ne devait pas me revenir. De temps en temps, au lieu de “M. Gori”, il laisse échapper un “Marcello” qui m'autorise à me détendre ; je n'ai évidemment toujours pas le droit de l'appeler par son prénom, mais je n'aspire pas à cette intimité presque blasphématoire. Le voir assis là, au premier rang, dans une attitude où l'autorité et l'affabilité, la stature divine et l'accessibilité humaine cohabitent sans effort, me le rend particulièrement sympathique : non seulement sa présence ne m'angoisse pas, mais elle me donne du courage. Je suis heureux que ce soit lui mon tuteur. Je le regarde et j'ai une révélation : c'est José Mourinho. J'ai enfin compris ce qui m'avait toujours fasciné chez lui : Sacrosanti est le Mourinho des lettres italiennes. C'est le coach qui vous botte le cul à chaque entraînement, qui exige de vous ce que vous êtes convaincu de ne pas pouvoir donner, mais qui, à l'heure du match, place ses larges épaules entre le reste du monde et vous, pour bien montrer que vous êtes son poulain et que personne ne peut vous toucher sous peine d'avoir affaire à lui. Avoir donné le jour à cette comparaison lumineuse fait que je me sens très intelligent et me communique encore plus d'élan. Je regrette de ne pas pouvoir la partager : dans cette salle, je ne pense pas que quiconque sache qui est Mourinho et, de toute façon, ils ne comprendraient pas combien il est généreux d'attirer à soi toutes les insultes afin de protéger ses hommes, de faire bouclier avec son corps pour sauvegarder ses enfants. Jouer les durs pour aider son prochain, être égocentrique par altruisme : je ne pense pas que l'esprit de ces sommités soit en mesure de saisir pareille noblesse. Le seul qui pourrait et dont l'esprit omniscient parviendrait à pénétrer le mystère vociférant de Mou est sa réincarnation universitaire : Sacrosanti. Nos regards se croisent et, l'espace d'un instant, je songe avec extase : si Mourinho a réussi l'impossible exploit de faire gagner une Ligue des champions à l'Inter, peut-être Sacrosanti réussira-t-il l'impossible exploit de faire de moi un chercheur respectable. J'ai beau être absolument certain que Sacrosanti *ne m'a* adressé *aucun* clin d'œil à ce moment-là, je jurerais l'avoir vu m'en faire un.

Outre le Grand Professeur, dans la salle il y a surtout des étudiants de l'université de Pise, et peut-être quelques-uns des maniaques qui fréquentent les colloques sur la littérature avec le même esprit de fan-club que les gens de leur âge qui se déguisent en Harley Quinn pour un cosplay à Lucca Comics. Au milieu de ces visages décharnés, on distingue également un grand monsieur ombrageux au visage qui semble grossièrement modelé dans l'argile, que Sacrosanti a chaleureusement salué, et une jeune femme dont la présence aurait dû m'exaspérer, puisque cinq minutes plus tôt je l'avais priée de ne pas venir, mais que maintenant, après le clin d'œil métaphysique de Sacrosanti, je suis heureux de voir : Letizia. Je lui suis reconnaissant d'avoir trouvé le moyen de violer d'un seul coup mon diktat et son engagement académique inamovible, d'avoir fait le mur à l'hôpital pour me désobéir et de s'être faufilée dans l'amphithéâtre où je m'apprête à tenir ma première microconférence.

Mais, avant moi, c'est le tour de Linda, qui se charge de faire remonter mon niveau d'anxiété. Sa contribution s'intitule "Michele Mari : pour une lecture régressive", et elle m'en a souvent parlé, durant les mois que nous avons passés collés ensemble, elle a même fini par me convaincre que l'article était excellent ("digne d'être publié") mais aussi qu'il avait recours à des moyens d'interprétation innovants. Au cas où quelqu'un l'ignorerait, Michele Mari est "le plus grand auteur italien vivant", du moins selon Linda (dont le podium personnel a une première marche suffisamment grande pour y accueillir beaucoup de monde), et c'est à son œuvre qu'elle consacre la fameuse thèse de doctorat dont tout le monde parle (surtout elle), mais dont personne n'a jamais lu une ligne. À présent, faisant preuve d'une audace et d'une subtilité que je ne lui soupçonnais pas, elle a choisi comme clé d'interprétation de la poétique de Mari celle, freudienne, de l'analité : au départ, son intervention aurait dû s'intituler "Michele Mari : pour une littérature anale", mais Sacrosanti lui a gentiment expliqué qu'il n'était pas question de faire figurer le terme "anal" dans le programme du colloque, si bien qu'il a proposé celui – tout aussi juste mais un peu plus subtil – de "régressif". Elle a accepté (elle n'avait pas le choix), mais ne s'est pas privée d'axer sa lecture sur la question de l'analité, me surprenant à la fois par son audace et par son entêtement.

Il est donc aisé de comprendre pourquoi je suis resté un peu perplexe en voyant cet inarrêtable *panzer* pâlir d'un coup et bredouiller des sons incompréhensibles. Un instant avant de commencer à parler, elle m'a regardé avec des yeux terrifiés et a balbutié : "J'y crois pas." Je ne comprenais pas ce qu'elle ne croyait pas et, surtout, je ne comprenais rien à son intervention. Ce furent vingt minutes atroces, pendant lesquelles elle a lu son discours presque en chuchotant, pratiquement cachée derrière ses notes, évitant de dire "analité" ou "anal" et les remplaçant à la volée par "régression" et "régressif", à tel point qu'à un moment donné, elle a affirmé que Freud articulait le développement sexuel de l'enfant en "phase orale, phase génitale et phase régressive".

Après avoir assisté à l'exposé de Linda, je me suis dit que dans tous les cas, à moins de vomir directement sur le public, je ne ferais pas la communication le plus catastrophique du colloque, ni même la plus mémorable.

Ma contribution s'intitule "Oblomov et Rocky : lire Tito Sella", et traite de son roman le moins connu, *Le Goût de la neige*, un texte insolite consacré à la Résistance. Mon incipit est plutôt captivant : "La première chose qui vienne à l'esprit en abordant le roman *Le Goût de la neige* est de se demander pourquoi il a reçu un accueil si unanimement désastreux." Je l'ai réécrit plusieurs fois, ce début, et j'en suis finalement très content : les histoires de catastrophe plaisent toujours.

Quoi qu'il en soit, je n'ai rien inventé : le roman a été accueilli par un chœur de mauvaises critiques. Quand il a paru en 1986, Sella était assez célèbre, un peu à cause des questions politiques et un peu parce que c'était un intellectuel reconnu, dont le précédent livre, *Hagiographies infâmes*, avait eu un certain succès auprès du public et bénéficié d'une très bonne presse. Il lui avait donc fallu le foirer complètement, ce deuxième livre, pour qu'il soit si mal reçu. Et il a pleinement réussi. Pour ce qui concerne le public, c'était sans doute prévisible : les années 1980 étaient à leur comble, l'extrême droite avait renoncé à la dynamite et l'extrême gauche au plomb, tout le monde ne pensait qu'à enterrer les années 1970 aussi vite que possible, à s'amuser sans plus s'emmerder avec ces histoires de politique, à regarder les émissions de variétés sur les nouvelles chaînes de télévision privées, à soigner sa coupe de cheveux et à choisir les tenues vestimentaires les plus extravagantes. L'Union soviétique était au bord de l'effondrement et tout ce qui sonnait communiste était considéré comme ringard, surtout quand Enrico Berlinguer eut quitté la scène. Il était donc tout à fait naturel que, pour le public du samedi soir, un roman relatant la lutte des partisans dans les Alpes apuanes apparaisse comme la note décalée d'un ménestrel qui veut seulement gâcher une fête trop longtemps attendue. Mais ce qui est plus surprenant, c'est que le livre ait réussi à déplaire également dans les milieux cultivés, intellectuels et militants. Les membres du PCI, qui ont toujours trouvé scandaleux que les terroristes se présentent comme les véritables héritiers de la Résistance, ont estimé qu'un roman sur les partisans était un geste ouvertement provocateur de la part d'un ancien terroriste, une sorte de camouflet gratuit à la mémoire résistante partagée par tous les partis représentés au Parlement ; à la gauche du Parti, en revanche, on n'a pas supporté "l'esthétisation excessive et stérile" de la Résistance, voire sa "postmodernisation" (comme l'a écrit le journal *Il Manifesto*) : la narration fragmentée en une multiplicité de points de vue, l'ambiguïté morale des personnages, les anachronismes flagrants – les résistants roulent en 4L, écoutent les Rolling Stones dans les brigades Garibaldi, les Beatles dans les brigades Matteotti et Pink Floyd dans les brigades Giustizia e Libertà, puis entonnent en chœur des chansons de Lucio Battisti. Et Goffredo Fofi l'a qualifié de "gratuitement baroque et dépourvu de force idéaliste", résumant admirablement le sentiment de toute l'intelligentsia de la gauche radicale.

Pour que quelqu'un se mette enfin à prendre le roman au sérieux, il faudrait attendre les recherches de Martesana et de Sacrosanti lesquels, vingt ans après, dans leur entreprise de revalorisation d'un auteur de second ordre, ont néanmoins privilégié *Hagiographies* et *Transhumances*, livres sur les migrations qui reprennent la même forme, et plus ou moins considéré *Le Goût de la neige* comme un faux pas.

La thèse de mon intervention est la suivante : les faiblesses du roman de Sella, qui ont conduit les critiques à le snober et à l'oublier, sont précisément les raisons pour lesquelles il vaut la peine d'être lu et qui en font, malgré son imperfection et ses maladresses, un texte fondamental.

Dans le quotidien *La Repubblica*, un critique a écrit que la scène d'ouverture "semble tout droit sortie d'un film comique, pas d'un roman sur la Résistance". Le récit, qui se déroule en une seule journée de l'été 1944 et suit la trajectoire narrative de plusieurs personnages s'entrecroisant dans les montagnes de la Versilia, s'ouvre en effet sur un garçon, “à peine plus qu'un enfant”, qui se promène dans les bois au coucher du soleil. Dans ces premières pages, en plus de marcher, le garçon jure. Ou plutôt : il cherche le bon juron pour les circonstances qui l'attendent. Il en essaie plusieurs, les soupèse, les évalue : l'un lui semble un peu terne, l'autre galvaudé, un troisième trop sophistiqué. Le jeu littéraire de Sella repose sur le décalage entre la stridence des jurons et l'attitude rigoureuse avec laquelle ils sont passés au crible, telle la matière d'un linguiste raffiné. Puis la voix du garçon est rejointe par une deuxième, une troisième et une quatrième : les voix commentent avec lui les jurons (“les coulées”, ils les appellent, une expression locale dérivant de l'idée qu'“un juron bien lancé a la capacité d'éteindre un cierge à l'autel”). Les voix participent au tri des jurons : elles les acceptent ou les rejettent, elles accompagnent le garçon dans le choix de ce qui sera le juron définitif, et le rythme de plus en plus pressant des répliques semble souligner que le temps à disposition sera bientôt épuisé. Le choix du juron est présenté comme essentiel : “C'est la revendication d'une identité, comme le choix d'un nom de guerre. Le garçon avait reçu son nom de guerre au hasard, c'est pourquoi il lui fallait bien choisir son juron : il fallait qu'il soit immortel.” Le dialogue est composé de quelques répliques, dont presque aucune ne peut être citée lors d'un colloque universitaire, mais l'effet qu'il cherche à reproduire est celui du dialogue entre le héros et le chœur des tragédies grecques : et l'objectif littéraire est de faire tomber les barrières entre la noblesse de la tragédie classique et l'obscénité repoussante du juron. Enfin, le garçon et ses accompagnateurs arrivent à destination, et on découvre que l'enfant est un messager de la Résistance, tandis que les autres voix appartiennent aux fascistes qui l'ont capturé et s'apprêtent à le fusiller. Pour finir, une fois qu'on lui a bandé les yeux, le garçon ne prononce pas le juron qu'il a choisi. Dos au mur, alors que les fascistes chargent à contrecœur leur fusil, le seul qui jaillit de la bouche du garçon est tout à fait ordinaire, celui que, dans son village, tout le monde utilisait dans chaque phrase. "Cela lui parut être bon signe, comme s'il avait enfin trouvé sa communauté : s'il était stupide de chercher une identité individuelle de son vivant, il était presque scandaleux de le faire une fois mort. Une fois mort, on est tous. Une fois mort, on est terre." Mais les fascistes ne lui ont pas laissé le temps de le dire, ce juron, trop pressés d'expédier cette besogne, "car personne n'a envie de tuer un enfant" : ils le fusillent à la hâte, mais peut-être "regrettant déjà de ne pas l'avoir laissé crier le juron qu'ils avaient si soigneusement choisi ensemble".

Je poursuis mon exposé en marquant une pause digne d'un orateur chevronné, puis j'explique qu'il est assez difficile de résumer un roman comme celui-là, "choral et résolument centrifuge". L'histoire est construite autour d'un événement unique, dans lequel tout le monde reconnaît le massacre de Sant'Anna di Stazzema du 12 août 1944, mais cet événement est traité, pour reprendre les paroles de Sacrosanti, "comme une sorte de trou noir : il aspire tous les faits évoqués, pourtant il n'est jamais raconté, comme si aucune lumière ne pouvait en sortir et que notre regard ne puisse donc y pénétrer". En somme, le roman raconte "l'horizon des événements qui attendent d'être engloutis par le trou noir" et sur cet horizon se déplacent différents "fragments de vies". Il y a, par exemple, l'histoire de Pietralberti, un professeur d'histoire aussi conservateur que réservé, qui avait, "comme beaucoup, comme tout le monde", accepté le fascisme telle une déplaisante nécessité, avait apprécié la réforme scolaire de Gentile et continué à ne pas s'occuper de politique, étudiant passionnément l'histoire militaire ; mais après le 8 septembre 1943, il a ressenti le devoir – "pas moral et encore moins politique, mais esthétique" – d'aller dans les montagnes pour venger "les abus commis par le fascisme : contre l'art, contre la langue italienne, contre le bon goût" : ce "résistant pour des raisons de style" se retrouve à la tête d'une des brigades de partisans les moins dociles des Apennins, avec laquelle il peut enfin mettre à l'épreuve, "avec une implacabilité cartésienne", des tactiques et des stratégies qu'il a longtemps étudiées sur le papier. Mais les deux personnages principaux, ceux qui sont finalement perçus comme les héros, ont pour noms de guerre Rocky et Oblomov. Bien que l'affaire soit plus complexe, on pourrait schématiquement dire que les deux hommes sont le négatif l'un de l'autre. Le premier est un partisan communiste décrit successivement au fil du roman comme : jacobin, binaire, manichéen, violent, inflexible, inamovible, idéologue, brutal, populiste, féroce, ignorant, déterminé. Le second appartient au contraire à l'Action catholique, il est cultivé, dubitatif, hésitant, mais surtout amoureux de Rosa, résistante résolue et granitique : peut-être une réminiscence du Milton de Beppe Fenoglio, mais transposée de l'épopée à la farce (et les noms que Sella leur donne soulignent ce caractère de farce). La seule scène où ils se croisent est celle où ils capturent et interrogent un collabo. Au lieu de répondre aux questions (dans les dialogues de Sella, *personne* ne répond jamais du tac au tac), ce dernier prétend être un véritable philanthrope, car grâce au “trait d’union qu’il forme entre les Italiens et les Allemands”, de nombreux civils ont eu la vie sauve et beaucoup moins de personnes sont raflées pour être envoyées dans des camps en Allemagne. “À la fin de la guerre, quelle que soit l’issue, affirme le collabo, je n’aurai à rendre compte que des vies sauvées ; aucun de vous ne pourra en dire autant.” Oblomov reste pensif et, pendant ce silence, Rocky abat le collabo. La critique a donné de ces deux personnages une interprétation assez schématique : aussi grossier soit-il, Rocky est le modèle du soldat totalement dévoué à la cause, et donc – comme on le voit en plus d’une occasion – de ceux dont la Résistance avait besoin, tandis qu’Oblomov est la parodie évidente de l’intellectuel passif, prisonnier de sa sphère privée et incapable de se sacrifier pour un idéal capable de la transcender.

Sacrosanti lui-même ne rejette pas cette alternative et affirme que, pour Sella, seules “une rigueur théorique extrême”, “une logique stricte jusqu’à l’impitoyable” sont capables de dénouer un nœud trop emmêlé, d’une unique manière : en le tranchant. Martesana reprend également l’alternative : pour lui aussi, la sympathie de Sella va entièrement à Rocky, mais pour des raisons opposées à celles de Sacrosanti, c’est-à-dire non pas parce qu’il le considère comme une force d’avenir, mais parce qu’il voit en lui une force “originelle, primitive, non corrompue” : “À travers Rocky, Sella représente l’Homme nu, chez qui le sens de la justice est clair et coïncide précisément avec sa simple humanité, car en lui il n'y a rien qui soit intellectuellement (ou politiquement) construit". En préférant Rocky, Sella confirme qu'il est réactionnaire *à son insu** : son modèle reste le saint analphabète, le Nocentini des *Hagiographies*, qui tue par instinct et par humanité, plutôt que le théoricien Lénine ou le bourgeois Guevara." Tous deux voient en Oblomov une figure négative et ce n'est pas un hasard si, à la fin, celui-ci se souille de la plus grave des fautes : ayant découvert que les nazis préparaient des représailles, il essaie de prévenir Rosa avant de donner l'alerte dans le village, où il arrivera trop tard, une fois la tragédie consommée. Avoir préféré l'individu à la communauté, le particulier à l'universel, le propre au commun, est ce qui le condamne en dernière instance.

En conclusion, j'essaie au contraire d'avancer une autre hypothèse : si, de manière consciente, sur le plan intellectuel Sella s'attache à montrer la nécessité de l'action de Rocky et se range donc de son côté, d'une certaine manière, de nombreux indices montrent en réalité que ce type de personnage lui répugne : dans les scènes où il apparaît, par exemple, une atmosphère sombre, des gestes sanglants et une dimension grotesque prédominent. Et, j'ajoute, le nom même de Rocky n'est peut-être pas seulement un anachronisme souligné, mais aussi une référence subtile au fait que le personnage partage son assurance obtuse et sa foi en l'action avec l'Amérique triomphante et arrogante de Reagan, dont Rocky est le modèle. Une fois de plus, à en juger par l'atmosphère, le vocabulaire qui l'accompagne et la participation même à ces événements, il apparaît qu'Oblomov n'y est pas si mal traité.

"C'est comme si deux Sella coexistaient dans *Le Goût de la neige*, je conclus : d'une part, un Sella théorique et politique qui affirme la nécessité de l'action violente contre un ennemi monstrueux, raillant ceux qui tergiversent et hésitent ; et de l'autre un Sella narrateur, qui se range plutôt du côté du personnage irrésolu, dubitatif et incapable d'agir, en recourant à tous les outils narratifs à sa disposition. C'est peut-être à partir de la réévaluation de cette dimension plus réflexive et perplexe qu'on pourra entreprendre une relecture complète de l'œuvre de cet auteur."

Après mon petit exposé, nous débattons. Sérieuse et quelque peu maternelle, la professeure Luzzatto fait d'abord un résumé-bilan-éloge de nos interventions, puis elle nous pose à chacun une question. Ces questions sont principalement destinées à nous donner un peu de satisfaction (moi) ou à nous permettre de remonter la pente après avoir fait mauvaise figure (Linda). Puis notre mentor intervient, il nous félicite et pose à son tour des questions, cette fois plus pointues.

Comme si cela ne suffisait pas, deux autres personnes prennent la parole. L'une étant Carlo, qui continue à me traiter comme son protégé et qui, durant ces derniers mois où je l'ai perdu de vue, a dû s'adonner à fond au *spinning*, car il est aujourd'hui la moitié de ce qu'il était il y a deux ans : il ressemble à un faisceau tendu de nerfs et de muscles, paraît avoir dix ans de moins que moi et non dix de plus. L'autre s'adresse à Linda, c'est un type au visage d'argile, qui tient un discours très savant d'un ton bourru et d'une voix de baryton, et qui conclut en souriant qu'il approuve pleinement le terme "régression", mais que Linda aurait pu utiliser le terme "anal", il ne s'en serait pas offusqué. Enfin, trois quarts d'heure après le public, je comprends que ce type est Michele Mari en personne : l'auteur évoqué par Linda et la cause de sa crise de panique.

De son côté, Letizia m'a regardé du début à la fin avec adoration et, pour la première fois de sa vie peut-être, elle a dû se dire que, tout compte fait, son petit ami n'était pas un abruti complet. Pour autant, je ne prends pas plus d'une nanoseconde pour la saluer, juste le temps de la présenter à mon mentor et de la faire inviter au dîner de ce soir. Par là même, Sacrosanti réussit avec une remarquable économie de mots à nous rappeler que son organisation nous incombe, à Linda et moi, et que nous devons donc nous rendre à l'Osteria della Cassandra très en avance, c'est-à-dire dès la fin de sa *lectio*, pour contrôler les plans de table et vérifier que tout est exactement comme nous l'avons demandé – que Machin n'est pas à côté de Truc, que Bidule n'est pas en bout de table et que tout le monde respecte l'ordre de la becquée.

"'Les gens se trompent en pensant que le cerveau humain est situé dans la tête : rien ne saurait être plus éloigné de la vérité. Il est porté par le vent venu de la mer Caspienne' : c'est ce que Nicolas Gogol fait dire au fou dans les *Nouvelles de Saint-Pétersbourg*, et – comme je voudrais le montrer au cours de cette demi-heure – c'est l'une des idées les plus fécondes de la littérature contemporaine. Proust lui-même, peut-être le plus incompris des auteurs du XXe siècle, ne prétend nullement que la mémoire aide à découvrir son moi ou une quelconque continuité intime. Au contraire, ses réminiscences montrent que notre mémoire nous est extérieure : dans un souffle pluvieux du temps, dans l'odeur du premier surgissement de l'automne..."

C'est ainsi que Raffaele Sacrosanti démarre son exposé en séance plénière. Si je ne le rapporte pas dans sa totalité, c'est parce que j'ai passé les quarante-deux minutes pendant lesquelles le professeur a parlé dans un état de transe, de quasi-extase et de contemplation révérencieuse pour l'homme dont le sort a fait mon mentor. Malgré la chute d'adrénaline qui a suivi mon intervention, dès que Sacrosanti a commencé à parler je me suis réveillé et, en un instant, je me suis rappelé pourquoi, malgré tout – malgré l'absence totale de reconnaissance sociale, malgré l'inutilité totale d'un diplômé de lettres dans le monde du capitalisme néolibéral, malgré l'assommant examen de philologie romane et la connasse de l'examen de linguistique générale, malgré l'improbable enchaînement de tragédies familiales que j'ai dû inventer pour apitoyer la prof et arracher la moyenne à l'examen de latin, malgré la puanteur d'aisselles des étudiants ingénieurs en blouse blanche et l'arrogance des étudiants en médecine qui descendaient du train de 8 h 7 avec moi à la gare de Pise San Rossore – malgré tout ça, j'ai choisi et je choisirais peut-être encore d'étudier la littérature. En quarante-deux minutes, le professeur Sacrosanti m'a rappelé qui je suis et pourquoi je fais ce que je fais, il m'a rappelé qu'il existait dans le monde un enchantement que les gens normaux n'imaginent pas, même s'il faut parfois des années de recherche pour l'entrevoir.

Sacrosanti est l'inventeur de cet oxymore, les "études italiennes comparées", qui fait souvent grimacer les puristes : soit on est italianiste, soit on est comparatiste ; d'après Pier Paolo, beaucoup de gens pensent que le Grand Professeur a créé cette licorne volontairement absurde pour manifester son pouvoir :

personne n'aurait le courage de s'y opposer et tout le monde se plierait à cette nouvelle discipline, ce qui s'est bel et bien produit. Quelle qu'en soit l'origine, Sacrosanti en est objectivement le champion incontesté : il suffit de l'entendre passer avec clarté et nonchalance, et – je le jure – sans une once d'arrogance, de DeLillo à Walter Siti, de Houellebecq à Pirandello, pour lui pardonner des années de baronnie sauvage et le fait d'avoir géré la faculté des lettres de l'université de Pise comme s'il s'agissait de son équipe de Fantasy Football. Les applaudissements qui éclatent à la fin sont sincères, comme si tout le monde se sentait un peu plus léger, sachant que quelqu'un comme Lui, qui porte haut l'étendard de la République des lettres, existe.

Morelli aussi a été bon, son Papini doit être un auteur intéressant, même si je crois avoir compris qu'il était à moitié fasciste et que c'est l'une des raisons pour lesquelles il n'appartient pas au canon de l'université italienne. Mais reconnaissons-le : sa leçon n'avait pas l'ombre du charme ni du souffle de celle de Sacrosanti.

Ce qui m'a un peu déçu, en revanche, c'est la longue discussion qui a suivi les exposés. Je m'attendais à un choc des titans et surtout à un choc des civilisations, au duel épique entre deux conceptions du monde et des lettres. Pourtant, rien du tout : au lieu de cela, j'ai vu deux mâles alpha, avec leurs énormes bois, descendre dans l'arène sans pouvoir faire plus qu'échanger une suite de compliments réciproques, quelques amabilités et deux phrases de circonstance avant de se saluer. Du sang que je m'étais préparé à voir couler, pas la moindre goutte.

“Putain, quel spectacle”, me lâche Pier Paolo en s’approchant du buffet qui a été mon compagnon inséparable pendant les pauses du colloque, quand je n’étais pas occupé à conduire un super ponte qui ne cachait pas sa désapprobation face aux normes d’hygiène en vigueur dans la voiture de ma mère, qu’elle et moi considérons depuis une décennie comme une version mobile du cendrier domestique.

— La vache, j’en ai eu la chair de poule, je réponds, encore sous l’emprise de la sensation de plaisir qui a accompagné la performance de Sacrosanti. Je ne suis pas un habitué des colloques, je précise pour me couvrir, comme j’ai appris à le faire avec Pier Paolo, mais c’est la plus belle leçon de littérature à laquelle j’aie jamais assisté.

— À égalité avec celle d’Antoine Compagnon sur Flaubert au Collège de France, il ajoute, sa façon de dire qu’il est d’accord.

— Il n’y a aucune comparaison possible avec Morelli, je surenchéris, non sans m’être assuré que celui-ci ne traînait pas autour du buffet.

— D’accord, mais c’est comme un match Real Madrid–Salernitana. Si ç’avait été Martesana, à la limite.

— Tu veux dire que c’est pour ça que le débat qui a suivi n’a pas été une vraie baston ?

Il rit. Moi non. Alors il s’arrête :

— Tu plaisantes, n’est-ce pas ? il demande.

— Non… Enfin, je m’attendais à ce que ça chauffe un peu, mais ils se sont passé la brosse à reluire…

Il adopte alors la posture classique de celui qui s’apprête à donner une leçon de vie et moi celle du type qui ne fera rien pour l’en empêcher.

— Tu ne t'attendais quand même pas à ce qu'ils s'insultent en plein colloque d'italianistes ?
— Non, mais ils auraient pu se lancer quelques piques...
— Marcello, je ne sais pas comment te le dire, mais tu viens d'assister à la mère de toutes les escarmouches universitaires.
— Tu parles.
— Tous les coups étaient permis. Vraiment.
— Attends : l'un a dit à l'autre qu'il était très savant, lequel lui a répondu qu'il était fascinant. C'était à base de : "Oh, vous êtes le meilleur... – Oh non, c'est vous, le meilleur..."
Il me regarde d'un air absent, comme s'il se demandait de nouveau si je suis complètement stupide ou si je fais juste semblant.
— Je ne suis pas complètement stupide.
— OK, il fait en soupirant. Ce n'est pas comme si les gens pouvaient se mettre sur la gueule dans la salle des blasons de la Normale de Pise, devant le gotha international des études italiennes.
— Non, bien sûr, mais...
Il ne me laisse pas continuer.
— Dans ce genre de circonstances, quand tu dis à quelqu'un qu'il est "savant", c'est comme si tu lui disais qu'il est insignifiant, qu'il n'a que l'apparence du savoir. Tu comprends ? C'est une attaque en règle !
Je me contente de le regarder fixement. Il l'a insulté en lui disant qu'il était savant ?
— Et Sacrosanti a fait pire encore : il n'a pas dit "cultivé", il a dit "savant", c'est-à-dire le stade inférieur, sans la maigre dimension positive, la

culture, justement, de cultivé. “Savant” signifie, en substance, “ennuyeux à mourir, bien qu’érudit”.
— Il aurait pu dire “érudit”, je signale.
— N’allons pas jusque-là : l’érudition est la dernière marche sur l’échelle de l’abjection. Si je dis “érudit”, ça veut dire : non seulement tu es ennuyeux à mourir, mais en plus tu es un M. Je-Sais-Tout. Bien sûr, “M. Je-Sais-Tout” aurait été pire, mais dans un tel contexte on ne peut pas traiter quelqu’un de “M. Je-Sais-Tout”, car ce serait une insulte explicite, et ici le jeu consiste à utiliser des termes positifs pour attaquer. Si on insulte directement, on a perdu. On ne joue plus au même jeu.
— Donc “savant” est critique et “cultivé” est agressif. Quant à “érudit”, autant le traiter de débile profond, c’est ça ?
— Exactement.
— Et “fascinant” ? Morelli lui a dit qu’il était fascinant, n’est-ce pas ?
— Eh bien, “fascinant” est on ne peut plus clair. C’est un commentaire qu’on peut faire à une femme et même à une femme qui n’est pas d’une grande beauté, sinon on dirait qu’elle est “belle”. Mais appliqué à un cours – ou à un livre – d’un professeur d’université, c’est évidemment une insulte. D’abord, je te traite comme une gamine et donc je ne te prends pas en considération en tant que chercheur. Ensuite, je considère ce que tu dis comme une chose qui sert uniquement à séduire des adolescents à grande gueule. Inconsistant. Voilà : “fascinant” est synonyme d’“inconsistant”. À un moment donné, tu as dû remarquer que Morelli a également laissé échapper un “agile”, faisant référence à la façon dont Sacrosanti passe

d'un auteur à l'autre. "Vous passez avec agilité…", il a dit. Dans ce cas, "agile" signifie, sans même faire trop d'efforts pour le cacher, "superficiel, à la limite du risible".

— Carrément !

— Eh oui.

— Tu devrais écrire un dictionnaire bilingue italien-universitaire.

Il sourit, puis, à sa manière, il se défile.

— Pas la peine : tout le monde comprend.

— Et si je disais "intéressant" ?

"Intéressant" est le seul commentaire que je fais sur ce que je lis ou étudie depuis deux ans : à présent, je tremble à l'idée de m'être mis tout le monde à dos.

— Eh bien, c'est un qualificatif plutôt neutre…

Je soupire de soulagement. Ça dépend donc du contexte.

— C'est-à-dire ?

— Si je commente un article ou une conférence d'une personne *x* devant une personne *y*, par exemple, si je te dis que la conférence de Morelli était intéressante, cela signifie que je ne l'ai pas écoutée, mais que je ne vais pas jusqu'à en dire du mal.

— Comme si tu disais qu'elle est fascinante.

— Exactement. C'est une autre histoire si je le dis à l'auteur de l'article ou de la conférence directement. Dans ce cas, "intéressant" signifie : "Désolé, mon vieux, mais j'ai beau essayer je ne trouve aucun mérite à ce que tu as fait." Si tu veux un bon synonyme, je dirais… "transparent". En revanche, si je disais "très intéressant", on pourrait le traduire par : "La conférence n'était pas pertinente, mais je reconnais que vous êtes quelqu'un d'important."

— Mais quand on veut dire quelque chose de positif, comment on fait ? Les jugements positifs, ça existe, non ? Qu'est-ce qu'on doit dire ? "Magnifique" ?
— Il y en a autant que tu veux, des façons d'exprimer un jugement positif.
— Du genre ?
— "Stimulant" est assez positif. Ça signifie quelque chose comme "infondé mais amusant". Un autre qualificatif que j'aime beaucoup est "décisif" : il est généralement utilisé pour quelqu'un de son propre camp ou en tout cas quelqu'un qui dit des choses qu'on a plaisir à entendre. "Révolutionnaire" est très positif, mais il n'est pratiquement jamais employé, sauf pour quelqu'un qui est mort. Il s'arrête un instant pour réfléchir, puis reprend : "Lumineux", je ne l'utiliserais que pour mon parrain académique ou pour quelqu'un dont j'aimerais qu'il le devienne. "Novateur", c'est bien pour un prof émérite que tu estimes, à condition qu'il ne compte plus du tout.
— Et si on veut dire du bien de quelqu'un d'autre ?
— Tu veux dire de quelqu'un qui n'est pas du même camp que toi ?
— Oui.
Il réfléchit un instant.
— Je ne suis pas sûr du tout qu'on puisse faire ça.

Après la conférence de Sacrosanti et une longue conversation privée avec l'écrivain objet de ses recherches comme de sa vénération, Linda a retrouvé l'énergie et l'efficacité qui l'ont animée au cours des derniers jours d'organisation frénétique du colloque. On dirait qu'elle a pris deux lignes de coke : elle est hyper kinétique, hyper perceptive et parle deux fois plus vite que d'habitude, c'est-à-dire quatre fois plus vite qu'un être humain normal.

Quand je l'informe que Letizia participera au dîner, elle me fixe pendant quelques secondes, comme si elle s'était bloquée. Puis elle se met à réorganiser toutes les tables *mentalement* à la suite de cet ajout. Une fois au restaurant, elle s'assure qu'ont bien été prévus huit repas végétariens, cinq végans, trois sans gluten, deux hypoglycémiques, deux casher et un sans ail (celui de Sacrosanti, qui ne manque jamais une occasion de se faire remarquer) ; le propriétaire lui répond oui sans sourciller, ce qui me fait penser que si une série de demandes aussi bizarres étaient adressées au patron de la trattoria où je travaillais le week-end, il répondrait par son grand classique réservé aux demandes *capricieuses* : "Ma petite, va donc te faire foutre avant que je m'en occupe personnellement." Mais l'aplomb du type de l'Osteria della Cassandra me fait comprendre que l'université de Pise a dû payer une somme très généreuse pour ce dîner.

— Au fait, dis-je à Linda, dans l'agitation de ces derniers jours j'avais oublié, mais maintenant ça me revient : qu'est devenue la conférence des philologues ?

— Ils l'ont déplacée à San Giuliano Terme.

— Sans blague ! Et comment ça se fait ?

— Aucune idée. Un des miracles de Sacrosanti.

— Quel homme !

— Si tu veux mon avis, je pense qu'ils le lui ont fait payer cher.

— C'est-à-dire ?

— C'est-à-dire que pour l'aider à se sortir du pétrin, ils lui ont arraché une promesse.

— Quel genre ?

— Je ne sais pas encore, mais je le découvrirai, elle répond en affichant l'une de ses expressions mystérieuses.

Après quoi la Miss Marple de lettres et philosophie a commencé à poser sur la table les marque-places avec les noms puis à les réorganiser, justifiant chaque mouvement avec une foule d'informations sur la raison pour laquelle *x* devait être près de *y* et loin de *z*. Morale de l'histoire : pour des raisons sans appel, elle s'est retrouvée à la table des jeunes gens cool et moi à ce qu'on peut définir librement comme la table des losers, c'est-à-dire celle de Morelli, peut-être pour me punir de l'avoir invité par erreur. À ceci près, je suis désolé de l'admettre, que Pietro Morelli est un marrant et qu'à la table des perdants il règne une atmosphère qui ne peut que faire rêver celle des léopardiens (ce qui était prévisible), mais aussi la table des grands professeurs internationaux, où Pier Paolo a réussi à se faufiler, après avoir entamé une conversation avec Michel Adisson, le calviniste – au sens d'Italo Calvino – le plus célèbre d'Europe.

Tandis que les autres picorent et pontifient, à notre table on se goinfre mais, surtout, on boit beaucoup et bien. Il a beau être catholique et de droite, le professeur Pietro Morelli – un monsieur de plus de soixante-dix ans aux cheveux teints peinant à cacher sa calvitie qui, une fois descendu de son estrade, abandonne ses manières dignes au profit d'autres bien plus directes et joviales – n'a pas de rival en matière de vin et de gastronomie. Après avoir renvoyé la première bouteille de rouge et demandé la carte des vins, il commence à commander une bonne bouteille après l'autre, en accord avec les différents plats, expliquant précisément de quels cépages elles sont issues et en nous invitant à distinguer les différents arômes du bouquet. En la matière, Letizia est la plus forte de la table, de loin, ce qui me rend fier, et à mes yeux elle n'a jamais été autant Boucle d'Or qu'en cet instant ; je pensais qu'elle serait dépassée par nos échanges littéraires, mais elle est la vedette de la soirée : elle ne manque même pas cette imperceptible touche de prune dans le teroldego, qui menaçait d'échapper à Morelli lui-même – c'est du reste la seule qui, grâce à sa vie bourgeoise, connaît les meilleurs restaurants, d'où une culture culinaire tout sauf superficielle. C'est elle la véritable âme de la tablée, la seule à pouvoir suivre Morelli, qui disserte de diverses sortes de *culatello* et de sauces à base des viandes les plus singulières, tout en liquidant avec acrimonie les buveurs de champagne ("un vulgaire chardonnay trafiqué et croupi") et en glorifiant ceux de lambrusco ("les plus anciennes vignes d'Italie"). Au fur et à mesure que les bouteilles vides de barbaresco et d'amarone s'accumulent et que leur degré d'alcool augmente, l'atmosphère devient de plus en plus bruyante et facétieuse.

Avant le dessert, on circule entre les tables et, en parfait hôte, Sacrosanti passe à chacune d'elles pour faire un peu de conversation, ne manquant pas de s'adresser à chaque convive. À moi aussi et, dans l'atmosphère détendue de la soirée, le Grand Professeur trouve le moyen de me renouveler ses compliments pour mon intervention, avant de se tourner vers Letizia :

— J'ai un peu de mal à convaincre votre compagnon d'aller à Paris pendant quelques mois pour travailler sur les archives de Sella. Ce serait dommage de laisser filer cette occasion. Ne pourriez-vous pas m'aider à le persuader ?

Ma Boucle d'Or lui tient tête avec désinvolture :

— Je pense qu'il se fait simplement désirer. Moi, il m'a déjà dit qu'il irait.

Je la regarde et me dis qu'au fond, malgré ma réserve affichée et mon acharnement à trouver des failles dans sa façon d'être au monde, je ressens pour cette fille une chose que je pourrais sans doute appeler de l'amour, si je n'avais passé une bonne partie de ma vie à renier et à moquer ce sentiment.

— J'irai certainement, je souligne à mon tour, emporté par l'exaltation post-colloque et les généreux verres de vin que j'ai descendus avec la complicité *savante* de Morelli, et je me sens illogiquement disposé à quitter le nord-ouest de la Toscane pour un endroit manifestement hostile comme Paris.

Ça ne peut pas être si terrible, maintenant que je suis officiellement un intellectuel. Où devrais-je aller, sinon à Paris ? D'ailleurs, dès demain je m'achèterai un pull à col roulé et des lunettes de vue à grosse monture, même si j'y vois très bien. Et puis je prendrai l'avion, je trouverai une mansarde à Pigalle, je dénicherai cette foutue *Fantasima* et je deviendrai célèbre. Et si je ne la trouve pas, tant mieux : je l'écrirai, vu qu'après avoir compulsé ses archives j'en saurai plus que Sella sur lui-même. Je m'enfermerai dans ma mansarde et, à la lueur des bougies, entre les vapeurs d'opium et les quintes de toux d'une tuberculose naissante, j'offrirai à Sella le chef-d'œuvre autobiographique qu'il mérite.

Une fois Sacrosanti reparti, le professeur Morelli me verse un autre demi-verre, puis il lève le sien pour porter un toast. Je fais de même. *À la tienne, mon cher camarade répugnant, grossier et fasciste : ce soir, toi aussi je t'aime bien.*

La Fantasima

Quand la contestation éclata enfin, Tito en fut contrarié.

C'était peut-être la première fois de sa vie que les choses semblaient aller raisonnablement bien. Après avoir supporté les leçons de catéchisme et une vaine discipline à l'école élémentaire des sœurs – qui n'avait été pour lui qu'une interminable et inutile orthopédie calligraphique –, et avoir navigué à vue dans les brumes du collège, avec pour seul phare le professeur Ghilardi, dont la sévérité avait au moins permis de faire entrer le latin dans la tête de ses élèves, Tito appartenait enfin à un monde qui avait un sens à ses yeux.

Le lycée Giosuè-Carducci de Viareggio rassemblait les esprits les plus prometteurs de la jeunesse locale et, en quelques mois, expulsait à coups d'aoristes et d'expressions périphrastiques tous les fainéants de bonne famille qui tentaient d'y trouver la confirmation de leur statut social, pour s'apercevoir ensuite que ledit statut pouvait très bien se passer de ce sceau. Le bâtiment du début du XXe siècle aux vagues aspirations Art nouveau qui abritait le lycée jouxtait le palais que Pauline Bonaparte s'était fait construire afin de retrouver secrètement un musicien, dans ce qui n'était alors qu'un village de quelques dizaines de pêcheurs, avant que l'aristocratique et très catholique Marie-Louise de Bourbon-Parme ne fasse ce qui ne serait jamais venu à l'esprit de la jacobine Pauline : transformer le village en port et les pêcheurs en marins. Dans les larges couloirs lumineux du lycée, on respirait encore l'atmosphère du royaume d'Italie, et le buste de Carducci qui dominait le hall, lui dont le lycée espérait "recevoir des auspices d'une grandeur romaine" comme le disait l'épigraphe, rappelait que le fascisme était fini, certes, mais pas depuis longtemps ni complètement, même dans une ville qui s'était proclamée République soviétique pendant trois jours dans l'enthousiasme des années rouges.

Une rigueur digne de Giovanni Gentile régnait encore au lycée, et les enseignants étaient pour la plupart de vieilles dames à la culture inébranlable, totalement dévouées à leur mission éducative, des prêtresses qui se consacraient entièrement à la perpétuation du savoir. Sans élan et sans excès, mais nullement abruties par l'époque de la vitesse et de la télévision : des gens austères, jugeait Tito, mais d'une austérité presque confortable, qui n'allait jamais jusqu'à l'arbitraire. Elles voulaient que les élèves travaillent dur et ceux qui le faisaient étaient généreusement récompensés, par le savoir et, de façon plus parcimonieuse, par les notes. Tito conclut la première année avec d'excellents résultats, notamment parce que, grâce au professeur Ghilardi, le latin et, par transitivité, le grec, avaient été plus faciles pour lui que pour ses camarades. Son bon bulletin de l'année scolaire 1966-1967 lui avait valu une tape satisfaite sur l'épaule de la part de son père, prouvant qu'il avait enfin surmonté sa résistance initiale à l'idée de permettre au garçon d'étudier au lycée général, au lieu de suivre la voie plus pragmatique d'un institut technique, et un silence hostile de sa mère qui, pour sa part, aurait préféré que Tito continue ses études chez les sœurs plutôt que de s'exposer à l'influence néfaste de l'école publique, et qui avait donc intimement rêvé de mauvaises notes, peut-être annonciatrices d'un changement de cap. Il est vrai que le garçon avait la tête sur les épaules et fréquentait assidûment la paroisse des Sept-Saints, mais il n'en reste pas moins que même les églises n'étaient plus ce qu'elles avaient été : aux Sept-Saints, précisément, était arrivé un prêtre "ouvrier" – c'est-à-dire communiste –, ce qui avait contraint de nombreux fidèles, elle la première, à aller chercher ailleurs une messe un peu plus soumise à Dieu et un peu moins à l'air du temps. On se retrouvait donc à la case départ : Église ou pas, associations catholiques ou non, on ne pouvait plus faire confiance qu'aux sœurs, car on n'avait jamais entendu parler de "sœurs ouvrières" et on n'en entendrait sans doute jamais parler.

Tito avait passé l'été à l'établissement de bains Dori sur la Passeggiata (un autre était plus proche de la maison des Sella – les bains de la Darsena –, mais ils étaient plus récents et moins chers, et M. et Mme Sella tenaient à souligner qu'ils appartenaient à la petite bourgeoisie digne), il avait senti son visage caressé par la musique, les discothèques, les décapotables, les Vespa, le plaisir, la liberté et la jeunesse comme par une brise lointaine : en particulier à Viareggio et alentour, les fabuleuses années 1960 promettaient d'être éternelles et de faire de la vie un été sans fin. Tito devinait leur parfum au loin telle une promesse.

Il entama sa nouvelle année de lycée frais et dispos, bien décidé à la réussir celle-là aussi. Il envisagea même de renoncer au football – c'était un bon joueur, peut-être un peu maigre, mais rapide et agile balle au pied –, puis il se rendit compte qu'il était capable d'étudier et de maintenir une solide moyenne, tout en allant courir deux fois par semaine après un ballon sur un terrain boueux et que le dimanche matin il partait en minibus pour disputer un match dans un coin perdu de la province de Lucques. Sa mère avait tenté de s'opposer aux matchs dominicaux, car ils l'empêchaient d'assister aux offices religieux, mais son père, qui ne voyait pas d'un mauvais œil l'idée d'avoir un fils footballeur, avait intercédé en sa faveur, et Tito avait accepté d'assister à la messe du samedi soir, une solution d'ailleurs avalisée par Don Neri, le prêtre-ouvrier. "Depuis le Concile, on peut faire n'importe quoi", s'emporta Luisa Sella, agacée, car elle avait compris, avec la clairvoyance nébuleuse de son intelligence inculte, que depuis Vatican II l'Église avait renoncé au sacré et que le monde allait bientôt la dévorer, si les Don Neri qui parlaient de prolétariat et de théologie de la libération, et qui ne faisaient pas de différence entre les jours saints et les jours profanes, ne s'en chargeaient pas. Tito ne chercha pas à comprendre la phrase de sa mère, qu'il préféra interpréter comme un assentiment découragé, puis il ne manqua jamais la messe du samedi soir.

C'est alors que la contestation éclata et que l'équilibre que Tito croyait avoir trouvé se mit à vaciller. Il était encore trop jeune pour comprendre et aussi pour être pris au sérieux par les contestataires, mais il était aussi trop vieux pour fermer les yeux et faire comme si le monde extérieur n'existait pas. À partir d'un certain moment, on apprenait régulièrement qu'une nouvelle université était occupée, une série d'échos lointains (venus de Trente, Turin, Milan – la Cattolica ! –, et même de Pise) ; puis il y eut bien d'autres bouleversements : les manifestations, les affrontements avec la police. Du jour au lendemain, les jeunes avaient cessé de danser et de s'amuser, ils voulaient tout renverser, entendaient jeter l'ancien monde par-dessus bord et en bâtir un nouveau.

Puis, en décembre 1968, quelque chose de choquant se produisit : le franchissement d'un seuil, un commencement, une naissance effrayante. Et c'est justement à Viareggio que cela eut lieu. Les étudiants et les militants de la section pisane de Potere Operaio choisirent la nuit de la Saint-Sylvestre et le lieu emblématique de la Bussola, le bar fréquenté par la bonne bourgeoisie milanaise quand elle n'était pas au travail, pour porter leur attaque contre le capitalisme, sous la forme d'un "hommage symbolique potager" lancé sur les robes de soirée, les costumes et les fourrures de ceux qui venaient y faire étalage de leur richesse. Les buveurs de champagne furent bombardés de tomates, de légumes pourris, d'œufs et même, dit-on, de fumier. *Mange, bourgeois, c'est la dernière cuillerée*. Bientôt, pourtant, on passa du symbolique au réel, et la moquerie se changea en barricade, avec des jets de pierre de la part des manifestants et des coups de feu tirés par la poignée de carabiniers qui gardaient la forteresse du divertissement bourgeois. Et une de leurs balles traversa le cou d'un militant, qui resta paralysé. Tito tentait de reconstituer l'affaire à partir des bribes de récits qu'il parvenait à rassembler – dans les commerces, à la paroisse, à la télévision : les faits étaient sur toutes les lèvres – et il était consterné. Il essaya de se faire une raison, de demander des explications, mais aucun adulte ne semblait le juger assez grand pour lui en parler : sa mère affirma que c'était la faute des voyous, son père qu'il fallait immédiatement rétablir l'état d'urgence. Tito trouvait monstrueux que tous deux se rangent du côté des bourreaux et condamnent les victimes. Il interrogea alors Don Neri, mais lui aussi s'en tint à une stricte réserve face à ce garçon assoiffé de sens.

— *Lupus non edit lupum*, se contenta-t-il de dire, et Tito ne comprit pas.

— Le loup ne mange pas le loup, traduisit le prêtre, et Tito n'eut pas le courage de dire que le problème n'était pas le latin, mais le reste.

Bientôt, la contestation gagna aussi les lycées, non seulement ceux des fils de la haute bourgeoisie intellectuelle milanaise, mais tous les autres, y compris le vénérable Carducci de Viareggio. Les plus grands se mirent à interrompre les cours, à insulter les vieux professeurs par qui ils se laissaient impressionner à peine six mois auparavant. Vieille terreur du lycée, nostalgique du *fascio*, misogyne et sadique à mots couverts, le professeur Tomasi fut bousculé et jeté à terre par l'un des manifestants et ne revint plus en cours pendant le reste de l'année. Non seulement les plus jeunes, comme Tito, ne comprenaient rien à ce qui se passait – on disait soudain des choses inouïes, on parlait de Mao Zedong, de Hô Chi Minh et des Tupamaros : des noms exotiques et vaguement menaçants –, mais on les tenait volontairement à l'écart des nouvelles dynamiques. Les référents adultes qu'ils avaient la veille encore s'évanouirent en un instant. Une minorité de vieux briscards tyranniques se retrancha et s'enferma un peu plus dans son vieux despotisme, si bien qu'elle était chaque jour davantage perçue comme un vestige du passé dont on se débarrasserait sans trop de regrets. La majorité des professeurs s'efforça, elle, de suivre le nouveau cours des choses, de l'accompagner, de bricoler une pédagogie plus participative, plus libre, moins autoritaire et moins paternaliste : le résultat fut encore pire. Non seulement ils ne parvinrent pas à sauver les trublions pour qui toute autorité était en soi mauvaise, mais ils perdirent le respect des élèves, surtout des plus jeunes, qui avaient besoin de repères et de quelqu'un qui les maintienne sur le droit chemin. Ceux qui tentèrent de suivre le mouvement de contestation furent les premiers à sombrer : il leur fallut peu de temps pour perdre d'abord toute autorité, puis l'élan et enfin l'identité. Les regards se ternirent, les cours se firent las, les notes grimpèrent sans aucune logique compréhensible, si ce n'est que les professeurs en avaient assez d'être mis au défi. En quelques mois, Tito et ses camarades de classe s'égarèrent et, à leur tour, cessèrent de comprendre le sens de l'école : ils étaient les spectateurs impuissants d'un vieux monde qui s'écroulait et d'un monde nouveau qui peinait à émerger.

De la suite de ses études, qu'il traversa comme en transe, Tito ne conserva que deux choses. Avant tout Romano, la personne qui lui permit sans doute de sortir indemne du marécage du lycée. Leur amitié était fondée davantage sur l'intimité que sur l'affinité : Tito était sérieux, Romano désinvolte ; le premier timide, le second extraverti ; Tito était complètement apolitique, Romano était membre de la FGCI, la Fédération des jeunes communistes italiens – plus par goût de l'action que par idéologie ; Tito s'entêtait dans les amours impossibles, tandis que Romano embrassait toutes les filles puis les abandonnait à gribouiller dans un carnet pour consoler leur cœur brisé. Il ne pouvait y avoir de rivalité entre eux, seulement la complicité qui bénit parfois ceux qui se complètent. Et puis la paroisse, qui lui avait offert un père électif – Don Neri, mentor et modèle – et lui avait permis de rencontrer Giorgio, avec qui il avait forgé une amitié profonde, fondée sur des affinités, elle, sur le partage de doutes profonds et de réponses incertaines mais radicales, sur des conversations métaphysiques qui n'en finissaient jamais, avec la satisfaction d'arriver ensemble à des conclusions paradoxales. Giorgio avait fréquenté l'institut technique industriel, et sa timidité ne permettait pas toujours à ceux qui le connaissaient mal de percevoir en lui une perspicacité aiguisée qui culminait parfois en un cynisme inattendu.

Romano et Giorgio étaient les frères de Tito, incompatibles entre eux, mais tous deux indispensables. C'est grâce au port de leur amitié que Tito parvint à ne pas se laisser emporter par le raz-de-marée de la contestation, qui n'avait été pour eux que perplexité et désir indéfini de partager cette rage juvénile dont ils étaient exclus, car elle avait beau s'écouler tout près elle demeurait pourtant hors de portée.

Après le baccalauréat, Tito s'inscrivit en fac d'agronomie à Pise sous la pression de son père, qui pouvait ensuite le caser dans quelque structure publique ou dans une des coopératives agricoles avec lesquelles il travaillait ; peut-être son fils aurait-il préféré s'inscrire en lettres classiques, mais il n'avait pas insisté : son père avait probablement raison de dire que les têtes brûlées allaient en lettres et, à l'évidence, ceux qui avaient les pieds sur terre en agronomie.

Il commença à suivre les cours, mais sans réussir ni à se passionner pour eux ni à s'intégrer parmi ses camarades ; il mettait en cause la distance (il était l'un des rares à ne pas habiter Pise et le seul venu de Viareggio) qui l'excluait de la vraie vie étudiante, celle qui se déroulait hors des amphithéâtres, dans des lieux inconnus, envoûtants mais inaccessibles. En juin, il tenta de passer un premier oral. Il en choisit un dont l'examinateur s'était montré dès le début très compréhensif à son égard, même si certains étudiants plus âgés lui avaient dit que ce n'était pas une bonne idée pour briser la glace, surtout pour quelqu'un qui venait d'un lycée littéraire : chimie générale et inorganique. Tito décida de n'écouter personne. Il se rendit à l'examen et, en face de lui, il ne trouva pas le spirituel professeur de Livourne qui donnait les cours, mais son assistant pointilleux et arrogant, qui, après trois quarts d'heure de formules, lui rendit son livret en lui disant qu'il ferait mieux de réessayer une autre fois. Tito le remercia, lui serra la main et ne remit plus les pieds à l'université. Il se sentait débordant d'énergie, prêt à éclater, mais ne trouvait pas d'objectif vers lequel canaliser son ardeur, de but pour lequel investir sa vitalité. C'est comme si quelque chose s'était bloqué durant sa dernière année de lycée et qu'une tension se fût accumulée, sans qu'il puisse s'en libérer. Au fond, cela faisait au moins une décennie que le monde entier frémissait de libido – sexuelle, politique, hédoniste, culturelle, créative et récréative – : toute cette libido, il la voyait s'écouler, lui, et il s'en imprégnait, mais il n'avait nulle part où la décharger ; et plus il la sentait monter, plus il la sentait gonfler, plus il lui semblait que pour se défouler il avait besoin d'un objectif croissant, quelque chose de gigantesque. Les autres – tous les autres – semblaient savoir où ils allaient et ce qui les motivait : ils savaient clairement quel chemin ils devaient suivre et ils choisissaient de le suivre ou de se perdre ailleurs, de manière parfaitement raisonnée et souveraine. Lui, non, dans son cas, tout chemin avait été effacé, chacun de ses pas semblait aller dans la mauvaise direction, voire pire, dans une direction ridicule. Il sentait qu'il avait la force d'escalader des montagnes, mais il ne savait pas quelles montagnes méritaient d'être défiées ; d'ailleurs il ne voyait aucune montagne, seulement un horizon plat et monotone. Il se sentait à la fois tout-puissant et privé de volonté. Tel Dieu au septième jour, qui aurait eu la force de créer d'autres univers infinis, mais avait choisi de se reposer. Il avait évoqué avec Don Neri cet état, cette impatience qu'il ne savait pas où déverser ; et Don Neri lui avait longuement parlé de l'inquiétude, de ce ver qui ronge toute âme sensible, de saint Augustin et de Pascal, et du fait que la seule réponse possible était de s'engager dans la construction d'un monde meilleur. On ne peut être heureux que si les autres le sont ; on ne peut pas l'être si les gens meurent autour de soi. Mais les paroles de Don Neri ne semblaient vraies que lorsqu'il les prononçait, lui, tandis qu'elles flottaient tout autour, animées par sa présence, par son regard doux et ardent. Dès que Tito se retrouvait seul, elles s'envolaient, laissant sur sa peau la sensation poisseuse des discours emphatiques.

Au Café Crispi, le temps était rythmé par ce qui s'y buvait. Jusqu'à quinze heures, c'était du café, généralement allongé à la sambuca, même si certains demandaient la sambuca "à part", car ainsi, pour le même prix, ils avaient plus d'alcool ; mais c'était de la comédie, car Mme Crispi versait toujours la sambuca à part, ceux qui en commandaient le savaient, Mme Crispi savait qu'ils le savaient et ça convenait à tout le monde. Ceux qui avaient des goûts plus virils l'allongeaient au brandy stravecchio, ceux qui voulaient être chics à l'anis sassolino. Si quelqu'un demandait un café à la grappa, ça signifiait que ce n'était pas un habitué, car Mme Crispi n'en servait pas avant huit heures du soir, convaincue que la grappa après le déjeuner était bonne pour les poivrots. De quinze heures à dix-sept heures trente, on buvait des boissons sans alcool, le choix se limitant à la *spuma bionda*, la *spuma rossa*, le *chinotto* et l'orange amère. Seul Fausto, qui commandait un lait à la menthe à quinze heures et finissait de le boire avant le dîner faisait exception – mais il avait été résistant dans les Brigades Garibaldi, si bien qu'au bar il jouissait de certains privilèges, en plus d'avoir une haleine très agréable. Crodini, Sanbitter et Gingerino étaient bannis, tandis que les jus de fruits étaient autorisés mais mal vus : "Ils donnent des gaz", expliquait Mme Crispi d'un ton réprobateur en les servant, ce qui signifiait qu'ils donnaient des gaz à M. Crispi, et qu'elle essayait de le lui faire comprendre par des voies détournées. À partir de dix-sept heures trente, l'alcool avait de nouveau droit de cité, sous la forme d'un vin blanc pétillant qui descendait agréablement, remontait vif et léger, donnait envie de chanter et d'être ami avec tout le monde, ou d'un vin noir que personne ne prenait parce qu'il salissait les dents et remontait, lourd et bilieux. Certains buvaient des bières nationales, mais ils étaient peu nombreux et passaient pour des excentriques. Après le dîner, on observait un moratoire sur ce qui faisait moins de vingt degrés, et c'était alors le triomphe des grappas, des amers, des digestifs et des pousse-café, Cynar, Unicum et Vecchia Romagna, cognacs et ainsi de suite. En matière d'alcools forts, Mme Crispi laissait magnanimement chacun exercer sa liberté de choix. Pour ceux qui restaient longtemps, les changements de boisson étaient obligatoires. Si quelqu'un arrivait à quatre heures de l'après-midi et espérait passer la soirée avec un *chinotto*, il se trompait d'endroit : Mme Crispi lançait des regards noirs au client un peu trop pingre et, si nécessaire, s'asseyait à côté de lui, n'en partant pas avant qu'il ait commandé un autre verre ou au moins un paquet de cigarettes, pour lequel le café n'avait pas de licence mais ne semblait guère entravé par ce manque.

M. Crispi, propriétaire du bar et mari de Mme Crispi, était en théorie responsable de la caisse, mais en pratique son rôle consistait à être le quatrième joueur aux cartes et à maintenir l'équilibre entre les deux sujets de conversation autorisés : le football et la politique, ce qui signifiait invectiver contre la Juventus ou invectiver contre les démocrates-chrétiens. Pour le reste, Mme Crispi faisait tout : malgré l'arthrite qui avait transformé ses mains en pattes recourbées, elle ne renversait pas une goutte, ne se trompait pas en comptant les billets, rinçait les tasses, les verres et les soucoupes, et servait de délicieux sandwichs avec du pain fait maison, du fromage de brebis et de la saucisse crue étalée au couteau.

Tito en commanda un et, tandis qu'il attendait, glissa un jeton dans le téléphone pour prévenir chez lui qu'il ne rentrerait pas dîner. "Pourquoi ? Les autres jours tu rentres !" répondit sa mère avant de raccrocher. Amusé par ce numéro traditionnel qui confirmait le postulat universellement connu de l'incommunicabilité entre les générations, Tito posa le combiné ; dans son cas, cela faisait au moins deux ans – soit depuis qu'il avait quitté l'université sans fournir d'explication à ses parents – qu'il n'y avait non seulement plus aucune relation entre eux, mais sans doute aucune histoire commune, aucun vocabulaire partagé sur lequel tenter de s'appuyer. Il prit le sandwich des griffes de Mme Crispi et regagna la petite table qu'il occupait habituellement dans la pièce du fond, la grande avec le billard. L'y attendaient Athos, son partenaire de longue date aux cartes et ami d'enfance – un grand gaillard d'un mètre quatre-vingt-dix bâti comme un lanceur de poids, qui jurait et riait à pleins poumons – et la paire qu'ils battaient systématiquement depuis le début de l'après-midi : Miro, ouvrier intérimaire aux chantiers navals, fils d'immigrés méridionaux aujourd'hui complètement acclimaté à Viareggio, et Romano, son camarade de lycée, visiteur occasionnel des Crispi, car de mai à septembre il était maître-nageur, trop occupé à se dorer les biceps et à se faire mordiller les lèvres par les vacancières, tandis que d'octobre à avril il n'avait rien à faire et devenait donc un habitué des parties de cartes. En cette fin mai il était là, car il tombait des cordes depuis trois jours et il n'était donc pas question de travailler sur la plage. Giorgio, lui, venait rarement, et les fois où il venait, en général il avait fallu le prier. Depuis qu'il était devenu employé municipal, il avait un salaire garanti et beaucoup de temps libre : on ne comprenait donc pas pourquoi il dédaignait le Crispi. Il est vrai que les jurons d'Athos ne convenaient pas à son tempérament de bon catholique et que les péripéties amoureuses de Romano l'irritaient, mais il s'était toujours bien entendu avec Miro – qui s'entendait bien même avec les lampadaires, il est vrai. Quant à Tito, il était sans doute le seul véritable ami de Giorgio.

À côté, dans la grande salle, on parlait de la libération du juge Sossi, enlevé par l'un des nombreux groupes de guérilleros autoproclamés qui fleurissaient dans les grandes villes du Nord. Ils l'avaient kidnappé et retenu en otage pendant plus d'un mois, avant de le relâcher contre la promesse que des camarades emprisonnés seraient remis en liberté, promesse sur laquelle les autorités étaient toutefois revenues au dernier moment. Une action qui avait fait sensation et qui avait réussi à évincer des discussions de ce mois de mai les commentaires stupéfaits sur la mémorable Lazio de Chinaglia, qui avait bien mérité le seul *scudetto* de ses soixante-quatorze ans d'histoire. Le fait est qu'il n'y avait pas de supporters de la Lazio ni de la Roma à Viareggio, de sorte que la sympathie œcuménique initiale avec laquelle l'exploit avait été salué se changea rapidement en déception de ne pas pouvoir se réjouir, ni se payer la tête de quelqu'un.

Tito parla de l'affaire Sossi à leur table, tout en mangeant son sandwich et en attendant de disputer une première partie de cartes pour du beurre, avant de se remettre à jouer sérieusement.

— D'après moi, c'est le signe que quelque chose bouge, dit Miro.
— Qu'est-ce qui bouge ? demanda Athos.
— Quelque chose grandit, une conscience collective. On est en plein ferment prérévolutionnaire, répondit Miro, qui avait lu cette phrase dans *Lotta Continua*.
— Mais oui, rétorqua Romano. Ça fait des années que notre conscience collective grandit et qu'on est dans un climat prérévolutionnaire, j'ai l'impression. Pourtant, peu de choses ont changé.
— À la limite, ça a changé en pire, renchérit Athos, qui aimait bien les exagérations et était furieux contre tout.
— C'est vrai que la situation empire, mais le pire est utile. Il faut exposer les contradictions du capitalisme, les pousser jusqu'au bout, expliqua calmement Miro. Et il poursuivit : vous devriez venir sur les chantiers, sentir la tension qui y règne. Il est clair que quelque chose se prépare.
— Personne ne les connaît aussi bien que toi, les chantiers. Tu les as tous fréquentés puisque tu te fais virer au bout de trois jours, dit Athos en riant.
Miro ne se vexa pas.
— Tu as raison. Je les connais bien parce que je les ai tous vus, un par un. J'y ai travaillé. J'ai parlé avec tout le monde. Et j'entends ce que disent les camarades, je vois comment ils réagissent quand un tract circule. Ils ne veulent plus baisser la tête, ils ne sont plus prêts à subir tout et n'importe quoi. Parfois, même les patrons et leurs larbins ont peur.
— Moi, j'ai plutôt l'impression que la télévision et les dimanches à la plage sont tout ce que veulent les masses. Le reste, elles s'en cognent,

intervint Romano qui, en matière de gens qui vont à la plage et se cognent du reste, faisait objectivement autorité.

— C'est pas vrai... Enfin, je sais pas, peut-être que si. Mais il est clair qu'on ne peut pas s'attendre à ce que les masses bougent d'elles-mêmes. Il faut les pousser. Il faut être à l'avant-garde. Ceux qui peuvent, ceux qui savent, ceux qui ont la force et le courage. Vous vous souvenez du *Que faire ?* de Lénine ?

Miro avait eu son certificat d'études primaires en Calabre en allant en classe quand il le pouvait, mais il étudiait, lisait et était avide de culture, à condition que cette culture ne soit pas un exercice stérile de narcissisme mais qu'elle serve la vie, l'action, la société. Quand il n'était pas à la bibliothèque en train de feuilleter un classique du marxisme-léninisme, on le trouvait à la section du Parti en train de lire *L'Unità* et de haranguer ses camarades, qu'il finissait toujours par qualifier de révisionnistes, avant de partir en claquant la porte. Quelques années auparavant, il avait volé dans une librairie les *Cahiers de prison* de Gramsci, qu'il ne cessait de relire et de citer. Récemment, il avait entendu dire qu'une nouvelle édition critique allait paraître, et il se préparait déjà à soulager de ce poids les étagères de la librairie de la Promenade, car on pouvait lire Lénine à la bibliothèque, mais Gramsci, il fallait l'avoir chez soi.

— Possible... Le PCI essaie depuis trente ans. Et on en est toujours au même point, constata Athos.

— Le PCI est mort. Il fait le jeu du système. Berlinguer lui offrira la fin qu'il mérite : il l'a déjà transformé en parti social-démocrate, ce qui est le baiser de la mort.

— Et puis il nous les brise avec son austérité, non ? Quand on est communiste, on ne doit jamais prendre de plaisir, on doit rester pauvre et décent. Qu'ils aillent se faire voir. Il faut faire comprendre aux gens que si on abat le système, c'est pour aller mieux, pas pour vivre comme des moines, souligna Romano.
— Très juste, approuva Miro.
— Moi, Berlinguer me va, observa Athos en haussant les épaules, comme sur la défensive.
— Bien sûr, c'est certainement quelqu'un de bien. Mais ce n'est pas lui qui fera la révolution. Au contraire, il fait partie de ceux qui veulent tourner le dos aux Russes et se réconcilier avec la Démocratie chrétienne, dit Miro, faisant étalage du bel accent de Viareggio qu'il avait pris. Son PCI est la mort de la révolution. C'est même une trahison : la trahison de ce pour quoi les résistants se sont battus et ont péri.
— Et tu veux aller où, sans le PCI ? On fait que dalle avec le PCI, alors tu imagines sans lui, observa Romano, n'oubliant pas qu'il avait milité au sein du Parti.
— Mais le PCI est un boulet ! On ne le redressera plus. Il faut se préparer à changer ce qui existe, pour avoir un vrai impact. Pas à faire zéro virgule quelque chose aux élections.
— Et ces Brigades rouges, elles agiraient ? demande Athos.
— Les Tupamaros le font en Uruguay, la Révolution culturelle agit en Chine, Che Guevara l'a fait à Cuba et en Bolivie. Et même ici, en Italie, certains commencent à bouger.
— Tu en penses quoi, toi ? demanda Athos à Tito.

Celui-ci était resté à l'écart, mastiquant lentement son sandwich, puis il choisit de lancer l'idée qu'il avait entendu Fausto énoncer dans l'autre salle, moins parce qu'il y croyait que, simplement, parce que ces conversations l'ennuyaient :

— D'après moi, ces Brigades rouges sont aussi communistes que le gendre de Mussolini.

— Ça y est, M. Paradoxe prend la parole, fit Miro, qui avait déjà eu ce genre de discussions avec d'autres : à la fin, il y avait toujours quelqu'un pour affirmer que les combattants rouges jouaient le jeu des réactionnaires.

— Comment ça ? demanda Athos, qui ne comprenait pas les raisonnements tordus.

— C'est-à-dire qu'ils sont contre nous. Ces sont des types des services secrets, infiltrés par Cossiga : ils foutent le bordel pour salir leurs camarades. "Regardez, les communistes sont violents et dangereux" ; alors ils font des lois spéciales et les militaires arrivent, comme en Grèce. Piazza Fontana ou les Brigades rouges, tout ça semble faire partie du même projet.

— C'est n'importe quoi ! s'exclama Miro, perdant le contrôle de son accent calabrais, qu'il parvenait à dompter quand il était maître de lui-même. Puis il se ressaisit : C'est vrai que les services secrets italiens sont nuls, mais là, ça me paraît exagéré. Les Brigades rouges se sont comportées en gentlemen : elles ont rendu le juge en parfait état. Et elles se sont fait avoir, vu qu'aucun prisonnier politique n'a été libéré. Si elles avaient voulu alimenter la stratégie de la tension, elles l'auraient tué, non ?

— Possible, admit Tito.

— Vous en avez pas marre, vous ? Vous sentez pas cette urgence de changer les choses ? Y a que moi ? demanda Miro.

Les autres le regardèrent d'un air sérieux, sans répondre, et il se sentit encouragé à poursuivre une de ses tirades prosélytes. Il prit son air inspiré et les examina l'un après l'autre :

— Vous voulez savoir ce que je vois devant moi ? Je vois un Tito qui gâche sa jeunesse, qui croit que son intelligence et sa culture ne lui servent qu'à gagner aux cartes. Je vois un Athos qui déborde de vie et pourrait le renverser à lui seul, l'État, mais qui se contente d'être l'esclave de son père à la boulangerie. Je vois un Romano qui pourrait avoir le monde à ses pieds mais qui préfère passer six mois comme militant du PCI et six autres à se taper des vacancières.

— On les appelle des baigneuses, rectifia Romano.

— Et toi, ça te dérange pas de trimer sur les chantiers ? demanda Athos à Miro.

— Si, ça me dégoûte. Je déteste ça, je déteste être ouvrier et je déteste la vie que je mène. Et les vôtres aussi, celles de tous les prolétaires que je connais me dégoûtent elles aussi. Elles me dégoûtent. C'est pour ça que je veux les changer. Je veux faire la révolution.

— C'est bien. Fais-la, ta révolution, s'emporta Athos, sur qui ce genre de propos n'avait guère d'effet.

— Non, je veux pas la faire pour moi. Je veux la faire pour vous, tas de cons qui ne la méritez pas. Pour mes parents, qui ne savent même pas lire les horaires de bus. Pour mes collègues de travail, qui se font humilier tous les jours.

— 1968, c'est fini, Miro, dit Romano. Il ne reste plus que la lutte entre groupes armés.
— Tant mieux : c'était pas terrible, 1968. Quelques bourgeois aux cheveux longs et armés de guitares. Je parle de révolution, moi. Et, pour la faire, il vaut mieux peu de personnes mais organisées que des foules de gamins hippies.
— Alors rejoins les Brigades rouges, suggéra Romano.
— Ou bien monte un groupe armé, proposa Tito.
— C'est à moi de distribuer ? demanda Athos.

Alors qu'il faisait la queue pour entrer sur le site des chantiers navals Zama avec les autres ouvriers, Tito eut l'impression de se trouver parmi des prisonniers. Mais bientôt cette première impression se précisa : ce n'étaient pas des prisonniers, c'étaient des bêtes qu'on menait à l'abattoir. Le soir du premier jour, il dut remiser ces deux visions des choses : travailler à Zama, ce n'est ni être un prisonnier, ni être une bête à l'abattoir, c'est être un ouvrier, ce qui est pire que l'un et l'autre. Au moins, le prisonnier n'a pas l'illusion de la liberté ; quant aux bêtes, personne ne prend plaisir à les tuer. En revanche, aux chantiers Zama, certaines personnes semblaient avoir justement pour mission de harceler leurs subordonnés avec une jouissance quasi érotique, allant jusqu'à mesurer le temps qu'ils prenaient aux toilettes, avec le soupçon permanent que ces cent quatre-vingts secondes puissent aussi servir à tirer quelques bouffées sur la cigarette que les ouvriers se passaient durant la pause-pipi.

Mais les parents de Tito avaient fini par lui couper les vivres et il avait dû se trouver un travail. L'été, c'était une chose, car avec les vacances on dénichait toujours quelque boulot – il livrait avant l'aube le pain et les croissants de la boulangerie-pâtisserie du père d'Athos et était sous-sous-maître-nageur aux établissements de bains Alfreda, le double "sous" indiquant non seulement qu'il était doublement subalterne, mais aussi qu'il était payé au noir ; et c'en était une autre l'hiver, une fois les touristes repartis, quand les établissements s'enfermaient dans leur coquille de bois en attendant le mois de mai suivant, et que les pensions et les cafés réduisaient leurs commandes de croissants. Dès lors, si on voulait travailler, il fallait dénicher quelque chose de moins romantique que les trajets à vélo dans la lumière de l'aube, l'arôme des croissants fraîchement cuits et le reste de la journée à la plage (à trimer, mais à la plage quand même).

C'est Miro qui lui avait trouvé ce travail, bien sûr : il avait entendu dire que les chantiers navals Zama n'avaient pas moins de deux yachts à livrer d'ici la fin de l'année et que, compte tenu du retard, ils recrutaient de nombreux intérimaires. Ils ne s'en souciaient donc guère si quelqu'un comme Tito n'avait pas d'expérience et risquait de tomber d'un échafaudage ou de laisser un bras sous une presse, et pas davantage si quelqu'un comme Miro, qui avait beaucoup d'expérience, lui, se comportait par ailleurs comme un emmerdeur politisé. Morale de l'histoire : Miro s'était fait virer au bout d'une semaine – "et tu peux nous remercier de pas t'avoir balancé aux flics, ducon" – pour avoir failli casser la gueule d'Edo Giovannetti, le plus salaud des contremaîtres, car si ses collègues ne l'avaient pas plaqué au sol, Edo aurait probablement affiché pendant quelque temps le même sourire sadique, mais un peu tordu, enflé et bleuâtre. Le motif de la querelle avait échappé à Tito. Il avait simplement compris que son ami était intervenu après une énième vexation infligée par Giovannetti à Carmine, auquel il s'adressait invariablement en le traitant de "cul-terreux", un gars du Sud, imberbe, à la peau sombre et aux cheveux hirsutes, dont personne n'avait jamais entendu la voix, car il vivait en permanence à l'abri derrière une barrière de mutisme.

Après cet épisode, un personnage haut placé intervint et Carmine fut transféré au département fibre de verre, là où travaillait Tito. Huit heures par jour, ce dernier passait le pinceau sur les plaques tranchantes empilées les unes sur les autres, une tâche qui lui avait semblé être une promenade de santé à son arrivée : ce n'était pas trop fatigant et pas particulièrement risqué, qui plus est dans une zone du chantier peu fréquentée par les kapos. En outre, il y régnait une odeur de résine, que Tito avait toujours aimée. Cette odeur était certes agréable quand on passait à vélo devant les chantiers, mais elle devenait insupportable une fois qu'on y était immergé une bonne partie de la journée. Il s'agissait par ailleurs d'un mélange de substances, sinon toxiques, du moins à la limite de la toxicité, de sorte que Tito et les autres ouvriers du département passaient leurs journées dans un perpétuel état d'engourdissement cérébral, comme s'ils étaient toujours légèrement drogués, et ils finissaient parfois la journée sans se rappeler ce qui s'était passé depuis qu'ils étaient entrés : la seule assurance qu'ils avaient mangé était la boîte du repas vide, et la seule confirmation qu'ils étaient allés aux toilettes était la fermeture Éclair de la combinaison encore baissée.

Durant le mois et quelques qu'ils avaient passé ensemble à peindre des kilomètres carrés de fibre de verre, Tito n'avait pas réussi à arracher Carmine à son mutisme. Pourtant, il était convaincu d'avoir entendu sa voix, une voix nasillarde et grave qui n'allait pas avec son apparence de jeune homme guère plus qu'adolescent. Quand il passait la résine, Tito avait l'impression que Carmine répétait une sorte de litanie et, dans un premier temps, il avait cru que c'était : “Butin, butin, butin.” Puis il finit par comprendre que c'était "putain, putain, putain". Il le disait à mi-voix, presque imperceptiblement, et ç'aurait sans doute été inintelligible s'ils avaient été dans un endroit plus bruyant, plus éloignés l'un de l'autre, ou si Tito ne s'était mis en tête d'entendre à tout prix cette voix et de déchiffrer cette formule ésotérique : "Putain, putain, putain..." Longtemps il s'était efforcé d'imaginer quelles affaires de cœur avait pu avoir ce gamin toujours renfrogné et silencieux ; s'il n'était pas devenu comme ça à cause d'une déception sentimentale, d'un amour rejeté ou trahi pour lequel il avait décidé de s'exiler d'abord dans le Nord, puis en lui-même ; peut-être en voulait-il à sa mère qui l'avait envoyé travailler comme ouvrier loin de chez lui pour faire vivre la famille et permettre à ses jeunes frères d'aller à l'école ; ou peut-être n'en voulait-il à personne en particulier et ce mantra n'était-il qu'une façon de se donner de la force et de tenir bon ; ou peut-être encore était-ce un juron qu'il n'avait pas le courage de dire en entier, car on voyait bien qu'il était furieux, mais peut-être pas au point de défier le Très-Haut.

Tito l'écoutait et commençait à éprouver à son égard un sentiment protecteur qu'il aurait qualifié de paternel si, en songeant à sa propre histoire, ce terme ne l'avait fait rire, et si les pères comme le paternalisme ne lui avaient semblé être la source de tous les maux dont souffrait la société dans laquelle il vivait. Le fait est qu'il cessa de vouloir lui parler, et qu'au contraire, lui aussi se mit à rythmer et à évacuer sa frustration en scandant "putain, putain, putain". Ça fonctionnait.

L'occupation des chantiers navals fut fixée peu avant la livraison des yachts, afin de mettre un peu plus en difficulté Zama et ses sbires. Le motif : le licenciement de deux travailleurs très rouges et très syndiqués, sur la base de l'accusation infamante et manifestement infondée – car fabriquée à la hâte et guère crédible – d'avoir volé du matériel appartenant aux chantiers. La participation fut massive ; dans la nuit, on barricada l'entrée de l'usine, on fit sortir les agents de sécurité et un piquet de grève fut mis en place : grâce aux messages transmis nuitamment à vélo et en Lambretta dans les quartiers ouvriers situés de l'autre côté de la voie ferrée, ainsi que dans la zone de Darsena, à six heures du matin on comptait déjà près de deux cents personnes barricadées et bien décidées à résister.

À son arrivée avant sept heures, Tito fut accueilli par Miro, un sourire complice aux lèvres. Parmi les nombreux autres, Tito aperçut également Romano – qui, comme on était en plein hiver et qu'il avait momentanément renoncé à ses Ray-Ban de séducteur et à son bronzage de maître-nageur, avait recommencé à fréquenter la section du Parti et le bureau de placement – et Athos, qui avait entendu dire qu'"on faisait la bringue" et, quand on faisait la bringue, il était heureux comme un coq en pâte, plus encore s'il avait l'occasion de distribuer "des pains aux flics". Il l'avait salué de loin avec un "Super, Tito !", crié de sa voix tonitruante et joyeuse, le poing levé ; puis il était retourné bavarder bruyamment avec le groupe qu'il animait. Il devait tout juste sortir de la pâtisserie de son père, car si pour les autres il était encore tôt, pour lui la journée avait commencé depuis plusieurs heures et, dans tous les cas, son énergie ne semblait jamais connaître la moindre panne.

Parmi les autres se trouvait Don Neri, lui aussi au beau milieu d'une de ses diatribes passionnées et, avec sa longue barbe et ses vêtements civils, rien ne le distinguait d'un militant d'Autonomia Operaia. Sa participation aux mouvements de protestation avait toujours suscité des réactions mitigées et sa présence était mal vue, même si elle n'était jamais ouvertement mise en cause : les jeunes et les plus extrémistes, les plus manichéens, s'enfermaient dans la certitude inébranlable que l'Église ne pouvait être qu'une force réactionnaire, tandis que les plus mûrs tendaient à se rallier au réalisme de ceux qui pensaient qu'en Italie, avoir l'Église de son côté était toujours une bonne chose, et que s'il existait une voie italienne vers le socialisme, elle ne pouvait passer que par le "catho-communisme", dont Don Neri incarnait la version la plus crédible – et, d'après la gent féminine, assurément la plus séduisante. Pour ceux qui le connaissaient, le problème ne se posait même pas : Tito lui-même affirmait qu'une grande partie de ce qu'il savait du communisme, il l'avait appris de Jésus (par l'intermédiaire de Don Neri). Le prêtre salua Tito en agitant le bras et celui-ci répondit par un "bonjour, mon père" accompagné d'un sourire moqueur, car Don Neri détestait qu'on s'adresse à lui de cette manière, encore plus dans un lieu où, pour une bonne moitié des présents, "si vous voyez un point noir, tirez au plus vite : c'est soit un prêtre, soit un fasciste".

Mais Tito eut la confirmation que ce combat était sacro-saint quand il vit arriver, en l'espace de quelques minutes, deux personnes que, contrairement au prêtre-ouvrier, il ne se serait pas attendu à trouver là : Carmine, le visage fermé et déterminé comme toujours, et Giorgio, qui avait pris un jour de congé à la mairie pour montrer que les cols blancs soutenaient les bleus de travail. Tito fut tellement heureux de le voir qu'il se précipita vers lui.

— Je ne pensais pas que tu viendrais aussi.

Giorgio l'a regardé sérieusement.

— Quand c'est trop, c'est trop.

Heureusement, il ne pleuvait pas, mais il faisait un froid glacial et bientôt il fallut allumer des feux de camp, ce qui donna encore plus un air de fête, et on commença à chanter des chants de la Résistance. Le préféré était *E io ero Sandokan*, écrit pour un film d'Ettore Scola qui venait de sortir et qui avait tellement enchanté Gian Mario, guitariste et pianiste dans un bar de la ville, qu'il était retourné plusieurs fois au cinéma pour noter les accords et les paroles (quand il ne se rappelait pas ou n'avait pas compris, il improvisait en fonction de ce qu'il ressentait). C'était aussitôt devenu un hymne de combat, et tous rêvaient de devoir un jour choisir un nom de bataille pour pouvoir s'appeler Sandokan, comme le héros d'Emilio Salgari. De temps en temps, entre deux chants, quand il avait l'impression que l'atmosphère se refroidissait, Gian Mario jouait une chanson du carnaval de Viareggio, sur laquelle personne ne pouvait s'empêcher de se déhancher. Mais juste un peu : on était en pleine lutte, pas en train de s'amuser.

La police arriva vers dix heures, accueillie par les inévitables chœurs qui se moquaient d'elle, et beaucoup affirmèrent que les flics avaient débarqué à cette heure-là parce qu'ils devaient d'abord prendre leur petit déjeuner au café. L'ordre de dispersion lancé par la police au mégaphone était si liturgique et si peu convaincu que seuls quelques-uns prirent la peine de répondre par des insultes ; pour la plupart, ils continuèrent à scander : “Ton nom de bataille était Pinin et moi j’étais Sandokan”, sans trop s’inquiéter des uniformes et des matraques.

À treize heures, une rencontre était prévue entre une délégation de manifestants et l’armateur Alfredo Zama, accompagné du préfet de Lucques et du directeur du personnel des chantiers navals. Elle fut précédée d’une assemblée générale animée, qui devait décider quelles revendications présenter et quelle délégation envoyer. Ce second point était le plus simple : Paride et Enrico, les deux ouvriers licenciés, furent naturellement désignés, ainsi que Dino, ouvrier et syndicaliste de longue date, enfin Miro, qui représentait les autonomes ; Valdieri, le secrétaire du PCI local, voulait également participer et s’autodésigna, malgré le vif mécontentement que cela suscita. En ce qui concerne les revendications, on se mit d’accord pour exiger que les deux camarades injustement licenciés soient réintégrés et que le bénéfice tiré de la vente du plus petit des deux yachts à livrer soit redistribué à tous les travailleurs des chantiers navals – *y compris les intérimaires*. Personne n’était en mesure de dire à combien s’élevait ce bénéfice, même approximativement, et fixer un montant prit plus de temps que répondre aux deux questions principales. Pour finir, on estima ce chiffre à cinquante-cinq millions de lires, car tout le monde ou presque était convaincu par le chiffre rond de cinquante millions, mais quelqu’un avait souligné qu’il valait mieux en demander cinq de plus, car un chiffre rond semblerait un peu puéril, tandis qu’un chiffre plus précis apparaîtrait comme la demande de personnes bien informées. “Et puis il y a l’inflation à prendre en compte !” s’écria Athos, qui savait utiliser un argument hors sujet au moment opportun : l'inflation persuada tout le monde.

L'entrevue ne dura pas plus d'un quart d'heure. On apprendrait plus tard que la proposition avait été accueillie par les rires des patrons et que leur idée de la négociation n'était pas tant : "Cherchons un compromis", que : "Si vous débarrassez le plancher maintenant, peut-être qu'il n'y aura pas de blessés." De retour de sa rencontre avec Zama, Miro résuma la situation en criant : "Le combat continuera jusqu'au bout !", accueilli par un rugissement d'approbation belliqueuse. À mi-voix, s'adressant aux quelques personnes qui l'entouraient, Tito l'entendit ensuite ajouter : "Ça va pas tarder à dégénérer."

Certes, le moral de ceux, nombreux, qui espéraient un coup de force rapide et efficace, s'assombrit, tandis que d'autres, sûrs que l'exaspération du conflit servirait à l'émancipation sociale de la classe subalterne, se réjouirent de l'impasse et se préparèrent mentalement à une issue violente. Parmi eux figurait bien sûr Athos, qui s'approchait régulièrement d'un CRS pour lui demander : "Excuse-moi, je peux te demander un truc ? Ça fait quoi d'avoir une chienne comme mère ?"

Le défilé qui devait sensibiliser l'opinion publique locale fut reporté à quinze heures, avant que la nuit ne commence à tomber et qu'il ne fasse encore plus froid. La violence en resta au niveau verbal, brandie avec détermination mais guère mise en œuvre (à l'exception de quelques insultes taguées sur le siège du MSI, unanimement considérées comme un simple rappel des valeurs constitutionnelles), ce qui était en partie dû à l'arrivée de quelques militants du PCI, élevés dans le culte de la discipline soviétique, pour faire le service d'ordre et éviter que, de verbale, la violence ne devienne physique. Ils avaient été accueillis aux cris de "connards staliniens" et même de "trous du cul fascistes" puis, sans broncher, avaient assuré la sécurité des commerces et celle des voitures garées le long du parcours : afin de ne pas tomber du mauvais côté (d'après le service d'ordre) ou d'avoir comme toujours l'air de gonzesses (selon Athos). Tandis qu'on dissertait encore sur la violence légitime du prolétariat contre les symboles du pouvoir et de la bourgeoisie, le défilé avait contourné la torre Matilde et avait pris le ponte di Mezzo, un grand pont en pierre qui traversait le canal de Burlamacca en décrivant une anse. Une fois la courbe du pont franchie, la tête du cortège se retrouva face à une rangée de boucliers transparents et de casques bleu marine, de l'autre côté, qui reliaient comme des petits points deux grosses camionnettes de police. Le cortège s'immobilisa d'un coup, essayant d'évaluer la situation ; mais il n'y avait pas grand-chose à évaluer : comme l'avait prédit Miro, ça n'allait pas tarder à dégénérer. Même le service d'ordre n'eut pas le courage d'arrêter ceux qui commencèrent à jeter des pierres – et un ou deux, mieux préparés, des cocktails Molotov – en direction de la police, qui répondit par des grenades lacrymogènes.

Dès lors, on ne comprit plus grand-chose : avec la fumée, les yeux irrités, les sirènes qui se mirent à hurler à tous crins et les policiers qui commencèrent à charger, la fuite sembla être la seule option viable. Sauf à découvrir qu'une fois le cortège passé, l'autre accès au pont avait lui aussi été bloqué par un cordon de policiers, probablement cachés du côté de la via Pinciana, derrière le pont autoroutier. Ceux-là ne chargèrent pas encore, ce qui faisait de cette issue la moins risquée, mais le chaos était désormais incontrôlable : ceux qui continuaient à jeter des pierres sur les policiers le faisaient surtout pour ouvrir des brèches par lesquelles ils pourraient sortir de la souricière et s'enfuir. Restés au milieu et empêchés de s'échapper d'un côté ou de l'autre du pont, certains franchirent le parapet, d'autres sautèrent même dans le canal. Quelques-uns continuaient à résister et à se défendre ; tous criaient, de colère ou de peur, dans le feu de l'action ou pour effrayer les autres. Puis quelques cris eurent une autre intensité et une autre urgence. Tito courut vers le parapet ouest, d'où ils venaient, et malgré ses yeux gonflés il distingua des larmes qui ne semblaient pas dues à du gaz lacrymogène. Il vit le visage terrifié de Miro, Giorgio agenouillé devant la balustrade, tandis que Don Neri criait d'une voix inhumaine : "Mais qu'est-ce que vous avez fait ? *Qu'est-ce que vous avez fait ?*" , et Athos lui fit écho : "Salopards ! Putain de salopards !"

Tito fouilla des yeux sous le parapet au pied duquel Giorgio était agenouillé et, en s'approchant, ce dernier prit sa main entre les siennes, la serra en murmurant presque imperceptiblement : "Ils l'ont poussé."

Tito regarda tout en bas.

Sur le béton sous le pont, le long du canal, le corps sombre et immobile de Carmine était entouré par une flaque de sang bien trop large. Plus encore que d'habitude, on aurait dit celui d'un adolescent.

La chute de Carmine fut un tournant pour tous ; ce fut comme de vivre pour de bon le récit sans cesse répété de la défenestration du cheminot anarchiste Giuseppe Pinelli, qui était maintenant un archétype, parfait et pourtant complètement sublimé, presque irréel. Tout le monde y vit le signal définitif de l'extension de la guerre que l'État – le régime en place, la Démocratie chrétienne (avec l'aval du PCI), l'État impérialiste asservi au capital – menait contre les personnes, et qui frappait de manière méthodique les plus vulnérables, comme Carmine, faisant couler leur sang sur le pavé. L'État ne frappait pas seulement un homme pour en éduquer cent, comme les Brigades rouges l'avaient affirmé avec une certaine emphase : l'État frappait tout le monde pour discipliner tout le monde et garder tout un pays sous son joug.

Depuis ce jour de début janvier où Carmine avait été balancé par-dessus la balustrade du ponte di Mezzo, tous ceux qui avaient été présents sur les lieux se sentirent personnellement interpellés. Ils eurent la certitude qu'une guerre était en cours et que le corps immobile de Carmine avait été leur ordre de mobilisation, même s'ils ne pouvaient pas dire clairement dans quelle armée ils avaient été enrôlés. Le dimanche suivant, Don Neri avait lui aussi exprimé par son sermon – enflammé mais impeccable – l'indignation, la révolte et la colère que cette violence avait suscitées. À la fin, la moitié de l'église avait levé le poing fermé vers le ciel, et l'autre était restée la tête basse, à l'exception de quelques-uns qui étaient purement et simplement sortis, allant grossir les rangs des exilés de l'église des Sept-Saints, l'église du "Père Mitraillette", comme ils avaient pris l'habitude de surnommer Don Neri.

La fureur qui animait Tito et les autres restait cependant hésitante, comme floue : autant la source de leur colère était claire, autant la cible contre laquelle la diriger était indéfinie. Le sermon de ce dimanche fut le dernier que Don Neri prononça en tant que prêtre des Sept-Saints, avant d'être rappelé par l'évêque de Lucques et de devoir choisir entre la suspension *a divinis* et le transfert dans une autre paroisse. Son élan politique reposait sur sa foi, il l'avait toujours dit, et l'une avait donc la priorité sur l'autre : il préféra être éloigné de sa paroisse plutôt que de renoncer à la soutane. Comme beaucoup d'autres, Tito comprit ses raisons, mais il ne put lui pardonner sa désertion. Pour le remplacer aux Sept-Saints et faire revenir la mère de Tito ainsi que les autres exilés, on envoya Don Orazio, un prêtre d'un certain âge, doux, aimable et débonnaire, un de ces prêtres tout en miséricorde, en patience, en théologie incertaine et en sourires paternels. Un homme qu'on ne pouvait pas détester, car il incarnait la version docile et consolatrice du catholicisme, tel un ange de soixante-dix ans.

Après cet épisode, les chantiers navals Zama s'étaient empressés de montrer un visage conciliant : ils avaient consenti à accorder aux deux hommes qu'ils avaient licenciés une solide indemnité de cinquante millions (pas cinquante-cinq, les radins), en leur faisant signer ce qu'on appelait un accord "funéraire", qui prévoyait la plus grande confidentialité, la renonciation à tout recours et l'impossibilité de travailler de nouveau à Viareggio ou dans le secteur de la construction navale. Les deux ouvriers disparurent de l'entreprise, mais les journaux n'eurent pas le temps de dénoncer l'avidité de ces "camarades qui avaient le portefeuille à droite" qu'on apprit que ces cinquante millions seraient investis dans une crèche populaire pour aider les femmes qui travaillaient et dans un dispensaire gynécologique. De nouvelles embauches suivirent, dont celle de Miro, qui cessa d'être intérimaire pour devenir ouvrier qualifié. Quant à Tito, il ne voulut plus rien savoir ni des chantiers navals ni des Zama.

Le débat sur la mort de Carmine, comme la colère de ceux qui avaient assisté à sa chute, fut ravivé quelques mois plus tard, quand le juge des audiences préliminaires du tribunal de Lucques, Erminio Altieri, déclara, dans une énième sentence biaisée, qu'il n'y avait pas lieu de poursuivre les CRS qui l'avaient jeté du pont, car selon lui, malgré les nombreux témoins oculaires, le fait ne subsistait pas : Carmine était simplement tombé de la balustrade sur laquelle il était monté pour lancer des objets contondants sur les forces de l'ordre. Les journaux de droite s'empressèrent de déclarer que l'honneur de l'uniforme lâchement sali par les fauteurs de troubles était restauré – "même si c'est trop tard : toujours trop tard" – tandis que, parmi les militants ouvriers, surtout parmi ceux qui avaient assisté à l'embuscade policière et au geste commis contre Carmine, une rancœur aveugle contre les institutions enfla.

Au Café Crispi, l'indignation était palpable, et l'amère conviction qu'il était constitutivement impossible que l'État amende l'État, que le pouvoir limite le pouvoir, apparaissait renforcée : chaque fois qu'un policier commettrait un acte de violence contre un citoyen, il trouverait un juge pour l'acquitter, car le juge et le policier n'étaient pas deux instances séparées ayant pour finalité le bien commun, mais les membres d'un seul corps.

Attiré au café par le besoin de commenter la nouvelle de l'acquittement, par la même fureur indéfinie de faire quelque chose contre un abus aussi flagrant, Giorgio approuva lui aussi la métaphore du corps et l'interpréta à sa manière :

— Si on y réfléchit, l'Évangile suffirait : "Si ta main ou ton pied te font honte, coupe-les et jette-les. Il vaut mieux entrer dans la vie avec une main ou un pied en moins que d'entrer en enfer avec deux mains et deux pieds."

— Bravo, essaie donc de les convaincre avec l'Évangile, ces fils de pute.

Athos éprouvait un certain agacement face aux manières d'enfant de chœur de Giorgio.

— *Lupus non edit lupum*, observa Tito, comprenant enfin la phrase prononcée par Don Neri quelques années plus tôt. Dans le feu de l'action, personne n'eut envie de lui demander ce qu'elle signifiait et Tito songea que c'était mieux ainsi.

Ce soir-là – après que Mme Crispi eut chassé les derniers clients, réveillé son mari qui s'était assoupi sur une table et baissé le volet métallique –, aucun des cinq jeunes gens n'eut envie de rentrer chez lui. Ils éprouvaient tous la même frustration, le même besoin d'agir : ils savaient que rentrer à la maison et se coucher signifiait s'incliner, s'habituer à la violence de l'État et des patrons. Ils étaient ivres et gonflés de haine. À Viareggio, un mardi soir de mars, il n'y avait personne dehors à cette heure-là. Seules ces âmes en peine pouvaient avoir envie de se promener dans les rues désertes.

C'est Miro, bien sûr, qui commença à parler de former quelque chose : un noyau, une cellule, une brigade. Tito eut la tentation de lui répondre que ce n'était pas le moment pour ça, car Giorgio était là : il sentait que, malgré son militantisme au PCI et ses manières de fanfaron, Romano était prêt à “faire quelque chose”, et il savait qu'Athos n'attendait qu'un prétexte pour déverser son trop-plein d'énergie. Mais il ne croyait pas que Giorgio, l'employé municipal, ami dévoué et fidèle, puisse être de la partie, et il aurait donc préféré que Miro attende pour en parler. Mais Miro ne voyait aucun problème et continua à exposer son projet longuement mûri : rester en dehors du système, en dehors des institutions, en dehors des partis ; mais aussi en dehors d'Autonomia Operaia et des Brigades rouges.

— Des francs-tireurs, résuma Athos, qui avait toujours aimé cette expression, car c'est ainsi qu'il s'était toujours senti : un franc-tireur. Pour commencer, on va buter le juge Altieri.

Miro lui jeta un regard glacial. Puis il reprit.

— Mon idée est de faire profil bas et de commencer à bouger pour faire sauter quelques rouages.

On sentait qu'il était excité, car l'accent calabrais affleurait de temps en temps.

— Du genre militance armée, pour exposer les contradictions du système, précisa Tito, vu que maintenant, Giorgio ou pas Giorgio, on jouait cartes sur table.

— J'ai l'intention de tuer personne, moi, déclara Romano.

— Je dirais qu'il faut laisser toute violence de côté, approuva Miro. Puis il ajouta, surtout à l'intention d'Athos : Au moins pour le moment. Je préférerais une action incisive, plus spectaculaire que violente. Contre Macchiarini, par exemple, le

type de Siemens : l'attraper, l'effrayer, le photographier avec une pancarte et le laisser repartir.
— Oui, mais pour finir ils n'ont rien fait à Sossi non plus, observa Athos, qui voyait déjà grand.
— OK. De toute façon, on n'est pas prêts pour un enlèvement. Là, on est prêts à mener la lutte armée au Café Crispi, c'est tout. Procédons par ordre : d'abord on réfléchit à des actions qui feront du bruit, puis on verra. Peut-être.
— Très bien, allons-y. Mais tôt ou tard on devra flinguer le juge Altieri.
Athos avait prononcé ces derniers mots à mi-voix.
— Je suis partant, dit Romano.
Tito acquiesça. Puis il demanda :
— Giorgio ?
— Je ne sais pas trop quoi dire, je suis un peu gêné...
— Giorgio, si tu ne veux pas, aucun problème, l'interrompit Tito. Tu n'es pas obligé.
— Pourquoi tu ne le laisses pas parler ? intervint Miro.
— Voilà, je..., reprit Giorgio. J'étais à côté de Carmine quand il a été poussé. Et pour être franc je m'attendais à une telle proposition depuis un moment... J'ai donc pris l'initiative d'aller chercher des cartes d'identité vierges à l'état civil, et aussi le timbre à sec pour les authentifier, si on a besoin de papiers : on peut les faire sur le moment, en cas de nécessité. Il suffit de les remplir et de les tamponner. S'il nous faut des permis de conduire, j'essaierai. C'est plus compliqué, mais je peux trouver le moyen d'aller à la préfecture le mois prochain ; il y a un système pour se les faire envoyer par courrier, même si je peux aussi y

aller en personne, voir si je peux obtenir quelques cartes grises... Il regarda autour de lui et croise le regard stupéfait des autres. Intimidé, il ajouta aussitôt, comme s'il était pressé de conclure : Mais je vous préviens qu'en l'état actuel des choses, il me serait tout à fait impossible de falsifier un passeport ou même un permis de port d'arme.
— La vache, quelle efficacité..., observa Miro.
Giorgio bomba imperceptiblement le torse.
— J'aime qu'on soit bien organisés. Vous avez l'air un peu désordonnés, à vrai dire.
— Mais on a un nom ? demanda Athos. Les Francs-Tireurs ?
— J'avais pensé aux Chiens Errants, proposa Miro.
— On dirait un groupe de hard rock, a protesté Tito. Francs-Tireurs, ça me paraît excessif. Et puis, si je comprends bien, on n'est pas supposés se battre, si ?
— Pas pour l'instant, confirma Athos.
— OK, mais ça me semble quand même emphatique...
— Ça sonne militaire : uniforme, armée, officiers, approuva Romano en secouant la tête.
— Colonne quelque chose, comme les Tupamaros, suggéra Miro.
— C'est qui, ça ? Allez, trouvons quelque chose de plus simple, pourquoi pas en italien ? demanda Athos.
— OK. Mais, on ne pourrait pas dire brigade, plutôt que colonne ? Comme dans la Résistance, dit Tito.
— Brigade Burlamacco ! Typique de Viareggio, fit Romano.

— Après ces conneries, tu dois la fermer pendant cinq minutes, le gronda Athos. J'ai lu une biographie qui m'a vraiment plu : celle d'un anarchiste français qui s'appelait Ravachol.
— La brigade Ravachol ? demanda Tito, sceptique.
— Moi, ça me plaît. Ça fait chic, approuva Romano.
— Un peu de sérieux. Quel rapport avec les anarchistes ? protesta Miro. Pour moi, ça fait un peu bourgeois, et puis aller chercher un Français… On n'a pas de révolutionnaires en Italie ?
— Ne commence pas avec ces idioties chauvinistes, Athos. C'est encore mieux si c'est international, dit Tito.
— Oui, mais on pourrait trouver quelqu'un de plus célèbre. Comme Che Guevara ou Mao. Qui sont communistes, en plus, souligna Miro, décidé à reprendre le contrôle de la situation.
— Moi, j'aime bien les anarchistes, dit Athos. En fait, je pense que je suis plus anarchiste que communiste.
— Question théorie, je ne crois pas qu'on soit très au point, commenta Romano.
— L'excès de théorie est mauvais, il paralyse l'action. Pour nous, l'essentiel est d'agir. On verra ensuite, affirma Miro, qui n'aimait pas les chefs, en principe, même si ça ne le dérangeait pas du tout d'en être un.
— Oui, mais savoir si on est anarchistes ou communistes ne me semble pas être un excès de théorie. C'est même la base, insista Romano. On a un ennemi, cet État suppôt du grand capital. Et ça suffit. Dans la Résistance, il y avait tout le

monde, des communistes aux catholiques, face à un ennemi commun. En Espagne, il y avait tout le monde, les anarchistes et les libéraux, les trotskistes et les staliniens. Quand il y a une guerre à mener, on ne regarde pas les appartenances. Moi qui suis communiste, je vous dis que ça me va, qu'on prenne le nom de ce Français.

— Mais tu as dit que tu ne l'aimais pas ! dit Athos.

— Moi, je l'aime bien, conclut Miro. Je salue la naissance de la Brigade résistante Ravachol.

— On avait dit que "résistante" était sous-entendu.

Le ton de Giorgio était un peu celui d'un enseignant et un peu celui d'un prêtre ; Miro le regarda de travers.

— Giorgio a raison, c'est implicite, confirma Athos, sans doute pour le plaisir de contredire Miro.

— Alors je salue la naissance de la brigade Ravachol, annonça Miro, avec moins d'emphase qu'auparavant.

Athos sortit une bouteille d'asti Cinzano de sa besace et la déboucha :

— Il faut fêter ça, s'écria-t-il en soulevant la bouteille écumante.

— Tu l'as trouvée où, celle-là ? demanda Romano.

— Un don des Crispi à la cause.

— Tu l'as *volée* ? s'inquiéta Miro.

— Expropriation prolétarienne, se justifia Athos. Je sentais qu'il y aurait quelque chose à fêter ce soir, mais je ne pouvais pas la leur acheter.

— Bon sang, Athos, fit Tito. Les Crispi sont des camarades. On ne vole pas des camarades.

— Mais ce sont des bourgeois.

— Si on parle de bourgeois, toi aussi, tu en es un : vous possédez la pâtisserie la plus chère de Viareggio.

Athos préféra ne pas s'attarder sur le sujet.

— C'est la dernière fois, d'accord ?

— Et aussi parce que, si nous voulons bien faire les choses, nous ne pouvons pas attirer l'attention avec des bêtises pareilles, intervint Giorgio.

Athos haussa les épaules.

— Et donc, si j'ai bien compris, je vais la boire seul, c'est ça ?

Ils burent à la santé de la nouvelle brigade Ravachol. Puis Romano s'enquit :

— Et donc on fait quoi ? On commence à préparer quelque chose ?

Il y eut un long silence. Puis Romano lui-même reprit la parole.

— J'ai peut-être une idée.

Ils le regardèrent.

— Depuis quelque temps, je sors avec une fille d'une beauté...

— Romano, tu peux arrêter de ne penser qu'à ça, ce soir au moins ? demanda Miro.

— Non, je ne peux pas. Écoute, peut-être que tu ne t'intéresses pas aux filles en général, mais à mon avis celle-ci t'intéressera.

La saison des vacances ne commencerait que bien plus tard, mais Romano n'avait pas renoncé à ses activités récréativo-sportives. L'une de ses camarades de jeu s'appelait Nicole, "Nicole Petri", précisa-t-il, comme si son nom de famille pouvait dire quelque chose aux autres, qui étaient surtout occupés à fantasmer sur l'exotisme du prénom. Nicole avait été un de ses flirts d'été, qui s'était prolongé.

— Pourquoi ne pas vous fiancer ? suggéra Giorgio.

Romano ne daigna pas lui répondre.

— Elle est mariée ? demanda Tito.

— Non, elle n'est pas mariée : j'ai pour règle de ne pas fréquenter les femmes mariées plus de deux semaines, avant de les laisser tomber avec un certain mépris.

— Machiste, commenta Miro.

Romano l'ignora :

— Quoi qu'il en soit, si je ne me fiance pas avec elle c'est parce qu'elle est déjà occupée, d'une certaine façon.

— C'est-à-dire ?

— C'est-à-dire qu'elle voit régulièrement un type marié. Un vieux type marié, pour être précis. Un type marié et plein aux as.

— Nom de Dieu, ça couche de partout, observa Athos.

— En résumé, on se débarrasse des femmes mariées, mais pas des femmes entretenues par quelqu'un, c'est ça ?

— Tu sais, Tito, ça ne sert à rien que tu essaies de comprendre mon Décalogue. De toute façon, tu as toujours été allergique aux femmes, alors essaie de te concentrer sur les choses importantes, au lieu de donner dans la science-fiction : tu n'auras jamais tant de maîtresses qu'il te faille un code de conduite.

— Et c'est quoi, les choses importantes ?

— Zama, fit Giorgio à l'improviste. Tout le monde le regarda. Qu'il intervienne jusque dans

les histoires des femmes prit tout le monde par surprise.
— L'armateur ? Qu'est-ce qu'il vient faire là-dedans ? demanda Athos.
— Il a raison. Bien vu, Giorgino. Tu es le seul à savoir écouter.
— Je comprends pas, fit Athos.
— C'est qui, d'après vous, le vieux type riche et marié avec lequel mon amie a une liaison ?
— Non ! s'écria Athos. Tu te tapes la fille qui se tape Zama ? Et ça ne te dégoûte pas ?
Romano haussa les épaules.
— Je ne me suis jamais posé la question de savoir avec qui elle baisait à part moi. Et à tous les coups le mec bande mou.
— Mais en quoi ça nous aide que tu te tapes la poule de Zama ? Si c'était sa femme, au moins... Mais sa maîtresse, on s'en cogne, regretta Miro.
— Dans deux semaines, ils partiront en vacances ensemble à Monte-Carlo. Ça pourrait être l'occasion de le ridiculiser dans les grandes largeurs, non ?
— Comment ? demanda Tito.
— Ma foi, qu'est-ce que j'en sais, moi ? C'est toi, le cerveau.
— Moi ?
— Tito, t'es le seul ici à être allé à l'université.
— Mais j'ai fait des études d'agronomie !
— Et tu n'as pas réussi le moindre examen, par la grâce de Dieu et conformément à la volonté du peuple, ajouta Giorgio, qui regrettait de ne pas y être allé, lui, à l'université, au lieu de s'enfermer très jeune dans un boulot d'employé municipal.

— Y a peut-être un truc à faire. Miro prit la parole d'un air grave, histoire de rappeler qu'au-delà des prétendues qualifications académiques, c'était lui, la tête pensante.
— On aura besoin d'un endroit pour travailler, ajouta Giorgio, qui était déjà en train de tout planifier. Une *planque*, précisa-t-il en savourant ce mot au goût de sédition.
— On peut faire ça chez toi, Romano ? demanda Miro.
— Qu'est-ce que c'est que cette idée à la con ? protesta l'autre.
— T'es le seul à avoir un logement qui s'y prête.
— Personne ne touche à l'endroit où j'habite.
— J'ai peut-être une idée, annonça Tito.

C'est ainsi qu'à partir de la semaine suivante, en plus de Giorgio et Tito, qui avaient toujours participé à la vie paroissiale, les trois autres commencèrent à assister à la messe, surtout Romano et Miro, qui se mirent même à donner des cours de catéchisme et à animer le quotidien de la petite église de quartier. Ce faisant, ils pourraient installer dans le dos du curé une planque à l'endroit le moins suspect qui soit : les locaux paroissiaux de l'église des Sept-Saints qui, bientôt, abriteraient des armes, des munitions, des tracts appelant à tuer les patrons et à l'insurrection armée, et le butin de divers larcins. Dans tout cela, le plus grand obstacle était d'éviter les remerciements permanents et mielleux de Don Orazio, qui n'avait jamais vu une telle dévotion de la part de jeunes gens en pleine santé, un véritable don du Ciel et le signe que le Seigneur ne les avait pas oubliés, et “merci, merci beaucoup, vous voulez un bonbon ?”.

Athos était le seul à ne pas fréquenter l'église, un peu parce qu'il était objectivement impossible de lui interdire ses innombrables jurons, un peu parce que sa présence dans un tel lieu était franchement incongrue pour ceux qui le connaissaient, et un peu parce qu'une des premières fois où tous s'y retrouvèrent, il subtilisa deux bouteilles de vin de messe, risquant de révéler leur secret. Ce qui ne veut pas dire qu'Athos ait été moins actif ou moins central dans la brigade Ravachol, bien au contraire. C'est même lui qui se procura le portrait de Zama pour le photomontage : il le vola sur le mur de la pizzeria de Cecco, où il était punaisé parmi de nombreux clichés du patron avec des célébrités locales, dont Zama, le maire et le capitaine du Viareggio Calcio, ainsi qu'avec des vedettes nationales, acteurs ou chanteurs, qui s'arrêtaient souvent pour manger une pizza dans son restaurant après s'être produits au Politeama. Un tour de prestidigitation d'Athos fit disparaître la photo de Zama, un soir où il était allé dîner avec Tito et Romano, défiant immanquablement les deux autres à qui mangerait le plus de *calzoni* et l'emportant bien sûr. Le photomontage fut ensuite réalisé par Giorgio et Miro dans les locaux de la paroisse, où ils avaient installé une chambre noire pour les jeunes de l'oratoire : le résultat était incontestablement laid, et Miro dut insister pour convaincre Giorgio qu'ils pouvaient quand même l'utiliser et que le prétexte ne devait tenir que deux ou trois jours.

Dès que son amie eut signalé à Romano leur départ imminent, l'opération fut lancée. Le premier jour, les journaux locaux reçurent la photo et communiquèrent l'information, mais sans grand relief. Puis, dès le deuxième jour, après les déclarations de Mme Zama confirmant que son mari était introuvable, la nouvelle parut également dans les quotidiens nationaux, suscitant un certain émoi (et, au lieu d'éveiller les soupçons des quotidiens, la mauvaise qualité de la photo fut interprétée comme un signe d'authenticité, car c'était forcément un cliché pris dans des conditions extrêmes). Enfin, le troisième jour, tous les journaux firent volte-face et, après un démenti irrité de Zama en personne, changèrent de sujet. Mais le mal était fait. Mme Zama avait découvert que son mari n'était absolument pas à Hambourg pour affaires, comme il le lui avait dit, mais dans un hôtel cinq étoiles de la principauté de Monaco, et pas en compagnie de son directeur général, mais d'une jeune femme d'une vingtaine d'années dont le prénom seul était déjà celui d'une pécheresse.

Zama aurait sans doute préféré avoir été enlevé par les vraies Brigades rouges, plutôt que d'affronter l'ire de son épouse, qui se traduisit par le premier divorce milliardaire de Viareggio, passionnant les coiffeurs et les esthéticiennes pendant des mois et à côté duquel les cinquante millions versés quelques semaines plus tôt aux ouvriers des chantiers navals n'étaient guère qu'un pourboire. Comme si sa femme ne suffisait pas, Zama dut aussi affronter les lamentations soigneusement préparées de Nicole Petri, qui se disait publiquement humiliée et parviendrait bientôt à ses fins, devenant la deuxième Mme Zama et réalisant ainsi un tour impensable quelque temps auparavant, sans pour autant renoncer à voir Romano.

Le seul désaccord au sein du groupe avait concerné l'étoile à peindre sur le drap rouge qui avait figuré derrière Zama sur la photo destinée aux journaux. En le préparant, Giorgio avait dessiné une étoile à cinq branches parfaitement symétriques, ce qui avait amené Miro à lui faire remarquer que l'étoile symétrique n'était pas "philologiquement correcte".

— Tu parles vraiment comme un bourgeois, rétorqua Giorgio sans s'interrompre.

— La culture n'est pas bourgeoise : la culture est émancipatrice, expliqua Miro qui, en tant qu'autodidacte, mettait un point d'honneur à parler comme un diplômé de l'université. Dans tous les cas, comme ça l'étoile ne va pas.

— Et pourquoi donc ? Elle m'a l'air parfaite.

— Justement parce qu'elle est parfaite. Elle doit être asymétrique… Elle doit être tordue, écrasée vers le haut.

— Pas question de la dessiner tordue.

— Tu les as vues, les photos des Brigades rouges avec Amerio, Sossi et les autres ? L'étoile est toujours de travers : large en bas et écrasée en haut. Tu vois ce que je veux dire ?

— Je vois, répondit Giorgio. Mais je la préfère droite.

— Je te dis qu'ils la font tous de travers !

— Les Brigades rouges la font de travers. Mais les Brigades Ravachol la font droite.

Et il donna un dernier coup de pinceau satisfait à sa belle étoile aux proportions Renaissance. Hormis ce désaccord, l'épisode avait permis aux cinq amis d'agir en parfaite coordination et même, aurait-on pu dire, de s'amuser. À la fin, pour fêter le brillant succès de cette première initiative, les Ravachol retournèrent dîner chez Cecco, où Athos les écrasa de nouveau par le nombre de *calzoni* ingurgités, avant de remettre la photo de Zama à sa place. Tito jeta un dernier coup d'œil au portrait et se dit que si, le jour où le cliché avait été pris, Zama avait fait semblant de sourire à côté du pizzaïolo au lieu de prendre cet air sombre, presque funèbre, il aurait été inutilisable pour eux, et sa fortune, son mariage, sa réputation et sa relation clandestine seraient restés intacts. Au lieu de ça, à côté de Cecco, il avait fait cette grimace contrariée, comme si le pizzaïolo l'avait immortalisé contre son gré. Et il en payait maintenant les conséquences.

En été, on ne fait pas la révolution. En tout cas pas en Italie et moins encore dans une station balnéaire. Le 14 Juillet à Viareggio, le gouverneur de la Bastille aurait pu dormir sur ses deux oreilles. Les Ravachol continuèrent à se voir de temps en temps, au Café Crispi ou ailleurs, très rarement dans leur planque à la paroisse. Mais le temps et l'atmosphère de vacances perpétuelles n'étaient pas les seuls facteurs qui détournaient la brigade de l'activité politique : le travail jouait également un rôle important. Pour Romano, la saison de maître-nageur et des amours commençait ; pour la boulangerie du père d'Athos (et donc pour Athos), c'étaient des mois intenses ; les chantiers navals Zama avaient de nouvelles commandes urgentes et, quand il n'était pas à son poste ou ne faisait pas des heures supplémentaires, Miro en profitait pour se reposer. Les seuls à avoir du temps libre étaient Giorgio, employé municipal, et Tito, qui travaillait comme portier de nuit dans un hôtel de luxe, un poste qui lui plaisait beaucoup, notamment parce que le propriétaire était un gentilhomme d'une autre époque : heureusement que les patrons n'étaient pas tous comme lui, sinon la révolution n'aurait jamais lieu. Pour Giorgio et Tito, ce furent des mois de lecture : Giorgio lisait les classiques du marxisme, de Lénine à Althusser en passant par Marcuse, avant de se passionner pour Gramsci, sans doute satisfait de se reconnaître dans cette figure d'intellectuel chétif, retiré, mais vif et brillant. Tito, lui, lisait surtout des textes religieux : il avait retenu la leçon de Don Neri et s'efforçait de fonder la pratique révolutionnaire moins sur l'humain que sur le divin. Il remplissait ses carnets de considérations sur le sacré et le profane, cherchant à établir un parallèle entre le sacré et l'anarchie d'une part, la religion et l'État de l'autre. L'État et la religion créent des divisions nettes, fondées sur le pouvoir de quelques-uns (la classe dirigeante, les prêtres) aux dépens du plus grand nombre, alors que le sacré, comme l'anarchie, est l'obscurité qui précède la distribution du pouvoir, c'est sa négation en tant que tel, la déclaration préalable du caractère arbitraire de tout pouvoir. S'il fallait trouver une justification à la lutte armée, on devait la chercher dans le sacré, avait compris Tito, à la source, dans l'abîme où tout pouvoir se dissolvait : le sacré devait destituer le religieux comme l'anarchie devait destituer l'État.

Dans la nuit du 10 août, alors que les gens étaient sur la plage et fixaient le ciel pour demander aux étoiles filantes d'exaucer leurs vœux de petits-bourgeois, un Tito euphorique nota, sous l'influence de Carlo Levi : "Le processus de toute religion est de changer le *sacré* en *sacrifice*. L'anarchie pure devient ainsi tyrannie. Il n'y a pas de plèbe sans roi ni de masse sans Dieu. L'État-idole est le signe de la terreur de l'homme qui habite l'homme." Il s'obstina donc à chercher dans le Nouveau Testament le moindre passage montrant comment Jésus aspirait à l'affirmation du sacré sur le religieux, et comment il y avait en lui un rejet presque instinctif de l'autorité et une contestation de toute forme d'idolâtrie à l'égard de l'État (il intitula d'ailleurs *Contre l'État-lâtrie* un long texte qui figure dans son dernier carnet de cet été-là). Il fut profondément marqué par la théologie contenue dans les lettres de prison du pasteur luthérien Dietrich Bonhoeffer, qui n'avait pas craint d'associer le christianisme non seulement à une théorie, mais aussi à une pratique du tyrannicide en tentant de tuer Adolf Hitler.

Quand ils se retrouvèrent, dans la fraîcheur nouvelle de début septembre, ils semblaient tous raffermis par les mois d'été, sauf Miro, qui était littéralement enragé. À l'usine, les rythmes étaient devenus intenables, les discussions en vue d'un accord collectif étaient menées de manière démentielle par les camarades et prévaricatrice par la direction, qui allait parfois jusqu'à se moquer d'eux dans la presse, comme dans une récente interview donnée au quotidien *La Nazione* par l'ingénieur Ramacciotti, qui s'autorisait des épithètes puériles et offensantes à l'égard des ouvriers. Ce même Ramacciotti qui, au travail, ne manquait jamais de mortifier ses subordonnés et, à chaque inspection, prenait quelqu'un pour cible et l'humiliait publiquement.

— On n'a qu'à lui tirer dans les jambes, proposa Athos, très impressionné par la première opération de ce genre que les Brigades rouges avaient menée à Milan quelques mois plus tôt. Il trouvait que c'était une excellente solution, violente mais tout de même mesurée.

— Mais qu'est-ce que tu racontes, bordel ? fit Romano, refroidissant ses ardeurs.

— Puisque c'est un fils de pute, on peut lui tirer dans les jambes, non ?

— On n'a pas d'armes, intervint Giorgio. Et pas le plus petit début de préparation. On réussirait seulement à le tuer ou à se faire tuer.

— Et puis on n'avait pas décidé de ne mener que des actions non violentes ? Des gestes de propagande ? Et de laisser la violence à l'État ? demanda Tito – une question rhétorique.

— OK, OK. C'était juste une idée. Merde, à la première blague on se fait sauter à la gorge, tu parles de non-violence. C'est très bien, d'ailleurs, la non-violence, mais jusqu'à un certain point. On va pas faire la révolution à coups de pince à sucre.

— Je pensais à quelque chose de plus tranquille, reprit Miro. Ça fait quelques jours que Ramacciotti vient au chantier dans une nouvelle voiture, une Alfetta sport, une de ces voitures de connard.

— Une Junior Zagato, précisa Romano.

— Qu'est-ce que tu en sais, toi ? lui demanda Tito.

— Je l'ai vue. Eh, c'est pas parce que vous connaissez rien aux bagnoles que c'est un crime de savoir faire la différence entre une Alfa et une Renault.

— Donc tu voudrais foutre le feu à sa caisse ? demanda Athos, coupant court. J'ai toujours aimé les feux de joie. Certes, tirer dans les jambes serait un message plus clair, mais je peux me contenter de ça.

Ils choisirent la nuit du 7 septembre : le dimanche soir, Tito était de repos et la boulangerie du père d'Athos était fermée le lundi. De plus, dans la nuit du 7 au 8 septembre, à Viareggio on avait l'habitude de faire de grands feux de joie qui, sous prétexte de célébrer la naissance de la Vierge Marie, permettaient de débarrasser les rues des tas d'aiguilles de pin, et on profitait de l'occasion pour faire éclater quelques pétards : ce soir-là, se promener avec un bidon d'essence passerait inaperçu, et peut-être même qu'il faudrait plus de temps que d'ordinaire pour que les pompiers interviennent.

Après l'expérience de la fois précédente, Miro insista afin que Giorgio ne dessine pas l'étoile. Romano fut donc chargé des graffitis, tandis que Miro et Athos se serviraient d'une tige de fer pour glisser un long chiffon imbibé d'essence dans le réservoir de la voiture, auquel ils en attacheraient ensuite un second, plus long, en guise de mèche. Tito et Giorgio feraient le guet sur les deux routes qui donnaient accès au lieu. Mais à cette heure-là, les rues du quartier résidentiel seraient désertes : tout le monde serait allé assister aux réjouissances.

Pendant que Romano écrivait sur le mur, Miro et Athos arrosèrent le véhicule d'essence et, dès que le graffiti fut terminé, ils craquèrent chacun une allumette et mirent le feu à la mèche. Ils restèrent là à regarder la flammèche qui progressait lentement, méthodique et implacable. Puis ils s'éloignèrent, attendirent l'explosion à l'abri et s'arrêtèrent quelques secondes pour voir les flammes dévorer la voiture, comme hypnotisés et incrédules à l'idée qu'ils puissent être à l'origine de ce feu destructeur. Miro y vit enfin exploser la colère qu'il avait couvée pendant des mois de vexations ; Tito, lui, y voyait un feu sacrificiel, une purification liturgique ; pour Giorgio, c'était la promesse d'un monde nouveau ; à Romano, il rappela langoureusement les nombreux feux de camp sur la plage de cet été qui s'achevait ; Athos ressentit le même émerveillement qu'enfant, lorsqu'il mettait le feu aux tas de vieux objets dans le quartier de Balipedio, le plus beau et le plus grand bûcher de la ville.

— Ça veut dire quoi, “Mossad” ? demanda Athos deux jours plus tard, en lisant le journal du mardi à une table du Café Crispi.
— Ça veut dire que Romano est un crétin, répondit Tito.
— Quel rapport avec moi ? s’emporta Romano.
— Qui a fait le graffiti ?
— Moi, pourquoi ?
— Regarde l’étoile.
— Elle m’a l’air parfaite.
— Compte le nombre de pointes.
— Six.
— Exact : tu as dessiné une étoile de David au lieu de l’étoile rouge. Tu es un crétin.
Romano éclata de rire.
— Merde, tu sais que j’y ai même pensé et qu’elle ne me semblait pas vraiment juste ? Mais quand je la refaisais elle me venait toujours de travers, tout écrasée, et donc je me suis dit : pour être sûr, je vais faire deux triangles qui s’enchevêtrent. Impossible de se tromper avec des triangles.
— Et tu as fait une étoile de David. Maintenant ils pensent qu’on est de mèche avec le Mossad.
— Qu’est-ce que c’est que ce Mossad ? insista Athos.
— Les services de renseignement israéliens, expliqua Tito. Plus compétents que la CIA et plus cruels que le KGB.
— Si les gars du Mossad s’en prennent à moi, je te les enverrai, Romano. Ou bien je rejoins leurs rangs, je pense qu’on s’entendrait bien.
— Tiens, voilà Miro. Tu vas l’entendre, conclut Tito en voyant son ami approcher.

— Romano ! s'écria Miro avant même de s'asseoir. T'es un putain de génie ! Je sais que tu l'as pas fait exprès et que t'es trop crétin pour ça, mais c'est une trouvaille incroyable. Du pur situationnisme. On revendique et, en même temps, on dresse un écran de fumée.
— Du coup, j'ai bien fait ?
— Non, t'as fait n'importe quoi. Mais en fin de compte c'est très bien, ça va semer un vrai boxon.

La gorge nouée, Tito quitta son poste de portier à la fin de la saison, conscient qu'il lui serait difficile de trouver un autre emploi qui corresponde si bien à ses besoins, lui permettant de lire pendant des heures sans être dérangé, dans le silence. Il se consola en se disant que si ce travail avait continué il se serait sans doute relâché et ramolli. Pour entretenir la flamme révolutionnaire, on ne pouvait pas se terrer dans une niche confortable en marge du système : il fallait être au cœur de celui-ci, entre les dents de ses rouages les plus centraux et impitoyables. De ce point de vue, il n'aurait pu trouver mieux que le suivant : manutentionnaire dans le supermarché le plus grand et le plus moderne de toute la Versilia, Iperdomus. Dès son premier jour, Tito eut l'impression de voir se concrétiser l'adage du *Capital* de Karl Marx selon lequel le capitalisme est "une immense accumulation de marchandises". Et si le capitalisme était une immense accumulation de marchandises, Iperdomus en était l'incarnation, tant il illustrait cette définition. Quand on arpentait les allées d'un tel lieu, on ne s'en rendait pas compte, car ce n'était que la pointe de l'iceberg, mais travailler dans les réserves signifiait contempler l'énorme partie immergée de celui-ci : voir des camions entiers arriver et se vider chaque jour sans laisser de traces ou presque, dégorger des palettes de denrées fraîches qui risquaient de pourrir en quelques jours et qu'on réussissait pourtant à vendre avant la moindre altération, et d'autres biens qui se conservaient indéfiniment, capables de survivre sans difficultés au genre humain. Les camions se vidaient, les palettes étaient déplacées et démontées, les produits transférés dans les rayons qui à leur tour se libéraient à vue d'œil, nécessitant une attention et un réassort constants. Derrière ce système, il fallait une organisation vertigineuse, sous la direction de Giuliano, un homme d'une trentaine d'années qui souffrait manifestement d'une tare mentale, mais c'est peut-être grâce à cela qu'il parvenait à dompter l'hydre de la vente, ce monstre qui, chaque fois qu'on lui coupait une tête-palette, en avait deux autres qui repoussaient. Giuliano savait tout, il pouvait dire où allait n'importe quel colis, n'importe quel produit, et quel était son prix. Il connaissait chaque emplacement, dans l'entrepôt et dans les rayons, il pouvait dire avec certitude quels produits manquaient et quels autres étaient en stock, il connaissait tous les prix *au centime près* ainsi que toutes les promotions hebdomadaires. Peut-être même connaissait-il par cœur les codes d'identification des différents produits, murmurait-on, bien que personne n'ait jamais osé faire le test, peut-être pour ne pas voir le mythe s'effondrer ou peut-être parce que l'idée que ce soit vrai avait quelque chose d'inquiétant. De tous les chefs sur qui on pouvait tomber, Giuliano – celui qui savourait le fonctionnement sans faille du système plutôt que le morceau de pouvoir qu'il détenait sur ses subordonnés – n'était pas le pire.

Mais il était impossible pour Tito de ne pas réfléchir à la manière de redistribuer équitablement toute cette marchandise, et l'idée d'une expropriation de Noël fut la conséquence inévitable de son nouveau travail.

Les autres l'accueillirent avec enthousiasme et s'attelèrent à l'organisation de l'opération avec le zèle et la gaieté qui auraient pu accompagner celle d'un carnaval ou d'une fête sur la plage. Les locaux paroissiaux des Sept-Saints bruissaient de l'activité des Ravachol : plans pour se procurer des armes factices, pour prendre des otages, pour neutraliser un agent de sécurité, pour trouver des issues de secours. Don Orazio leur demanda ce qui mijotait dans la marmite et Tito expliqua qu'ils essayaient de trouver un moyen de distribuer plus efficacement de la nourriture aux pauvres. Le prêtre jugeait certes noble l'activité consistant à faire l'aumône aux indigents et à aider les affamés, mais il estimait également qu'elle devait être déléguée à d'autres, de sorte qu'il les félicita et s'éclipsa.

Giorgio, lui, profita de cette occasion pour faire une chose qu'il avait en tête depuis un certain temps : bricoler une radio qui capte les fréquences de la police. Ainsi, il pourrait passer un coup de téléphone, ce qui détournerait les patrouilles, et savoir précisément quand elles seraient suffisamment loin, avant de lancer l'opération.

— Comment tu vas faire ? s'étonna Athos. Ce ne sont pas des fréquences cryptées ?

Giorgio secoua la tête :

— Non. Ils utilisent les fréquences 108 à 110 qu'une radio normale ne peut pas capter. Mais il suffit de changer un quartz pour que ça marche. C'est quelque chose que même un élève de première année à l'institut technique peut faire. Toi aussi, j'allais dire, mais n'exagérons pas.

— Va te faire foutre et fais-moi plutôt entendre la police.

En définitive, l'opération fut un succès critique et public : une fête de village, la fête de la redistribution équitable des ressources. Personne n'y opposa de résistance, personne ne fut blessé, les clients étaient heureux comme des enfants au pays de cocagne et, pour le supermarché, le manque à gagner était si marginal que, même s'ils y procédaient à une expropriation par semaine, Iperdomus ne s'en apercevrait probablement pas, songea Tito. Le seul à subir un contrecoup sembla être Giuliano qui, dans un premier temps, fut fortement perturbé par cette perte de stock incontrôlée et non enregistrée ; mais après le choc initial, il se reprit, pensant peut-être qu'il avait enfin trouvé un défi à la mesure de son génie logistique, et il se remit au travail avec enthousiasme afin que le supermarché puisse rouvrir dans l'après-midi. La décision de rouvrir rapidement permit en outre de retrouver l'agent de sécurité qu'Athos avait mis hors d'état de nuire en l'enfermant dans la chambre froide et que, dans l'euphorie de l'opération, Tito avait oublié de relâcher aussitôt après. Si le supermarché était resté fermé jusqu'au lendemain, au lieu d'être considérée comme une bande de gais lurons obsédés par la justice sociale, la brigade Ravachol aurait été connue comme une bande d'assassins dès 1975.

Pour le Viareggio militant, l'occupation des Ginepri, un ensemble d'immeubles désaffectés, en plein carnaval de 1976, fut à la fois belle, libre et nébuleuse. Tout n'était que tournées nocturnes en Lambretta pour mobiliser les camarades quand les flics voulaient les chasser de force ; assemblées générales interminables consacrées au moindre microdétail ; merveilleuses nuits de rock progressif (en partie grâce aux acides qui avaient le pouvoir thaumaturgique de faire que tous deviennent frères, voire fusionnent en un seul et même esprit : une sensation que certains prenaient pour le communisme réalisé et qui, pour Tito, était une réplique de l'*agapè* par d'autres moyens) ; soirées reggae (horribles et pleines de jeunes qui croyaient que faire la révolution se limitait à fumer des joints) ; ciné-clubs qui alternaient les rétrospectives Eisenstein avec les cycles de comédies national-populaires présentées comme la synthèse artistique la plus aboutie du capitalisme occidental et de sa grotesque déclinaison italique ; affrontements avec la police ; rixes avec les quelques néofascistes qui avaient l'audace de venir casser les couilles ; négociations avec les autorités pour expliquer que l'objectif n'était pas d'occuper ces bâtiments abandonnés mais de tout prendre, absolument tout, quoi qu'il en coûte.

Finalement, c'est aux Ginepri qu'on ouvrit la crèche et le dispensaire gynécologique qu'avaient financés les deux camarades des chantiers navals Zama licenciés, point de départ de la protestation qui avait coûté la vie à Carmine. Dans un tel moment, on avait vraiment l'impression d'aller quelque part et d'y aller tous ensemble.

Pour les Ravachol, ce furent comme des vacances. Après la poussée d'adrénaline et la peur qu'ils avaient connues durant l'opération d'expropriation, cette insouciance les rasséréna tous, les ramenant à une atmosphère amniotique, placide et agréable, d'irresponsabilité individuelle et collective. Giorgio se rendait rarement aux Ginepri, préférant à ce chaos l'intimité de la Brigade et des locaux paroissiaux, tandis que les autres étaient d'infatigables habitués. Athos y dormait toutes les nuits et, en particulier les premiers temps, il lui arrivait souvent de se réveiller trop tard et de ne pas aller à la pâtisserie ; il fallut toute l'autorité de son père, qui menaça de ne plus lui donner un centime, et de Miro, qui exigeait que les Ravachol ne fassent pas de conneries, pour le ramener à la raison. Contraint de choisir entre être la vedette des Ginepri ou continuer à travailler, ce qui lui assurait un salaire à dilapider comme il le voulait, il n'eut aucune hésitation : il choisit les deux et cessa de dormir, du moins dans le sens qu'on donne généralement à cette activité. Il arrivait parfois qu'on le trouve allongé sur le canapé défoncé d'une chambre des Ginepri, en train de ronfler, et ces bribes de sommeil lui suffisaient : il avait trop de vie à dissiper pour perdre de précieuses heures.

Romano, lui, y trouva un nouveau défi à relever : celui de séduire des filles d'un milieu socioculturel inédit. Car il se rendit bientôt compte que son expérience en matière de vacancières bourgeoises, florentines ou milanaises, n'était pas d'une grande utilité dans ce nouvel environnement. Au début, il fut déconcerté en constatant que ses techniques de conquête n'avaient aucune prise et faisaient même rire, puis il lui suffit de modifier un peu son approche, de se revêtir d'un vernis féministe et de se préoccuper d'orgasme féminin pour que les portes de l'amour libre s'ouvrent toutes grandes.

De son côté, Miro ne cessait de chercher des disciples. Il avait tendance à rester dans l'ombre, pour ne pas briser le relatif anonymat qui lui permettait de diriger les Ravachol, mais il saisissait chaque occasion de parler en tête-à-tête avec pratiquement tous, dans le but caché d'élargir la brigade. Son activisme politique était incessant et ne s'arrêtait pas au centre socioculturel occupé depuis peu : il sillonnait toute la province, fréquentait les groupes autonomes, les réunions de Viva il Comunismo, et il avait des liens étroits avec de nombreux anciens de Lotta Continua, dont certains semblaient s'organiser en noyaux guère différents du leur – peut-être un peu moins bricolés et un peu plus cohérents sur le plan idéologique, certes. De temps en temps, il disait avoir trouvé un "nouvel élément" pour les Ravachol. Une fois, il se mit à parler plus concrètement, presque comme si c'était fait, d'un étudiant de Marlia, ville proche de Lucques : il l'appelait Barabbas et ce nom absurde arracha un demi-sourire même à Athos. Puis, comme toutes les recrues éventuelles, Barabbas disparut de nouveau dans le brouillard d'où il s'était extrait.

Quant à Tito, pour lui aussi ces journées ressemblaient à une formidable fête sans fin. Mais dans son cas, les Ginepri n'étaient pas un lieu, c'était un visage : celui d'Emma. Elle lui semblait être l'incarnation de tout ce pour quoi il valait la peine de faire la révolution, voire l'incarnation de la révolution elle-même.

C'est Miro qui la lui avait présentée, à la suite d'une de ses innombrables tentatives de sollicitation politique. Tito n'eut même pas le temps de se demander si elle était belle, tout occupé qu'il était à ne pas s'arrêter de respirer. Il allait à sa recherche dès son arrivée aux Ginepri et se contentait souvent de la regarder, sans même essayer de lui parler. Emma était à ses yeux la compagne que tout révolutionnaire aurait désirée. Elle était jeune, effrontée, vive, et surtout elle portait son ardeur rebelle avec une parfaite innocence, telle une robe d'été légère et fleurie. Quand elle prenait la parole en assemblée générale, il n'y avait chez elle aucun faux-semblant, aucune abstraction idéologique, aucun sophisme. Pour elle, qui avait fait des études et venait d'une famille aisée, la révolution était une chose on ne peut plus simple : c'était la justice dans son acception la plus immédiate, presque enfantine. Comme des écoliers qui divisent un gâteau à parts égales, le monde devait se diviser à parts égales et, si quelqu'un l'empêchait, il fallait le combattre, car c'était une brute. Non qu'elle eût été sotte ou superficielle, mais elle avait une intelligence directe, sans calculs ni façons. Tito se demandait comment il se pouvait qu'ils n'en soient pas tous tombés amoureux. Quant à lui, s'il s'était un peu lié d'amitié avec elle, il n'était pas allé plus loin que la pure adoration.

Un soir de début avril, Athos fit le signe de croix et se glissa dans la sacristie pour rejoindre la coordination des activités à l'oratoire des Sept-Saints, à savoir les Ravachol infiltrés. Miro revenait d'une journée de pèlerinage et de prière au sanctuaire de Notre-Dame-des-Grâces, tandis que Giorgio avait fini par devenir, bon gré mal gré, le guide spirituel et le confesseur informel de nombreux jeunes de l'oratoire.

— Il faut que ça cesse, avait lancé Miro en se laissant tomber sur une chaise autour d'une méchante table que recouvraient des restes de graines de citrouille, encadrés par deux tas de mégots. Si on veut faire une chose sérieuse, on doit abandonner cette putain d'église. C'est plus possible.

— Chez moi, c'est hors de question, réaffirma Romano pour que ce soit bien clair.

— Et les Ginepri sont trop exposés, souligna Giorgio, dont l'antipathie pour le centre socioculturel et ses habitués ne faiblissait pas.

— On doit trouver une solution, souligna Miro.

C'est alors que Tito vit entrer Athos.

— Et toi ? Qu'est-ce que tu fais ici ? Tu t'es converti sur le chemin de Damas ?

Athos ne répondit rien. Il avait sur le visage un rictus sinistre qui ne lui ressemblait pas, mais qui n'était pas non plus l'expression de quelqu'un en plein trip d'acide. Il s'assit avec un geste qui se voulait théâtral et qui, au contraire, ne réussit qu'à paraître maladroit.

Puis il fixa chacun de ses camarades du regard sans dire un mot. Personne ne manquait à l'appel.

Il s'alluma une cigarette et, avec des gestes volontairement lents, glissa une main dans sa poche.

— Je vais vous raconter une histoire, annonça-t-il. Ce matin, je suis allé porter un gâteau à Mme Fortis, vous voyez qui c'est ? La femme de l'industriel du pétrole qui possède une villa à Camaiore.

— Belle femme, commenta Romano, du ton d'un bijoutier estimant le nombre de carats.

— Elle doit avoir près de cinquante ans, reprit Athos. Le fait est que je sonne et, au lieu de l'habituelle domestique à l'air pincé, c'est elle qui vient m'ouvrir. Elle me fait porter le gâteau jusque dans la maison... Je crois que je n'ai jamais vu autant d'objets de valeur que dans cette cuisine. En vendant tout, on nourrirait les ouvriers de Zama pendant un an. Bref, elle me dit où poser le gâteau et me remercie comme il faut. Puis elle me regarde comme si elle ne m'avait jamais vu auparavant. Je saurais pas décrire la façon dont elle me scrute. Comme si je lui faisais pitié, voilà. Comme si j'étais un vulgaire sous-homme, putain. Puis elle me fait : “Tu en veux un peu, *mon chou* ?” Je saurais pas imiter le ton de ce “*mon chou*”, mais je me serais senti moins humilié si elle m'avait craché à la gueule. En partant j'étais furieux. Et vous savez où je suis allé ?

Il avait parlé en conservant une main dans sa poche et, pour finir, il en sortit un Beretta qu'il posa sur la table avec un sourire. Instinctivement, tout le monde recula.

— C'est un vrai ? demanda Tito. C'était la première arme authentique qu'il voyait de sa vie :

pour l'expropriation, ils en avaient utilisé de factices, mais quelques cris avaient suffi pour garder la situation sous contrôle.
— Tu veux l'essayer ? demanda Athos, sachant bien que ce n'était pas nécessaire.
— La vache, comment tu te l'es procuré ? s'enquit Romano.
— Rien de plus facile. Tu vois le vigile de l'Iperdomus ? Avant de l'enfermer dans la cellule frigorifique, je lui ai pris son badge. J'avais aucune idée particulière en tête, ç'a été une sorte d'inspiration. Alors en revenant de chez les Fortis je me suis dit : est-ce qu'avec ça on me vendrait une arme ? Il fallait que j'essaie. J'ai remplacé sa photo par la mienne et je suis allé dans une armurerie.
— T'es malade ? Tu crois qu'on achète des armes dans une simple boutique ? s'emporta Tito.
Athos l'arrêta d'un geste de la main.
— Je suis quand même allé jusqu'à Pistoia, pour être sûr que personne me reconnaisse : quoi que vous en pensiez, je suis pas complètement débile. Je suis entré, j'ai montré mon badge et j'ai dit : un Beretta. Et vous savez ce qu'ils ont fait ? Ils m'ont demandé combien de boîtes de munitions je voulais et ils m'ont donné un reçu. C'est tout. La prochaine fois, j'achèterai un bazooka.
Il rit.
— Tu as falsifié une pièce d'identité tout seul ? s'inquièta Giorgio, un peu irrité que quelqu'un ait empiété sur ses prérogatives. Et si tu t'étais fait prendre ?
— Je me suis pas fait prendre.
— Et si tu t'étais fait prendre ?

— Tu parles. Je me suis pas posé la question. Dans ce cas, j'aurais improvisé.

— Qu'est-ce que tu vas faire avec ça maintenant ? T'en servir pour tirer sur Mme Fortis ? demanda Tito.

Le pistolet était là, au milieu, parfaitement froid. Tout le monde gardait ses distances, secrètement fasciné par l'arme.

— Qu'est-ce que j'en ai à foutre d'elle ! Si je dois flinguer quelqu'un qui le mérite, c'est le juge Altieri. Mais c'est pas la question.

— Alors c'est quoi, la question ? s'enquit Tito.

— C'est peut-être le moment de devenir adultes, répondit Athos.

— Ne dis pas n'importe quoi.

— Eh, les gars, on va pas passer toute notre vie à faire de vulgaires blagues. J'ai pas dit qu'il fallait flinguer des gens.

— Dans ce cas, qu'est-ce que tu fiches avec une arme ? souligna Romano.

— Athos a raison, intervint Miro, qui était resté pensif pendant un moment. Le pistolet sert aussi à *ne pas* tirer. En fait, il sert presque uniquement à ça.

Athos sourit.

Miro poursuivit, presque inspiré :

— Pour *ne pas tirer*, il faut une arme. Mais l'arme nous met dans une position avantageuse : on est… on serait ceux qui tiennent une arme. Ce qui change complètement les règles du jeu, sans qu'il soit nécessaire d'appuyer sur la détente.

— Pour ça, les faux pistolets qu'on a utilisés à l'Iperdomus suffisent, répéta Tito.

— Oui, pour l'Iperdomus c'était suffisant. Mais il est peut-être temps de se développer.
— C'est ce que je voulais dire, approuva Athos : se développer.
— On est quoi ? Une petite entreprise familiale ?
— Non, on est un groupe militant, on a plein d'idées et on commence à bouger dans le bon sens. Mais on est là, cachés dans un putain d'oratoire, on organise des tournois de canasta et des retraites spirituelles en guise de couverture. On est des bouffons. Il est peut-être temps aussi de gagner notre autonomie financière, non ?
— T'es cinglé, fit Romano. À l'Iperdomus, on s'est bien amusés. Mais là, c'est autre chose. Qu'est-ce que tu vas faire, attaquer une bijouterie ? Braquer un transport de fonds ? Tu sais qu'on se fera buter, j'espère ?
— Mais surtout c'est dégueulasse, insista Tito. C'est du grand banditisme, pas la révolution.
— Ça se prépare soigneusement, bien sûr, concéda Miro. Il faut que ce soit propre. Sûr. Et juste, oui.
— Un braquage juste ? Tu entends ce que tu dis ?
— Le plus grand criminel, c'est celui qui fonde une banque, pas celui qui la vole, intervint Giorgio.
— Joli, ça. C'est de toi ? demanda Athos.
— Non, de Bertolt Brecht. Tout le monde connaît cette phrase, l'interrompit Miro, agacé. Mais Giorgio a raison. Les banques ne sont pas des victimes, puisqu'elles ne sont pas perdantes au final. Et elles sont au contraire des symboles du capitalisme et de l'endettement permanent. S'il s'agissait de cambrioler une bijouterie, je te dirais non. Mais une banque, c'est une autre affaire.

Tito s'apprêtait à dire qu'il n'en était pas question, mais une image lui vint à l'esprit un instant avant d'ouvrir la bouche : celle d'Emma, la révolution incarnée. Il se demanda ce qu'elle dirait, elle, de sa frilosité, de son manque de détermination. Et, à l'inverse, il se demanda ce qu'elle penserait si elle savait qu'au nom de son militantisme et de ses idées de justice sociale il était prêt à risquer sa peau, voire de compromettre son intégrité. Le moment où il aurait pu parler et où un seul mot aurait peut-être pu changer leur destin passa alors qu'il était tout occupé à fantasmer sur Emma.

Romano se gara en face de la Caisse d'Épargne de la Piana, à Capezzano. La voiture était un tas de ferraille qu'Athos avait trouvé la veille à Livourne (qu'il avait *volé*, à vrai dire, mais vu l'état du véhicule ils doutaient tous les cinq que quelqu'un l'ait signalé ou même s'en aperçoive ; en tout cas, Giorgio déclara qu'après l'expropriation ils signaleraient anonymement à la police où elle pourrait retrouver la voiture, car l'idée de faire du tort à quelqu'un, surtout à un prolétaire, ce que le propriétaire de la voiture était manifestement, lui répugnait). Le problème du tas de ferraille – un parmi tant d'autres – était qu'il ne démarrait pas toujours du premier coup. L'ordre qu'avait reçu Romano était donc de laisser tourner le moteur et d'attendre que les autres montent à bord avec le butin pour filer. Giorgio, qui préférait ne pas participer à l'opération en tant que telle, s'était posté un kilomètre plus loin et suivait les mouvements de la police, qu'il communiquait à Romano par CB : quand les flics prendraient la route, Giorgio l'avertirait aussitôt et Romano klaxonnerait pour faire comprendre à ses camarades qu'ils devraient battre en retraite.

Le braquage proprement dit serait donc l'œuvre de Miro, Athos et Tito. La présence d'Athos avait fait l'objet de nombreuses discussions, car tout le monde savait qu'il était risqué de l'envoyer dans une banque une arme à la main, avec la tension que comportait une telle situation ; mais en fin de compte, un principe prévalut : s'ils ne l'utilisaient pas dans ce genre de situation, à quoi servait quelqu'un comme Athos ? C'est lui qui entra le premier, longue barbe postiche, bonnet sur la tête et col de la veste relevé pour cacher une partie de son visage, qu'il couvrirait entièrement le moment venu avec la cagoule glissée sous son bonnet et déjà en place. Pour ne pas se faire remarquer, ils avaient tous décidé d'apporter un objet qui ferait diversion : Tito un bouquet de fleurs, Miro un carton de pâtisseries et Athos un journal. Athos, qui n'avait pas reçu d'instructions plus précises, avait acheté un magazine de bande dessinée et avait commencé à le lire, assis à l'intérieur. Au bout de quelques minutes, Tito entra, se plaça de l'autre côté de la pièce et enfila sa cagoule, puis Miro, le visage déjà couvert, se dirigea d'un pas vif vers les guichets. Ils dégainèrent leur arme. Tito avait une carabine courte qu'il avait laborieusement cachée sous son imperméable : un engin gigantesque, complètement inadapté aux espaces clos, qu'il avait trouvé dans une armoire chez son oncle Aldo, volontaire à Salò et à présent décédé. Athos s'était procuré un calibre 6.35, un pistolet minuscule qui ressemblait à un jouet, plus encore dans ses mains énormes. Le Beretta acheté grâce au badge de l'agent de sécurité était en possession de Miro, mais celui-ci ne l'avait pas chargé pour ne pas faire de dégâts.

Son arme braquée sur les caissiers, Miro ne sut plus quoi dire. Il hésita et se maudit, car en plus d'un mois personne n'avait imaginé une phrase à prononcer une fois arrivés là. Il ne pouvait pas dire : "Mains en l'air, c'est un hold-up", car on n'était pas dans un film de gangsters. Finalement, ce fut Athos qui le tira d'embarras. Miro l'entendit tonner dans son dos, d'une voix ferme et presque rassurante : "C'est une expropriation prolétarienne. Ne bougez pas et suivez les instructions. Nous ne voulons faire de mal à personne et nous ne voulons pas de votre argent. Nous voulons celui de la banque. À savoir celui que la banque vous vole tous les jours. *Le vrai voleur n'est pas celui qui vole une banque, mais celui qui la fonde.*"

Le discours d'Athos rassura effectivement les personnes présentes. Tito afficha sur un mur le tract qu'ils avaient préparé en guise de revendication, avec une étoile parfaitement tordue dont Miro s'était cette fois-ci occupé lui-même. Ce dernier devait également se charger de remplir de billets deux sacs de voyage en cuir une fois passé derrière les guichets. Il arriva devant une grille en bois. Il poussa, mais elle ne s'ouvrit pas. De l'autre côté, la guichetière avait l'air terrifiée. Il essaya de pousser plus fort, mais rien n'y fit. La guichetière continuait de le regarder. Il ne voulait pas l'effrayer, mais il ne pouvait pas perdre plus de temps : il se décida à donner un coup de pied à la grille, qui résista par-delà toute prévision raisonnable. La femme murmura quelque chose. Il donna un autre coup de pied, beaucoup plus fort, et la femme cria : "Ça coulisse ! *Ça coulisse.*" Miro fit coulisser la clenche vers la gauche et la grille s'ouvrit docilement. Il rougit de honte. Il se demanda s'il devait dire merci, puis il se résolut à passer derrière les caisses et s'adressa aux guichetiers, d'un ton péremptoire mais calme : "Allez, aidez-moi à remplir les sacs et dans une minute on sera dehors."

Dès que Giorgio entendit sur les fréquences de la police que l'alerte avait été donnée et qu'on ordonnait aux patrouilles de se précipiter à la Caisse d'Épargne de la Piana, il prit la CB et la régla sur la fréquence de Romano : "Chien-loup à Berger Allemand, à vous...", fit-il. Il attendit quelques secondes, puis réessaya : “Chien-loup à Berger Allemand, à vous...” Toujours rien. “Tu m’entends, Berger Allemand ? *Tu m’entends* ? Tu peux ramener les moutons dans la bergerie ? À toi. Tu m’entends ? Tu dois absolument faire rentrer les moutons dans la...” *Clic.*

Berger Allemand avait éteint la CB.

Quand la CB se mit à grésiller, Romano tenta de changer de fréquence pour mieux capter. C’est à ce moment qu’on frappa à la vitre. Il se retourna d’un coup, persuadé de trouver un uniforme face à lui. En lieu et place, il reconnut avec surprise un sourire que son radar classa sans réfléchir dans la catégorie malicieux.

— Romano ! C’est toi ? Je ne m’attendais pas à te trouver ici !

Viviana. Ou Veronica. L’une ou l’autre. Peut-être Vanessa. S’ils ne se retrouvaient pas tous en taule après ce braquage, ils devraient organiser le prochain un peu plus loin.

— Ma belle... *Ciao* ! fit-il en éteignant la CB et en la poussant sous le siège.

— Qu’est-ce que tu fais par ici ? demanda la fille en enroulant une mèche blonde autour d’un doigt.

— J’attends un ami, il devrait arriver d’une minute à l’autre.

— Tu es pressé ?

— Un peu.

— Même pas le temps pour un café ? Tu sais, je voulais t’appeler. Avec Riccardo, on a rompu, ça marchait plus. Et puis tu sais, après l’autre été, les choses avaient un peu changé pour moi aussi... Il regarda nerveusement en direction de la banque.

Tout semblait calme. Personne n'entrait. Aucun bruit.

— Allez, viens. Allons prendre un café. Ça fait des mois qu'on s'est pas parlé.

— Une autre fois, avec plaisir. Là, c'est compliqué.

— Allez, toujours à te faire prier, le gronda-t-elle en écarquillant ses yeux bleus.

C'est alors qu'il la reconnut : cette façon d'attirer l'attention l'avait frappé dès qu'il avait commencé à la voir. Ce n'était pas Viviana ni Veronica, ni même Vanessa. Non, c'était Jessica ou, comme il l'avait surnommée, Jessica la Palourde, qui colle au point qu'on n'arrive plus à s'en défaire.

Il entendit des sirènes de police au loin. Il fit un rapide calcul et finit par opter pour ce qui lui sembla être le moindre mal :

— OK, allons-y. Je prendrai volontiers un café.

Il coupa le moteur. En sortant, il veilla à donner plusieurs coups de klaxon, tout en craignant qu'il ne soit déjà trop tard. Puis il entraîna Jessica la Palourde par le bras. Du coin de l'œil, il eut le temps de voir ses amis sortir de la banque en courant.

À vrai dire, Miro avait imaginé que ce serait plus difficile. Les clients immobiles et obéissants, les guichetiers dociles et réactifs, Athos et Tito froids et professionnels comme s'ils étaient des braqueurs endurcis. Le seul à s'être planté, c'était lui, mais finalement sans dommages. En moins de cinq minutes, sans élever la voix et sans que personne songe à se servir de son arme, même pas comme menace, il avait rempli les deux grands sacs, puis en avait lancé un à Tito et l'autre à Athos. Enfin ils avaient entendu des sirènes au loin et avaient fui précipitamment. En sortant de la banque, ils avaient vu la voiture garée, vide, tandis que Romano s'éloignait avec une fille.

"J'y crois pas", murmura Miro. Il était trop abasourdi pour péter un câble.

Tito et Athos disparurent. Miro resta comme hébété au milieu de la place.

Les sirènes étaient proches.

Miro vit Tito passer devant lui à toute vitesse, son sac de voyage noir en bandoulière, sur un vélo qu'il avait trouvé appuyé contre un mur, négligemment détaché. Cent mètres plus loin, il aperçut Athos avec l'autre sac monter dans un bus bleu, celui pour Lucques.

Il s'était retrouvé seul, sans moyen de transport, sans ses camarades et sans savoir où aller. Il ferma les yeux et se répéta : *Je suis un prisonnier politique, je suis un prisonnier politique*, en se promettant, si jamais il sortait un jour de prison, d'aller casser la gueule à Romano. Les yeux fermés : *Je suis un prisonnier politique, je suis un prisonnier...*

"Eh, la Belle au bois dormant, monte, sinon tu vas te faire arrêter."

C'était Giorgio avec sa Morini crème immaculée, une moto sur laquelle il ne prenait jamais de passagers. Miro s'exécuta, Giorgio passa la première et démarra, juste avant que la police n'apparaisse sur la place.

"Penche-toi dans les virages sinon tu vas me bousiller les amortisseurs."

Miro l'étreignit par-derrière comme jamais Giorgio n'avait été étreint de sa vie.

Le bus pour Lucques fut arrêté par la police avant d'atteindre son terminus, car un témoin du braquage avait prévenu les autorités, affirmant contre tout bon sens que l'un des voleurs s'était enfui par ce moyen. Deux hommes montèrent à bord, plutôt sceptiques, pour contrôler les passagers. Lorsqu'ils arrivèrent au grand barbu qui lisait un magazine de bande dessinée au dernier rang et qui leur adressa le plus juvénile – et vaguement ahuri – des sourires, ils ne jugèrent pas nécessaire de faire d'autres vérifications.

Quand Miro annonça qu'il fallait trouver un petit ami à Emma, Tito se figea sur place. Et il ne se détendit pas davantage quand son camarade expliqua qu'il s'agissait de constituer un couple de pure forme, Emma étant sur le point de devenir membre à part entière des Ravachol. Pour des raisons de sécurité, elle devait avoir un petit ami, avec qui elle achèterait d'abord un logement sous un faux nom avec l'argent du braquage, puis entrerait dans la clandestinité et ferait ses courses avec un P38 dans son sac à main. Ils n'avaient pas de P38, car c'étaient pratiquement des pièces archéologiques, mais l'image plut à tout le monde.

Romano se retira aussitôt de la course, se retranchant derrière sa foi inébranlable dans les vertus de l'anarchisme sexuel ; il affirma même que le dispositif premier et fondamental du pouvoir bourgeois était précisément la relation à deux, la réduction du champ des possibles au couple monogame ("endogame", dit-il, et nul ne savait s'il s'était agi d'une erreur ou d'une forme de sarcasme) : le choix d'une personne parmi toutes les autres est le présupposé naturel de la hiérarchie et donc la négation de l'égalité, et ce n'était pas un hasard si la société capitaliste avait toujours privilégié l'atomisation à la communauté, la subdivision du social en couples ordonnés afin d'empêcher les solidarités horizontales et libertaires. Et ce n'était pas tout, ajouta-t-il : si, en termes marxistes, la quantité devient qualité, alors une personne est qualitativement inférieure à toutes les autres, qui sont plusieurs. Romano pouvait être un philosophe étonnamment raffiné quand il s'agissait de plaider la cause de *sa* liberté sexuelle.

Miro, qui était un véritable fauve en assemblée générale, dans les manifestations et à l'usine, rougissait et balbutiait dès qu'il était question de relations sentimentales avec une femme. Il préféra donc se retrancher derrière son rôle de chef de facto et se déclara indisponible pour un tel engagement : par ce geste, il se sacrifiait et montrait qu'il faisait passer le bien de la Brigade avant le sien.

"C'est bon, je décide", se résolut à dire Emma, craignant peut-être, un désistement après l'autre, de se retrouver avec Athos qui, à sa façon, était sans doute beau gosse, mais non merci. "Je me mettrai avec Tito. Tu es d'accord ?"

Celui-ci déglutit en signe d'acceptation.

C'est ainsi que Tito entra dans la semi-clandestinité. Et c'est ainsi qu'il fut englouti par le jeu de dupes en vertu duquel il devait feindre en public d'être fiancé pour de vrai et, en privé, d'être amoureux pour de faux. Ils adoptèrent de nouveaux noms, qu'officialisèrent les papiers délivrés et authentifiés personnellement par Giorgio, désormais capable d'en faire de parfaits, et pas seulement des cartes d'identité, mais pratiquement tous les papiers possibles et imaginables, y compris le certificat de mariage.

En tant que couple légitime, la première chose qu'ils firent fut d'acquérir un logement. Les Brigades rouges renforçaient leur présence sur le marché immobilier en achetant des appartements anonymes dans les quartiers résidentiels des grandes villes et en les transformant en planques qui, bien qu'en permanence sous les yeux de tous, n'attiraient l'attention de personne. Les Ravachol, eux, n'avaient pas cette possibilité. Parmi les multiples raisons à cela, la plus évidente était que Viareggio comptait à peine plus de cinquante mille habitants et il n'existait donc pas de quartier résidentiel suffisamment anonyme pour ne pas risquer d'avoir comme voisin son ancien instituteur ou un ex-camarade de football. Ils décidèrent donc de se mettre au vert. Emma et Tito formeraient un couple vaguement excentrique, à la recherche d'une vie plus authentique dans la campagne toscane : une ferme un peu à l'écart qui leur permettrait non seulement d'avoir un potager et peut-être aussi d'élever des animaux, mais surtout d'avoir une base opérationnelle loin des regards indiscrets.

M. et Mme Egisto et Gabriella Mantovani achetèrent donc une belle ferme près de Gombitelli, un petit paradis de la charcuterie, qu'ils payèrent en liquide et entreprirent de rénover avec quelques amis. Athos suggéra d'y fonder une communauté, mais Miro lui cloua aussitôt le bec : ils n'étaient pas des hippies mais des combattants, et ça devait être une couverture, pas une façon d'attirer l'attention du village et des autorités. Tito, qui avait eu un moment de panique en sentant la perspective d'intimité avec Emma menacée, fut soulagé par les paroles de Miro.

— Des combattants, tu parles. J'ai pas l'impression qu'on combatte beaucoup, ici, commenta Athos.

— On combat à notre manière. Si tu préfères aller tuer des gens, tu en trouveras autant que tu veux, des groupes armés à la gâchette facile. Te gêne pas, répondit Miro d'un ton sec.

La clandestinité d'Emma et de Tito était d'ailleurs plus théorique que réelle. Quand ils allaient à Viareggio, ils portaient leurs vêtements habituels, retiraient leur alliance et laissaient entendre qu'entre eux il y avait "de la sympathie" ; si on les arrêtait, ils montreraient leurs vrais papiers ; mais une fois dans le bus qui les ramenait au village, ils remettaient leur alliance et redevenaient le couple Mantovani : là, si on les arrêtait, ils sortiraient un second portefeuille avec d'autres papiers, non moins immaculés que les premiers. C'est précisément au cours d'un de ces trajets vers Gombitelli, alors qu'ils remettaient leur alliance et reprenaient leur rôle clandestin, qu'Emma observa : "Tout compte fait, j'aurais pu tomber sur pire, comme mari fantoche", et elle l'embrassa pour la première fois. Ce baiser – presque ironique, après l'avoir traité de "mari fantoche" – contraria Tito. De retour à la maison, il alla aussitôt travailler dans le potager, prévenant Emma qu'il ne dînerait pas.

Tito aimait la vie à la campagne. Il aimait le rythme lent, les vides, les attentes, la fatigue et le sentiment, qu'il ressentait pour la première fois de son existence, de réussir à produire quelque chose : ce n'était que des carottes, des oignons et des tomates, mais ces carottes, ces oignons et ces tomates n'existaient pas auparavant, et ils n'auraient pas existé sans son travail et ses soins.

— Pour quelqu'un qui a fait agronomie, t'es pas très doué pour le travail des champs, se moquait Emma.

— Je n'ai pas fait agronomie : je suis le géomètre Mantovani. Je n'ai jamais mis les pieds à l'université.

Il s'était également laissé pousser la barbe, soi-disant afin d'entrer dans son personnage de type qui se retire à la campagne pour fuir la vie moderne, mais surtout parce qu'il plaisait plus à Emma ainsi.

— Un jour, j'aimerais écrire l'histoire des Ravachol, dit-il un soir à Emma. Tu crois que ce serait un geste d'autosatisfaction bourgeoise ?

— Ça dépend de la manière dont tu l'écris. Si c'est un document, un témoignage ou un récit juste pour le plaisir. Si tu l'écris pour toi ou pour les autres. Pour ton ego ou pour une subjectivité partagée. Ça dépend. On peut écrire *La Pluie dans la pinède*, comme D'Annunzio, ou le *Chant général*, comme Neruda. En soi, l'acte d'écrire n'est ni bourgeois ni révolutionnaire.

— Ça ne me déplairait pas d'écrire *La Pluie dans la pinède*.

— À vrai dire, je ne comprends pas comment quelqu'un comme toi a eu l'idée de devenir révolutionnaire.

— J'ai participé à un braquage à main armée. Qu'est-ce que tu as fait, toi ?

— Jusqu'à présent, j'ai seulement épousé un bourgeois. D'ailleurs on ferait bien d'agir avant que je ne change d'avis.

— Je l'intitulerais *La Fantasima*.

Elle réfléchit :

— Rien que le titre n'annonce rien de bon, crois-moi. Déjà, on comprend pas ce que ça veut dire, et puis ça ressemble à un de ces trucs sophistiqués qu'écrivent les gens persuadés d'avoir des choses à apprendre aux autres.

— Pas du tout. C'est juste un mot toscan, à mi-chemin entre "fantaisie" et "fantasme". Je ne me

rappelle pas où je l'ai entendu. Mais depuis le début, depuis qu'on a commencé les Ravachol, j'ai ce sentiment. Comme si les choses que nous faisons n'appartenaient pas vraiment à la réalité, plutôt à une sorte de monde onirique, mais d'un onirisme sinistre, presque un cauchemar : un fantasme, en fait. Ou une fantaisie macabre. Quand je pense à certaines choses qu'on a faites... Prends le braquage par exemple... Je dois y réfléchir un peu avant de me dire que c'est arrivé pour de bon, je dois me rappeler un détail que je ne peux pas avoir inventé pour comprendre qu'on l'a bel et bien fait. Tout ça me semble être une ombre, une hallucination improbable. Je veux dire : tu ne trouves pas absurde que cinq...
— Six, si tu permets.
— ... que six clowns...
— OK, cinq.
— Ça ne te semble pas absurde que cinq clowns aient monté un groupe de combat, avec des actions, des revendications et des armes ? Et chaque fois que j'y pense à tête reposée, je me dis qu'on a presque l'air d'une parodie de lutte armée.
— À vrai dire, vous êtes pas super crédibles...
Emma ironisait, mais pour Tito c'était une question sérieuse et même décisive.
Il reprit :
— Toi aussi : Emma, Gabriella ou peu importe qui tu es. Toi aussi, tu me sembles parfois être un fantasme. Que tu sois tombée dans mes bras comme ça, de manière insensée, que tu aies l'air trop parfaite pour être à moi et même trop parfaite pour exister.
Elle réfléchit une seconde.

— T'inquiète, j'existe. Mais pour ce qui est d'être *à toi*, à ta place je ne me raconterais pas trop d'histoires.

Puis elle l'embrassa et, cette fois, Tito ne tenta pas de s'y soustraire.

Emma avait raison : Tito n'arrivait pas à se défaire d'un certain machisme héréditaire, ce que confirma le fait qu'il soit un peu décontenancé, voire agacé, en apprenant qu'elle avait pratiquement pris la direction des opérations en vue d'une nouvelle action des Ravachol. Ce qui le dérangeait, c'était moins de se retrouver sous les ordres d'une femme que de constater qu'il voyait Emma avant tout comme *sa* compagne et, dans un second temps seulement, de façon accessoire, comme une compagne au sens politique du terme. Il aurait aimé pouvoir se dire que, pour elle aussi, vivre ensemble dans cette maison de campagne, était la satisfaction ultime et que le bonheur de leur couple éclipsait d'une certaine manière l'activité politique, le besoin de la révolution.

En août 1976, Tito dut prendre acte non sans amertume que, s'il s'était éloigné de la *fantasima* de l'engagement politique pour se retirer dans un bonheur agreste et amoureux, presque prémoderne, Emma, qui avait certes participé, peut-être même passionnément, à leur vie de couple, n'avait jamais cessé de la considérer comme un appendice de leur militantisme. Au point que, durant cette période qui avait été pour lui une sorte de longue lune de miel, elle avait surtout pensé à préparer dans les moindres détails l'opération à venir. Un soir où se tenait dans la ferme de Gombitelli une "réunion du directoire de la brigade Ravachol" – c'est ce qu'affirma Miro, même si dans la brigade Ravachol le directoire équivalait aux six membres qui la composaient en totalité –, Emma l'exposa à ses camarades.

Lorsque, à sa manière directe et résolue, elle passa en revue les détails de l'opération, Tito ressentit d'une part quelque chose qui ressemblait à de la jalousie – car Miro était le seul à être déjà au courant de "l'étude de faisabilité" qu'Emma menait depuis plus d'un mois, tandis que lui, qui dormait à ses côtés, n'en savait rien – ; et, d'autre part, il se sentit ridicule, lui qui leur servait son eau-de-vie de myrte maison et dont la femme, qui était sans doute moins la sienne qu'il ne voulait le croire, s'occupait d'affaires d'hommes. Quoi qu'il en soit, il dut reconnaître que le plan était bien conçu et potentiellement lucratif. Il s'agissait d'enlever Gionata Funi, le fils de Corrado Funi, célèbre et richissime patron d'EdilFuni, une entreprise du bâtiment, un homme qui, grâce à ses excellentes relations avec les démocrates-chrétiens de Lucques et à sa capacité à huiler les bons rouages, avait construit la plupart des immeubles de Viareggio au cours des vingt dernières années.

— On pourrait exiger une rançon d'un milliard de lires, affirma Miro.

La cible de l'enlèvement, Gionata Funi, n'avait pas encore vingt ans, menait une vie de jeune prince et ne s'intéressait ni à l'entreprise familiale (au grand dam de son père) ni aux études universitaires (au grand dam de sa mère). D'après Emma, qui l'avait pris en filature et avait même discuté avec lui à une occasion ("en flirtant un peu", admit-elle – et Tito se raidit), ce n'était pas quelqu'un qui leur causerait des ennuis.

— Peut-être que tu n'aurais pas dû te découvrir, souligna Miro.

— Il me fixait depuis un moment. Et de toute façon Tito et moi ne servirons de couverture que pour la maison, on ne peut pas s'exposer en personne, expliqua-t-elle, très professionnelle, comme si elle avait été une révolutionnaire toute sa vie.

Ils pourraient l'intercepter de nuit sur la route du Monte Quiesa, qu'il prenait pour regagner la propriété familiale de Maggiano après chacune des nombreuses soirées passées dans la Versilia, où il venait pratiquement tous les week-ends faire la fête dans les clubs et les discothèques à la mode.

— Bien sûr, avec l'automne il est probable qu'il espace ses visites, mais il ne va certainement pas cesser de venir, poursuivit-elle. Il faut juste s'assurer qu'il ne ramène pas une fille, ce qui arrive statistiquement une fois sur deux. *Eh bien, quel tombeur**, songea Giorgio. *Petit joueur**, se dit Romano.

Miro reprit la parole et, formellement du moins, la direction des opérations, distribuant les missions préliminaires :

— Athos, on aura besoin d'armes, pas des carabines, si possible, mais pas des jouets non plus… Romano, il faudra une voiture avec un coffre assez grand pour contenir un jeune type. Si tu trouves une camionnette, c'est encore mieux.

Puis il ajouta :

— J'ai une autre annonce à faire. On a un nouveau camarade. Il est jeune, très motivé et surtout très au point sur le plan théorique, ce qui, avouons-le, nous a toujours fait un peu défaut.

— Ce serait qui ? demanda Giorgio, celui qui, parmi eux, aimait le moins les nouveautés.

— Un étudiant de l'université. Il est de Lucques, vous ne le connaissez pas.
— Je parie dix mille lires que tu as ramassé un flic, dit Athos.
— Impossible, rétorqua Miro.
Athos insista.
— Je plaisante pas, Miro. T'es un brave gars, tu te laisses prendre par l'enthousiasme et tu t'en rends pas compte quand quelqu'un se sert de toi. C'est forcément un flic. Et, bien sûr, il est de Lucques.
— On peut lui faire confiance ? demanda gravement Tito.
— Je vous avais parlé de lui. C'est Barabbas. Je le vois depuis quelque temps et, quoi qu'en pense Athos, je ne suis pas stupide. Comment oses-tu ? Je me porte garant de lui : il est sûr. Je l'ai rencontré à Ponte a Moriano dans les réunions de Viva il Comunismo et j'ai gardé un œil sur lui, je me suis renseigné. C'est un étudiant, pas un flic. Et je peux vous assurer qu'il est tout à fait prêt et qu'il a hâte de passer à l'action. On a beaucoup parlé de ce qui est arrivé à Carmine : il se rappelait tout dans les moindres détails, et il dit qu'après l'acquittement il voulait mettre une balle dans la tête du juge Altieri. C'est l'un des nôtres, je vous le dis.
— On va enfin tuer Altieri ? demanda Athos.
Personne ne répondit.
— Pour l'instant, on le teste sans lui laisser l'occasion de nous mettre dans le pétrin, souligna Emma, qui semblait être au courant de tout. On lui permet même pas de venir à la ferme. On verra plus tard.
Miro reprit la parole :

— Les gars, c'est normal qu'on cherche du sang neuf. J'y travaille depuis des mois et c'est comme ça que vous me remerciez ?

Personne ne fit d'objection. Le nouveau venu semblait avoir été accepté.

— Cent mille lires que c'est un flic, conclut Athos.

Quand Emma avait affirmé que Gionata Funi, le jeune prince, ne ferait pas d'histoires, elle avait raison pour ce qui concernait celles qu'on pouvait craindre d'une victime d'enlèvement ; mais par ailleurs elle avait nettement sous-estimé le genre d'ennuis qu'un invité pouvait créer, car dès le début c'est ainsi que Gionata Funi se sentit.

L'enlèvement s'était déroulé sans problème, grâce aux préparatifs minutieux d'Emma et à une exécution impeccable de la part du groupe. Barabbas, la nouvelle recrue des Ravachol, avait encore le statut d'apprenti mais avait brillamment résolu un problème logistique, la disparition de la voiture de Funi, qui leur donnerait un avantage décisif sur les enquêteurs. Par la suite, il avait agi de manière parfaite, ce qui lui avait valu l'approbation de Romano, avec qui il était associé, mais aussi d'Athos et de Miro, avec qui il avait partagé les heures les plus tendues. Funi avait été contraint de s'arrêter sur une aire de repos, au bord d'une route de campagne, puis quatre hommes armés et cagoulés lui avaient ordonné de descendre du véhicule. Le jeune homme longiligne, mèche de tombeur et cigarette allumée au coin des lèvres, avait réagi avec le plus grand calme : il les suivrait sans problème, leur dit-il, mais d'abord il avait nonchalamment ouvert la boîte à gants et en avait sorti une trousse en cuir.

— Bouge pas, lui avait ordonné Miro.

— Tranquille. C'est ce que j'emporte quand je découche.

— Ouvre-la. Lentement. Et montre-nous ce qu'il y a à l'intérieur. Si tu mets la main dedans, je te flingue, avait sifflé Barabbas.

Funi avait obéi et montré ce qui ressemblait effectivement à un nécessaire de toilette.

— Je prends ça, avait dit Barabbas en s'emparant du rasoir.

— OK, avait concédé Funi.

— Descends, était intervenu Miro, reprenant son rôle de chef.

Il était descendu lentement – avec désinvolture, aurait-on dit –, les mains levées. Il mesurait près de deux mètres.

— Déconne pas et il t'arrivera rien, avait dit Athos en s'approchant de lui et en lui attachant les poignets avec un collier de serrage, un peu plus brutalement qu'il n'était nécessaire, car une telle arrogance l'agaçait. L'autre n'avait pas bronché.

— Je pense aussi qu'il ne m'arrivera rien. S'il m'arrivait quelque chose, mon cher papa ne vous filerait pas un rond.

Ils l'avaient poussé vers le coffre de la voiture. Barabbas, lui, avait disparu avec l'Alfa de Funi.

— Faites-y gaffe, à la voiture.

— À la prochaine connerie que tu te permets, je te pète le bras, l'avait menacé Athos en le lui tordant dans le dos. Puis il lui avait poussé la tête vers le bas pour le faire entrer dans le coffre ouvert. Le jeune homme avait résisté.

— Tu crois que je vais tenir là-dedans ?

— D'après moi, oui. Le ton d'Athos était dur, Funi l'avait senti et s'était laissé couvrir la tête sans opposer aucune résistance. Puis ils l'avaient fait entrer dans le coffre, non sans difficulté.

— La prochaine fois, vous feriez mieux de kidnapper quelqu'un de plus petit. Vous auriez pu prendre mon frère, c'est un nain et un imbécile, bien sûr, je pense donc que vous avez bien choisi. Mais pour lui vous auriez pu réclamer plus d'argent, c'est le chouchou de son cher papa.

Cette fois, c'est Miro qui, du revers de la main, le frappa à la tête :

— Si je t'entends encore l'ouvrir, je te jure que je te balafre. Je ferai peut-être une remise à ton *cher papa*, mais je te jure qu'avant ça je te balafre.

— C'est bon, c'est bon. J'espère que le voyage sera court.

Le voyage ne fut pas court, même s'il aurait pu l'être. Mais ils devaient d'abord s'assurer que le prisonnier perde tout repère, et ils voulaient aussi le remettre à sa place. Arrivés à la ferme, ils lui vidèrent les poches, lui enlevèrent sa bague, sa montre, sa ceinture et ses chaussures. Puis ils le conduisirent jusqu'à la cave, qu'ils avaient aménagée en cellule, et ils lui retirèrent enfin sa cagoule. Tito, qui avait été désigné pour être le seul d'entre eux en contact direct avec le prisonnier, toujours protégé par un passe-montagne, lui annonça qu'il se trouvait dans la prison du peuple et qu'il n'était qu'un instrument pour faire payer à son père une partie de ce qu'il avait extorqué à la communauté.

— Vous savez, je me fiche de ce que vous soutirerez à mon père ; pour moi, si vous lui prenez tout, c'est encore mieux.

— T'as besoin de quelque chose ? De médicaments ? T'as des allergies ?

— Si par médicaments vous entendez des substances légales, je n'ai besoin de rien. Pour la nourriture, tout me va, à condition qu'il y en ait beaucoup et que vous me fassiez des pâtes à midi et le soir. En grande quantité. Même à l'huile, mais sans pâtes je continue à avoir faim… Vous n'avez pas la télévision, hein ?
— Oh, tu te crois à l'hôtel ? aboya Tito.
— Désolé, désolé. C'était pour comprendre ce qui m'attendait. Est-ce que je peux au moins avoir quelque chose à lire ? Une bande dessinée ?
— On peut te donner des livres de théorie communiste, répondit Tito avec mépris.
— Ah… Il y en a qui sont en bande dessinée ?
— Je ne crois pas.
— Bon, comme vous voulez. Mais si ça dure, il faudra que je m'occupe. Je n'ai pas l'habitude de ne rien faire. Ça me rend nerveux.
— Si tu deviens nerveux, on te donnera du Valium.
— Le Valium ne me fait plus rien. Plutôt du Librium. Ou des barbituriques : du Véronal ou quelque chose comme ça. Si vous trouvez de la morphine, vous pourrez tranquillement me garder jusqu'à Noël.
— Tu sais qu'on n'est pas en train de rigoler, hein ?
— Mais oui, mais oui.
C'était la première réponse dans laquelle, derrière le masque de suffisance, Tito entrevit un soupçon d'humanité.

La nouvelle fit les gros titres des journaux trois jours après l'enlèvement, quand il fut enfin établi que la disparition de Gionata Funi n'était pas la énième folie d'un jeune homme gâté et imprévisible, et toute l'Italie frémit de peur pour ce rejeton d'une riche famille toscane. Le déploiement des forces de police parties à sa recherche ne pouvait qu'être imposant : "Nous fouillerons de La Spezia à Livourne, rue par rue, appartement par appartement, ferme par ferme, et je vous garantis que nous le retrouverons", affirma le commissaire Antelio Ciminna lors d'une conférence de presse. Pour les Ravachol, militants amateurs dont les opérations n'avaient pas duré plus d'un quart d'heure au total, une telle guerre d'usure paraissait impossible à mener.

Ce soir-là, quand Tito vint apporter son dîner à Funi, c'est celui-ci qui le réconforta, lisant la nervosité même à travers sa cagoule :

— "De La Spezia à Livourne", ça veut dire qu'ils ne savent absolument pas où on est. Vous avez bien joué. Je pensais qu'à ce stade ils vous auraient déjà attrapés, mais ils n'ont même pas compris dans quelle région on était. Je vais être franc : je suis avec vous, vu que les flics, je ne les supporte pas. Au fait, je voulais vous demander – ah, félicitez le cuisinier : ce risotto est incroyable –, bref, je voulais vous demander : quand est-ce que vous comptez demander la rançon ?

Tito le regarda de travers.

— Demain on te prendra en photo et on donnera signe de vie.

— En photo ? Pour montrer que vous ne m'avez pas tué ?

Tito ne répondit rien. Il n'avait pas fermé l'œil depuis deux jours et non seulement le calme insultant du jeune homme l'irritait, mais il lui semblait être la confirmation définitive que la classe sociale à laquelle on appartient n'est pas qu'une question d'argent ou de biens matériels : c'est une chose qui imprègne les neurones, qui détermine à quel point on dort bien et dans quelle mesure on réussit à être désinvolte en toutes circonstances. Quand vous êtes richissimes et que les gens essaient depuis toujours, par tous les moyens, de devancer vos moindres désirs, alors le monde devient un manège, un spectacle aux mille émotions et expériences mis en scène pour votre plaisir. Mais si vous êtes prolétaires, comme les Ravachol, vous devez sans cesse être vigilants et surveiller vos arrières, car le monde est hostile et prêt à vous écraser sans prévenir, plus encore quand il décide – ou, pire, que l'État décide – de lancer ses hommes pour vous retrouver et peut-être vous cribler de plomb *légitimement*. On peut hausser le ton tant qu'on veut, même dans la prison du peuple, cette petite oasis où les lois de l'État ne s'appliquent pas, la classe dirigeante savoure le risotto au *radicchio* que le prolétariat lui a préparé avant une bonne sieste réparatrice, tandis que celui-ci a l'estomac noué depuis des jours et ne ferme pas l'œil tant il est nerveux. La révolution, tu parles : il aurait fallu changer chaque cellule de chaque corps, gratter toutes les traces de la moindre expérience, sinon, même dans la prison du peuple, le prisonnier devenait un invité et les geôliers ses domestiques.

— Dis... Enfin, dites : il faut un journal pour la photo, non ? Avec la date.

Perdu dans ses réflexions, Tito écoutait d'une demi-oreille. Il hocha la tête distraitement, pensant qu'ils avaient bien fait de le choisir, lui, pour être en contact avec Funi : s'ils avaient laissé Athos s'en charger, il y a longtemps qu'il aurait cassé la gueule de ce type.

— Du coup, puisqu'il faut un journal, vous pouvez acheter la *Gazzetta dello Sport* ?
Tito ne répondit pas.
— D'ailleurs je ne vous ai même pas remercié pour le livre que vous m'avez donné : magnifique. Vous aviez raison : on dirait vraiment une bande dessinée, ce qu'écrit Proudhon. En mieux. Mais si je pouvais lire la *Gazzetta* de temps en temps, vous savez, histoire de décompresser un peu...

Pour la photo, Gionata Funi tint à se faire beau, c'est-à-dire à coiffer soigneusement sa mèche et à se présenter bien habillé, assurant ses geôliers que s'il faisait bonne figure ce serait mieux pour eux. Il demanda également à pouvoir se raser, mais Emma refusa : elle en avait assez de ses manières de propriétaire et souligna qu'on ne pouvait pas dire amen à tout ce que voulait ce type, à croire qu'ils souffraient tous d'un syndrome de Stockholm inversé. Finalement, il admit lui-même qu'il valait sans doute mieux être un peu mal rasé, car il devait montrer qu'il allait bien, mais pas trop bien : "Il ne faudrait pas qu'ils pensent que j'ai organisé mon propre enlèvement." Cette phrase, qu'il avait prononcée au bout de quatre jours de captivité, reflétait en réalité quelque chose de tout à fait plausible.

La photo instantanée fut remise à Barabbas au lieu convenu et celui-ci la diffusa avec son efficacité habituelle : elle fit un bruit considérable, parut dans tous les journaux et fut montrée à la télévision. La confirmation définitive que leur geste recevait un fort écho arriva quand les Brigades rouges publièrent un communiqué pour souligner que, même si le nom du groupe était proche, elles n'avaient rien à voir avec cet enlèvement ni avec cette brigade, d'autant qu'elles étaient marxistes-léninistes-maoïstes, tandis que les Ravachol étaient à l'évidence des espèces d'anarchistes. Le communiqué eut des effets divers sur les Ravachol : certains, à commencer par Emma, le trouvèrent insultant, voire un peu paternaliste, tandis que pour d'autres, Tito en tête, il signifiait qu'ils avaient fait du chemin, sans laisser un sillage de sang derrière eux, contrairement aux Brigades rouges originelles, et c'étaient donc ces dernières qui auraient dû s'inspirer des petits jeunes vaguement anarchistes.

À partir de là, forts d'un tel retentissement médiatique et tout en continuant à subir la tension (si les flics se présentaient mitraillettes au poing, allez donc leur expliquer qu'avec ce que coûtait le jeune Gionata en nourriture l'opération était pour le moment déficitaire), les Ravachol décidèrent de formuler une demande de rançon. Le premier appel fut passé par Miro d'une cabine téléphonique de Carrare, où il s'était rendu spécialement pour brouiller les pistes. Il appela et parla directement à Funi père, dont la réponse le laissa sans voix : "Non seulement je ne verserai pas une lire, mais vous me rendez service en le gardant, ce bon à rien."

Une fois de plus, ce fut Gionata Funi qui prit les choses en main.

— Ah, ah, quel imbécile, mon cher papa. De toute façon, c'était sûr qu'il répondrait ça : il est pingre ; après tout, on est de Lucques, ça fait dix siècles qu'on perfectionne l'art de faire de l'argent. Comment vous croyez que mon père a obtenu ses milliards ?

— Dans ce cas, on devra te tuer, répondit Tito d'un ton grave.

L'espace d'un instant, Funi sembla accuser le coup, puis il retrouva sa bonne humeur :

— Il y a d'autres options. Pour commencer, vous devez changer d'interlocuteur : celle qui paiera, c'est ma mère. D'ailleurs, c'est elle qui est richissime : mon cher papa a fait fructifier un capital de départ qui venait des Tanucci, pas des Funi. Contrairement à mon père, ma mère n'a pas eu à gagner d'argent, elle en a toujours eu et n'a jamais eu de problèmes à le dépenser. Et parfois, quand mon père lui dit de se calmer un peu, elle lui répond que s'ils divorçaient c'est elle qui devrait lui verser une pension alimentaire. Elle le dit pour l'humilier, mais c'est la vérité. Attention, tout de même : vous ne pouvez pas lui demander directement la rançon. Il faut s'adresser à Guidi, son Raspoutine. C'est lui qui dénoue les cordons de la bourse de ma chère maman.

Tito les détestait, les riches. Pour lui, son père se serait privé du pain qu'il n'avait même pas. Dans le genre fils catastrophique, il n'avait rien à envier à Funi.

— Très clair. Tu mérites deux magazines de BD.

— Non, ça va aller. Mais vous n'auriez pas quelque chose de Bakounine ?

Tito s'apprêta à partir sans répondre.

— Attendez une seconde.

— Quoi, encore ? demanda-t-il, agacé.

— J'ai des suggestions à vous faire. Pour accélérer un peu les choses, vous comprenez ? Mais ne vous vexez pas.

Tito lui lança un regard noir.

— Combien pensez-vous demander comme rançon ?

— Tu crois vraiment que je vais te le dire ?

— Allez, on est tous dans le même bateau.

Tito y réfléchit un instant. Il savait qu'Emma les écoutait derrière la porte et qu'elle le massacrerait avant même qu'il ait eu le temps d'enlever son passe-montagne. Pourtant, il répondit :

— Deux cents millions de lires.

— C'est peu, fit l'autre avec assurance.

— C'est *peu* ?

— Exigez quatre cent cinquante millions.

— Quatre cent cinquante ?

— Exactement. Avec comme objectif d'en obtenir trois cent vingt. Mais ne descendez pas tout de suite à trois cent vingt. Restez à quatre cent cinquante millions de lires. Laissez-les monter petit à petit. Vous verrez qu'ils y arriveront, à trois cent vingt millions.

— Nom d'un chien, fit Tito. Tu sais combien tu vaux pour tes parents ?

— Je le sais précisément, répondit Gionata à mi-voix. Je vaux trois cent trente-trois millions. Je ne suis pas censé le savoir, mais de temps en temps je jette un coup d'œil à leurs papiers. Ma chère maman a souscrit une assurance pour des situations comme celle-ci : en cas d'enlèvement, l'assurance couvre jusqu'à trois cent trente-trois millions. Mais c'est mieux si ma mère montre qu'elle a négocié, c'est pour ça qu'elle ne peut pas proposer trois cent vingt tout de suite. Elle ne peut pas non plus aller jusqu'à trois cent trente-trois tout rond : ce serait trop évident. Et elle ne paierait pas mille lires de plus que le montant de l'assurance, car elle est née riche, certes, mais tout de même à Lucques.

— Je vais être franc : j'ai hâte qu'on balaie les riches de la surface de la Terre, rétorqua Tito.
— Moi aussi, approuva Gionata Funi. Au fait, n'oubliez pas Bakounine. *Étatisme et Anarchie*, si vous l'avez. Et sinon, ce que vous voulez, je vous fais confiance.

Les négociations durèrent plusieurs jours et se déroulèrent exactement comme le prisonnier l'avait prévu, à ceci près que sa mère et son comptable étaient montés à trois cent vingt beaucoup plus vite, il n'avait pas fallu cinq offres. Manifestement, Mme Funi tenait à ne pas surévaluer la valeur de son fils, même si quelqu'un d'autre déboursait l'argent.

Durant cette semaine de négociations, Gionata Funi lut Bakounine avec un vif intérêt – même s'il finit par dire qu'il préférait Proudhon –, il mangea comme un ogre et se mit à parler également aux autres membres de la bande (Barabbas exclu, car il n'avait pas encore le droit d'accéder à la planque, et Emma auto-exclue, car cette promiscuité avec l'ennemi de classe lui donnait la nausée et instinctivement elle trouvait répugnants les individus tels que Gionata Funi).

Le matin de l'échange, Barabbas alla récupérer le sac à l'endroit convenu, puis, s'assurant de ne pas être suivi, le déposa dans un train où Emma le prendrait à la gare suivante et, à son tour, elle irait le déposer dans une église où Romano viendrait le chercher. De là, celui-ci suivrait à vélo des routes interdites aux voitures et remettrait le sac à Tito, qui l'emporterait à Gombitelli, d'où partirait la voiture qui transporterait Funi, de nouveau cagoulé et enfermé dans le coffre, même si le gabarit du prisonnier n'avait pas diminué – au contraire.

Le circuit redondant que Barabbas avait imaginé pour le sac de billets à la demande de Miro – afin qu'il fasse définitivement ses preuves aux yeux de la Brigade – fonctionna parfaitement. Il n'y eut qu'un problème, une fois de retour à la ferme, au moment de saluer Gionata ; l'ambiance était celle de la fin des vacances, comme avec ces amitiés qui semblent éternelles, puis s'évanouissent à jamais. Il s'en fallut de peu que quelqu'un ne dise : "Et tu donnes de tes nouvelles, hein ?" Lorsqu'ils restituèrent ses effets personnels au prisonnier, ce moment leur rappela à tous une scène de film, celle du détenu retrouvant la liberté. Mais l'ancien pensionnaire de la prison du peuple s'exclama d'un ton alarmé : "Eh, une seconde !"

Tout le monde le regarda avec étonnement.

— Il manque quelque chose ! Qui l'a pris ?

— Il manque quoi ?

— J'avais un ticket dans la poche.

— De bus ?

— Oui, il était encore utilisable.

— Peu importe, tu le rachèteras.

— Non. Ce n'est pas pour le ticket : c'est une question de principe. Vous m'avez dit que vous me rendriez tout ce que vous m'aviez pris.

— Eh bien, on te doit un ticket de bus.

— Je le veux maintenant.

Giorgio était celui avec qui Funi avait eu le moins de contacts, et c'est lui qui, à la surprise générale, siffla à travers son passe-montagne :

— Nous, on a le pognon. Te renvoyer chez toi avec dix doigts ou seulement huit ne ferait pas une grande différence.

Funi dut se dire qu'il avait enfin trouvé celui qui commandait et s'adoucit donc :

— D'accord, d'accord. Enfin, non, mais ça va pour aujourd'hui. Vous me l'enverrez par la poste.

Une fois Funi parti, les Ravachol réunis éclatèrent de rire. Le meilleur était à venir : décider comment dépenser les centaines de millions que le peuple venait de reprendre à ces sales bourgeois.

“Je crois qu'on ne va pas en faire grand-chose, de l'argent du peuple, observa Giorgio qui, entre-temps, avait ouvert le sac. Éteignez la lumière et venez voir.”

Quand Romano eut éteint, une lueur jaunâtre parut jaillir du sac. Ils regardèrent de plus près : les billets étaient couverts d'une poudre phosphorescente qui les rendait inutilisables.

Ils firent un premier lavage à la main, au savon de Marseille, puis ils mirent les billets à sécher sur une corde à linge. Ceux-ci furent rapidement secs. La poudre était devenue indétectable ; le seul problème, c'est que les billets étaient un peu rigides et délavés, et qu'après ils occupaient deux fois plus de place qu'avant. Ils firent quelques tentatives supplémentaires et comprirent que, pour un lavage parfait, il fallait éviter le savon et ajouter deux doigts d'assouplissant par bassine de trois millions de lires : la poudre avait disparu, la perte de couleur était réduite et la rigidité tout à fait acceptable.

Pendant une quinzaine de jours, le premier étage de la ferme fut traversé d'innombrables cordes à linge attachées aux poutres apparentes, que recouvrirent le visage austère de Léonard de Vinci et celui, plus banal, du Titien. Emma et Tito s'endormaient sous ce ciel d'argent, et même s'il ne leur appartenait pas vraiment, qu'il était destiné à la cause révolutionnaire, c'était quand même beau, c'était beau de penser qu'il n'était plus dans les coffres de ces salopards et qu'il flottait librement au vent, en attente d'usages meilleurs et plus justes.

Les Ravachol étaient à présent devenus "obscènement riches", pour reprendre les mots d'Athos et, bien que ce soit pour le compte du prolétariat, ils disposaient désormais d'une somme équivalente à deux mille mois de salaire d'un ouvrier non qualifié des chantiers navals, soit cent soixante-six ans de travail. Cent soixante-six années de salaire gagnées en à peine plus de deux semaines.

— Même si on partage en sept, puisque nous sommes sept à avoir participé à l'opération, ça fait plus de vingt ans de salaire chacun, calcula Miro mentalement.

— Un peu moins de vingt-quatre, rectifia Giorgio.

— Oui, mais divisé par les dizaines de millions de prolétaires d'Italie, ça ne fait pratiquement rien, intervint Barabbas, désormais admis à la ferme. C'était la première fois qu'il contredisait Miro et il le fit avec un certain naturel, mais aussi sans arrogance particulière.

— C'est vrai, reconnut Miro.

— Au point où on en est, on pourrait aussi bien entrer dans la clandestinité : on en a les moyens, souligna Emma.

Mais personne ne le voulait. À part Athos, qui était connu dans toute la Versilia, si bien qu'il ne pouvait pas y passer inaperçu, et Romano, qui affirma sans détour qu'il n'en était pas question (une phrase que beaucoup interprétèrent comme le résultat des tourments amoureux qu'il vivait depuis qu'il avait perdu la tête pour l'une de ses maîtresses, ce qu'il s'obstinait à nier), les autres étaient plus utiles dans le monde réel : Miro entretenait le contact avec les ouvriers et Barabbas avec l'université, qui avait recommencé à s'agiter. Giorgio fut le seul à dire que lui aussi aimerait entrer dans la clandestinité, pas tout de suite mais peut-être plus tard. Dans l'immédiat, ils ne changèrent donc rien.

Craignant de devoir partager la ferme avec d'autres qu'Emma, Tito fut soulagé et, à en juger par l'expression de son visage, il comprit qu'elle était du même avis.

Restait à décider quoi faire de l'argent. Ils optèrent pour en donner une partie aux familles de quatre ouvriers morts sur les chantiers de Funi, à titre d'indemnisation, certes symbolique, de la part de l'employeur qui les avait pressurés au point de permettre qu'ils finissent écrasés. Chaque famille reçut vingt-cinq millions de lires.

Athos réfléchit un moment. “Si mon cher papa devait choisir entre garder son fils en vie et recevoir vingt-cinq millions, je pense qu'il n'hésiterait pas une seconde”, observa-t-il.

La somme restante servirait à l'entretien de la ferme et au quotidien du couple semi-clandestin – qui, à vrai dire, avec la vie qu'il menait, ne coûtait pas cher –, à acheter du matériel et à toute autre éventualité ou opération future. Le butin serait conservé à la ferme et chacun pourrait y puiser librement, à condition que ce soit pour des besoins communs, liés à leur brigade.

“En parlant d'opérations futures, on fait quoi ? demanda Miro. Maintenant on peut viser plus haut, non ?”

Romano avait disparu de la circulation depuis un moment, si bien que les autres Ravachol décidèrent de le rappeler à l'ordre. Miro lui téléphona et lui demanda s'il avait encore l'intention de "participer aux réunions". L'autre répondit par l'affirmative : il viendrait le soir même, bien sûr, et leur réservait une surprise. Miro observa qu'il ne se souvenait pas d'une seule occasion dans sa vie où le mot "surprise" ait apporté quoi que ce soit de bon.

Il avait vu juste. Romano se présenta à la ferme dans une Fiat 124 Sport cabriolet flambant neuve, avec des chaussures pointues aux pieds et deux cents grammes de brillantine dans les cheveux.

— Qu'est-ce que c'est que cette dégaine ? Tu pensais venir à Gombitelli ou à Forte dei Marmi ? l'interpella Athos.

— Bien vu : après la réunion, je retrouve Ludovica et on va danser quelque part, à la Bussola, je crois. Eh, on est samedi soir.

— Tu vas à la Bussola ? demanda Giorgio, presque scandalisé.

— Oui, je vais danser, Giorgio. Tu veux venir ? Je peux demander à Ludo si elle a une amie à te présenter…

— Va te faire foutre, répondit Giorgio.

— Relax. Je suis pas venu pour me disputer. Je suis là pour la réunion et ensuite, s'il est encore temps, j'irai danser, OK ? On n'a plus le droit de danser ?

— Ça dépend, répondit Miro.

— Qui en décide ? Toi ?
— Si tu vas en discothèque pour vivre une expérience consumériste et bourgeoise, alors c'est un truc de con.
— Parfait : j'y vais en tant que prolétaire et communiste, donc tout va bien.
— Et cette voiture ? demanda Emma. C'est *Ludo* qui te l'a offerte ?
— 124 Sport Cabrio. Immatriculée en janvier 1977.
— Avec quel argent tu l'as achetée ? s'enquit Miro d'un ton sévère.
— Avec mon argent, répondit Romano.
— Eh bien, ça rapporte d'être maître-nageur !
— Je ne l'ai pas achetée avec ce que je gagne comme maître-nageur, mais avec ma part de l'argent des Funi.
— Tu n'as *aucune* part. Il n'y a rien qui soit *à toi* ici, tu le sais très bien.
— Vraiment ? Moi qui pensais m'être cassé le cul et avoir risqué trente ans de prison, avoir même risqué de me faire tuer pour ce connard de Funi. Quelque chose a dû m'échapper.
— On y était tous et on a agi en tant que collectif, pas par intérêt personnel.
— Justement, cette voiture, je ne veux pas l'utiliser que pour moi, elle appartient au collectif. Si on doit fuir, tu peux être sûr qu'avec ça les flics ne nous rattraperont jamais, même pas en rêve.
— Qu'est-ce que tu veux qu'on fasse d'une telle voiture ?
— On peut en faire mille choses. Déjà, personne ne pensera que des révolutionnaires se promènent en Spider : on sera au-dessus de tout soupçon.

— Si jamais les flics voient l'un de nous dans cette voiture, habillés comme on l'est tous et la barbe fournie, ils se diront au minimum qu'on l'a volée, intervint Tito. C'est comme si on les suppliait de nous arrêter.

— Alors c'est moi qui la conduirai. Mais toi aussi tu peux t'habiller bien et même te raser de temps en temps. Peut-être que vous devriez oublier un peu de vos dogmes et vous ouvrir au monde. Ça ne vous ferait pas de mal.

— Cette voiture me dégoûte, observa Giorgio. C'est un symbole de ce que nous combattons.

Tito jeta un coup d'œil à Barabbas, qui ne disait rien, le visage livide. Tito savait que le comportement de Romano ne lui avait jamais plu et il avait d'abord pensé qu'avec cette raideur idéologique il n'était pas fait pour un groupe mal fichu comme les Ravachol, au militantisme improvisé et amateur ; pourtant, à la lumière des faits, il dut admettre qu'il avait peut-être raison : on ne peut pas faire la révolution pour rire, on ne peut pas se consacrer à la lutte armée dans son temps libre, avant de se précipiter en boîte de nuit.

Romano se mit à rire. Puis, voyant que les autres gardaient leur sérieux, il s'emporta :

— Parce que vous êtes vieux ! Vous êtes vieux dans votre tête. Vous avez une mentalité de paysans... Passéistes et paysans. Vous aimez rester là, dans cette ferme, habillés comme des clochards, et passer l'après-midi à regarder pousser un chou-fleur. Et vous voudriez faire la révolution pour obliger tout le monde à se fringuer comme vous et à regarder pousser des choux-fleurs, à manger uniquement du pain et des oignons. Vous vous rendez compte que les gens sont dégoûtés par cette vie que vous voulez leur imposer ? Les gens veulent s'amuser, putain de merde. Ils veulent se sentir bien, prendre du bon temps, ils en ont assez qu'on leur casse les couilles, c'est tout. Ils n'y resteront pas cinq minutes, dans votre monde de sacrifices et de misère. Même les prolétaires aiment la belle vie, vous savez ?

— Bravo, d'un coup t'es devenu hédoniste, observa Tito.

— Non, je ne suis pas devenu hédoniste. Ou peut-être que si, mais je n'utilise pas l'un de ces grands mots que vous aimez tant. Tout ce que je dis, c'est qu'il faut faire la révolution pour que tout le monde puisse se permettre d'acheter la même voiture que moi, pas pour être obligé de marcher avec des sandales pourries aux pieds, comme vous le voudriez. “Ce n'est pas nécessaire, ce n'est pas essentiel” : toujours en train de dire aux gens ce qu'ils ont le droit de désirer ou non.

— Quand on en aura fini avec l'exploitation bourgeoise, ces désirs-là nous apparaîtront pour ce qu'ils sont et n'existeront tout simplement plus, déclara Giorgio.

— Vraiment, Giorgino ? demanda Romano, qui s'était calmé. C'est ce qu'ils t'ont dit ? Qu'après la mort du capitalisme, comme par magie les gens ne s'intéresseront plus aux voitures ? Qu'ils ne voudront plus d'argent ? Et peut-être même qu'ils ne voudront plus baiser ? Tu penses vraiment que dans le socialisme réalisé tout le monde deviendra comme toi ?

— *Ne m'appelle pas Giorgino*, fils de pute capitaliste.

Giorgio, dont la formation de militant avait bien progressé, au point qu'en décembre il avait même été le seul des Ravachol à se rendre à Milan pour les funérailles dans le plus pur style de la Résistance du camarade Walter Alasia, en était revenu secoué et même endurci ; il répétait qu'ils l'avaient tué dans l'ambulance, que c'étaient les flics, “comme avec Carmine”.

Romano garda son calme :

— Tu vois, *Giorgio*, maintenant tu connais par cœur les quatre phrases à la con qui t'aident à justifier de n'avoir jamais profité de la vie, ne serait-ce qu'accidentellement, dit-il, presque d'une voix de fausset. Mais je vais t'expliquer comment ça marche : les gens voulaient s'amuser et avoir une bonne vie sans personne pour leur casser les couilles bien avant l'avènement du capitalisme. Si vous leur dites que c'est bourgeois de partir en vacances, que c'est frivole de bien s'habiller, que c'est débile de regarder la télévision et que c'est fasciste d'acheter une voiture, ils continueront à vous dire d'aller vous faire foutre.

— Mais pendant ce temps “les gens”, comme tu dis, meurent dans les usines, intervint Emma, ils meurent intoxiqués par les déchets chimiques, se brisent l'échine sur la chaîne de montage, ils ont des ulcères et n'ont pas les moyens d'aller chez le médecin parce qu'ils n'ont pas de mutuelle. Les gens sont anéantis, à l'intérieur comme à l'extérieur ; mais les patrons leur offrent des diversions, ou plutôt ils leur disent ce qu'ils doivent vouloir, ce dont ils doivent rêver : la télévision, le dimanche à la plage, le manteau de fourrure, et peut-être que dans un million d'années tu seras riche toi aussi et que tu t'achèteras cette voiture de merde qu'ils t'ont fait désirer, ils t'ont dit que si tu étais sage peut-être qu'un jour tu en aurais

une toi aussi, mais entre-temps ils t'exploitent, ils te détruisent, et à la fin ils te disent que tu t'es trompé. Qu'est-ce que tu croyais ? Cette voiture n'était pas pour toi, elle n'a jamais été pour toi, tu ne pouvais pas te la permettre. Tu devais seulement passer ton temps à la désirer et à envier ceux qui en avaient une comme ça, pendant qu'on te prenait tout. Tu crois vouloir quelque chose, mais en réalité ce sont toujours eux qui te disent quoi, comment et, pour finir, ils te disent que c'est non.
Emma avait parlé d'une voix ferme, survoltée mais ferme.

— Que veux-tu que je te réponde ? Tu as sûrement raison. Vous êtes des purs et je suis un sale con, un vulgaire produit du capitalisme. Ça vous va ? Mais rappelez-vous que le monde est fait de sales cons comme moi, pas de purs comme vous. Et que si vous arrivez à le créer, ce nouveau monde, les gens ne vous diront pas merci, ils vous cracheront à la gueule, parce qu'ils ne sauront plus à quoi rêver quand la Spider n'existera plus.

Romano prit sa veste et s'apprêta à partir.

— Tu pars avec la voiture ? demanda Athos. Tu ne l'as pas achetée pour les Ravachol ?

— Je la garde. C'est mon indemnité de départ.

— La vache, tu parles vraiment comme eux.

— Allez tous vous faire foutre.

La voiture démarra sur les chapeaux de roues et bringuebala sur le chemin de terre, confirmant qu'elle n'était pas un véhicule adapté aux routes de Gombitelli.

"Tu les as choisis comment, les types de cette brigade ?" demanda Barabbas à Miro d'un ton sec.

Miro serra la mâchoire et ne répondit rien.

Même si Barabbas n'était devenu membre des Ravachol à part entière que depuis peu, il avait déjà eu l'occasion de démontrer un remarquable charisme. Il possédait une autorité naturelle dans laquelle n'entrait pas une once d'autoritarisme : il dégageait une force tranquille qui obligeait les autres à l'écouter, attirait l'attention et donnait envie d'être d'accord avec lui, sans qu'il donne jamais l'impression de rechercher l'approbation d'autrui. Il était le dernier arrivé et, à guère plus de vingt ans, il était aussi le plus jeune de la Brigade, mais lorsqu'il ouvrait la bouche, avec son ton placide et son élocution, précise sans être pédante, riche mais sans érudition excessive, raffinée sans être artificielle, on aurait dit un prof parmi ses élèves. Son autorité innée lui venait sans doute aussi de sa grande taille, estimait Tito, qui obligeait tout le monde ou presque à lui parler en levant la tête, et il était aussi très beau, en plus de faire n'importe quel geste avec une élégance parfaitement naturelle.

Ce ne fut pas un hasard s'il conçut l'opération suivante, qui était d'une certaine manière une attaque de la Brigade au cœur de l'État : l'explosion, durant le carnaval 1977, du char allégorique baptisé "Les Sales Fiancés", qui se moquait du compromis historique voulu par Enrico Berlinguer, le chef du Parti communiste italien, et mettant en scène son mariage avec Aldo Moro, le chef de la Démocratie chrétienne. Pour les Ravachol, ce char était un objectif symbolique idéal. La décision du Parti communiste de renoncer non seulement à sa vocation révolutionnaire – à laquelle plus personne ne croyait depuis l'époque de Palmiro Togliatti –, mais aussi à son rôle de parti d'opposition, de lutte et de contestation, était le baiser de la mort, la preuve définitive que le PCI avait renié son histoire et était à présent intégré au système démocrate-chrétien, à un pouvoir autoritaire, impérialiste, un régime de classe répressif et paramafieux. Non seulement eux, se disaient-ils, mais toute personne ayant une conscience qui ne soit pas complètement corrompue devait savoir que le compromis historique était le sommet de la capacité démocrate-chrétienne à engloutir tout ce qui était autre qu'elle, le privant de son potentiel de renouveau et de changement. Après la guerre, les démocrates-chrétiens avaient interrompu (et trahi) le processus révolutionnaire entamé par la Résistance en absorbant purement et simplement (et en légitimant de fait) les fascistes et leur appareil ; à présent, durant ces années de contestation, elle en faisait autant avec les communistes, les incorporant à son système de pouvoir, les neutralisant et isolant en même temps la gauche radicale. Le choix inique de Berlinguer, prêt à soutenir la répression autoritaire contre les groupes armés, lui permettrait sans doute d'améliorer le résultat du parti aux prochaines élections, comme la fois précédente, mais le prix à payer était de vendre son âme au diable démocrate-chrétien et de laisser la gauche révolutionnaire se battre seule, avec pour conséquence encore plus de férocité.

Le char n'était bien sûr qu'un symbole, mais le voir exploser porterait un message politique on ne peut plus clair, qui démontrerait avec autant de force qu'un théorème l'absurdité de cette proposition politique.

D'autant plus que le créateur de ce char n'était autre que cette brute néofasciste de Giunti.

Barabbas et Giorgio se lancèrent avec un zèle de premiers de la classe dans la fabrication de l'explosif qui – Athos avait beau être persuadé du contraire – ne pouvait pas s'acheter à l'armurerie simplement en sortant son badge de vigile. Il fallait trouver les composants et les transformer, si possible sans faire sauter la ferme avec tous ses habitants. Grâce aux camarades des collectifs d'étudiants en chimie, Barabbas put non seulement avoir accès à des laboratoires universitaires où on trouvait toutes les ressources nécessaires, mais aussi apprendre les rudiments permettant de les manipuler sans risque. Barabbas avait un esprit capable d'absorber n'importe quelle information : il pouvait aussi bien mémoriser une octave de l'Arioste que la composition chimique exacte du tétranitrate de pentaérythritol. Giorgio et lui travaillaient main dans la main au sous-sol qui avait servi de cellule à Funi, réduisant la communication verbale au strict minimum – tandis qu'au-dessus de leur tête leurs camarades sursautaient de terreur chaque fois qu'une porte claquait.

Quand ils eurent terminé, les deux artificiers invitèrent les autres à entrer dans la cave et, sous leurs regards horrifiés, désignèrent les quatre pains grisâtres. Celui qui parvenait le moins à dissimuler sa terreur était Athos : autant il n'avait peur de rien en cas de bagarre, autant il était serein face à une charge policière et à l'aise pour mener un braquage à main armée, autant il se sentait anéanti face à ces briques.

“Qui vient essayer ? demanda Giorgio. Cette nuit, on va à la carrière de marbre.”

Athos écarquilla les yeux et, pour la première fois, il sentit que Giorgio lui faisait peur.

Une fois au pied du mur, dans un chaos de confettis, de musique, d'enfants, de gens qui dansaient et couraient en suivant des parcours imprévisibles, les Ravachol se dirent à l'unisson que cette opération était de la folie pure, car il était impossible de tenir compte de toutes les variables en jeu : il fallait être complètement insensé pour introduire deux bombes artisanales dans un tel défilé. Heureusement, après le terrifiant essai dans la carrière de marbre, les artificiers eux-mêmes avaient prudemment décidé de remplacer les pains de plastic par des bombes agricoles plus contrôlables : rudimentaires, certes, mais globalement inoffensives. Malgré cela, impossible de rester calmes. Pourtant, c'est précisément la crainte que la situation ne leur échappe qui poussa chacun à agir de la manière la plus attentive et efficace, communiquant aux personnes qui entouraient le char une inquiétude réelle et non simulée qui les incita à s'éloigner aussitôt sans faire d'histoires.

Une fois que Barabbas et Miro eurent mis le feu aux mèches, Emma se rendit compte qu'ils n'avaient pas pensé à la famille allemande qui occupait l'un des balcons donnant sur le défilé, spectateurs convaincus que les appels à s'éloigner les concernaient d'autant moins qu'ils ne les comprenaient pas. Le fait qu'en l'espace d'une soixantaine de secondes Emma ait réussi à franchir le portail, monter au premier étage et sonner avec insistance de sorte qu'ils rentrent avant l'explosion relevait, selon ses propres termes, du miracle.

Par la suite, Athos se retrouva avec dans les bras un enfant qui s'accrochait fermement à son cou, enfonçant ses petits ongles pointus dans sa chair. Il parvint à reconstituer a posteriori ce qui s'était passé : il l'avait vu, seul et immobile devant le char, et l'avait porté sur ses épaules avant qu'il ne se fasse écraser par l'énorme tête de Berlinguer. Après l'explosion, mais avant que les badauds ne se précipitent et ne le félicitent pour ce geste héroïque, il prit l'enfant sur ses épaules et lui dit : "Salut, petit. Tout va bien, t'inquiète pas", puis il le déposa au sol, car ce n'était plus son problème.

Morale de l'histoire : contre toute prévision raisonnable, personne ne fut blessé et l'explosion du carnaval de Viareggio fit bientôt partie intégrante du folklore local, plutôt que de la rubrique des faits divers. Les images que Giorgio avait pris la peine de filmer firent le tour de l'Italie. L'opération Sales Fiancés avait été un triomphe de la propagande armée des Ravachol : pas de dommages collatéraux, un message clair et une résonance nationale, voire internationale, la police ignorant totalement qui étaient les auteurs de l'attentat. Le seul effet secondaire fut la victoire théorique de ce fasciste pleurnichard de Giunti, accordée en guise de compensation, mais ça semblait être un prix à payer plus qu'acceptable.

Retranchés dans la ferme et savourant la profusion de nouvelles, de gros titres et de reportages télévisés, ils furent tous d'accord pour estimer que l'opération avait été un succès au-delà de toute espérance légitime. Et, sans avoir à le dire à voix haute, tous eurent la même pensée : *plus jamais*.

Au-delà des Ravachol, durant ces semaines on avait la sensation que la révolte montait (ou remontait) partout : c'était comme un nouveau 1968, avec une meilleure préparation politique, moins d'idéaux hippies et plus d'armes. Certes, le Mouvement se fragmentait en mille groupuscules qui se disputaient sans cesse les uns avec les autres, sans toujours savoir eux-mêmes pourquoi, cependant on respirait de nouveau – et peut-être plus que jamais – l'air de la révolte. D'ailleurs, qui avait dit que la révolution devait venir d'un grand mouvement unifié et cohérent, qu'elle ne pouvait pas se composer de dizaines de subjectivités plus petites et autonomes ? L'État avait besoin d'ennemis identifiables et le jeu des nouveaux rebelles consistait précisément à ne pas lui en donner, à se partager en un millier de ruisseaux qui, au bon moment, pouvaient former un fleuve tumultueux puis se disperser. Pas la guerre, mais la guérilla. Pas une armée régulière, mais des bandits, comme les Groupes d'action patriotique au sein de la Résistance.

De la ferme, les Ravachol suivirent avec attention la manifestation contre Luciano Lama à La Sapienza de Rome – les étudiants se rebellant une fois de plus contre le paternalisme des syndicats et du PCI – et les occupations qui eurent lieu. Puis, en mars, la grande vague de défilés à Bologne, marquée par la mort de Francesco Lorusso, ancien militant de Lotta Continua tué par un carabinier. Il avait vingt-cinq ans : le même âge que Tito.

Giorgio fut particulièrement ébranlé par cette mort. Ils ne parvinrent pas à le raisonner : alors qu'ils avaient décidé de rester tranquilles, en attendant que le fracas de l'explosion carnavalesque retombe, Giorgio déclara qu'il ne pouvait en conscience rester caché après une telle chose et prit le train pour Bologne le lendemain à l'aube. Il partit le 12 mars 1977. Ses camarades n'eurent aucune nouvelle pendant plusieurs jours puis, près de deux semaines plus tard, ils reçurent un appel téléphonique auquel ils ne comprirent rien, à cause du bruit de fond et de l'excitation inédite que trahissait sa voix. Ils en déduisirent qu'au moins il était encore en vie et qu'ils le reverraient bientôt.

— C'est normal, commenta Athos. Il ne s'était jamais éloigné d'ici et avait passé un quart de siècle entre sa maison, la mairie et la paroisse. Logique qu'il se fasse submerger dès qu'il goûte à la vie.

— Peut-être qu'il a rencontré quelqu'un, suggéra Emma.

— Une femme ? *Giorgio* ? Ne nous emballons pas, répondit Athos en riant.

— Ou un homme, le provoqua Emma pour le faire taire.

— Il reviendra, conclut Tito, plus pour lui-même que pour les autres.

Giorgio commençait à lui manquer : depuis que Romano les avait quittés, Giorgio était le seul du groupe pour qui il avait une amitié profonde, précédant la formation de la Brigade et plongeant ses racines dans une réelle affection.

Il ne lui restait qu'Emma. Avec elle, il était heureux, et tous deux attendaient avec impatience que les autres quittent la ferme pour être enfin seuls.

Au cours de cette année de cohabitation intense, forcée mais bienvenue, Emma avait sans cesse essayé de se ménager un espace d'intimité avec Tito. Même s'il ne fallait pas attendre de sa part de grandes démonstrations de tendresse, elle avait une façon bien à elle d'être douce et de prouver qu'elle tenait à Tito. Non qu'elle eût jamais dit qu'elle l'aimait, d'ailleurs elle se moquait de lui quand il essayait de se livrer à quelque acrobatie verbale pour lui faire comprendre que lui, oui, il l'aimait, mais sans le dire explicitement, tandis que pour elle l'amour était un sentiment contre-révolutionnaire et que, dans la nouvelle société à construire, il n'y aurait pas de place pour l'amour comme possession exclusive d'une personne et de son corps. Après la révolution, l'amour serait libre, c'est-à-dire non plus individuel mais général.

Le fait est que Tito eut tôt fait de renoncer aux paroles qui étaient taboues pour elle, car indépendamment des noms qu'on lui donnait, licites ou illicites, leur relation était amoureuse ; elle pouvait donc l'appeler comme elle l'entendait et de la manière qui correspondait le mieux à ses préjugés politiques : il suffisait à Tito d'avoir la chose, même sans le mot. Pendant quelques mois, ils avaient cessé, presque sans s'en rendre compte et sans se le dire, bien sûr, de prendre les précautions contraceptives habituelles bien qu'approximatives. C'était venu spontanément et Tito en avait déduit que, dans le nouveau monde révolutionnaire, l'amour était interdit, mais la procréation tolérée. Il aimait savourer ce fantasme : s'imaginer père et avoir une progéniture possédant invariablement les traits d'un enfant de sexe féminin. Il y pensait toujours comme à une Emma en miniature : féroce, radicale, absolue ; imperméable aux compromis et à toute forme de bon sens ; excessive et impitoyable comme la nature, pure et terrible comme la grâce. Il voudrait l'appeler Rosa, comme Rosa Luxemburg, ou Vera, comme la résistante des Apuanes. Pourtant, Tito ne pouvait se défaire de la sensation que leur union était constamment menacée, toujours révocable. Une ombre planait sur eux, comme si, dans l'intérêt de la lutte armée, leur amour ne pouvait être que fictif, le fait qu'il soit devenu authentique étant une trahison de la cause révolutionnaire. Tito le sentait, elle aussi sans doute : il y avait une incompatibilité de fond entre les Ravachol et eux, entre le politique et le privé. Le privé est politique, répétaient-ils tous, mais ce n'était pas vrai : pas pour eux deux ou du moins pas pour lui. Le privé était un obstacle au politique. Qu'en pensait-elle ? Il ne savait pas laquelle des deux forces l'emporterait et craignait qu'Emma ne se pose même pas la question, qu'elle préfère simplement et logiquement la lutte politique à leur histoire. Du reste, elle avait toujours été plus déterminée, plus radicale et moins sentimentale. Tito s'était retrouvé engagé dans la lutte armée un peu par conviction et un peu par jeu – un peu aussi par ennui, aurait-il pu ajouter ; Emma, elle, par principe et mue par une volonté inflexible. Elle répétait souvent qu'elle s'était entièrement vouée à la cause révolutionnaire, et chaque fois que dans le crépuscule indéfini qui suivait certains de leurs ébats il évoquait vaguement un futur ensemble – eux deux et seulement eux –, elle ne répondait jamais. Elle le laissait parler, mais ne se laissait pas aller comme lui ; et Tito finissait chaque fois par se retrouver seul dans un fantasme qu'il avait créé pour deux.

Entre-temps, Tito avait également observé un autre phénomène : l'affirmation de Barabbas comme chef de facto. Au fil des mois, il avait peu à peu compris d'où venaient son autorité naturelle et son ascendant sur les Ravachol. La décision inébranlable de mener le combat jusqu'à ses conséquences ultimes, sans compromis, fit qu'Athos devint de plus en plus son disciple, car il voyait en lui la possibilité de "semer le boxon" dans une mesure bien plus large et intéressante. Ils passaient beaucoup de temps ensemble, l'intellectuel subtil et le pâtissier grande gueule qui, de façon incroyable, semblaient parler le même langage et être toujours en parfait accord : comme si l'un était capable de donner un bel habillage intellectuel aux instincts de l'autre, et comme si l'autre pouvait donner un corps et de la force aux idées abstraites du premier.

Tito avait l'impression que cette radicalité, ces syllogismes qui démontraient avec une rigueur imparable la nécessité de la révolution, avaient un certain effet sur Emma également. Plusieurs fois, elle les lui répéta presque à l'identique, reprenant non seulement les mots de Barabbas, mais aussi ses tics de langage : ses "fondamentalement", ses "de fait" et ses "singulier".

En outre, il possédait une remarquable capacité à formuler certains concepts politiquement ardus dans une prose agréable qui les faisait apparaître telle une sorte de douce utopie. Il parlait d'un monde de terreur et le faisait passer pour l'Arcadie. Toujours si fier d'être un autodidacte, capable de dévorer les classiques du marxisme au même titre que Tolstoï et Stendhal, Miro se sentait malgré lui pris en défaut face à la culture officielle, certifiée et raffinée de Barabbas. Ce dernier avait la reconnaissance publique qui lui manquait et Miro entreprit donc lentement de s'identifier à lui, adhérant à tout ce qu'il disait, comme si adopter les idées de Barabbas pouvaient les anoblir, lui et sa pensée, lui confirmant qu'il avait beau être un autodidacte et un vagabond, il ne valait pas moins qu'un étudiant.

Un dimanche de début mai, Giorgio arriva sans prévenir à la ferme avec Susanna, qu'il présenta comme sa compagne. Il fut accueilli comme le fils prodigue. Giorgio paraissait très à l'aise et Susanna souriait, elle semblait plutôt sympathique, même si elle ne parla presque pas. Au fond, Giorgio avait logiquement trouvé une femme qui lui ressemblait. Ils passèrent toute la journée dans la véranda à manger, boire et parler de politique : à Bologne, Giorgio était au cœur de la révolte et il avait beaucoup de choses à raconter à ses camarades de province. Il avait rencontré du monde et parlait comme s'il était devenu un guérillero endurci, faisant preuve d'une grande confiance pour s'orienter dans cet archipel de clans, groupes, sigles et positions idéologiques. “Dans quelques mois, la Conférence internationale contre la répression voulue par Sartre, Beauvoir, Foucault, Deleuze et Guattari se tiendra à Bologne, annonça-t-il, énumérant les philosophes français tel un parfait rebelle de la Sorbonne. Ce sera peut-être un moment décisif, un tournant. Pourquoi vous ne venez pas ?”

Giorgio n'est jamais allé aussi bien, songea Tito, et même s'il lui manquait, il était sincèrement heureux pour lui. Il se dit qu'à présent il avait suivi un autre chemin, qu'il était devenu en quelque sorte un adulte et qu'il était peu probable qu'il revienne parmi eux jouer les révolutionnaires de province ; mais cette satisfaction, l'impression que Giorgio donnait d'être enfin en paix avec lui-même, d'avoir trouvé une place dans le monde, emplissait Tito d'une joie qui était peut-être celle qu'on éprouve en voyant un enfant heureux.

Le soir, les deux visiteurs demandèrent à être raccompagnés à la gare de Lucques, où ils prirent le train pour Bologne.

— Pourquoi vous ne restez pas ? demanda Tito.

— On doit rentrer, on a une montagne de choses à faire, répondit Giorgio. Venez à Bologne, on vous attend.

— Tu peux y compter, assura Tito, conscient que c'était l'une de ces choses qu'on dit avec d'autant plus de conviction qu'on sait bien qu'elles n'arriveront jamais.

— Moi je crois que vous devriez rester, insista Emma avec une certaine brusquerie. Ça vous fera du bien de passer un peu de temps à la campagne. Et puis c'est une période où on a beaucoup de choses à faire nous aussi, on a besoin d'un coup de main.

— Ce serait super... Mais on ne peut vraiment pas.

— J'y tiens, répéta Emma. Restez.

Le ton n'était pas celui d'une invitation, plutôt celui d'un ordre. Pourtant, Giorgio resta ferme dans son refus, sans se départir de son sourire.

Ce soir-là, quand ils furent de nouveau seuls, Tito ne fit que parler de Giorgio, du plaisir qu'il avait eu à le revoir, de l'espoir qu'il les rejoigne, même avec sa nouvelle amie – "Tu te rends compte ? Il a quelqu'un ! Giorgio !" –, et de son bonheur qui semblait éclatant.

Emma le laissa parler un moment avant de l'interrompre :

— C'est dingue à quel point tu ne comprends rien.

— Comment ça ?
— Tes amis et toi, vous ne comprenez rien, bordel.
— Qu'est-ce qu'on ne comprend pas ? Giorgio est euphorique parce que pour une fois dans sa vie les choses vont bien. Il a une petite amie et goûte la ferveur des luttes à Bologne. Ça me semble normal qu'il n'ait pas envie de rester avec nous pour faire du jardinage. Mais je le connais : tu verras, on finira par lui manquer. Donne-lui deux mois et il reviendra.
Emma le regarda avec malice.
— Tu ne t'es pas demandé pourquoi son amie avait gardé son pull toute la journée, malgré le soleil et la chaleur ?
Cette question lui parut déplacée.
— Non, je n'ai pas fait attention, répondit-il, agacé. Mais je suppose que tu as une explication. Vous savez toujours tout, y a pas une seule chose que vous ignoriez, Barabbas et toi.
— Qu'est-ce que Barabbas vient faire là-dedans ?
— Laisse tomber.
Elle ne voulait pas s'attarder sur ce sujet elle non plus.
— Alors, ce pull ? reprit Tito.
— C'était pour couvrir les trous de seringue sur ses bras.
Tito mit quelques secondes à digérer l'information.
— Tu les as vus ? demanda-t-il finalement.
— Non, je ne les ai pas vus. Mais il suffisait de ne pas être complètement stupide pour s'en rendre compte.

L'heure était venue. Pour l'histoire et pour les Ravachol. L'heure du juge Altieri avait sonné. Dernièrement, le juge qui avait choisi d'ignorer le crime d'État contre Carmine s'était lancé, dûment mandaté par le régime en place, dans l'élaboration de thèses judiciaires de plus en plus fantaisistes visant à piéger les militants de la gauche radicale : c'était la "théorie Altieri" dont parlaient les journaux. Les Ravachol, eux, avaient grandi et s'étaient forgé une conscience combattante beaucoup plus extrême qu'à leurs débuts.

Altieri avait hérité quelques années plus tôt d'une maison à Forte dei Marmi, où il passait ses vacances d'été en famille et séjournait chaque fois qu'il avait quelques jours de congé. L'été, sa femme et son fils restaient dans la Versilia, tandis qu'il faisait la navette depuis Florence les week-ends, avec un homme de sa garde rapprochée, et il y passait ensuite tout le mois d'août : une longue période qui permettrait aux Ravachol d'étudier ses mouvements et ses habitudes.

Le but de l'opération n'était pas de le tuer, mais de l'enlever et de le faire juger par le tribunal du peuple : après un certain nombre de procès grotesques, ce serait à lui de s'asseoir sur le banc des accusés. Le risque que le policier qui le protégeait soit tué pendant l'opération n'était pas nul, mais d'après les plans de Barabbas l'éventualité que le juge ou l'un d'entre eux subissent le même sort était négligeable.

En accord avec sa nouvelle façon de penser inspirée par celle de Barabbas et destinée à ce dernier, Miro souligna avec insistance qu'il était temps d'arrêter de jouer les révolutionnaires et de passer aux choses sérieuses. “La récréation est finie”, répéta Barabbas, satisfait d'inverser le sens de la célèbre phrase de De Gaulle.

Tito prit conscience qu'il n'avait guère envie que la récréation se finisse et que, il devait l'admettre, peut-être la révolution avait-elle toujours été un jeu pour lui : il aimait faire de la propagande, un peu brutale parfois, il aimait hausser le ton et inspirer la crainte, mais il savait qu'il n'était pas prêt à courir le risque de tuer quelqu'un ; et s'il était persuadé que la société était fondée sur l'exploitation impitoyable du prolétariat et qu'un changement radical, c'est-à-dire son renversement, était nécessaire, il n'était pas tout à fait certain ni qu'une guerre civile soit en cours – dans laquelle tuer n'était qu'un acte banalisé –, ni que cela vaille la peine de se battre pour la société que les idéologues comme Barabbas appelaient de leurs vœux.

— Je croyais que notre vision était claire dès le début : sensibiliser par des actions symboliques, éveiller les consciences en pointant du doigt les contradictions du présent. Mais on dirait qu'on est devenus de vulgaires terroristes, observa Tito.

— Quelle ânerie, rétorqua Miro avec une expression d'étonnement exagérée. Le terrorisme, c'est ce que fait l'extrême droite. Le terrorisme, c'est ce que l'État inflige au prolétariat. Nous, on ouvre des brèches dans cette terreur universelle pour y faire entrer un peu de lumière.

— C'est ce qu'on a fait jusqu'à présent, il me semble. Mais là, il s'agit de tuer des gens, ou du moins de risquer sérieusement de les tuer.

— La propagande qui s'en tient aux déclarations, aux formules abstraites, n'est que rhétorique. Pour devenir réelle, elle doit passer à l'action.

Le ton de Barabbas était devenu sentencieux et prophétique. Il était logique et normatif : la révolution *more geometrico*, à la façon des géomètres.

— Si on n'alimente pas le rêve, il se ratatine. Et pour l'alimenter, il faut en faire une chose, il faut le réifier. Si on n'assume pas la responsabilité de la violence, si on n'accepte pas la possibilité d'avoir du sang sur les mains, le rêve n'est qu'utopisme stérile et velléités puériles.

— Mais les actions sans effusion de sang ne sont-elles pas aussi des actions, des gestes, des contradictions qui se révèlent aux yeux de tous ? insista Tito.

— Une esthétique sans chair, sans pouvoir destructeur et régénérateur, est le summum de la décadence bourgeoise, affirma Barabbas, lapidaire.

Tito tenta une autre voie :

— À supposer que ce soit le cas, pour mener une action comme celle-là, qui est en tout point une opération militaire, il faut des soldats, des gens entraînés, qui sachent utiliser les armes et gérer les situations imprévisibles. On a des armes d'avant-guerre, nous, et on a dû tirer à peu près trois fois quand on est allés les essayer. Ne nous racontons pas d'histoires : la Brigade est composée de deux ouvriers, une chômeuse, un pâtissier et un étudiant en deuxième année de lettres. Nous ne sommes pas une armée.

— Les armes, on en achètera, répondit Athos. On a une carte de vigile et une montagne de pognon.

— Quant à l'armée, reprit Barabbas, ne pas en être une fait notre force. Nous ne devons pas être une armée, nous devons être des rien-du-tout. Nous devons être anonymes, invisibles, indiscernables. Une armée de petits Odradek, incompréhensibles pour le pouvoir et, pour cette raison, insaisissables. (Barabbas marqua une pause qui eut pour effet de réveiller l'attention des présents.) Les Romains avaient une devise : *Aquila non captat muscas*. "L'aigle ne chasse pas les mouches." Ils voulaient dire que les misérables n'entrent pas dans le champ de vision des gens haut placés. Mais l'inverse est également vrai : pour se rendre inaccessible à la machine du pouvoir et de la violence d'État, il faut devenir petit et imperceptible. Il faut être une mouche. Nous ne pouvons pas être une armée régulière, Tito a raison sur ce point : nous devons être une armée faite de particules. Notre amateurisme et notre maigre nombre sont les conditions idéales pour ça.

Finalement, Emma était vraiment devenue pour Tito un fantasme, insaisissable et presque toujours hostile. Ils faisaient encore l'amour, mais Tito avait l'impression qu'elle veillait à ne pas tomber enceinte. Un jour où son attitude l'avait particulièrement dérangé, il décida de lui poser directement la question.

— C'est vrai, admit-elle.

— Pourquoi ?

— Parce que ce n'est pas le moment.

— Et il y a deux mois, ça l'était ?

— Probablement pas. Il y a deux mois non plus.

— Pourquoi ? insista-t-il.

— Maintenant on a des préoccupations plus importantes.

— Comme de faire la révolution ?

Elle ne voulut pas entendre le sarcasme dans la question de Tito.

— On a une opération à mener. On n'est plus que deux pelés et trois tondus : on ne peut pas se permettre de perdre d'autres éléments.

— Puisqu'on est si peu nombreux, peut-être qu'on devrait renoncer à l'enlèvement, tu ne crois pas ?

— L'opération aura lieu. On a décidé de la reporter une nouvelle fois uniquement pour te faire plaisir et pour mieux étudier les détails. Mais elle aura lieu. Sans toi, si nécessaire.

— Vous l'avez reportée pour me faire plaisir ?

— Pas seulement. Tu avais raison et on en est convenus : le faire en été, avec la Versilia qui déborde de monde, n'était pas la meilleure option. C'est aussi pour ça qu'on a accepté de reporter.

Tito remarqua qu'il ne faisait plus partie du "on" d'Emma. Toujours aussi péremptoire, elle conclut :

— Mais dès que l'occasion se présentera à l'automne, l'opération aura lieu. Et tu en seras si tu veux.

— Tu veux, toi ?

— Oui.

— Pourquoi ?

— Parce que c'est le moment. On doit profiter de la situation actuelle. C'est maintenant qu'il faut agir, c'est peut-être notre dernière chance si on veut gagner.

— Mais qu'est-ce que tu racontes, nom de Dieu ? s'emporta Tito. Depuis quand s'agit-il de gagner ou de perdre ? Ce n'est pas un match de foot. Les choses qu'on a faites, ça n'a jamais été pour gagner, on ne s'est jamais souciés de victoire ou de défaite. Car s'il s'agit de ça, j'ai une nouvelle pour toi : on a déjà perdu, on sait même depuis le début qu'on est des perdants. Et pourtant on s'en est toujours fichus. Justement parce que ce n'est pas notre jeu ; on ne joue pas pour gagner, nous, à la limite on joue pour faire sauter la banque. Mais voilà que Barabbas débarque avec son putain de sourire de M. Je-Sais-Tout et dit qu'on doit gagner, qu'il faut porter le coup fatal, et ce crétin de Miro le suit parce qu'il a un complexe d'infériorité. Et toi aussi, tu le suis, parce que tu ne connais pas les demi-mesures. Quand j'entends le mot "victoire", moi, j'ai la sensation qu'on parle de mourir.

Emma lui lança un regard glacial, un regard qu'il lui avait déjà vu d'autres fois mais jamais dirigé contre lui.

— Je n'ai jamais compris ce que tu faisais ici, observa-t-elle d'un ton neutre.

Tito fut décontenancé, moins par sa question que par son indifférence abyssale.

Si Tito envisageait de s'en aller, sans en avoir toutefois le courage, Giorgio, lui, revint à la ferme. Ou, plus précisément, c'est son fantôme qui revint.

— La vache, mais t'es dans quel état ? demanda Athos, résumant le sentiment de tous en le voyant déguenillé, les yeux rivés au sol et un air de chien battu.

Non que Giorgio ait jamais été du genre expansif, mais sous son silence d'avant, en prêtant attention on entendait le mouvement incessant des rouages de son cerveau, qui pouvaient s'intéresser indifféremment à la façon de réparer un téléviseur ou au mystère de la Trinité ; derrière son silence actuel, en revanche, en prêtant attention on n'entendait rien du tout.

Cette fois-ci, Susanna ne l'accompagnait pas et, quand ils lui demandèrent où elle était et s'ils étaient toujours ensemble, Giorgio grommela d'abord quelque chose, puis il ne répondit rien. Son rôle de messager qui, de l'intérieur du Mouvement bolonais diffusait les dernières nouvelles tout autour, semblait avoir pris fin lui aussi. Si, quelques mois plus tôt, il en parlait avec enthousiasme et de manière circonstanciée, montrant qu'il était au cœur du soulèvement, à présent il ne semblait pas très intéressé, peut-être même qu'il n'y participait plus tant que ça : le seul discours vaguement articulé qu'il tint exprimait justement sa désillusion.

— Ils ont fait leur Convention internationale contre la répression… Ç'a été un fiasco… Les gens se battaient à coups de poing pour avoir le micro, ils se criaient dessus et s'insultaient. Les types du PCI contrôlaient tout le monde en disant qu'ils ne voulaient pas d'armes et qu'il ne devait pas y avoir d'histoires, mais le fait est qu'ils avaient surtout peur et qu'on aurait dit des flics. À l'intérieur du palais des Sports, le service d'ordre était assuré par Lotta Continua, mais il régnait le plus grand désordre. Quand Boato parlait, c'était à qui l'insulterait le plus fort et, de temps en temps, quelqu'un montait sur scène pour le gifler. Quand Guattari et les Français parlaient, on ne comprenait rien. Ils avaient l'air drogués. Ils n'ont pas dit un mot de ce dont ils devaient discuter. Ils se coupaient la parole. À la fin, même Bifo l'a admis : le Mouvement est mort.

Ce récit inspira à Tito deux réactions opposées. D'une part, du désarroi face à la possibilité que la lutte ait pu perdre sa force de frappe initiale, de sorte qu'eux aussi n'avaient plus de raison d'être. D'autre part, du soulagement à l'idée que, si le Mouvement était mort, les Ravachol allaient eux aussi poser leurs mitraillettes et se mettre à imaginer d'autres voies, d'autres solutions. Mais ses camarades ne partageaient pas cette lecture. À part Athos, qui n'avait pas levé la tête de ses aubergines à la *parmigiana*, manifestement indifférent à Giorgio et au sort du Mouvement, les autres semblèrent accueillir la nouvelle avec sérénité.

Pour finir, Barabbas prit la parole :

— L'heure du Mouvement est passée : celle de l'avant-garde a sonné.

La mort du Mouvement était devenue une bonne nouvelle, c'était simplement l'annonce d'une phase ultérieure dans laquelle l'enlèvement du juge s'inscrirait encore mieux que dans la précédente.

À présent que l'opération se concrétisait, Giorgio devenait un problème. Personne ne pensait que, dans son état, il pourrait y participer, ni bien sûr qu'il puisse avoir son mot à dire sur quoi que ce soit. Barabbas parlait de lui en l'appelant "le junkie", ce qui ne faisait qu'accroître l'agacement de Tito à son égard. Il dit aussi qu'ils ne pouvaient pas se permettre de le garder à la ferme pendant qu'ils préparaient l'action.

— Et pourquoi pas ? Puisque c'est un junkie, il ne posera pas de problème, rétorqua Tito, dont le seul but était désormais de saboter la nouvelle ligne de Ravachol, ce qu'ils avaient tous compris depuis longtemps et qu'il commençait enfin à comprendre lui aussi.

— C'est justement ce que font les junkies, Tito : créer des problèmes, dit Emma. Je tiens à lui, humainement je l'ai toujours préféré à vous tous. Mais il n'est plus lui-même et, surtout, on ne peut pas se permettre de risquer la perpétuité parce qu'il aura attiré la police ici.

— D'accord, admit Tito. Vous avez raison. Mais Giorgio est l'un des nôtres : c'est un camarade et c'est aussi un ami. Et il a clairement besoin d'aide. S'il a largué sa copine pour revenir ici, c'est qu'il veut se sevrer, non ? Alors qu'est-ce qu'on fait ? On le jette dehors et on voit s'il recommence à se piquer ? On l'envoie directement aux Ginepri, puis dans deux mois on apprend qu'il s'est remis à prendre la merde qui circule là-bas et qu'il a fait une overdose ? Pas question.

— Et qu'est-ce qu'on devrait faire, d'après toi ? demanda Miro, du ton impatient qu'ils employaient tous, à présent, pour s'adresser à Tito.

— On attend.

— On attend quoi ?

— Qu'il soit clean. La dépendance ne dure pas éternellement. Passé un certain temps, elle disparaît. Et à ce moment-là on aura un homme en plus.

— Tu parles d'annuler l'opération Altieri ? demanda Barabbas d'un ton sarcastique, comme pour souligner qu'ils le savaient très bien : c'était son seul but, Giorgio ou pas.

— Ça voudrait dire la reporter jusqu'à ce qu'on puisse la mener à six au lieu de cinq, répondit Tito.

— Je crois pas qu'on échappe à ces trucs-là, intervint Athos. Quand on commence à en prendre, c'est fini. Quand on la fume, à la limite, on peut s'en sortir. Mais une fois qu'on se pique, on s'arrête plus. C'est mathématique.

— Tu ne connais pas Giorgio, tenta d'objecter Tito.

— Et toi, tu ne connais pas l'héro, rétorqua Athos, presque paternellement.

— De toute façon, qu'est-ce que vous voulez faire ? Si on le met dehors, on ne peut pas garder le juge ici et risquer que Giorgio revienne.

— C'est un problème auquel on doit réfléchir.

Barabbas prononça ces mots lentement, comme s'il réfléchissait en même temps. Tito, qui connaissait maintenant la détermination avec laquelle Barabbas avait l'habitude de faire face aux obstacles, sentit un frisson glacé le parcourir.

Puis le problème se résolut de lui-même : à peine quarante-huit heures plus tard, Giorgio avait disparu.

— Je vous avais dit qu'on n'échappe pas à ce truc-là, commenta Athos d'un ton sincèrement découragé.

Le temps passé à pleurer le départ de Giorgio fut néanmoins très court, car une question nouvelle et autrement plus urgente se posa aussitôt : il était parti avec tout l'argent de la rançon Funi qui restait. À présent, un héroïnomane se promenait avec des dizaines de millions en espèces, ce qui augmentait de façon exponentielle le risque qu'il cause de sérieux ennuis à la Brigade, au cas où il finirait mal.

Instinctivement, tous les regards se tournèrent vers Barabbas.

“S'arrêter maintenant serait de la lâcheté”, dit celui-ci.

Le matin du lundi 17 octobre 1977, le jour qui déciderait du sort des Ravachol, Tito se leva avant six heures et sortit dans la véranda. L'automne était doux. Il essuya avec un mouchoir la rosée nocturne qui recouvrait une chaise, s'assit et interrogea son corps : il se sentait parfaitement serein. Il examina la campagne encore dans la pénombre : immobile, la nature exhibait sa placide domination du monde, sa souveraine indifférence. De rares lumières se détachaient dans l'obscurité, signes d'une humanité qui paraissait phagocytée par le règne végétal et qui en faisait éternellement, cycliquement partie : bovine, elle aussi indifférente et réfractaire à toute civilisation. Dotée de la paisible férocité de ceux qui élèvent des animaux tels des frères, dans le seul but de les tuer et de les manger : l'innocence de ceux qui suspendent paisiblement au plafond des carcasses de bêtes et exhibent leur tête empaillée.

L'homme nouveau serait le contraire de cet homme naturel. L'homme de la civilisation puiserait dans une nouvelle conscience, une nouvelle *pietas*. Il avait longuement médité, tâtonné, et s'était enfin décidé. *Je hais les tièdes*, se répéta-t-il. Pour finir, il avait compris. Le danger qui l'avait guetté toute sa vie était précisément celui-là : la tiédeur, l'impartialité, l'incapacité à prendre parti. S'il n'y avait eu les Ravachol pour le racheter, il serait allé vers une pâle existence d'aspirant bourgeois, inerte et inefficace. Un parasite obtus de l'histoire. Mais au sein de la Brigade aussi, il avait couru ce risque, celui de désamorcer l'action en la réduisant à un simulacre, à un pauvre symbole. Il avait couru le risque de désamorcer la lutte en la noyant dans l'ironie, de rendre inutile le sacrifice tragique en le transformant en farce. Quand Dieu demande à Abraham de sacrifier son fils, Abraham ne se limite pas à un sacrifice symbolique, il ne tue pas un bélier en prétendant avoir sacrifié son fils, il n'utilise pas un couteau de scène pour simuler le meurtre. Chez Abraham, il n'y a pas de métaphore et pas d'ironie. Il y a la foi et il y a l'action. Abraham tue Isaac *pour de bon*, et le fait qu'Isaac ne meure pas, que le coup s'abatte sur un bélier, ne dépend pas de sa volonté ironique ou symbolique. Dans le cas d'Abraham, c'est Dieu, et dans le leur c'est l'histoire qui décidera de l'issue, mais chaque fois le poing doit accepter de porter le coup mortel. “L'ironie est l'arme de ceux qui se savent supérieurs ; c'est ce qui permet aux classes dominantes de tenir en respect les déshérités : en les ridiculisant”, lui avait dit Emma pour vaincre ses ultimes et maigres résistances. Tito voulait que la lutte demeure sur le plan métaphorique, il voulait une parodie de révolution ; mais le moment était venu de libérer la force vivante et réelle de la lutte, de la faire passer du ciel du symbole à la matérialité du réel ; sinon elle resterait à jamais prisonnière de l'idée et s'atrophierait.

La parole doit devenir chair, avait traduit Tito dans le langage de la foi qui avait tant contribué à le forger. Dieu lui-même ne s'est pas contenté de rester dans le ciel de la perfection, achevé et impassible : il s'est fait chair et sang, et s'est sacrifié sur la croix. Pour eux aussi, il était temps de se faire chair et sang, de se sacrifier : d'assumer la responsabilité de la faute pour ne pas rester des spectateurs sans volonté.

Je ne supporte pas les pleurnicheries des éternels innocents : ce n'est pas en restant à l'écart et en cultivant sa propre pureté qu'on bâtira la cité future. L'innocence n'est qu'indolence, l'innocence est le refus des vils. La cité future naîtra de l'action de ceux qui acceptent d'être coupables : elle viendra de ceux qui auront eu le courage de passer du côté du mal : d'assumer les mauvaises actions, les actions répréhensibles, les actions inhumaines. Choisir l'innocence, c'est se soustraire à la lutte, c'est préférer sa mesquine individualité au bien de tous. Choisir la culpabilité, accepter la damnation personnelle, la perdition privée, en échange du salut collectif : voilà le point de rencontre entre Marx et le Christ, et c'est celui où Tito était arrivé lui aussi, l'âme finalement en paix.

Emma s'assit à côté de lui en silence ; ils échangèrent ce qui serait leur dernier regard, avant que chacun ne se dépouille définitivement de soi pour se livrer, entier, à la lutte.

ANNÉE 3
Les fantômes

C'est ici que s'arrêtent les archives Sella et par conséquent ma reconstitution de son histoire. Comme je n'ai pas une grande vie sociale durant ces premières semaines à Paris et qu'il est difficile d'être à Paris sans se prendre pour un poète *maudit**, à partir des archives personnelles de Tito Sella j'ai décidé, contre tout bon sens, de composer de ma main ce qu'il aurait voulu écrire, à savoir la fameuse *Fantasima*.

Bien sûr, j'aurais préféré que cette histoire ait une fin. Ou plutôt il est clair que cette histoire a une fin, mais une fin externe : elle ne se trouve pas dans le récit, mais dans le monde, dans les faits, dans les journaux et les actes judiciaires. Comme je viens de l'écrire dans ma thèse de doctorat (m'applaudissant moi-même pour la façon dont j'apprends à parer de termes ésotériques des concepts sans intérêt), la fin de cette histoire est *extradiégétique*.

Je me suis longuement demandé si je devais l'inclure malgré tout, car les documents permettant de la reconstituer ne manquent pas, ce serait même d'assez loin la partie la plus facile à écrire. Je pourrais me rapprocher très sérieusement d'un récit fidèle, pas tout à fait minute par minute, mais presque. Pourtant, je n'ai pas eu le courage d'ajouter cette partie, car elle n'aurait pas été subjective, pour ainsi dire : j'aurais dû la raconter du point de vue du monde, pas de celui de Tito, et ç'aurait été une ingérence illégitime, en ce qui me concerne. Certes, il y en a bien, des ingérences, des passages romancés, mais j'ai chaque fois essayé de rester fidèle à l'esprit (sinon à la lettre) des carnets et journaux de Sella.

L'épilogue de l'histoire est du reste la partie la plus connue. L'enlèvement d'Altieri se déroula comme prévu, le 17 octobre 1977 entre 6 h 30 et 6 h 45, alors que le juge sortait de sa maison de Forte dei Marmi, prêt à monter en voiture avec le policier qui l'escortait, afin d'arriver de bonne heure au tribunal de Florence. L'agent fut désarmé et immobilisé sans problème, il se plia docilement à la volonté des ravisseurs, qui purent faire entrer Altieri dans le coffre du véhicule sans grande difficulté, le juge étant un petit bonhomme qui n'atteignait pas le mètre soixante-dix, fort docile lui aussi quand, au lieu de s'asseoir dans son fauteuil de juge, il s'était retrouvé face au bras armé du prolétariat.

Ce que les ravisseurs n'avaient pu prévoir, c'était le barrage de la via Freddana, que les Ravachol empruntaient pour regagner la ferme. Il faisait encore nuit et les carabiniers n'avaient pas grand-chose à faire. Lorsqu'ils aperçurent la voiture dans laquelle se trouvaient Emma et Miro, ils durent se dire que l'arrêter les occuperait. Ce qu'on ne sait pas, en revanche, c'est comment ils réagirent quand la voiture mit le clignotant à droite et s'arrêta pratiquement de son plein gré.

La raison pour laquelle le véhicule s'était rangé sur le bas-côté est simple : il était propre. Hormis les armes – qu'ils n'auraient trouvées que s'ils avaient décidé de fouiller de fond en comble la voiture de jeunes mariés en apparence irréprochables, avec une poussette astucieusement posée sur la banquette arrière –, rien ne pouvait les relier à l'enlèvement (dont les carabiniers ignoraient tout), et ils circulaient avec quelques minutes d'avance sur celle qui transportait le juge, justement pour éviter les mauvaises surprises.

Le fait est que, quand la deuxième voiture, dans laquelle se trouvaient Athos et Tito, arriva au barrage, les choses tournèrent mal : au lieu de ralentir et d'attendre que les carabiniers, qui étaient occupés par l'autre véhicule, lui fassent signe de passer, Athos accéléra, pensant probablement qu'ils étaient là pour eux et non pour des contrôles de routine. Lorsqu'ils virent la voiture accélérer, donnant l'impression qu'elle voulait forcer le barrage routier, les carabiniers levèrent leur palette rouge : un instant auparavant, les ravisseurs auraient pu passer sans problème, mais ils devaient à présent forcer le barrage, si bien que les carabiniers se désintéressèrent de la première voiture et bondirent dans leur véhicule.

Les voyant partir sur les chapeaux de roues, Emma et Miro démarrèrent à leur tour, devançant les carabiniers. La campagne était plongée dans le noir mais, en vertu de ce qu'ils auraient pu appeler un peu hâtivement de la chance, tous les Ravachol la connaissaient par cœur. Sûr de lui, Athos prit donc une petite route secondaire presque invisible, qu'il parcourut tous phares éteints, jusqu'à atteindre une clairière où Tito et lui abandonnèrent la voiture puis attendirent leurs poursuivants mitraillettes au poing.

Quand ceux-ci arrivèrent, après avoir suivi le même chemin, les deux hommes ouvrirent le feu et leurs poursuivants brandirent leurs armes pour riposter.

Dans la confusion, personne ne se demanda comment les carabiniers avaient fait pour trouver la petite route ni pourquoi ils n'avaient pas allumé sirène et gyrophare. La réponse aurait été, simplement, que les poursuivants n'étaient pas les carabiniers, mais

Emma et Miro : les deux groupes de Ravachol se tiraient dessus.

C'est cette fusillade qui attira les militaires dans une clairière où ils ne seraient jamais parvenus seuls et, lorsqu'ils y arrivèrent, une nouvelle fusillade éclata, au cours de laquelle le brigadier Domenico Navarra fut mortellement atteint. Quand les renforts arrivèrent, il faisait plein jour et, en plus du carabinier, gisaient au sol les corps de trois des quatre ravisseurs : Emma Palmi, Miro Vitale et Athos Bastiani. Le quatrième membre du groupe, Tito Sella, avait réussi à s'enfuir. Les carabiniers mirent du temps à ouvrir le coffre de la voiture, dans lequel ils trouvèrent le corps criblé de balles du juge Altieri.

Telle est la reconstitution des faits qui se dégage des actes du procès. Les forces de l'ordre en ressortent un peu trop immaculées pour qu'elle soit tout à fait crédible, mais c'est la seule dont nous disposions : les brigadistes se sont entretués parce qu'ils ne se sont pas reconnus et, dans ce chaos, plusieurs balles ont perforé le coffre, frappant mortellement le juge. Le brigadiste en fuite fut retrouvé quelques heures plus tard dans une ferme près de Gombitelli, et non seulement il se laissa arrêter sans résistance, mais à partir de ce moment et jusqu'à la fin de son procès, il ne nia pas sa responsabilité, se contentant de se déclarer prisonnier politique. Il choisit de ne pas se désolidariser et de ne pas collaborer à l'enquête, ni à ce moment-là ni cinq ans plus tard, quand la loi sur les repentis fut votée.

Tito Sella n'a jamais rien dit ou écrit sur l'enlèvement d'Altieri. C'est pourquoi il m'a semblé plus correct de ne pas inclure cette opération dans le texte de la *Fantasima*.

Mais il existe une raison encore plus convaincante qui m'a poussé à clore le récit avant que cette opération ne commence : une raison littéraire. C'est l'un des thèmes récurrents de l'œuvre de Sella – celui sur lequel est construit tout le cycle des *Hagiographies* et qui revient également dans *Le Goût de la neige* : il est un moment où s'interrompent la chronologie et les événements d'une vie afin de révéler l'identité ultime d'un personnage, l'essence d'un individu, ce que Sella lui-même, citant Yeats, appelle "le visage que j'avais avant que le monde ne fût". Borges écrit – et Sella reprend – que "toute destinée, pour longue et compliquée qu'elle soit, comprend en réalité un seul moment : celui où l'homme sait à jamais qui il est".

Je suis persuadé que, pour Tito Sella, ce moment a coïncidé avec la nuit où il a pris la décision d'agir, choisissant de participer à l'enlèvement d'Altieri, auquel il s'était jusque-là opposé. Un choix dont j'ai tenté de reconstituer le cheminement mental en m'appuyant le plus fidèlement possible sur les entrées de son journal datant de ces jours-là, que j'ai ensuite condensées dans le paragraphe sur lequel j'ai conclu *La Fantasima*, car, pour des raisons évidentes, il ne racontait nulle part l'aube précédant le massacre.

C'est dans cette décision que se cristallise ou que se révèle l'essence même de l'être humain Tito Sella. C'est à ce moment-là qu'il a montré une fois pour toutes son visage éternel. C'est pourquoi il m'a semblé plus juste de terminer sur cet événement, qui contient la motivation de toute son histoire. Le reste, de l'enlèvement catastrophique d'Altieri aux vingt ans et quelques passés en prison, n'est que contingence, conséquence, pléonasme. Toute sa vie n'est que le corollaire logique et inévitable de cette décision.

À Paris, après soixante-douze heures d'émerveillement devant une splendeur si éhontée, les emmerdements commencent. Je ne parle pas seulement des deux mois durant lesquels mes seules sorties ont été d'aller voir les matchs de l'Inter dans un bar italien et les soirées de jazz manouche dans le Quartier latin auxquelles m'a traîné Samuele, un doctorant sans bourse de la minuscule université de la Tuscia qui s'occupe de choses médiévales (impossible d'être plus précis), pendant lesquelles il réussissait à faire durer un demi toute la soirée en écoutant avec ravissement ces gitans virtuoses de la guitare, pendant que j'essayais, moi, de faire passer le temps en buvant des verres d'un vin rouge pâle.

Non, le véritable *experimentum crucis* parisien, ce sont les semaines où on est obligé de parcourir la capitale mètre par mètre à la recherche d'un logement pour six mois dans une ville où tout le monde a besoin d'un logement pour six mois et où *pratiquement tout le monde* a plus d'argent que moi. J'ai fait la queue avec des foules de personnes à qui un agent immobilier avait fixé rendez-vous à la même heure afin de leur montrer des chambres de bonne, des mansardes et des caves qui auraient mérité qu'on interpelle la Cour européenne des droits de l'homme et pour lesquelles il réclamait cinq à six cents euros par mois sans le moindre scrupule. Tout le monde vous dit que "d'ailleurs il y a la CAF", un système d'aide qui vous rembourse une partie du loyer si vous êtes pauvre et qui a pour effet pervers une véritable flambée des prix ; mais dès le départ, j'ai su que mes chances de sortir victorieux des méandres d'une démarche entreprise dans le pays qui s'enorgueillit d'avoir inventé le terme "bureaucratie" étaient objectivement proches de zéro.

Quand, après d'exténuantes recherches, on m'a refusé une *studette** – (une pièce minuscule qui n'a pas la taille minimale pour être appelée studio) au sixième étage sans ascenseur, aux toilettes partagées avec les multiples familles entassées dans les autres *studettes* de l'étage et à la micro-douche encastrée dans le mur à côté des plaques électriques qui servaient de cuisinière au motif que je n'avais pas les "références" nécessaires –, j'ai décidé de mettre ma fierté de côté et d'appeler à l'aide la dernière personne que j'avais envie de solliciter : ma toute-puissante petite amie.

Letizia, qui me l'avait proposée dès le début et à qui j'avais opposé un fier refus, ne me l'a même pas reproché. Elle a enregistré ma capitulation avec l'aplomb de celle qui attendait que mon cadavre passe devant ses yeux au fil de l'eau et s'est mise au travail avec son efficacité habituelle : sa mère a sondé plusieurs amis qui possèdent des appartements à Paris, et elle a mobilisé son réseau de personnes chics (je ne sais pas trop comment ça fonctionne, mais j'imagine une discussion internationale sur WhatsApp intitulée "Rich People", où des privilégiés du monde entier s'entraident, telle une franc-maçonnerie de l'*upper class* mondiale). Deux jours plus tard, Letizia m'envoie le numéro d'un ami d'ami d'ami qui loue peut-être une chambre à Saint-Michel, en plein centre de Paris. Je suis presque tenté de ne pas appeler, sachant très bien que plus on se rapproche du centre, plus les logements deviennent soit inabordables soit invivables. Mais je finis par le faire et par y aller, car je ne peux pas me permettre de ne pas tout essayer. Et j'ai une bonne surprise : après avoir visité deux cents taudis, j'entre dans une pièce décente, grande, avec une fenêtre et une salle de bains. Elle a ses défauts : un étage élevé et sans ascenseur, au sommet d'un escalier si raide qu'on a peur de tomber à chaque marche, un lit qui pour le moment est le canapé, enfin l'inévitable moquette. Mais par rapport à ce que j'ai vu ces dernières semaines, c'est une merveille. Le propriétaire, Nicolas, un Français d'une vingtaine d'années qui semble tout droit sorti des rêves érotiques francophiles de toute jeune Italienne, m'annonce qu'il va s'absenter pendant six mois. Il m'explique qu'il part à Bangkok écrire un roman sur une bande de criminels thaïlandais : il a déjà essayé d'être écrivain, mais sans succès, et ces six mois sont sa dernière chance. Si, à son retour, il n'a pas obtenu un résultat à la hauteur de ses espoirs, il renoncera et passera à autre chose.

— La FEMIS, peut-être, me confesse-t-il.

— La... ?

— La FEMIS, répète-t-il. *It's the french school for cinema. Film director. Do you know ? Escuela de ciné.* Godard, Truffaut... Felliniii...

— Ah ! OK, OK.

Bref, je ne sais pas si j'ai bien compris, car je communique en passant d'un français italianisé à un anglais laborieux, tandis qu'il parle franco-français avec de temps en temps quelques mots d'espagnol, qu'il croit manifestement interchangeable avec l'italien. Mais si la moitié de ce que j'ai compris est vraie, il est clair qu'il vit sur une autre planète que celle où j'ai grandi et, oserais-je dire, que celle où Letizia a grandi elle aussi. En revanche, le point sur lequel il n'y a aucun problème de compréhension, ne serait-ce que parce que nous utilisons le langage universel des chiffres, avec l'aide d'un stylo et d'un papier, c'est le prix : "*800 euros a month*", évidemment au noir, "cash", ce qui veut dire que je ne pourrai pas bénéficier de l'aide de la CAF. Deux mois d'avance plus huit cents euros de caution qui compteront comme dernier mois de loyer, si je ne fais pas de dégâts entre-temps. Une rapide addition : quatre mille huit cents euros pour six mois, dont deux mille quatre cents euros tout de suite, rien que pour le loyer. Environ le double de ce que j'avais prévu. J'accepte aussitôt, avant que le beau Nicolas ne change d'avis et ne loue son appartement à quelqu'un d'autre, tandis qu'il s'efforcera d'incarner le cliché du jeune artiste tourmenté et sans talent. Durant ces quelques mois, je vivrai au-dessus de mes moyens et en juillet je verrai : si j'ai trop de dettes, je ferai comme le comte Mascetti qu'interprétait Ugo Tognazzi et je mettrai fin à mes jours.

J'essaie d'appeler ma mère, que je trouve dans un de ses rares moments de générosité. Je lui dis que j'ai enfin trouvé un logement, je lui explique en gros où il se trouve et, de façon incroyable, elle se montre à l'écoute :

— Oh, quel merveilleux petit endroit tu as déniché ! C'est tout près de cette librairie anglaise, comment elle s'appelle ? Shakespeare quelque chose. C'est merveilleux !

— Merveilleux, je confirme. Puis je me lance : Le seul problème, c'est l'argent.

Elle répond sur le même ton :

— Allons, ne t'inquiète pas, je t'aiderai. Pour quelques mois, aucun problème. Ah, San Michele...

— Merci, M'man, je balbutie, étonné que ma demande de financement ait abouti sans rencontrer d'obstacle.

— Tu sais, il y a une petite rue, par-là, la rue de la Huchette, je crois : c'est là que se trouve mon restaurant préféré. Le Chat quelque chose...

— Le Chat Noir ? je demande, en pensant à un des modèles de T-shirts les plus répandus parmi les touristes.

— Mais non, voyons, elle me répond, presque agacée. Ce n'est pas du tout le même coin. Un autre ! Je vais retrouver la carte du restaurant et je te dirai. Ils ont de ces plateaux de fruits de mer ! Quand Letizia viendra te voir, ne sois pas pingre, emmène-la. Je te rembourserai.

Ma mère a dû se découvrir le goût de la munificence. Ou bien, pour la première fois, elle est fière de son cher fils, dont elle ne se serait jamais autorisée à croire qu'il puisse un jour finir ses études à Paris ; ou encore elle craint que le trentenaire ne succombe aux difficultés immobilières parisiennes et ne revienne chez elle, lui reprenant les six mois de liberté qu'il lui avait promis. Ou plus simplement, une douce hémorragie de souvenirs lointains a dû se déclencher en repensant à son voyage de noces à Paris avec mon père. Elle n'y était restée qu'une semaine, mais elle devait avoir eu le centre émotionnel grand ouvert pour tout capter, si bien que tout est resté gravé à jamais dans sa mémoire. Moi qui appartiens à la génération *low cost*, j'ai visité cinq fois plus de capitales européennes qu'elle, pourtant je ne me souviens de rien : je les choisis en fonction du prix, je ne me renseigne pas sur les choses à voir et je les visite en me disant que j'y retournerai dans tous les cas, je ne vois donc pas l'intérêt d'occuper de l'espace dans ma mémoire.

Quoi qu'il en soit, j'y suis allé, dans son restaurant préféré : j'y ai emmené Letizia quand elle est venue me rendre visite pour voir comment je m'installais et afin de me faire découvrir à marche forcée les beautés de la ville et les endroits à la mode. C'est évidemment un piège à touristes ; la rue de la Huchette elle-même, malgré le théâtre de Ionesco, ressemble à une petite rue de ces villages touristiques italiens aujourd'hui complètement colonisés par les boutiques de souvenirs : où les langues les plus parlées sont l'anglais enthousiaste des Américains et l'italien de supporters de foot. Le français n'y a pas droit de cité. S'il est vrai que ma mère a pour elle sa capacité à se laisser charmer par le monde, j'en ai une autre, qu'un mois à Paris n'a fait qu'aiguiser : l'art du snobisme préventif.

La Bibliothèque nationale de France, site François-Mitterrand, est l'un de ces édifices déraisonnablement pharaoniques que les présidents français du siècle dernier s'offraient en guise d'hommage à eux-mêmes, au terme d'un ou deux mandats de sept ans, c'est-à-dire après avoir exercé un pouvoir quasi absolu pendant parfois quatorze ans, et donc jusqu'à atteindre un état de délire narcissique bien compréhensible. L'archétype de ces monuments est bien sûr le Centre Pompidou, que les visiteurs italiens considèrent comme un répugnant entrelacs d'innocents tuyaux et de morceaux de plastique coloré, avant de découvrir dans leur *Lonely Planet* qu'il est l'œuvre de Renzo Piano et, dans un élan contraire de chauvinisme, de le juger alors d'une stupéfiante audace.

François Mitterrand, le dernier grand président socialiste français, est connu, entre autres, pour sa politique d'asile à l'égard des terroristes italiens d'extrême gauche, considérés comme des prisonniers politiques et donc non susceptibles d'être extradés, raison pour laquelle de nombreux individus en cavale se sont installés en France et y sont restés, pour échapper à la justice italienne. Et c'est probablement la raison pour laquelle les archives de Sella se trouvent aujourd'hui ici plutôt qu'en Italie. En effet, même les Français ont parfois une logique impénétrable, si bien que ses archives "privées" (celles dont j'ai tiré *La Fantasima*) se trouvent sur le site Richelieu, une splendide bibliothèque ancienne à deux pas du Louvre, où même quelqu'un comme moi se sent tout de suite plus intelligent dès qu'il y met les pieds. Les archives "littéraires" de Sella, c'est-à-dire celles qui contiennent ses documents préparatoires, ses notes et les brouillons de ses livres, que je vais maintenant consulter, se trouvent en revanche sur le site François-Mitterrand, dont la caractéristique principale est son impénétrabilité.

La bibliothèque se dresse dans un quartier anonyme et mal desservi (pour les standards parisiens), et une fois qu'on est arrivé à l'une des stations de métro les plus proches, il faut marcher longtemps en direction de quatre tours en verre beige, qui semblent s'éloigner à chaque pas qu'on fait dans leur direction. Quand on arrive enfin à proximité, on se rend compte que les tours ont été construites sur une sorte de plate-forme surélevée et que la bibliothèque proprement dite n'a rien à voir avec ces quatre tours monumentales mais s'étend sous terre, autour d'un immense puits central qui abrite un jardin luxuriant et inaccessible. Rien que pour trouver l'entrée et se faire une idée de la topographie des lieux – qui invite à penser qu'au fond les innocents tuyaux de Renzo Piano n'étaient qu'un sympathique divertissement à côté du sadisme pervers dont a fait preuve l'architecte de cette bibliothèque labyrinthique –, il faut presque toute la première journée.

Quand je parviens enfin à entrer, je demande à consulter "les archives Sella" et on me répond que ce n'est pas possible. "*Pourrrkoua* ?", je demande dans mon français qui fait saigner les oreilles gauloises de mon interlocuteur. Celui-ci, qui parle au ralenti dans l'espoir que mon cerveau de personne à la francophonie hésitante le comprenne, m'explique que la bibliothèque fonctionne comme les enfers et qu'elle est donc faite de cercles superposés. La carte que j'ai obtenue permet d'accéder au *niveau public**, alors que j'ai besoin de celle qui donne accès au *niveau recherche**, où se trouvent les archives tant convoitées. Je lui demande comment obtenir la carte qui permet de plonger jusque dans les profondeurs du *niveau recherche*, et il m'explique que les bureaux qui s'en occupent sont dans l'aile ouest, tout en me faisant comprendre que les cartes donnant accès au cœur de la bibliothèque sont un bien très recherché qu'on ne délivre pas si facilement, il faut des papiers et des lettres de recommandation ("de professeurs français", précise-t-il, craignant sans doute que ceux dont je dispose ne m'aient été fournis par un professeur d'une quelconque université de la république subsaharienne d'où je viens).

La belle et hautaine dame d'âge moyen que je trouve en face de moi dans les bureaux de l'aile ouest est un mélange de politesse mielleuse et d'inflexibilité. Elle élude sèchement ma tentative d'approche en anglais, une langue qui, pour les questions techniques, me semble plus efficace, et m'explique qu'il y a des procédures spécifiques, qu'elle énumère, mais j'ai du mal à suivre son exposé. Chaque fois que j'essaie de dire quelque chose dans mon français encore plus bancal à cette femme glaciale qui m'intimide, elle me répond calmement et poliment, en usant de périphrases où je décèle une certaine politesse formelle, tout en m'égarant dans leur déchiffrage.

— Mersssi, mersssi..., je dis en repartant les mains vides.

— Je vous en prie, me répond la glaciale reine des neiges et, comme si elle me faisait une fleur, elle me tend une feuille de papier présentant ce qu'il faut faire pour accéder au “niveau recherche”. Je songe alors que si elle me l’avait donnée au début de la conversation, j’aurais peut-être compris quelque chose.

— Désolée d’intervenir, tu es italien, non ?

C’est une fille qui fait la queue au même guichet que moi : tatouée, cheveux noir de jais, frange très courte et sans maquillage, à la française, avec cette façon qu’ont les Parisiennes d’être toujours naturelles pour faire comprendre entre les lignes qu’elles sont belles et n’ont pas besoin de soigner le maquillage, la coiffure ou la façon de s’habiller : elles sont belles et c’est tout. Je ne suis pas très doué pour évaluer l’âge des personnes, sans doute parce que j’ai tendance à me percevoir bien plus jeune que je ne le suis, mais dans son cas je suis prêt à parier qu’elle a quelques années de moins que moi.

— Oui, je suis italien. Toi aussi ?

Elle ne prend pas la peine de me répondre.

— Si tu as besoin de la carte *recherche**, je te préviens : c’est un cauchemar.

— Je viens d’en faire l’expérience. Les Français peuvent être vraiment cons. Maintenant, à cause de ça, je vais perdre dix jours, je dis non sans exagération. Je te souhaite d’avoir plus de chance.

Je l’examine un instant, puis j’ajoute :

— Tu n’es pas un peu jeune pour le niveau premium ?

— J’en suis à mon deuxième renouvellement. Mais moi aussi je me suis retrouvée entre les griffes de ces gens-là, répond-elle. Je peux te donner un conseil ?

— Vas-y.

— Quand tu t'adresses aux Français, ne te mets surtout pas à parler anglais. Ça les vexe et ils se cabrent immédiatement. Ils n'ont toujours pas accepté que le français ne soit plus la langue internationale. Pour eux, on est encore au XIXe siècle. Ici, un professeur m'a expliqué un jour, *très sérieusement*, que le français était la langue la plus naturelle du monde, car il suit exactement l'ordre de la pensée.

— Les pauvres, c'est presque touchant, j'observe.

Elle sourit.

— En tout cas, pour être sûr qu'ils te jettent, tu n'as qu'à leur parler anglais. Si tu veux les amadouer, fais l'effort de leur parler en français. Si tu le parles vraiment mal mais qu'ils voient que tu fais un effort, ils passeront à l'anglais pour mettre fin à ton supplice. Et s'ils passent à l'anglais, c'est gagné : à partir de là, ce sont eux qui ne comprennent plus rien et tu pourras les avoir comme tu veux.

— Logique implacable, j'admets.

— À ta place, je réessaierais.

Puis c'est son tour, elle me salue et va voir la reine des neiges, qui lui accorde son renouvellement en un claquement de doigts.

Quand on me rappelle, je me retrouve heureusement à un autre guichet et j'exhibe aussitôt mon meilleur français. Cependant, ça ne suffit pas à l'employée, qui commet alors l'imprudence de passer à l'anglais. Elle ne dispose plus de ses habituelles formules contournées qui dressent un écran de fumée et j'en profite pour faire valoir le fait que j'étudie des archives qui ne se trouvent que là, au *niveau recherche** de la bibliothèque, de sorte que j'obtiens ma carte toute neuve, rouge et exclusive.

Le *niveau recherche* se trouve à des profondeurs spéléologiques. Il est constitué d'espaces immenses, gigantesques et disproportionnés par rapport aux êtres humains qui s'y baladent : le plafond doit être à six ou sept mètres de hauteur et les murs sont en acier. Des centaines de mètres carrés d'acier sombre qui renferment des kilomètres cubes de vide et de pénombre ; des couloirs à perte de vue recouverts de moquette pourpre, de grandes tables en bois carrées, des comptoirs lointains gardés par d'inflexibles gardiens de l'ordre et du silence, des tourniquets pour entrer et sortir, des procédures baroques pour dissuader les paresseux d'aller fumer une demi-cigarette à l'air libre au milieu de leurs recherches. Voilà à quoi ressemble le paradis du savoir imaginé par les architectes de Mitterrand.

Pourtant, depuis que je fréquente quotidiennement la bibliothèque – que je désigne à présent par l'affectueux acronyme BNF, tels les membres de la secte que forment ses visiteurs les plus assidus –, ma vie a connu des améliorations significatives. Tout d'abord, je me suis mis au vélo. Samuele, le doctorant sans bourse qui m'a initié à la vie parisienne et qui, sans revenu dans une des villes les plus absurdement chères d'Europe, mène une vie admirablement ascétique, m'a convaincu que le meilleur moyen de se déplacer à Paris était le vélo. En effet, Paris est largement cyclable, à peu près plate, et bénéficie d'un ciel gris clair uniforme qui ne donne presque jamais de pluie. Un dimanche, je me suis donc laissé entraîner aux puces de Saint-Ouen pour acheter un vélo d'occasion. L'enthousiasme sincère de Samuele et celui, simulé en bon professionnel, du vendeur algérien m'ont convaincu de prendre une bicyclette de type Graziella avec frein à rétropédalage. C'est un vélo de dame nonagénaire, mais après l'avoir essayé j'aurais payé sans hésiter la somme excessive que réclamait le vendeur si Samuele n'était intervenu pour négocier le prix.

J'ai donc eu la surprise de découvrir que Paris était une ville à la mesure de Graziella : le trajet que je fais chaque jour pour me rendre à la bibliothèque est très beau, les endroits où je risque ma vie pas trop nombreux et, en plus, j'ai l'impression non pas de perdre du poids, mais au moins d'éliminer une partie du beurre que je consomme depuis que je vis en France. Mais le véritable progrès que je dois à ma fréquentation assidue de la BNF, c'est que je me crée peu à peu un cercle de connaissances, presque toutes des doctorants italiens qui étudient des choses improbables dont ils sont les meilleurs spécialistes mondiaux, et dont aucun ne donne l'impression d'être un champion de la vie sociale. Nous finissons donc par former un petit groupe d'outsiders : nous déjeunons ensemble, nous faisons des pauses-cigarettes programmées toutes les deux heures et, parfois, nous nous arrêtons pour un apéritif ou un film au multiplex situé à proximité de la bibliothèque. Il arrive même que quelqu'un soit invité à l'une de ces fêtes qu'organisent les Français dotés d'appartements dignes de ce nom et qu'il y entraîne plusieurs d'entre nous. Pour moi, ces fêtes se résument généralement à enchaîner les cigarettes, à échanger quelques mots avec des Français et, pour le reste, à boire et à discuter avec d'autres Italiens, souvent ceux avec qui je suis venu. La seule personne francophone qui ait bien voulu franchir la barrière de la langue pour communiquer avec moi a été Mäel, un Français qui ressemble à Louis Garrel, est amoureux de la Toscane et étudie Percy Bysshe Shelley. Quand il a su que j'étais originaire de Viareggio, où Shelley est mort, il ne m'a plus lâché. Pendant un moment j'ai apprécié sa compagnie et les verres de vin blanc qu'il allait chercher régulièrement puis, à un moment, je me suis senti obligé de lui signaler que j'étais hétérosexuel. Mais ça ne l'a pas découragé, il est resté quelques minutes supplémentaires à me parler des villas de Lucques avant d'être avalé par la fête, me laissant seul avec mon verre vide, un peu triste d'avoir laissé filer ce qui était peut-être le meilleur coup de ma vie.

Du reste, la bibliothèque est un véritable port franc : tous ceux qui gravitent autour de l'université italienne y passent tôt ou tard, parfois brièvement. J'y ai même croisé Sacrosanti, qui avait été invité à un séminaire de la Sorbonne et en avait profité pour passer quelques jours à consulter les cahiers préparatoires de la *Recherche* de Proust. Comme toujours, le Grand Professeur s'est montré extrêmement affable, il m'a invité à déjeuner dans un restaurant macrobiotique non loin de la bibliothèque, où nous avons un peu parlé de mon travail. Il m'a conseillé de me concentrer sur les archives littéraires sans perdre de temps avec les archives personnelles, et je me suis bien gardé de lui dire que j'avais *déjà* consacré pas mal de temps à ces dernières. Ce qui, je pense, n'a pas été inutile, car je ne crois pas que j'aurais pu pénétrer le monde de Sella si je ne m'étais pas frotté à ses documents privés. Dans l'immédiat, je ne dis rien, ce que j'écris parlera pour moi, et je suis sûr que mon mentor ne sera pas déçu. À l'issue du déjeuner, il m'a dit que, s'il arrivait à se libérer, il m'inviterait à dîner un de ces soirs (une invitation dont je savais qu'elle n'était qu'une marque de sympathie, mais qui n'a pas manqué de me stresser pendant plusieurs jours).

Après le prof, ç'a été le tour de Carlo, que j'ai aperçu entre les larges et massives tables de la BNF. Je lui ai pratiquement sauté dessus et je n'ai pas caché ma joie, alors qu'il n'avait pas l'air d'être d'humeur à ça. Je l'ai invité à boire une bière, mais il m'a dit qu'il ne pouvait pas, de sorte que notre échange de nouvelles fraîches a été rapide, devant la machine à café de l'aile est.

— Tu n'exagères pas avec le *spinning* ? je lui ai demandé, le trouvant encore plus maigre que d'habitude et me rappelant que c'était sa façon à lui de garder la forme.

Il a mis un peu de temps à comprendre.

— Ah oui, le *spinning*... J'ai trouvé une nouvelle méthode pour perdre du poids.

— Laquelle ?

— Je ne mange plus.

— C'est trop facile. Le but, c'est de manger et de perdre du poids en même temps. Arrêter de manger, tout le monde peut le faire.

Ça ne lui a pas arraché le moindre sourire. J'ai poursuivi :

— Et comment on fait pour se défaire de notre dépendance à la nourriture ?

— Il suffit d'avoir des emmerdes.

— Mais encore ?

Il m'a regardé comme pour dire : *Et si tu t'occupais de tes fesses ?* Mais, comme je l'ai compris avec l'expérience, ma balourdise est un excellent moyen pour amener les gens à se confier.

— Tu ne sais pas, pour le poste ?

— Je ne suis pratiquement jamais au courant de rien, à ce stade tu devrais le savoir.

— Pas faux.

— Tu veux parler du poste pour lequel Sacrosanti devait recruter ?

— Précisément.

— Ça s'est mal passé ?

— Pire, il a répondu en faisant une grimace montrant que la blessure était encore ouverte.

— C'est-à-dire ?

— C'est-à-dire que le dernier poste de chercheur que le département avait à pourvoir pour les trois prochaines années au moins et que Sacrosanti m'avait promis, comme tu le sais, n'est plus à nous.

— Hein ? Mais c'est nous qui faisons la loi !

— Qu'est-ce que tu veux que je te dise ? Ça devait être un renvoi d'ascenseur et il n'avait pas le choix, qu'est-ce que j'en sais ? Il m'a dit qu'il était coincé, mais je sais que ce n'est pas vrai : ce poste m'appartenait et tout le monde dans le département le savait. J'ai fini par péter un câble et on s'est engueulés. Violemment. Je lui ai dit ce que je pensais et il m'a répondu que je venais d'enterrer ma carrière.

— Je suis vraiment désolé, j'ai dit en toute sincérité.

— C'est pour ça que je suis venu ici : j'essaie de voir si je peux trouver quelque chose en France, même un simple postdoc. J'ai un contact à Nanterre, je vais le voir demain. Peut-être

qu'entre-temps j'aurai l'habilitation comme *maître de conf**. On verra bien.
— Merde, sale histoire. Je croise les doigts, mec.
— Et puis j'ai rompu avec Barbara, il a ajouté en suivant le cours de ses pensées. Enfin, c'est elle qui m'a quitté. Elle a bien fait, d'ailleurs : en ce moment, je suis sur les nerfs, et avec cette histoire d'horloge biologique, elle veut un enfant. Mais tu penses bien que je n'envisage pas d'en avoir un maintenant, moi, alors que je dois faire le tour de l'Europe pour mendier un poste pour un an ou deux. Un jour, qui sait ?
— Tu pourrais enseigner dans le secondaire, non ?
— C'est trop tard, il a répondu.
— Oh arrête, il y a toujours des postes. Je connais des gens qui ont commencé à plus de quarante ans.
— C'est trop tard, il a répété et, cette fois, j'ai eu la nette impression que ce n'était pas à moi qu'il s'adressait. Et puis si j'enseignais dans le secondaire, je suis sûr que la frustration me boufferait... C'est comme ça, maintenant. Je vais devenir un moine pèlerin. L'image l'a vaguement fait sourire. Peut-être que j'aurai de la chance. Regarde Morreale, par exemple – tu es trop jeune pour l'avoir connu – : il a crevé de faim pendant deux ans, puis il a gagné une bourse Marie-Curie de trois mille cinq cents euros par mois pendant trois ans. Aujourd'hui, il est aux États-Unis, à Brown.
— Je t'y vois, à Brown, j'ai dit pour le réconforter un peu.
— Quelle vie de merde, il a conclu, avant d'avaler son café instantané imbuvable et de disparaître dans le long couloir couvert de moquette rouge,

me laissant l'impression d'un guerrier vaincu qui avançait tête baissée sur les Champs-Élysées.

Un jour, à la bibliothèque, je tombe sur Pier Paolo, qui négocie une cotutelle avec l'ENS et qui vient donc de temps en temps à Paris pour faire des relations publiques, passant à la BNF pour y dispenser son savoir et son arrogance. Il est au café quand je fais une pause et, à la même table que lui, je reconnais la fille à la frange courte qui m'a aidé à franchir la Cerbère des cartes. Il m'est arrivé de la croiser de temps en temps au *niveau recherche* : elle s'appelle Tea, elle est romaine, fait sa spécialisation dans une fac de sciences politiques à l'acronyme imprononçable et a toujours snobé mon cercle de doctorants nerd qui, de leur côté, parlent d'elle comme de la "fille de Dark Vador", laissant entendre qu'elle est la fille du recteur de La Sapienza, qu'elle est apparentée à la famille Bellonci ou qu'elle est la nièce de Roberto Calasso. Quand Pier Paolo me reconnaît, je vois bien qu'il préférerait me congédier d'un geste de la main. C'est la seule raison pour laquelle je m'approche.

— Tu viens t'asseoir avec nous, Marcello ? propose Tea comme si nous étions les meilleurs amis du monde, et je me dis qu'elle en a peut-être ras-le-bol d'écouter le suprême Pier Paolo pontifier. D'ailleurs, je ne pensais pas qu'elle se souvenait de mon nom. Un bon point pour elle.

— Volontiers, je réponds. Vous voulez quelque chose ?

— Rien, fait sèchement Pier Paolo.

— Un yaourt, elle répond.

— Vous vous connaissez ? demande Pier.

— Bien sûr, elle dit.

Peut-être que je surinterprète, mais quand je reviens à table avec mon café et le yaourt de Tea, je remarque un rictus exaspéré sur le visage de celle-ci et j'en déduis que Pier Paolo est en mode autosatisfaction terminale. En réalité, je sais que c'est un gentil garçon, qu'il peut parfois se montrer généreux et même supportable, à toute petite dose, et que sous cette armure d'érudition super-héroïque il a ses points faibles ; mais je sais aussi que quand il parle à quelqu'un pour la première fois, surtout à une fille et dans un environnement comme la Bibliothèque nationale de France, la poussée de testostérone stimule son arrogance ; il ne peut pas s'en empêcher, c'est un démon qui le possède et l'oblige à montrer à quel point il est fort, reconnu, estimé, intelligent, introduit et...

— Quand j'ai parlé à Anne Laflêche de mon projet sur les traductions de Gadda, elle m'a regardé avec des yeux comme ça. Un peu plus et elle me nommait maître de conf *ad honorem*. "Vous vous rendez compte qu'un tel travail exige une parfaite connaissance non seulement de l'italien, mais aussi de toutes les autres langues que vous envisagez ?", elle me fait. Ce n'est pas pour me vanter : à mon avis, peu de gens en sont capables.

— Bien sûr, ce n'est pas pour te vanter, je souligne. Il me considère à peine, mais je suis convaincu que Tea sourit.

— Je lui ai donc montré les études préliminaires. Le travail sur le premier chapitre de *L'Affreuse Embrouille de via Merulana* que j'ai fait avec Jean-Paul Manganaro mériterait à lui seul d'être publié. Et puis je collabore activement avec Carlos Gumpert et Homero de Andrade. Malheureusement, William Weaver et Toni Kienlechner sont morts, mais j'ai trouvé des documents très intéressants sur leurs traductions.

Pier Paolo est l'un des plus fervents spécialistes en activité dans l'art ancien et terrible du *name dropping*.

— Eh ben, je fais.

— Je veux dire qu'à mon avis c'est vraiment un truc énorme. Parce que c'est une chose de pousser une langue jusque dans ses ultimes retranchements, au point de la déformer et de la rendre méconnaissable comme le fait Gadda ; mais Gadda le fait avec sa *propre* langue. Les traducteurs, eux, doivent en malmener une autre pour qu'elle reproduise les déformations presque monstrueuses de la langue source. Et là, d'après moi, les solutions choisies expriment les différentes possibilités plastiques de chacune !

Il lance cette dernière phrase, qu'il pourrait prononcer sans peine dans quatre autres idiomes, avec un sourire de triomphe. Et, je l'avoue, je suis vaguement ébloui.

Quand Tea dit d'un ton neutre :

— J'ai jamais trop aimé Gadda, on dirait presque une gifle délibérée à l'ego de Pier Paolo.

— Plaît-il ? il demande, avec une expression de surprise teintée de douleur.

— Vraiment jamais, confirme-t-elle sèchement.

— Mais tu l'as lu ? l'interroge-t-il, comme s'il voulait démasquer aussitôt la supercherie.

— Tu penses qu'une fille ne peut pas l'avoir lu ? Ou qu'elle ne peut pas l'avoir compris ? répond-elle ; et le ton est enjoué, mais le regard non. (Je sens que ces manières me rappellent quelqu'un, mais je ne saurais dire qui.)

— Non, pas du tout. C'est juste que quand on le lit, on ne peut pas s'empêcher d'en tomber amoureux. Pas vrai, Marcello ?

Le fait que Pier Paolo m'interpelle montre à quel point il est troublé par cette réaction hérétique ; je m'apprête à lui donner raison, car s'il y a une chose que j'ai comprise dans ma carrière universitaire, c'est que les chercheurs en littérature suivent dogmatiquement un Décalogue dont l'un des commandements dit : "On ne discute pas Gadda : on le vénère."

Mais la fille me devance :

— Bon, c'est quelqu'un qui sait écrire, d'accord, mais ça va bien pendant quelques pages. À la longue, son style donne carrément la nausée.

— Qu'est-ce que tu racontes ?! Si on met de côté Dante et L'Arioste, personne n'a jamais employé la langue italienne aussi bien que lui.

— C'est possible... Mais je pense que c'est juste du narcissisme. Le vôtre, je veux dire. Quand vous lisez Gadda, vous n'aimez pas vraiment ce qu'il écrit : ce que vous aimez, c'est de vous dire à quel point vous êtes forts, vous qui êtes capables de l'apprécier. Vous le validez et il vous valide en retour. C'est un génie qui écrit d'une manière incroyablement complexe et, moi qui le comprends, je suis admis dans le club des génies. Gadda, c'est juste le plaisir de se découvrir intelligent, de saisir des citations, de déchiffrer les néologismes, etc. Ça n'a rien à voir, ou très peu, avec le plaisir de la lecture.

Si je la regarde, je ne parviens à l'associer à personne. Mais si je l'oublie un instant, j'ai la nette impression de l'avoir déjà rencontrée. Je ne sais pas comment l'expliquer, mais j'ai la sensation d'avoir déjà partagé avec elle ce genre de conversation dans un passé lointain, de l'avoir admirée ailleurs pour son sens de la repartie.

Pier Paolo, lui, ne baisse pas les bras :

— Peut-être pas le plaisir d'une lecture naïve, une lecture de divertissement. Mais c'est l'essence de toute lecture consciente.

— À mon avis, c'est une perversion d'écrire uniquement pour les spécialistes. Tout le monde comprenait Homère... Et Dante semblait écrire de façon négligée, parce qu'il utilisait la langue vernaculaire... Les pièces de Shakespeare, même les analphabètes allaient les voir... Cervantès a écrit un best-seller... *Crime et Châtiment* a été publié par épisode, comme un roman-feuilleton. Puis, à un moment donné, on a décidé que la littérature devait être l'affaire des intellectuels et c'est devenu une chose bourgeoise. De la branlette.

Je la regarde, abasourdi. J'ai la sensation qu'on vient de briser devant moi le tabou le plus ancré dans les études littéraires italiennes. L'espace d'un instant, j'observe Tea à la lueur de cette révélation et j'ai une intuition : cette fille ne me rappelle pas quelqu'un que j'ai rencontré en chair et en os, mais une personne que j'ai connue indirectement. Cette formidable assurance, cette virulence faite de candeur et de pertinence sont les caractéristiques que j'avais associées à l'Emma de Tito Sella, à la façon dont elle incarnait la révolution.

Toujours aussi implacable, elle poursuit :

— Je n'ai rien contre lui, le pauvre. Le pire avec Gadda, c'est d'une part que vous, les universitaires, en avez fait un monstre sacré, et d'autre part tout le mal qu'il a fait à la littérature italienne.

— Carrément ! je m'exclame, aux anges, espérant inciter ma nouvelle Emma à continuer.

— Il y a deux fléaux dans la littérature italienne. Pétrarque et Gadda.

J'ai l'impression que Pier Paolo va tourner de l'œil, mais j'essaie de cacher la joie que cette vision me procure.

Puis il réagit :

— Tant que tu y es, pourquoi ne pas jeter aussi Boccace et Leopardi… ? Et peut-être aussi Michel-Ange, ou Puccini…, tente-t-il de dire, d'un ton si paternaliste qu'à côté, celui de mon professeur de lycée quand j'osais affirmer que Stefano Benni était meilleur que Manzoni était presque bienveillant…

— Quel rapport ? elle s'offusque, comme s'il n'avait absolument rien compris.

Cette jeune femme impudente est très différente des étudiants complaisants que j'ai croisés à l'université, qui rivalisaient de zèle pour donner raison au professeur, complétaient ses phrases les premiers et se déboîtaient le cou en hochant béatement la tête. Je me rends compte que le prestige dont on jouit à l'intérieur d'une bulle universitaire ne confère pas automatiquement une autorité incontestée dans le monde réel : c'est peut-être pour ça, justement, qu'on crée des bulles universitaires.

Elle reprend :

— La littérature italienne avait le choix entre Dante, qui parlait mal, était furieux et faisait de la politique, et Pétrarque, qui était au contraire bien sage, parlait chic et cassait les couilles à tout le monde. Et visiblement elle a choisi le modéré sans tripes : c'est comme ça qu'on a eu une littérature médiocre.

— “Une littérature médiocre !” l’imite Pier Paolo, et il émet un petit rire qui se voudrait supérieur, mais qui sonne faux.

J’ai une sorte d’épiphanie et je vois parler non pas deux personnes, mais deux catégories humaines : elle est une enfant de la haute bourgeoisie intellectuelle romaine, avec sa belle élocution à peine teintée d’une ombre d’accent romain, elle a marché à quatre pattes dans l’immense bibliothèque de ses parents et appelé “tonton” des professeurs d’université et des écrivains qui ont tous admiré son intelligence précoce, et elle a donc toujours traité les classiques avec naturel et même avec une certaine familiarité sarcastique, et pour cette raison n’a à présent aucun problème à formuler des jugements tranchés. Lui, au contraire, est le fils de deux enseignants des Pouilles, et son italien à la diction impeccable est le signe que la langue a été une forme d’émancipation mais aussi de distanciation par rapport à ses origines sociales : pour lui, étudier pour entrer à la Normale a été un accomplissement, fruit du travail et du sacrifice, et les classiques étaient des objets de vénération car ils lui offraient le salut. C’est pourquoi les jugements qu’il exprime doivent être réfléchis, justifiés, fondés scientifiquement. La grâce innée de l’aristocrate contre la rigueur pondérée de l’homme qui s’est fait seul : Pier Paolo n’a aucune chance.

— Quant à Gadda, ce qui s’est passé, c’est que lui, le pauvre, s’il a écrit comme ça, c’est par idiosyncrasie, très bien, pourquoi pas. C’était un réac, un bourgeois à la con, mais bon : il était comme ça, on n’y peut rien. Le problème, c’est qu’ensuite, en Italie, un tas d’écrivains ont décidé que s’ils n’écrivaient pas comme lui ils ne vaudraient rien, et le résultat, ç'a été une avalanche de bourgeois à la con qui écrivent des livres imbitables, sans une once du génie de Gadda en plus.

Je voudrais l'embrasser. Je n'irai pas jusqu'à dire que je suis d'accord, ne serait-ce que parce que je n'ai pas les outils pour le faire, malgré quinze années consacrées aux belles-lettres, mais je suis toujours fasciné par les personnes qui ont les idées claires et qui le montrent avec une telle force. Surtout s'il s'agit de quelqu'un qui a dix ans de moins que moi. Quand je l'ai croisée au bureau des cartes, je ne lui aurais pas donné trois sous (peut-être parce que j'étais trop occupé à me prendre pour Joseph K. dans le labyrinthe de la bureaucratie mitterrandienne), et les fois suivantes non plus, mais maintenant je me dis que ça vaudrait la peine de mieux la connaître. Perdu dans mes pensées, je ne me rends pas immédiatement compte que Pier Paolo a eu la même idée, rêvant peut-être de poursuivre cette escarmouche intellectuelle par d'autres moyens.

— ... ce soir, ils passent *Vivre sa vie* en version restaurée au Champo. On pourrait boire un verre dans le coin et ensuite aller au cinéma. Ou l'inverse : aller au cinéma et ensuite boire un verre.

L'invitation est impersonnelle, théoriquement elle s'adresse à nous deux, pourtant je crains que ce brave Pier Paolo n'éprouve aucun plaisir particulier à sortir en ma compagnie.

J'envisage de ruiner ses projets en répondant que je viendrai volontiers, mais avec son impressionnante rapidité de réaction et d'expression Tea me devance :

— Ce soir, je vais à Beaubourg voir *Shirin*, de Kiarostami.

— Vraiment ? Ça alors ! Moi aussi, j'ai prévu d'y aller ! je m'entends dire.

Je passe le reste de la journée à chercher comment obtenir un billet pour ce soir, de quel cinéma il s'agit et qui est ce Kiarostami.

J'ai découvert que Abbas Kiarostami était le plus célèbre réalisateur iranien et l'un des plus grands réalisateurs contemporains. J'ai regardé la bande-annonce de ses grands films – qui, si j'ai bien compris, doivent être *Le Goût de la cerise* et *Copie conforme* – et j'imagine que celui de ce soir sera un autre film franco-persan intellectuel et vaguement chiant, dont je pense, tout compte fait, pouvoir parler avec une certaine aisance à la fin. Mais finalement, rien, à part peut-être une solide thérapie préventive à base d'amphétamines, n'aurait pu me préparer à l'expérience *Shirin*. Pendant quatre-vingt-douze minutes, j'observe une "réflexion métacritique sur le médium filmique", c'est-à-dire que les images montrent uniquement les visages des spectatrices filmées pendant qu'elles regardent, en entier, un film sur l'héroïne persane Shirin, que nous ne voyons jamais, nous. De l'autre film, nous n'entendons que le son (en persan), tandis que nous observons les visages de plusieurs femmes qui assistent à la projection. Une idée géniale s'il s'était agi d'une nouvelle de Borges et Bioy Casares, d'une expérience pour théoriciens du cinéma ou d'une façon d'occuper pendant une demi-heure un groupe d'étudiants en école d'art qui auraient fumé un certain nombre de joints. Mais si quelqu'un, même un réalisateur iranien acclamé, la concrétise, alors ça devient une forme de torture. Je passe les dix premières minutes à attendre que le film commence pour de bon, puis je me doute que tout sera comme ça et je sens la colère qui monte, contre le grand Abbas Kiarostami, contre la culture, contre Paris, contre Tea et même contre moi, qui joue les intellectuels alors que je ne suis qu'un glandeur de province qui s'est retrouvé à faire des recherches en France à la suite d'un improbable concours de circonstances.

En signe de protestation silencieuse, je décide de dormir, ce que j'ai toujours réussi à faire sans problème au cinéma. Mais je m'aperçois que je suis maintenant tellement plein de bile que je n'arrive pas à trouver le sommeil, je ne suis à l'aise dans aucune position et, en plus, je sens l'agacement de mes voisins. Il ne faudrait surtout pas qu'ils ratent un passage ou qu'ils ne comprennent pas l'intrigue. Je regarde ma montre toutes les vingt secondes et j'envisage de prendre la fuite à plusieurs reprises. Je me demande pourquoi un type comme moi, par ailleurs heureux en amour, doit se mettre dans des situations aussi désagréables simplement pour voir une gamine devenir le cliché de l'intellectuelle parisienne.

À la fin de la projection, le public applaudit pendant cinq minutes, ce qui m'irrite davantage. Cette fois, c'en est trop, et je décide de m'enfuir sans même essayer de croiser Tea. La bouffée de cigarette que j'inhale avec volupté dès la sortie du cinéma a un goût de liberté retrouvée, de défaite de l'homoncule binoclard et intello face à l'homme sain et physique. Je me suis retrouvé et je me promets de ne plus jamais me perdre. Je ne répondrai plus aux sirènes de l'intellectualisme.

Tandis que j'essaie de me rappeler où j'ai laissé mon vélo, puisqu'on nous a visiblement fait sortir ailleurs que par l'entrée du cinéma, je vois une petite main qui me fait signe. C'est Tea, qui se roule à son tour une cigarette.

— C'était donc vrai que tu venais. J'ai cru que tu te foutais de moi.

Ne sachant que répondre, je fais un geste vague et m'approche. Elle donne toujours l'impression d'être parfaitement à l'aise. Elle me sourit. Elle est vraiment belle.

— Quel film incroyable..., elle commente avec sérieux.

Je la regarde de nouveau.

— Vraiment canon, je confirme.

Quand j'ai commencé mon doctorat, Carlo, qui m'avait tacitement pris sous son aile protectrice, un peu par sympathie et un peu pour sauvegarder la réputation du département, m'a donné à étudier une liste d'ouvrages sans lesquels, d'après lui, il était impossible d'entreprendre un doctorat en littérature. L'un de ceux qui m'ont le plus intéressé est *Mensonge romantique et Vérité romanesque* de René Girard, un livre dont la thèse (telle que je l'ai comprise) est la suivante : les romantiques croyaient, à tort, en l'homme-titan qui forge son destin, à savoir un être à la volonté de fer, capable de se fixer et de poursuivre des objectifs de manière autonome, alors que le roman montre que l'homme n'est absolument pas autonome, qu'il est agi plus qu'il n'agit, même et surtout quand il désire. On ne désire pas une chose parce qu'elle nous plaît ou nous correspond, mais parce qu'une force extérieure sur laquelle nous n'avons aucun pouvoir nous pousse à la désirer. On désire une femme parce qu'elle plaît à notre meilleur ami ou parce que tout le monde la trouve belle, alors qu'elle nous semble ordinaire ; on désire un vêtement parce qu'une star le porte ; on aime un film parce que des gens qu'on admire l'ont aimé, un livre parce qu'il plaît aux gens d'un cercle auquel on voudrait appartenir, un disque parce qu'on veut croire qu'on est le genre de personne qui apprécie cette musique, Hegel parce que ça va avec mon profil de chercheur ; je tombe amoureux d'une femme parce que je vois en elle le monde auquel j'aimerais appartenir, la vie que j'aimerais vivre.

C'est ce qui s'est passé avec Tea, je pense. Elle ne m'avait fait ni chaud ni froid la fois où je l'avais rencontrée, mais en la voyant mettre la misère à Pier Paolo j'ai perçu en elle une forme d'intransigeance presque naïve, de détermination guerrière, qui m'a fait penser à l'Emma de Tito Sella et, à partir de ce moment, je n'ai pas pu faire autrement : elle était devenue la révolution, et moi l'homme de lettres fatalement attiré par elle. Plus je m'intéressais aux archives de Sella, remarquant les interactions entre sa biographie et son œuvre, celle-ci étant tissée de références à son expérience personnelle, plus je me rendais compte que Tito avait dissimulé dans ses livres un chant d'amour et de deuil à Emma, et que son récit était habité par la culpabilité de l'avoir perdue, de n'avoir pas eu la force de la sauver. Et plus je comprenais tout ça, plus se renforçait l'identification entre Emma et Tea, entre Tito et moi. J'avais d'abord étudié ses romans, puis je m'étais mis à réécrire son histoire : le moment était venu de me mettre dans sa peau.

À la lueur de ce que je savais de sa vie, j'examinais à contrejour certains passages de son œuvre qui, à la première lecture, m'avaient semblé transparents et presque banals, et j'y voyais apparaître des filigranes insoupçonnés. J'ai enfin compris le sens de certains de ses personnages : j'ai compris pourquoi l'irrésolu Oblomov n'avait pu sauver du massacre nazi ni sa bien-aimée ni son village, et j'ai compris la violence de Nocentini, qui n'avait pas peur de la damnation, prêt à brandir dans un même geste la lutte des classes et son amour pour Edda. Et, en contrepoint, j'ai aussi commencé à comprendre ses héroïnes (surtout la Rosa du *Goût de la neige*), dures et radicales, intègres jusqu'à la cruauté, qui avaient toujours été des incarnations d'Emma et qui, comme elle, étaient vouées à une fin tragique en raison de la maladresse des hommes à qui elles avaient confié leur vie.

Dans mon esprit s'est créée une nébuleuse où la Rosa du roman, l'Emma que Tito Sella aimait et la Tea que j'ai rencontrée à Paris se juxtaposent, formant en quelque sorte une seule et même personne ; dès lors, il était inévitable que la lignée de leurs amants forme une parallèle, qui commence dans la littérature avec Nocentini, Rocky et Oblomov, se poursuit dans la réalité des années 1970 avec Tito et s'achève fatalement avec moi. Je ne *peux pas* m'empêcher de voir cette symétrie parfaite entre la littérature, l'histoire et l'intimité ; je ne peux pas ne pas tomber amoureux de Tea parce qu'elle est Rosa, qu'elle est Emma et que j'aime déjà Rosa comme Emma. Je les aime depuis que je les connais. Je les aime chez Tito Sella. Et même si Girard m'avait prévenu qu'il ne s'agissait pas de désirs tels que nous avons l'habitude de les concevoir, mais de désir mimétique, c'est-à-dire désirer le désir d'autrui, comme quand on veut une chose parce qu'on en a vu la publicité, mon amour n'en est pas moins réel. Mieux : le fait qu'il s'inscrive parfaitement dans le schéma girardien est pour moi le sceau ultime de la nécessité et de l'inévitabilité de mes sentiments. Puis-je me soustraire à une fatale “vérité romanesque” ? Non. Ou du moins plus maintenant.

Depuis la brève conversation que Tea et moi avons eue à la sortie du cinéma, avant qu'elle ne disparaisse avalée par le dernier métro, je n'ai cessé de penser à elle et d'élaborer tous les stratagèmes possibles afin de passer un peu de temps en sa compagnie. Je réserve une place à la bibliothèque dans la salle de sciences politiques, car je sais qu'elle y est toujours, et si je ne la vois pas je fais le tour des salles jusqu'à ce que je la trouve. Je fais coïncider mes pauses – café, déjeuner et cigarette – avec les siennes. Je l'invite à prendre l'apéritif avec mes camarades nerds de la BNF et je surveille en permanence les horaires des petits cinémas du Quartier latin qui diffusent des films d'art et d'essai pour l'inviter.

Chaque fois que nous passons un peu de temps ensemble, je ne vois pas – je ne veux pas voir – le stéréotype de l'étudiante italienne à Paris, de l'intellectuelle hyper snob et de la fille à papa gauchiste qui se sent divine parce qu'elle est jolie et désinhibée, inébranlablement parée d'un ostentatoire halo de coolitude, mais seulement la confirmation de l'idée que je me fais d'elle : une personne libre, tout à fait certaine d'avoir raison et d'avoir le droit de se battre pour ce en quoi elle croit. Même si la fréquentation assidue de la gauche radicale des années 1970 m'a conduit au fil du temps à des positions plus extrêmes que celles du passé (lesquelles correspondaient à un libertarisme vaguement socialisant, aussi fataliste que nihiliste), elle ne laisse jamais passer l'occasion de se moquer de moi, soulignant que je suis en fait un conservateur fasciné par la gauche révolutionnaire comme on l'est devant une bête insolite au zoo, et elle me fait sans cesse remarquer que chacune de mes paroles et de mes pensées est enracinée dans un contexte culturel "intimement imprégné de patriarcat". De mon côté, je trouve souvent que ses positions politiques, dont l'abolition de la prison, la suppression des frontières, la fin de tout héritage, sont moins radicales qu'impraticables et, pour cette raison, presque contre-productives ; pourtant, chaque fois que je l'entends plaider la cause du revenu universel, je me dis dans un même mouvement à quel point elle raconte des conneries et combien j'aimerais l'embrasser.

L'une des versions les plus convaincantes de la loi de Murphy est celle qui dit que "si tu aimes ton travail, ça signifie sans doute que tu le fais mal". Or, en ce moment, j'aime mon travail : j'aime la vie sociale que je me crée peu à peu, j'aime les films français que j'arrive enfin à comprendre et j'aime d'autant plus le flirt platonique mais tenace que j'entretiens avec Tea. Mais, au-delà du cadre, c'est aussi la recherche qui me satisfait : cette idée de mettre en relation des aspects et des personnes de la vie de Tito Sella, tirés de ses archives, avec des passages et des personnages de ses romans, y découvrant parfois de véritables symétries lexicales, est enthousiasmante. Par exemple, quand Tito parle d'Emma dans ses carnets, il utilise souvent les termes "adamantin", "absolu" et "manichéen", qui sont aussi ceux qu'il emploie pour décrire la résistante Rosa dans *Le Goût de la neige* ; le féroce partisan Rocky a les mêmes tics verbaux que Barabbas, tandis qu'Oblomov formule presque mot pour mot les pensées et les doutes du militant Tito. Même identifier des correspondances entre la vie et la littérature me donne l'impression que je peux qualifier mon travail de "recherche scientifique", puisque ce que je montre ne consiste pas à lancer des interprétations purement spéculatives, mais à démontrer des faits on ne peut plus textuels. Des passages du *Goût de la neige* qui semblaient auparavant didactiques et donneurs de leçons, ou d'autres qui paraissaient inutilement grotesques, prennent un sens nouveau quand je les relie à leur origine biographique, en mesure de rendre ambigu ce qui semblait didactique et tragique ce qui paraissait grotesque. Ma thèse de doctorat s'écrit pratiquement toute seule, avec une contribution minime de ma part.

C'est pour cette raison que je suis profondément blessé quand me parvient le courriel par lequel Sacrosanti donne raison à la loi de Murphy. C'est une réponse au mien, dans lequel je présentais l'avancée décisive de mon travail, l'orientation que prenait la thèse et la centralité de la question biographique dans ma lecture de ses premiers textes. J'avais même envisagé de lui envoyer le manuscrit de *La Fantasima* rédigé par mes soins, mais j'avais sagement renoncé.

Cher monsieur Gori,

Le courriel débute ainsi – et on peut déjà dire que ça n'annonce que des emmerdements. Quand le prof est content – ou qu'il a besoin de quelque chose –, il commence par : "Cher Marcello" ; quand il doit me parler de questions officielles, il opte pour : "Cher Gori" ; tandis que ce "Cher monsieur Gori" qu'il n'a jamais utilisé auparavant est, je suis sur le point de le découvrir, le prélude à une bonne soufflante :

> Je constate avec plaisir que le travail progresse et que vous étudiez avec profit les archives que je vous avais invité à examiner,

et, jusqu'ici, il ne fait que préparer le terrain à l'irruption d'un "mais" :

mais je constate avec une certaine déception que votre thèse prend une tournure résolument, et regrettablement, biographiste. Après toute une carrière à lutter contre les ravages du beuvisme, à clouer au pilori de leur propre absurdité les tentatives d'expliquer une œuvre par les vaines vicissitudes de celui qui l'a produite, je n'aimerais pas devoir appuyer une thèse qui partage cette approche malvenue. L'œuvre est une machine qui doit fonctionner seule ; et elle doit fonctionner parfaitement, sans la présence de l'auteur, même si elle est le résultat d'une combinaison aléatoire d'éléments. L'auteur, je vous le dis de la manière la plus explicite qui soit, est un accident ; le biographisme n'est donc rien d'autre que du bavardage littéraire, qui sape le statut d'œuvre d'art du roman. Quand je vous ai invité à consulter les archives de Sella, il s'agissait clairement de travailler sur les notes préparatoires à ses écrits, d'entrer dans les coulisses *littéraires* de Sella, de reconstituer son parcours créatif et d'approfondir l'évolution de ses textes. Ce que je vous proposais, c'était de comprendre le fonctionnement des œuvres de Sella en étudiant, pour ainsi dire, leur mécanisme interne. Je ne pensais pas que vous iriez fouiller dans son linge sale, qui n'intéresse certainement pas le chercheur en littérature.

Bien à vous,

RS

J'ai d'abord une réaction d'orgueil : je suis fier que le Grand Professeur m'ait adressé un courriel si long et passionné. Puis vient le découragement : j'ai gaspillé deux mois à parcourir les archives de Sella (sans parler de la réécriture que j'en ai fait), et je découvre maintenant que son aimable suggestion de me concentrer principalement sur les archives littéraires était en fait une façon de me dire que seul un imbécile, ignorant que l'auteur est un concept désormais enterré par la critique littéraire et le biographisme une sorte de blasphème, pouvait prendre au sérieux l'idée d'étudier les archives personnelles d'un écrivain.

Le découragement est cependant de courte durée, car tandis que j'essaie de digérer le courriel de mon mentor, je reçois un message de Tea : “T'es dispo ce soir ?”

Et soudain, la mort de l'auteur et le dépassement du biographisme, je m'en contrefous.

À ceci près que la soirée s'annonce bien différente de la sortie à deux que j'avais imaginée. En effet, Tea a prévu de m'emmener chez Benny Pecoraro qui, malgré un nom de chanteur italo-américain, a été un membre important du mouvement Autonomia Operaia et s'est réfugié à Paris en 1983 afin d'échapper à une condamnation par contumace à la suite des crimes commis dans le cadre de son militantisme politique, qu'il avait tendance à interpréter d'une manière plutôt personnelle et sanglante.

Aujourd'hui, l'appartement de Benny Pecoraro dans le Marais est la Mecque où viennent en pèlerinage tous les jeunes Italiens qui vivent ou passent à Paris et qui se reconnaissent dans une forme de gauche radicale. Ce soir encore, quelques camarades s'y retrouvent pour discuter avec le vieux gourou, qui se prête volontiers au rôle du grand sage et dispense prophéties, discours combattants chargés d'émotion et mirobolantes analyses socio-politico-économiques de l'état actuel du monde.

Quand nous arrivons, plusieurs personnes sont déjà installées dans le salon de Pecoraro ; principalement des hommes entre trente et quarante ans (ce qui signifie au moins que je ne suis pas le plus âgé, tandis que Tea est sans nul doute la plus jeune), tous italiens et d'une foi révolutionnaire inoxydable. Tea dresse un tableau synthétique à mon attention : certains font leurs études avec elle, elle en a rencontré d'autres "à travers le militantisme", à Paris ou en Italie dans les centres socioculturels, qu'elle a apparemment fréquentés assidûment. "On est si peu nombreux qu'on finit par tous se connaître", m'explique-t-elle en faisant les présentations. Je suis un peu mal à l'aise, mais j'ai l'impression de le cacher plutôt bien ; et, après tant de lectures et de recherches sur le sujet, je suis même un peu excité d'avoir en face de moi un homme qui a bel et bien participé à la lutte armée, un authentique artefact des années 1970, encore tout à fait lucide et toujours parfaitement en accord avec les idées de cette époque.

Il me salue à son tour – il est petit et très maigre, Tea me souffle qu'il ne mange presque plus rien, se contentant de la nicotine de ses mythiques Gauloises bleues, et nous ne mangerons rien de la soirée nous non plus –, sur le canapé qu'il occupe seul, presque allongé, d'abord un bonsoir de loin, d'une voix éraillée mais aiguë, presque grinçante, puis il se tend vers nous et m'offre trois doigts plutôt flasques, pas vraiment ce qu'on attend de quelqu'un qui a tenu un P38.

Tea s'assied par terre à côté de la seule autre fille présente, une Franco-Italienne du nom de "Joëlle", m'a-t-on informé, bien qu'elle se contente, elle, de dire "Jo", en me lançant un regard guère amical. Elle doit avoir à peu près mon âge, les cheveux très courts et un T-shirt à manches coupées d'où jaillissent des bras et un cou dont la peau olivâtre d'origine peine à apparaître dans les étroits interstices séparant les nombreux tatouages ; elle demeure glaciale, promettant de mordre quiconque l'approche de trop près, comme en témoigne la bulle de vide qui l'entoure.

On nous apporte des gobelets en plastique qui contiennent un vin noir imbuvable et, comme tout le monde fume, j'en profite pour me rouler une cigarette et je m'adosse contre le mur de telle sorte que mon épaule touche celle de Tea.

La plupart du temps, c'est le grand sage qui parle, tenant un discours objectivement fascinant dans une prose bien construite, avec des pauses aux bons moments et des conclusions frappantes. Ce n'est pas une véritable discussion : les autres semblent toujours d'accord avec lui et, quand ils soulèvent une demi-objection, on comprend qu'ils le font pour mettre en valeur la dialectique du maître, qui n'est jamais à court d'arguments convaincants. Jo semble être la seule qui, lorsqu'elle prend la parole, a l'intention d'émettre une véritable objection, exprimée en quelques mots et sans jamais se dérider ; chaque fois, Benny lui adresse de grands sourires et des réponses évasives.

Tea et moi nous contentons d'écouter et, pour ma part, je ne suis pas vraiment sûr de savoir de quoi ils parlent. Ils prononcent fréquemment les mots *cortège de tête**, mais j'ignore ce que c'est et je fume donc en silence, décidant en outre qu'après tout le vin n'est pas si imbuvable que ça.

À un moment donné, ils mentionnent les *Gilets jaunes**, qui ont organisé le samedi précédent une nouvelle manifestation violente et annoncent d'autres journées de lutte. Si je comprends bien, ils sont tous pour et ont d'ailleurs participé d'une manière ou d'une autre aux manifestations, un de leurs amis a même été arrêté.

— Vraiment ? je commente sans réfléchir. J'étais persuadé que les Gilets jaunes étaient comme les Forconi chez nous : des hommes, tous blancs et plus ou moins d'extrême droite.

Ils me regardent comme si j'étais un extraterrestre. J'évite de croiser le regard de Tea, de peur qu'elle ne me fusille sur place. On sent une certaine gêne dans le groupe, heureusement Benny vient à mon secours.

— Avec cette provocation, tu touches un point central, il répond en me souriant paternellement. Si on écoute les médias italiens, c'est ce qu'on pourrait croire. C'est à l'évidence une tactique : même la comparaison avec les Forconi, mouvement sicilien réactionnaire, est répétée à l'infini précisément pour délégitimer le mouvement.

— L'autre jour, on m'a envoyé un article de *La Repubblica* : c'était à gerber, ajoute quelqu'un. Et le pire, c'est qu'ils ne se rendent même pas compte qu'ils sont de simples pions de l'establishment : ils croient vraiment ce qu'ils écrivent.

— Ils peuvent se détendre, souligne un autre. En Italie, ce genre de chose est inimaginable.

— Depuis Gênes, tout s'est arrêté, regrette un troisième.

Le bruit de fond a repris et je peux me remettre à respirer.

Benny reprend la parole et, comme à son habitude, il analyse, développe et approfondit ce point.

— Le fait est que les journaux de droite, soit pratiquement toute la presse italienne, peuvent utiliser à leur avantage les ambiguïtés de ce mouvement. D'abord, qu'il ait démarré comme protestation contre le prix de l'essence : tout le monde a alors affirmé qu'elle venait de la classe moyenne blanche appauvrie et en colère, et qu'elle était anti-écologiste, car la taxe se présentait comme une écotaxe, etc. Mais le plus important, c'est que cette révolte a une forme qu'ils ne peuvent pas comprendre. Exiger la dissolution de l'Assemblée

nationale ou la démission du président de la République sont des demandes délibérément irrecevables. Car il ne s'agit pas de jouer le jeu des revendications, mais de renverser la table : de se réapproprier l'espace public, de *rester* dans l'espace public. De répandre une autre forme de vie collective, presque par contagion.
— Et Castaner, lui, ne parle que des *casseurs**, le pauvre, observe quelqu'un d'un ton amer.
— Castaner n'est qu'un idiot utile. Macron aussi.
— Le vrai pouvoir est ailleurs, confirme un troisième.

Je comprends alors que ce commentaire est un encouragement adressé à Pecoraro afin qu'il poursuive, ce qu'il ne manque d'ailleurs pas de faire. Il parle de stratégie de la tension, de microphysique de la révolte, de subjectivations anormales. Il affirme qu'on ne gouverne pas sans avoir du sang sur les mains. Il parle d'utiliser tous les groupes “indociles et non neutralisés”, des détenus aux supporters de foot, pour déstabiliser le système. Puis il revient aux années 1970, à leurs emballements velléitaires, leurs erreurs stratégiques et leurs inévitables trahisons. L'espace d'un instant, j'ai l'impression que ce groupe de jeunes militants se paie la tête du vieux terroriste, le poussant comme on le ferait avec un vieil ivrogne à raconter pour la millième fois la même histoire ridicule en échange d'un autre verre. Pourtant, on sent que ce n'est pas une mise en scène et qu'être là est plus important pour eux que pour lui. C'est comme s'ils voulaient tous être ailleurs, investir leur militantisme dans quelque chose de plus signifiant, et qu'au lieu de ça ils restaient là à se remémorer et à glorifier la dernière fois qu'une révolution a paru à portée de main.

Ils ne sont pas à leur place, eux : comme Sella, les Ravachol et toute la gauche radicale, Pecoraro voulait en finir avec les pères nobles, les mentors et les vieux militants, il voulait créer un monde nouveau, mais celui-ci ne pouvait pas naître de vieux visages et de vieux discours. Ces gens-là, en revanche – nous, je devrais dire –, ne peuvent non seulement rien faire de différent, mais ils ne peuvent même pas imaginer autre chose que vénérer le passé d'un septuagénaire que son âge au moins autorise à regretter ledit passé.

Au moment où nous partons, le métro à présent fermé et les dents couvertes par la patine noire du mauvais vin servi par l'ancien terroriste, Benny Pecoraro s'approche de nous. Après un énième sourire à Tea suivi d'un double baiser sur les joues, à la française, il se tourne vers moi :

— Tea m'a dit que tu travaillais sur les archives de Tito Sella.

— C'est vrai, je réponds, en partie décontenancé (à quel point Tea et ce type sont-ils proches ?) et en partie flatté (Tea parle de moi aux autres !).

— Je ne sais pas si ça peut t'intéresser, mais je te le dis quand même : si tu veux, je peux te mettre en contact avec Palamides.

— Qui ?

— Giorgio Palamides.

— Giorgio Pa… *Giorgio !* L'ami de Sella ?

— Oui.

— Il est vivant ?

— Il l'est sans aucun doute.

Tandis que je la raccompagne chez elle, Tea m'explique qui est Benito Pecoraro, en comparaison de qui Sella et ses camarades de province n'ont commis que quelques bonnes blagues. Pecoraro a toujours agrémenté son activité subversive d'une joyeuse production théorique qui le distinguait des autres militants et en faisait un *maître à penser**, révéré par les intellectuels et les universitaires, ainsi que par certaines franges de militants aux "sympathies léninistes" (d'après Tea, que je me garde bien de contredire). L'homme que je viens de voir plus ou moins vautré sur son canapé et qui dispensait des interprétations de la réalité aussi fascinantes que partiales, dans un langage désuet mais efficace, est en effet un pan d'Histoire à lui tout seul et un morceau de l'histoire des idées. Il publie parfois des articles très intéressants dans le *Manifesto* ou sur quelque site d'intellectuels radicaux, mais il ne dédaigne pas non plus d'apparaître de temps en temps dans un talk-show grand public pour jouer sciemment le rôle du grand méchant loup et *effrayer le bourgeois**.

Tea m'explique qui sont les autres habitués de ces soirées, où ils militent, où ils enseignent et ainsi de suite, mais je n'ai pas très envie de l'entendre parler avec admiration d'autres types – qui sont en principe bien plus son genre que je ne peux l'être – et donc, au début, je l'écoute à moitié. Puis j'essaie de changer de sujet.

— Et Jo ?

— Jo est la plus cool de tous.
— Mais pas la plus expansive.
— Elle a une histoire dingue. C'est une tatoueuse et une militante lesbienne. Je crois qu'elle est de Vicence ou de Vérone, une de ces villes où quelqu'un comme elle est mal vu et sans cesse harcelé. Quand elle organise des choses avec Arcilesbica ou Potere al Popolo, deux fois sur trois ça se termine par une attaque de Forza Nuova, des skinheads ou même des ultras qui ne savent pas comment tuer la soirée autrement.
— Pas étonnant que ça l'ait un peu endurcie, je concède.
— Un jour, une de ces brutes fascistes est entrée dans sa boutique. C'est peut-être un mec qui a du goût, car il voulait se faire tatouer un crapaud à la japonaise, et c'est la meilleure, elle, pour ce genre de choses.
— Un crapaud à la japonaise ? je demande.
Elle ignore ma question.
— Sauf que ce gars-là avait une croix celtique tatouée dans le dos avec "*Gott mit uns*" en caractères gothiques.
— Un skin.
— Un nazi. Alors elle lui a fait un magnifique crapaud à la japonaise sur l'omoplate et a transformé la croix celtique qu'il avait à la base du cou en bite comme on les dessinait au lycée.
— Tu veux dire qu'elle lui a tatoué une bite dans le dos ?
— Exact. Avec des croix celtiques à la place des couilles.
Nous éclatons de rire. Puis elle retrouve son sérieux :

— Ils le lui ont fait payer, bien sûr, en organisant un viol punitif. Elle prétend y avoir échappé, mais je pense qu'elle dit ça parce qu'elle veut ne pas passer pour une victime.

Je ne dis rien.

— Quoi qu'il en soit, elle est venue s'installer ici pour éviter que les choses ne s'enveniment chez elle. D'ailleurs elle est à moitié française. Mais la fuite a dû lui coûter cher.

Songeurs, nous restons silencieux pendant un long moment.

Puis elle me prend par le bras.

— Oh, regarde.

Elle me montre des gens assis à la terrasse d'un bistrot ouvert tard.

— C'est quelqu'un de connu ? je demande, dans l'espoir de pouvoir raconter plus tard que j'ai vu Monica Bellucci et Vincent Cassel.

— Putain, c'est Serge Genet, me répond Tea.

— Ah oui, l'inoubliable Serge Genet.

— C'est un type du Rassemblement national. Un des sbires débiles de Marine. Un super catho qui veut raser les banlieues et jeter les gays en prison. Tu lis les journaux de temps en temps ?

Avant que j'aie pu répondre, Tea a disparu. Je reste là comme un idiot une ou deux minutes, puis elle revient. Elle s'est faufilée dans une épicerie et a acheté deux boîtes de dix œufs.

Elle m'en tend une. Nous traversons la rue en nous cachant derrière les voitures. Elle commence à lancer et je l'imite. Une pluie d'œufs s'abat sur le député du Rassemblement national, les autres convives et leurs voisins innocents.

— *Facho de merde* !* crie Tea.

Puis elle s'enfuit à toute allure et j'en fais autant. Je cours comme je n'ai jamais couru, comme si j'avais une meute de chiens à mes trousses, mais dans le même temps je me sens euphorique et léger. Le mélange de trouille et d'adrénaline me permet de suivre Tea, qui pèse cinquante kilos, est parfaitement entraînée et semble courir sans toucher le pavé (je comprends enfin les paroles de la chanson d'Elio e Le Storie Tese qui parlaient d'un "hovercraft d'amour" : c'était Tea). Je pense à Mao Zedong, qui disait que faire la révolution, c'est comme faire une omelette (ou à peu près), et ça me semble une excellente justification au fait qu'en lançant les œufs je me sois couvert de blanc dégoulinant.

C'est le milieu de la nuit et je suis à Paris, suffisamment ivre pour être heureux sans me sentir stupide, je cours après une fille qui pour moi est la révolution et qui me semble être la réincarnation d'une série de femmes combattantes dont je suis tombé amoureux par personne et littérature interposées. Je la poursuis et, la seule chose que je veux, c'est la rejoindre pour la prendre dans mes bras ; et la sensation que j'ai, ce n'est pas de la désirer, c'est d'*être* ce désir, de n'être plus rien d'autre que ça. C'est peut-être la première fois que je vis sans retenue ni détachement ironique, sans me regarder vivre, mi-participant mi-critique.

Lorsqu'elle s'arrête enfin pour reprendre son souffle, dans la lumière orangée des lampadaires, Tea est radieuse et presque irréelle : une autre *Fantasima*, la mienne, à qui je peux m'abandonner aveuglément et dans laquelle je peux enfin me perdre.

J'aime à croire que c'est moi qui suis allé vers elle, mais je suis presque certain que c'est l'inverse. Notre premier baiser a un goût de tanin – du vin de Pecoraro que nous avons encore sur les dents – et de blanc d'œuf, dont je suis couvert. C'est le meilleur que j'aie jamais connu : le goût de la révolution.

Je passe les trois semaines qui suivent en état de grâce. Je me sens enfin à ma place, comme si toutes les aspérités intérieures et extérieures de ma vie avaient disparu, laissant enfin s'écouler les humeurs du corps et de la psyché. Il fallait que je sois ici, loin des vieilles relations encroûtées, d'une vie de petits boulots et de satisfactions fanées ; il fallait que je sois dans les bras de Tea, qui sont à eux seuls la promesse d'un avenir complètement nouveau. Mais il n'y a pas que moi qui ai changé : tout me donne l'impression de fonctionner comme si j'étais l'horloger du monde. Le printemps parisien est doux et ensoleillé, j'ai envie de passer mon temps dehors, d'aller lire dans un parc et même de faire du sport ; les pitas du restaurant grec de Château-Rouge sont délicieuses, et j'ai maintenant appris à demander qu'on ajoute un œuf entier dedans, c'est désormais pour moi la saveur du renouveau, alors que ça me dégoûtait il y a encore quelques semaines ; à vélo, les rues me semblent toutes en descente ; mes recherches avancent bien, j'ai rédigé presque deux chapitres de ma thèse à un rythme sans précédent, en trouvant un stratagème pour ne pas jeter le long travail que j'avais fait sur les archives sans tomber dans le biographisme, à savoir en masquant les références plus explicitement biographiques derrière des hypothèses historiques et interprétatives : je suis devenu si fort en matière de bidonnage littéraire que je pourrais même obtenir l'approbation de Pier Paolo.

Mais surtout, il y a Tea. Nous nous envoyons très peu de messages, mais nous nous retrouvons avec un naturel parfait et un synchronisme qui semble étudié et qui est au contraire spontané. Nous nous voyons à la bibliothèque, nous faisons de longues pauses ensemble, nous déjeunons en plein air, nous partons sans même nous prévenir et, deux heures plus tard, nous sommes dans un café arabe de Barbès qui est devenu notre repaire, souvent après être passés tous les deux chez Gibert Joseph, la méga librairie du Quartier latin où nous allons voler des livres à nous offrir l'un à l'autre. Une fois, nous avons même piqué le même – *Histoire d'O* – après en avoir entendu parler dans un film comme du livre érotique ultime. Nous passons nos soirées à boire, à nous promener sans but, à nous embrasser, à aller au cinéma, à faire un saut chez Pecoraro pour préparer la prochaine manifestation des Gilets jaunes avec sa cour, puis nous nous glissons chez elle ou chez moi pour faire l'amour. Nous ne dormons jamais ensemble : quelle que soit l'heure, je préfère rentrer, car le lendemain nous nous retrouverons spontanément à la bibliothèque ou ailleurs (nous ne nous sommes manqués qu'une fois, car, m'a-t-elle expliqué le lendemain, son père était à Paris et il y avait une "soirée à l'Ambassade"). D'après une sorte d'accord tacite, si nous dormions ensemble ça retirerait quelque chose au plaisir et à l'intimité, qui doivent rester enlacés au désir et non se dissiper dans l'inutilité du sommeil. Nous n'avons pas besoin d'être un couple, bien au contraire : nous avons besoin d'être nous deux et notre désir.

La grâce souveraine avec laquelle j'arrive à gérer tous les aspects de ma vie culmine le jour où je rentre de la bibliothèque pour prendre une douche et repartir très vite vers le petit bar où je retrouverai certainement Tea. J'aperçois quelque chose de blond devant le portail branlant : une personne assise sur la marche. Et, soudain, ça me revient :

— Letizia ?

Elle est là depuis je ne sais combien de temps, sa valise à roulettes à côté d'elle et, quand elle lève le visage, elle n'a l'air ni particulièrement amicale ni particulièrement reposée.

— J'ai cru que tu étais mort, dit-elle.

Mais de toute évidence elle *espérait* que je le sois. Et peut-être devrais-je l'espérer moi aussi. De mon côté, je suis parfaitement calme, plus que je ne l'aurais imaginé.

— Mais non, voyons, je vais très bien. Toi, par contre, tu n'as pas bonne mine.

— Va te faire foutre.

— Viens, montons, je dis en ouvrant la porte.

La dernière fois qu'elle est venue ici, peu après mon arrivée, nous avons passé un assez bon moment, si ce n'est que je n'arrêtais pas de me plaindre, de rabâcher que chercher dans des archives était un travail assommant et Paris une ville pour gros cons riches. De son côté, elle me pilotait comme si elle avait vécu ici.

Alors qu'elle monte devant moi l'escalier branlant, je la suis et tente d'éprouver sinon du remords (impossible), du moins une forme de tendresse ou, à la limite, de la pitié. Mais je n'ai qu'une pensée en tête : ce désagrément m'empêchera certainement de voir Tea ce soir. Je la regarde gravir les marches et je voudrais la serrer par-derrière, non parce que j'éprouve du désir pour elle mais pour répéter le geste que j'ai fait tant de fois avec Tea, toujours au même endroit, entre le troisième et le quatrième étage ; peut-être serait-ce une façon de transformer l'espace d'un instant Letizia en Tea. Mais sans doute n'est-ce que de la vanité, un geste de propriété. Quoi qu'il en soit, je ne fais rien : je porte la valise de Letizia, ce qui m'empêche de toute façon d'agir, et nous dépassons l'endroit fatidique sans que mon vague projet se traduise en action. Pourtant, le simple fait de l'avoir considéré comme une possibilité m'a donné une petite bouffée de satisfaction.

Quand nous entrons chez moi, je me demande s'il y a des traces de Tea et je suis heureux de constater que le chaos qui règne ici est le même que si je vivais seul, et que les éventuelles traces sont invisibles. Mais à vrai dire je n'ai pas peur qu'elle me découvre, car si ça arrivait elle ne pourrait de toute façon rien m'enlever. Elle pourrait me quitter, c'est tout. Mais ça fait des semaines que je ne suis plus avec elle, même si je ne le lui ai pas encore dit. En fait, il faut bien l'avouer : ces derniers temps, pas une fois Letizia n'est apparue à l'horizon de mes préoccupations. Je ne consacrais pas plus d'une pensée fugace au fait d'avoir une petite amie en Italie, aussitôt renvoyée par-delà les limites de la conscience, à tel point que je ne crois pas en avoir jamais parlé à Tea et pas davantage m'être interrogé sur la question d'avoir une double vie sentimentale. Effacée, comme si elle n'avait jamais existé, comme si je ne lui avais pas promis que dès mon retour de Paris nous emménagerions ensemble et que nous aurions un chien. Elle m'a peut-être envoyé les habituels textos ou des photos, peut-être même qu'elle m'a appelé. Je ne sais pas si je lui ai répondu – très rarement, quand c'était inévitable et toujours de manière automatique, sans jamais y réfléchir plus que ça. Petit cœur, pouce levé, petit visage riant aux larmes, yeux en forme de cœur. Un peu au hasard, car ces émojis fonctionnent tous très bien. Mais maintenant que Letizia est ici, faire comme si elle n'existait pas n'est plus une option viable. En outre, elle a l'air désemparée, ce qui me fait penser qu'après tout, elle n'est pas aussi insubmersible qu'elle en donnait l'impression. Elle s'assied sur le canapé-lit encore défait et me pose une question qui me déconcerte un peu :

— Tu es sûr que ça va ?

Que puis-je lui répondre ? Que je n'ai jamais été aussi bien ? Que je ne me suis jamais senti comme ça une seule minute au cours de notre relation et probablement de toute ma vie ? Que dans la plénitude qui est la mienne il n'y a pas de place pour elle ?

— T'inquiète. C'est tout ce que j'arrive à lui dire. Puis, dans un élan d'empathie par lequel je décide de lui sacrifier toute la soirée, j'ajoute : Tu veux qu'on aille manger au Pied de Cochon ?

Mon invitation à aller dîner là où elle m'a emmené quand elle est venue me voir, et où nous avons passé une assez bonne soirée, semble la rasséréner. Elle me fait oui de la tête.

“Maintenant tu peux me dire ce qui se passe ?”, elle me demande à l'issue d'un dîner qui, malgré mes réticences initiales, s'est déroulé dans un climat de relative douceur réciproque, due pour elle à la conviction qu'elle est venue sauver notre relation et, pour moi, à la certitude qu'il s'agit d'un adieu, de notre Cène – avec moi dans le rôle de Judas, bien sûr. C'est alors que je lui dis tout. Enfin, presque tout. Je lui dis que je vis une période de travail exaltante, avec les recherches et la rédaction de ma thèse qui m'occupent beaucoup (“J'ai même écrit un récit sur la vie de Sella, tu sais ? — Oui, j'étais là"), un groupe de militants politiques que je vois régulièrement et avec qui j'aimerais m'engager plus sérieusement ("Tu ne t'es jamais vraiment intéressé à la politique"), et les mille stimuli de la ville. J'ai le sentiment d'être assez convaincant et aussi assez vague.

Mais pas assez convaincant ni assez vague pour échapper à l'inévitable question.

— Tu as rencontré quelqu'un ?

— Oui.

La réponse jaillit sans préméditation et sonne comme une libération. C'est la première fois que je parle de Tea à quelqu'un – même si je me rends compte que prononcer une simple syllabe n'est pas exactement parler – et ça me fait du bien. J'ai presque envie d'essayer de dire son nom à voix haute pour sentir l'effet que ça fait.

Letizia me fixe d'un air dur. Elle doit être en train de soupeser diverses phrases de circonstance, comme *Comment tu as pu ?* ou *Va au diable, salopard*, mais pendant un moment elle ne dit rien. Puis elle choisit de me prendre de haut.

— Tu me fais pitié. Tu as trente ans et tu te comportes comme un gamin en Erasmus.

Je ne dis rien. De son point de vue, c'est indiscutable. Elle se lève.

— Je rentre. Tu me feras envoyer la valise, je ne remettrai pas les pieds dans ton trou à rat bohème. Un trou à rat que je t'ai trouvé, imbécile que je suis. D'ailleurs, avant d'y ramener ta copine, aère un peu, ça sent le cadavre.

Elle s'éloigne, puis fait demi-tour.

— Je te préviens : tôt ou tard, tu reviendras la queue entre les jambes et tu me diras que tu as eu tort, que tu n'avais pas toute ta tête et que tu ne sais pas ce qui t'a pris. Ne le fais pas : plutôt qu'être de nouveau avec toi, je préfère... Elle ne finit pas sa phrase.

— Tu préfères quoi ? je l'invite à poursuivre.

— Je sais pas, merde... (Elle a le plus grand mal à retenir ses larmes, je ne suis pas certain de l'avoir déjà vue comme ça.) Une chose est sûre : je ne veux plus rien avoir à faire avec toi. Va te faire foutre. Elle s'en va et, cette fois, elle ne reviendra pas. Puis elle revient :

— Je peux t'assurer que tu regretteras pendant le restant de tes jours d'avoir laissé filer une fille comme moi. Alors que je bénirai le ciel de m'être débarrassée de toi.

J'encaisse sans broncher et je la regarde sortir du restaurant. Je laisse passer un peu moins d'une minute, puis je fais mine de me lancer à sa poursuite. Les serveurs ont assisté à la scène : ils me regardent partir avec un sourire d'empathie et de compassion. Tandis que je m'enfuis en laissant une ardoise impayée d'au moins une centaine d'euros, je songe avec un frisson de joie que j'ai eu tort d'être si pessimiste : selon toute vraisemblance, j'arriverai à temps pour rejoindre Tea à Barbès.

Certaines personnes affirment le plus sérieusement du monde pouvoir sentir, à la façon dont leur téléphone portable sonne, si l'appel qu'elles reçoivent apportera de bonnes ou de mauvaises nouvelles, voire pas de nouvelles du tout, comme c'est le plus souvent le cas. Je n'en fais absolument pas partie, pourtant j'admets avoir perçu l'urgence avec laquelle mon téléphone sonnait : preuve de l'authenticité de ce sentiment, j'ai décroché. Ces temps-ci, les rares fois où je prenais mon portable, je l'ignorais purement et simplement, en partie parce que je savais que deux fois sur trois c'était Letizia, qui ne respectait pas sa promesse de m'effacer de sa vie, alternant les messages dans lesquels elle me disait combien elle souffrait et qu'elle me pardonnerait tout, quoi que j'aie fait, à condition que nous nous retrouvions, et ceux dans lesquels elle rappelait un moment particulièrement beau de notre relation, enfin d'autres dans lesquels elle m'insultait en recourant aux injures les plus viles qu'elle connaisse. J'étais stupéfait que cette fille que j'avais crue insubmersible, insensible à l'adversité, ait implosé de manière si totale, et qu'elle soit prête à perdre une dignité que personne n'avait jamais entamée dans l'espoir de se remettre d'une défaite inédite pour elle. Je me demandais comment il était possible qu'il existe encore une Letizia qui manque soudain de solidité, de rationalité et de confiance en elle ; comment il était possible qu'il existe une Letizia qui semble avoir été privée soudain de toute *letizialité*.

Mais ce qui m'étonnait encore plus, c'était ma placide indifférence, le fait que sa douleur – la douleur d'une personne avec qui j'avais partagé des années de vie, qui avait été ma Boucle d'Or et qui s'intéressait à ma vie plus que moi – ait été à mes yeux moins réelle que celle d'un personnage secondaire du roman que je lisais dans le métro.

À un moment donné, je suis même allé jusqu'à lui répondre cette chose ignoble : "Ne gâche pas tout ce qu'il y a eu de beau entre nous." Pour ma défense, je peux dire que je n'ai pas consacré plus d'un neurone à la rédaction de ce message, car tous les autres étaient occupés à s'identifier à Tito Sella écrivant sur lui-même, à dresser une statue mentale à Tea et à préparer notre première sortie publique, qui aura lieu après-demain, lors de l'Acte XXIII des Gilets jaunes. Hormis les manifestations rituelles au lycée et quelques autres défilés un peu plus mouvementés *en passant** lors de la vague de protestations en 2008, alors que j'étais encore trop jeune, trop bête et trop défoncé pour comprendre ce qui se passait, je peux dire que ce sera ma première vraie manifestation et donc mon baptême du feu. Je l'avoue : quand je suis seul, cette perspective me fiche la trouille ; mais quand je me dis que ce sera avec Tea et plus encore quand j'y songe en sa présence, j'ai hâte de me jeter dans la mêlée. Ou peut-être à côté de la mêlée, mais pas trop loin non plus. C'est alors qu'arrive le coup de téléphone dont l'urgence me pousse à répondre, même si c'est contre mon habitude et ma volonté. C'est peut-être l'incongruité de l'appel qui m'a trompé : que ma mère me téléphone au milieu de l'après-midi est en effet étrange.

En décrochant, je comprends que j'ai vu juste. Ma mère met un instant à réagir au son de ma voix et dit simplement, d'un ton sinistre :

— Marcello.

— Maman, qu'est-ce qu'il y a ?

— Ton père.

— Quoi ?

— Ce matin... Une crise cardiaque.

Je ne sais pas comment réagir. Ni comment lui poser la question.

— Et... ?

— Il est vivant. Il a été opéré d'urgence. Maintenant il est en soins intensifs.

— Que disent les médecins ?

— Ils ne savent pas. Je crois qu'ils préfèrent ne pas se prononcer.

— Quelle bande de cons. C'est le plus bel hommage que je parvienne à rendre aux médecins qui viennent de sauver mon père.

— Tu peux venir ?

Sa requête me semble absurde : je suis à plus de mille kilomètres et je ne peux donc rien faire.

— S'il te plaît, elle insiste.

Et c'est ainsi que je me retrouve à formuler cette pensée : après m'avoir coupé les ailes, au moment de mourir mon père a décidé de me casser les couilles. Aussitôt après, j'ai honte – c'est donc vrai : rien ne rend plus con que le bonheur – et je crois que c'est cette honte qui me pousse à partir sans tarder et à prendre le train de nuit pour Florence le soir même.

Durant le voyage, baignant dans la puanteur des pieds du type qui dort dans la couchette du dessus, je reviens à cette pensée infâme. Je me demande comment j'ai pu l'avoir et aussi pourquoi j'ai voulu croire que mon père était mort, alors que je devrais m'accrocher à l'espoir du contraire. Peut-être que quelque part je soupçonne vraiment mon père d'avoir failli mourir rien que pour me contrarier, m'arracher à mon euphorie parisienne et peut-être me forcer à gérer tous les emmerdements consécutifs à un décès – l'enterrement, la paperasse, les parents – et me refiler son putain de café sans que je sache quoi en faire.

Une fois à Rifredi et en attendant la correspondance pour Viareggio, j'envoie un message à Tea pour lui dire que je suis parti et pourquoi, et aussi que je ne pourrai probablement pas participer à la manifestation. Elle me répond immédiatement. Elle m'envoie l'image d'un poulet et d'un émoji qui rit. Puis elle ajoute : “Pas de problème. Je t'embrasse. Et je t'attends pour la *manif** du 1er mai.”

Après cette mauvaise nuit, les odeurs de l'hôpital Versilia me donnent la nausée. Ma mère vient à ma rencontre dans le hall pour éviter que je ne me perde dans le dédale de couloirs. Elle a l'air bien plus mal en point que moi et je la remercie de ne pas m'avoir pris dans ses bras et de ne pas avoir fondu en larmes. Mais elle n'a pas de raison de le faire : “Il a passé la nuit, c'est bon signe”, me dit-elle.

C'est alors que le motif de ma convocation m'apparaît clairement : je ne suis pas venu pour mon père, mais pour elle, qui craint de ne pas pouvoir supporter seule la mort de son ex-mari, un type qui l'a quittée pour une autre femme il y a quinze ans et qu'elle n'a jamais cessé de considérer comme son homme (lui aussi, à sa manière énigmatique et certainement bourrue, n'a jamais dû cesser de la considérer comme sa femme, puisqu'elle était la personne à contacter en cas d'urgence).

L'attente m'épuise. Les médecins ne se montrent que très rarement et, quand nous les voyons enfin, après des heures à faire antichambre, ils nous en disent peu, de manière abrupte et trop technique pour que nous puissions comprendre quoi que ce soit. Ça m'agace, d'autant que je n'ai jamais aimé les médecins, surtout après avoir rencontré les camarades de Letizia, j'ai donc tendance à leur parler sèchement et à exiger des explications les plus directes possible. Mais je n'obtiens pas grand-chose : ce que je voudrais, au fond, c'est qu'ils me disent dans combien de temps il se réveillera et s'il aura des séquelles à long terme, des pronostics qu'à l'évidence ils ne peuvent pas faire. Et puis, comme ils ne savent pas, je voudrais qu'ils le reconnaissent : "On est désolés, on ne sait rien. On prétend être des scientifiques tout-puissants et on est payés en conséquence, mais en réalité, à part quelques outils de diagnostic et des médicaments plus efficaces, on n'est guère plus que des sorciers qui espèrent avoir raison et surveillent l'évolution de la situation."

Le soir, quand on nous renvoie chez nous, j'ai l'impression que si la situation n'a pas beaucoup évolué, un optimisme prudent règne, c'est du moins ce que j'ai voulu entendre dans les propos de l'infirmière venue nous saluer (le médecin ne l'accompagnait pas, mais son absence était plutôt rassurante). Nous en sommes au stade où, s'il y avait des nouvelles, elles ne seraient pas bonnes et, même si elles étaient bonnes, elles sonneraient comme le chant du cygne.

Sur le chemin du retour, nous nous arrêtons pour acheter quelque chose à la rôtisserie. Ma mère s'arrête précisément à celle où mon père avait l'habitude d'aller et qu'elle détestait, mais je me garde bien de le lui faire remarquer. Après le dîner, je prépare une tisane camomille et valériane qui nous aidera à dormir et, pour que nous nous détendions un peu plus, j'ajoute à l'infusion quelques feuilles de marijuana que je me rappelais avoir laissées dans le double fond d'un tiroir. Ma mère boit une gorgée en faisant un léger bruit de succion, puis elle me sourit :

— C'est vraiment dégoûtant, elle commente.

Je suis d'accord, mais la fin justifie les moyens. Nous restons ainsi un peu plus longtemps.

— Il va s'en sortir, je conclus en guise de bonne nuit.

— Il menait une vie irréprochable. Il ne fumait pas, ne buvait plus une goutte depuis des années et faisait du vélo.

— Et dans quinze jours il reprendra cette vie, je réponds, pressé d'en finir.

Mais ma mère est en veine de confidences. C'est peut-être ma faute, l'herbe a dû abattre toute inhibition.

— C'est absurde, non ? Il y a des gens qui fument comme des pompiers, qui mangent les pires choses, ne bougent pas de leur canapé et vont très bien.

— Lui, c'est la méchanceté qui l'a piégé. Toute la bile qu'il ravalait.

— Qu'est-ce que tu racontes ?

— Mais oui, il était toujours enragé.

— C'était seulement une apparence. Roberto est la personne la plus accomplie que j'aie jamais connue.

— Accomplie ? je répète, presque scandalisé.

— Oui. La plus sereine.

— Mais il était toujours en colère contre quelqu'un, il traitait mal les autres.
— Non, c'est ce qu'il montrait et c'est justement pour ça qu'il était parfaitement en paix avec lui-même.
— Tu sais, maman, il est encore vivant : tu peux continuer à dire du mal de lui comme tu l'as toujours fait.
— Parler mal de lui n'était qu'une posture. Ça a toujours été quelqu'un de très bien.

Je ne réponds rien. Je peux tolérer – jusqu'à un certain point – l'hypocrisie post-mortem, mais ce révisionnisme prématuré ne me plaît pas.
— Même avec toi ? je demande un peu nerveusement. Toi qu'il a abandonnée, seule avec un enfant ?
— Tu avais quinze ans.
— OK, mais j'ai toujours été très sensible.
— Qui ? Toi ? Elle a encore la force de se payer ma tête.
— Peu importe, laisse tomber.

Mais elle ne laisse pas tomber. Elle a décidé qu'elle avait besoin de parler.
— Ton père aimait une autre femme.
— Comme c'est original. Et c'est une raison suffisante pour abandonner sa femme et son fils ?

J'ai conscience de parler comme mon oncle – le prêtre – et je sais que je ne me suis pas exactement comporté comme un gentleman avec Letizia, mais on ne peut pas toujours être cohérent.
— Il l'aimait déjà avant. Avant moi, je veux dire.
— Alors pourquoi il t'a épousée ?
— Parce qu'il y a eu un accident.
— Comment ça, un accident ?

— Toi.
— Hein ?
— Je n'étais qu'une aventure pour ton père. Et lui pour moi, d'ailleurs.
Une aventure ? Ma mère qui a une aventure ? C'est peut-être l'effet de l'herbe : elle délire.
— Il avait une petite amie, elle poursuit. Moi je n'avais personne, j'étais libre. Et c'est arrivé, c'était un flirt d'été. C'étaient les années 1980. Tu sais, l'hédonisme...
— Et donc ? je la coupe.
— Et donc tu es né de ce flirt. Il a quitté Angela et m'a épousée. Pour la famille. Pour toi.
Je suis objectivement abasourdi. Mais je ne cède pas :
— Alors pourquoi il est parti ensuite ? Il a mis une autre femme enceinte ?
— Il nous a quittés quand Angela est tombée malade. À ce moment-là, tu étais grand et il n'arrivait plus à vivre avec nous. Il a senti qu'il devait s'occuper de la femme qu'il aimait. C'était une sale maladie qui s'est aggravée au fil des années. C'est alors qu'il s'est endurci. Je veux dire, même avant ce n'était pas exactement une bonne pâte, mais tout de même...
— Et toi, ça t'allait ?
— Roberto a été l'homme de ma vie. Même si je savais qu'il ne m'aimait pas. C'était aussi un modèle en raison des choix qu'il a faits. Dieu seul sait ce qu'ils lui ont coûté. Il a dû quitter Angela et m'épouser parce que tu étais là, mais il l'a fait. Puis il a dû nous quitter, toi et moi, pour s'occuper d'Angela. Mais il a toujours fait ce qui était juste.

J'ai l'impression d'entendre parler quelqu'un d'autre. Et ça me contrarie : ma mère veut briser l'une de mes rares certitudes, à savoir que mon père est un salaud. Je pourrais envisager d'infléchir un peu ma position, mais je ne peux certainement pas accepter que, du jour au lendemain, il devienne un modèle.

— Eh bien, il n'a pas été un bon père pour moi, je dis.

— Qu'est-ce que tu racontes ? Qu'est-ce que tu en sais ?

— Je le sais. Il ne m'a jamais encouragé à faire quoi que ce soit. Il m'en a seulement empêché. Rien de ce que je faisais n'était assez bien pour lui.

— Mais il ne parle que de toi ! Marcello par-ci, Marcello par-là. Quand tu as eu ta bourse, il a pris trois kilos rien qu'en apprenant la nouvelle.

— Il ne sait même pas ce que c'est, un doctorat.

— Détrompe-toi, il sait. Ou plutôt : il l'a découvert quand tu lui as dit que tu en ferais un. Maintenant, il n'y a pas un client du café qui ignore que tu es à Paris et, s'il le leur permettait, ils se moqueraient de lui parce qu'il n'arrête pas d'en parler.

— Quand je lui ai annoncé que j'allais à Paris, il a répondu que c'était pour les perdants et que j'étais trop vieux.

Elle rit.

— Oui, je l'imagine d'ici, c'est tout à fait son genre. Il fait de son mieux pour ne jamais donner raison aux autres, surtout toi. Il pense sans doute que c'est contre-productif. Mais quand tu n'étais pas là, c'était presque ridicule à quel point il t'encensait.

Je suis stupéfait. Il est clair que nos parents sont parmi les personnes que nous connaissons et comprenons le moins, mais se peut-il que je n'aie absolument rien compris à mon père ? Je ne suis pas entièrement convaincu par les explications de ma mère, qui me font encore l'impression d'une nécrologie hagiographique. Je voudrais avancer des objections, poser des questions, mais l'herbe a eu raison d'elle : elle s'est endormie sur le canapé avec un sourire en coin dû, je pense, au mélange d'infusion trafiquée et de légèreté après s'être déchargée de poids qu'elle portait depuis trente ans.

Je me réveille le lendemain matin tout habillé et allongé sur le canapé. On est samedi, c'est le jour de la manifestation des Gilets jaunes à laquelle je devais participer avec Tea : je lui envoie l'emoji d'un poing serré pour lui souhaiter bonne chance. Elle me répond avec la photo d'un casque et d'une batte, comme pour dire qu'elle saura se défendre.

Ma mère et moi nous rendons à l'hôpital assez tôt, et l'infirmière qui nous a salués hier nous annonce qu'aujourd'hui ils vont essayer de le réveiller. Avec un peu de chance, dans l'après-midi nous pourrons communiquer avec lui. Je soupçonne ma mère d'être un peu gênée par les confidences auxquelles elle s'est laissée aller dans la soirée, alors je fais comme si de rien n'était.

Jusqu'à l'après-midi nous continuons à errer dans l'hôpital, entre les salles d'attente, les machines à café, le bar, la cantine, le parking ; à mesure que le temps passe, je commence à osciller entre l'anxiété due à la santé de mon père et celle due à la situation de Tea, prise entre les manifestants parisiens et les CRS.

J'espère qu'elle me donnera des nouvelles rassurantes, mais bien sûr elle ne le fait pas, et je dois admettre que cet espoir n'avait que peu de fondements.

Vers seize heures, un médecin vient nous dire que mon père a bien réagi au réveil et que nous pourrons bientôt le voir. Mais nous savons que le "bientôt" des médecins ne coïncide pas avec celui du reste de l'humanité et, au bout de quelques heures sans que personne nous appelle, nous commençons à ressentir une certaine appréhension. D'autant plus que tout est silencieux à Paris aussi. J'écris à Tea pour savoir si tout va bien, mais je ne reçois pas de réponse. Je réécris une demi-heure plus tard : rien.

Pris entre mes deux angoisses, je ne sais pas à laquelle me consacrer, si bien qu'elles finissent par se renforcer mutuellement. À intervalles réguliers, j'écris à Tea qui, chaque fois, ne répond pas.

À dix-neuf heures, nous avons enfin un bref échange avec mon père. La première à parler est ma mère : ils se chuchotent quelque chose, très rapprochés, en se tenant par la main. Je ne comprends pas ce qu'ils se disent, mais ils semblent tous les deux très heureux qu'il soit toujours en vie. Je regarde mon père comme je ne l'avais jamais fait auparavant. On dirait un homme neuf : et si l'infarctus en avait fait la personne que ma mère prétend avoir toujours vue en lui ?

Je m'approche avec une certaine gêne, car le rôle du fils dévoué ne me vient pas naturellement. Il m'observe et m'adresse un demi-sourire. Des yeux, il désigne quelque chose qui se trouve un peu au-dessus de moi.

— Et les cheveux ?

La voix est faible, mais le ton est sarcastique.

— Tu les as laissés à Paris ?
— Va te faire foutre, papa, je dis en lui serrant fort la main.

Tea daigne m'écrire à minuit et sept minutes : "Génial", elle répond à mes dix-huit messages inquiets, un laconisme on ne peut plus *téesque*. "Le 1er mai on y va tous les deux", je lui écris. Elle voit mon message mais ne répond pas. Elle n'aime pas beaucoup les textos, je le sais depuis longtemps, c'est d'ailleurs une chose que j'apprécie chez elle. Mais quelques mots de temps en temps ne seraient pas pour me déplaire.

Le lendemain, c'est Pâques, mais ma mère et moi sommes pris par autre chose : nous n'y pensons qu'en début d'après-midi, après un déjeuner qui s'est résumé à une frugale soupe décongelée à la dernière minute et à une demi-mozzarella chacun. Pourtant, quand elle m'annonce que nous avons oublié que c'était jour de fête, une hilarité désarmée et complice s'empare de nous, le fou rire de l'un stimulant celui de l'autre. Et savoir que mon père n'est finalement pas mort n'y est pas étranger, je pense.

Assuré que le patient s'en sortira et que ma mère sera heureuse de prendre en charge sa convalescence, je peux envisager de retrouver Paris, Tea et les Gilets jaunes. Mais puisque je suis là, je m'autorise quelques jours supplémentaires à la maison : je compte rendre visite à Sacrosanti dans la semaine et lui exposer les derniers développements de ma thèse. Si je continue à ce rythme, je devrais finir de la rédiger à l'automne et pourrai la soutenir en décembre ou janvier. J'aimerais donc avoir l'accord préalable de mon mentor.

Mercredi, le réveil matinal, le vélo jusqu'à la gare, le train régional qui ressemble à un wagon à bestiaux, la descente à l'arrêt Pise-San Rossore comme les élèves ingénieurs à grosses lunettes et cheveux gras, la promenade jusqu'à l'hôpital Santa Chiara dans la brume matinale, le café imbuvable du troquet de la piazza Dante : tout m'est cher, maintenant que c'est un souvenir à la *Amarcord* et que je peux observer cette vieille routine du haut de mon studio dans le Quartier latin en compagnie de la femme de mes rêves.

Mais une autre habitude de l'université m'est moins chère, celle qui consiste à communiquer l'absence d'un professeur au moyen d'un morceau de papier quadrillé arraché à un bloc-notes. Celui que j'ai sous les yeux, collé sur la porte du bureau du Grand Professeur, dit ceci : “En raison d'engagements académiques, les rendez-vous du professeur Sacrosanti reprendront à partir du 08/05. Pour toute communication urgente, merci d'envoyer un courriel à r.sacrosanti@unipisa.it.”

Malgré ce voyage pour rien, c'est une belle journée, je suis de bonne humeur et je n'ai aucune intention de me laisser abattre par ce désagrément. Je m'apprête à regagner Paris et à retrouver Tea : aujourd'hui, je peux même me permettre de faire un petit tour du côté de mon alma mater. J'envoie quelques messages, histoire d'avoir quelqu'un avec qui parler de tout et de rien : d'abord à Carlo, puis, comme il ne me répond pas, à Linda et enfin à Pier Paolo (non que j'aie particulièrement envie de le voir, mais j'aimerais qu'il sache que je suis avec Tea, pour le plaisir de frimer un peu). Si l'un d'eux est dans les parages, il me contactera peut-être. Entre-temps, je m'arrête pour discuter avec les Sénégalais qui traînaient déjà sur la piazza Dante quand j'étais en première année et qui ont dû me vendre pas moins de cinq cents briquets ; je déjeune d'une *focaccia alla cecina* et d'une *spuma bionda*, deux spécialités locales, et je me laisse aller à une visite de la petite librairie d'occasion qui a été au centre de mes nombreuses années étudiantes. Dès que j'entre, Vincenzo, le propriétaire, m'accueille avec effusion, ce qui me fait plaisir, même si j'imagine que la raison de ce chaleureux accueil est qu'il sait que je dépense une somme importante dans sa boutique chaque fois que j'y mets les pieds. Après quelques amabilités, il me dit qu'il a des tas de nouveautés qui pourraient m'intéresser : elles sont encore dans ces cartons parce qu'il n'a pas eu le temps de les ranger. Je le remercie et commence par passer en revue les textes de théorie politique, à la recherche de quelque chose qui impressionnerait Tea quand je le lui offrirai à mon retour à Paris. Je ne trouve rien qui m'intrigue, alors je me tourne vers les cartons. Dès que j'en ouvre un, je suis submergé de joie : le premier livre sur lequel je tombe est une édition Einaudi introuvable datant des années 1970 (couverture cartonnée, blanche à rayures rouges : le top du top) de la *Trilogie* de Beckett. Je réfrène mon enthousiasme et demande nonchalamment :

— C'est combien, ceux-là ?

— Regarde ce qui t'intéresse et on se mettra d'accord, me répond Vincenzo.

Le problème, c'est qu'à l'intérieur de ce carton se trouve le pays de Cocagne. Et des cartons remplis de merveilles, il y en a beaucoup d'autres. Ils contiennent des ouvrages introuvables, de belles éditions anciennes, des textes fondamentaux que je n'ai qu'en photocopie parce qu'ils coûtaient trop cher et que je pourrais enfin acquérir pour une somme abordable. Assis par terre, après avoir fini de parcourir le premier carton, je mets de côté une dizaine de titres, et me prépare, presque euphorique, à attaquer le second. Je me demande si cette boulimie n'est pas due à une concupiscence d'un autre ordre, si elle n'est pas la projection de la personne que je voudrais être, surtout aux yeux de Tea. Mais non, ce n'est pas ça : c'est juste que j'ai devant moi la bibliothèque de mes rêves, celle que j'aurais aimé avoir si j'avais été un véritable érudit. Je trouve une édition Cortina de *Critique et Clinique* de Deleuze, un livre et un auteur que les sacrosantiens citent sans cesse. Je ne sais pas si je dois l'ajouter à la pile. Je l'ouvre pour consulter l'index et voir s'il est lisible ou non. Sur la première page, il y a un ex-libris : une ancre et un dauphin avec la devise *Festina lente*. Et puis un nom : Carlo Ceccanti. *Carlo ?* J'ouvre aussi les autres livres, ceux que j'ai mis de côté. Huit sur dix portent son timbre. Vincenzo serait-il un pilleur de bibliothèques ? Peu probable.

— Excuse-moi, Vincenzo, qui t'a donné ces livres ?

— Pourquoi ?

— Par curiosité. Je les achèterais tous.

Il sourit.

— Je n'en doute pas, il y a des merveilles absolues.

Je le regarde en attendant qu'il réponde à ma question.

— C'est une femme qui me les a vendus. Je ne la connaissais pas. Il arrive parfois que quelqu'un se défasse d'une bibliothèque entière : peut-être que son mari l'a quittée et qu'elle se débarrasse de sa bibliothèque pour se venger…

C'est ce qui s'est passé ? L'ex de Carlo a vendu tous ses livres pour se venger ?

— Euh, Vincenzo, j'ai un truc à te demander : tu peux garder les cartons pour le moment sans rien vendre ?

Il paraît interloqué, il s'assombrit et je vois bien qu'il cherche une façon de me répondre : *des clous !*

Je le devance :

— Une demi-heure. Tu les gardes une demi-heure. Pendant ce temps, pense à me faire un super prix si je te les achète tous.

Il s'apaise et je vois les chiffres qui commencent à s'additionner dans sa tête.

— Dans une demi-heure, je les mets sur les étagères, il annonce en regardant sa montre.

— Merci.

Je me précipite dehors et j'appelle aussitôt Carlo. Il ne me répond pas. Je le soupçonne d'avoir quitté l'université et conclu par ce geste symbolique d'auto-amputation livresque.

Je rappelle. Toujours rien. Si je ne m'abuse, il habite via dei Mille, non loin de là, et je décide donc de passer chez lui. Tandis que je marche d'un bon pas, Linda me rappelle.

— Eh, Marcello, salut. Tu n'étais pas à Paris ? Tu es rentré ?

— Oui, je me suis baladé à Pise.

— Tu es déjà reparti ?

— Non, c'est juste que j'ai quelque chose à faire avant. D'ailleurs, tu ne sais pas où je peux trouver Carlo ?

— Quel Carlo ?

— Carlo. Carlo Ceccanti.

— Tu as cinq minutes pour prendre un café ?

Dix minutes plus tard, au café de philo, Linda m'explique pourquoi l'ex de Carlo a vendu sa bibliothèque en bloc : Carlo est mort.

— On l'a retrouvé il y a à peu près un mois dans le studio qu'il avait loué après la séparation, elle dit.

— Mort de quoi ? Il avait quarante ans et il était en pleine forme.

Personne ne sait. Mort parce qu'il a fait un malaise, mort parce qu'il avait pris quelque chose qui l'a tué, mort parce qu'il avait pris quelque chose pour ne jamais se réveiller.

— Mais à la façon dont la nouvelle a été annoncée et ensuite étouffée, me dit Linda en baissant un peu le ton, je crains que ce ne soit une histoire dont il valait mieux ne pas parler.

— Qu'est-ce que tu veux dire ?

— Je veux dire qu'il s'est probablement suicidé.

Je suis abasourdi. J'essaie de rationaliser d'une manière ou d'une autre.

— Mais… il était malade ?

— Non, je ne crois pas. Tu sais, il y a toujours mille raisons. On est pris dans un tourbillon et on finit par se retrouver aspiré, me répond Linda avec une sagesse tranquille et vaguement irritante.

Mais je me dis que tout m'irriterait dans un moment pareil. Puis, se rappelant qu'elle est la Pythie de la fac de lettres et de philosophie, Linda me livre sa version conspirationniste :

— Je crois que c'est à cause de la dernière humiliation, le poste de chercheur qui lui était destiné et que Sacrosanti a offert aux philologues en échange de l'hôtel Excelsior pour le colloque. Carlo l'a appris et il y a eu une violente dispute avec Sacrosanti, ils se sont lâchés. Carlo était déjà usé, je pense, mais ç'a été la goutte d'eau qui...

Je l'interromps. La mort de Carlo est bien assez triste, elle peut garder les ragots de la faculté pour une autre fois.

— On ne se tue pas pour ces choses-là, je rétorque, agacé. Un poste te file sous le nez et tu te suicides ? Non.

— Il avait attendu dix ans. On lui avait fait des promesses et il s'est fait avoir.

— Même s'il avait patienté cent ans, ce n'est pas comme ça que ça marche.

— N'empêche que Sacrosanti a disparu, depuis que Carlo...

— Il doit être bouleversé, le pauvre.

— Crois ce que tu veux, elle fait, avec l'air de quelqu'un qui en sait plus que les autres.

Je voudrais la forcer à reconnaître qu'elle a tout inventé, mais je me contente de dire que je dois y aller et je la salue.

Je dois retourner voir Vincenzo. La demi-heure est passée. Alors que je me dirige rapidement vers sa boutique, Pier Paolo me rappelle. Il me dit qu'il n'est pas à Pise, malheureusement, et s'apprête à ajouter quelque chose, mais je l'interromps immédiatement pour l'interroger sur Carlo, peut-être dans l'espoir qu'il me donne une réponse différente.

— Je croyais que tu savais, il me dit.

— Je ne savais rien, je réponds. Personne ne me l'a dit.

— Je croyais vraiment que tu savais, il répète.

— Linda dit qu'il s'est tué. Et que c'est à cause du poste de chercheur et de la dispute avec Sacrosanti.

— Qu'il se soit suicidé, ça ne fait aucun doute, il commente sèchement. Mais Linda ne comprend jamais rien, tu le sais mieux que moi. Cette histoire de poste cédé aux philologues ne lui a pas fait du bien, c'est certain. Mais tu crois qu'on se suicide pour une chose pareille ?

— Non.

— Carlo n'allait pas bien depuis des années. Il prenait des médicaments, mais il n'allait pas bien. Ceux qui l'ont vu récemment disent qu'il ne mangeait rien et ne dormait pas depuis des semaines. *Je* l'ai vu récemment. J'aurais dû me rendre compte, *moi*, qu'il n'allait pas bien. Au lieu de ça, tout à mon rôle d'intellectuel gauchiste, je lui ai dit que je l'enviais d'être si mince et je suis resté concentré sur ma petite personne.

— Eh, tu es là ?

— Oui, désolé. Je suis un peu secoué. Je te rappelle.

Je vais voir Vincenzo et lui annonce que j'achète tous les cartons. Il me réclame d'abord un montant astronomique, puis nous nous mettons d'accord sur la moitié, une somme que je n'ai pas de toute façon. Je l'emprunterai à ma mère et je la rembourserai en vendant ma Vespa, mon seul bien de valeur. Je sais que ça n'a pas de sens, mais ça me semble être la seule chose raisonnable à faire : sauver sa bibliothèque et ne pas permettre qu'elle soit dispersée.

J'étais rentré chez moi prêt à trouver le potentiel cadavre de mon père et à prendre un café à Pise avec un ami. Au moment où je repars, celui qui devait être mort va bien (assez bien, disons), et l'ami avec qui je devais prendre un café n'est plus là : il ne reste de lui que des cartons de livres et les propos insensés des survivants. Et ce n'est pas tout : la seule chose que je rapporte à Paris, c'est le sentiment tenace que je ne connaissais finalement ni l'un ni l'autre, qu'ils n'étaient pour moi que des ombres, des constructions mentales, des fantômes qui n'avaient pas grand-chose à voir avec des personnes réelles. Cette brève parenthèse toscane m'a permis d'arriver à cette certitude : je ne comprends pas et ne comprendrai jamais les autres.

Finalement, j'ai aussi raté la *manif* du 1er mai qui, d'après le compte rendu succinct de Tea, a bel et bien été l'émeute urbaine dont nous avions longuement rêvé ensemble. Ce qui m'a empêché d'y aller, c'est en partie le sens du devoir : j'ai voulu participer au transfert de mon père de l'hôpital chez ma mère et, avant ça, aux préparatifs. Et aussi l'acquisition problématique de la vaste bibliothèque de Carlo. En effet, elle comptait de nombreux ouvrages empruntés, ai-je découvert, qu'il a fallu restituer aux différentes bibliothèques universitaires de Pise. En d'autres circonstances, l'idée d'avoir acheté des livres qu'il me faudrait rendre m'aurait sérieusement contrarié, mais en l'occurrence je n'éprouve qu'une écrasante tristesse. Devinant mon état d'esprit, même ma mère n'a pas posé de questions et a accepté sans objection que je remplisse une pièce de cartons, proposant en outre que je lui rembourse plus tard l'argent qu'elle m'avait prêté, ce qui m'évite la blessure supplémentaire qu'aurait représentée la vente de ma Vespa.

J'ai consacré plusieurs jours aux livres de Carlo, avec des soins guère différents de ceux que ma mère apportait à mon père. J'ai essayé d'y mettre un peu d'ordre et parfois je me perdais à les feuilleter, à lire ses notes en marge, à admirer l'attention, l'intelligence, la passion et le temps que Carlo avait consacrés aux études. Je n'ai jamais rien fait avec un sérieux comparable au sien : d'un côté je le regrette, car je me rends compte que j'ai presque toujours vécu dans un état de demi-inconscience, et de l'autre il me semble que cette superficialité m'a en quelque sorte protégé, en m'éloignant de l'abîme dans lequel sont précipités ceux qui se livrent complètement, sans hésitation et sans protection, au risque d'être avalés sans même s'en rendre compte. Pas une seconde je n'ai envisagé de fusionner sa bibliothèque avec la mienne, de mettre mes livres couverts de mauvaises annotations au stylo et au surligneur à côté des siens, usés par de multiples lectures, soulignés au crayon d'un trait net qui semble tracé à la règle et commentés d'une minuscule écriture impeccable. Je fais et défais des piles, des tas, des monticules de livres. Je me promène dans ce labyrinthe de savoir comme si j'étais dans l'esprit de Carlo et en sa compagnie. Parfois, je prends un livre et je me souviens du jour où il m'a conseillé de le lire, avec son habituelle étincelle de concupiscence érudite dans les yeux. Mais souvent je suis en proie au doute : je me demande de quel droit je me suis autoproclamé exécuteur testamentaire de cet héritage spirituel, qui aurait manifestement trouvé une place plus adaptée sur les étagères d'un intellectuel un peu plus crédible que moi. Il est vrai que je suis tombé par hasard sur cet héritage, et il est vrai aussi que je l'ai sauvé de la dispersion et de la vente au détail, mais même ça ne me console que jusqu'à un certain point : n'aurait-ce pas été un épilogue plus digne de permettre à ces traces matérielles du savoir de Carlo de se disséminer et de produire d'autres savoirs, de germer, se propager, nourrir une nouvelle culture et une nouvelle intelligence du monde, au lieu de les laisser se couvrir de poussière et mourir d'ennui entre les murs de chez moi ?

Mais cette inquiétude n'est que l'antichambre d'autres, bien plus douloureuses. L'une est due au fait de l'avoir vu juste avant les faits et de n'avoir rien remarqué de la souffrance qui le rongeait, me contentant d'une plaisanterie sur le *spinning*. L'autre est plus sournoise : n'aurais-je pas eu la possibilité d'empêcher d'une manière ou d'une autre pareille issue ? Je ne crois pas que Carlo ait décidé de se tuer parce que Sacrosanti lui avait refusé un poste de chercheur, troqué contre des chambres d'hôtel pour les invités de son colloque ; mais il me semble plausible que cette humiliation ait été ce détonateur qui, dans un état psychologique déjà détérioré, ait provoqué l'explosion finale. S'il n'y avait pas eu de détonateur, il n'y aurait pas eu d'explosion non plus. Et cet événement s'est déroulé sous mes yeux ; je sais que nous n'avons pas pu l'empêcher, ni Linda ni moi, pourtant nous étions là, nous avons vu les différents éléments s'agencer, conspirer pour le coincer de tous côtés jusqu'à lui couper le souffle, lui faire croire que ne plus être là était une option moins pénible que de rester en vie. Je sais bien que je n'avais pas les moyens matériels de faire quoi que ce soit, que tout ça me dépassait largement, cependant je n'arrive pas à me pardonner, ni même à me raisonner.

La dernière chose que je fais avant de repartir pour Paris est de prendre parmi les livres de Carlo l'un des romans qui m'ont le plus marqué, *Voyage au bout de la nuit*, et de glisser un marque-page à l'endroit de la dédicace que Bardamu fait à Molly. Je l'offrirai à Tea : je lui dédierai moins le livre que cette page, la plus belle page d'amour que j'aie jamais lue, d'autant plus poignante qu'elle se trouve dans un ouvrage cynique, féroce et désespéré. Je ne sais pas si elle mesurera à quel point il est précieux pour moi, ce cadeau si intimement mien qui était en même temps un fragment de la vie de mon ami Carlo.

J'ai hâte que Tea me raconte comment s'est déroulé le 1er mai, et j'ai hâte qu'elle soit devant moi, parlant à un rythme effréné, tel un message audio écouté à vitesse accélérée, pour pouvoir l'interrompre d'un baiser. Après mon père, après Carlo, j'ai l'impression que seules les lèvres de Tea peuvent me consoler.

Le soir de mon retour, je passe chez moi et prends une longue douche, j'enfourche ma Graziella et je me prépare à affronter les montées qui me conduiront au petit café de Barbès où j'ai toutes les chances de la trouver. J'ai pris soin de la prévenir que j'étais sur le chemin du retour : je n'ai pas jugé utile de préciser que je viendrais la chercher là. Elle ne m'a pas répondu, ce qui confirme qu'il n'était pas nécessaire d'en dire plus. Quand j'arrive, trempé de sueur, je constate que notre table à la *terrasse** du café (autrement dit sur le trottoir) est occupée. À en juger par les tatouages et la coupe de cheveux, c'est Jo, l'ancienne tatoueuse amie de Tea et habituée du salon Pecoraro.

La voir là m'agace un peu. Je savourais déjà une de nos soirées itinérantes, Tea et moi dans la nuit parisienne, une perspective que la présence de Jo modifie incontestablement. À moins que ce ne soit une présence éphémère, déjà sur le départ ou en tout cas prête à disparaître après une ou deux bières. Inutile de se prendre la tête.

Quoi qu'il en soit, je n'ai pas très envie d'aller lui dire bonjour et reste donc à bonne distance, attendant de voir la suite des événements. Quelques minutes plus tard, Tea fait son apparition, aussi radieuse que dans mon souvenir. Elle s'approche de Jo, l'enlace par-derrière et l'embrasse dans le cou. Jo sourit (c'est le premier sourire que je lui vois faire depuis que je la connais, je pense), elle se tourne vers Tea et elles s'embrassent : pas la *bise** que les Français échangent quand ils se retrouvent, mais un baiser, vrai et mouillé. Le baiser qu'elle aurait dû me donner, quand je l'aurais étreinte et embrassée dans le cou, moi. Non seulement Tea embrasse quelqu'un d'autre, mais elle m'a même volé ce geste pour le répéter à l'identique, Tea est à ma place et Jo à la place de Tea. Un magnifique double affront.

Je ne sais pas trop comment me comporter. Dois-je les rejoindre comme si de rien n'était et tendre mon cadeau à Tea ? Me présenter et faire une belle scène de jalousie ? De quel droit ? Tea et moi ne sommes pas ensemble, d'ailleurs l'idée d'être ensemble semblait exclue (ennuyeuse, bourgeoise, dépassée), ce qui était parfait tant que nous étions bel et bien ensemble. À présent, ce choix de la liberté révèle ses limites – pour moi – et son potentiel – pour elle. Sans compter qu'elles me traiteraient aussitôt d'homophobe. Comme si j'avais pu préférer qu'il y ait un homme à la place de Jo. Dans tous les cas, je n'ai pas beaucoup de cartes entre les mains ni guère d'arguments en ma faveur. Je connais déjà les réponses irritées que Tea me donnerait, ses théories polyamoureuses et libertaires, ses croisades contre le fait d'appartenir à quelqu'un. Moi aussi, je ne crois pas qu'on doive appartenir à quelqu'un. Surtout pas Tea à Jo.

Ne sachant que faire, je décide de l'appeler. Elle fait ce que tout cocu rêve de voir sa belle faire sous ses yeux : elle sort son téléphone, constate que c'est moi puis le range. Je rappelle, mais sans plus de succès. Je rappelle encore : si elle décroche, j'improviserai une quelconque urgence. Elle laisse sonner puis, quand le téléphone se tait, fait un geste qui ressemble beaucoup à celui de l'éteindre. L'appel suivant tombe effectivement sur la boîte vocale. Dès lors, je range Céline dans mon sac à dos, je détache la Graziella et, anéanti, je rentre chez moi à vélo.

Toute la nuit, je réfléchis aux stratégies à adopter pour la reconquérir, même si 90 % de mes pensées sont consacrées à l'image de Tea embrassant, caressant, touchant ou léchant Jo. Ce sont des pensées douloureuses et excitantes à la fois, et c'est peut-être à cause d'elles que la recherche d'un plan pour ravoir Tea ne donne aucun résultat probant. Je pense aux messages que je pourrais lui envoyer, mais ils ressemblent tous de façon inquiétante à ceux que Letizia m'a adressés récemment. Comme je me souviens très bien de l'effet qu'ils ont eu sur moi, je ne doute pas que Tea les ignorerait avec un mépris souverain. J'essaie même de relire les textos de Letizia pour voir s'il y en a certains qui m'ont fait plus d'effet que les autres, mais c'est sans espoir : ils sont tous pathétiques, qu'ils soient comminatoires ou romantiques, suppliants ou érotiques.

Le lendemain, après que j'ai arraché à l'aube une ou deux heures d'un sommeil agité, des images de Tea au lit avec Jo (je dis au lit, mais en réalité je les imagine dans tous les endroits possibles, à commencer ceux où Tea et moi avons échangé le plus chaste des baisers) se remettent à me tourmenter. Je me les figure en train de parler de moi, de *rire* de moi : l'abruti qui est tombé amoureux de la belle inaccessible et pansexuelle. Pour qui il se prenait, ce mec ? Il a cru qu'on était fiancés ? Il a dû t'acheter une bague ! Mortes de rire, les connasses.

Constatant que la voie de la reconquête est barrée, j'essaie de me lancer sur le sentier de la vengeance : il faut que je trouve un moyen de la blesser, de lui faire regretter de m'avoir traité de cette manière. J'envisage les hypothèses les plus improbables : débarquer chez elle en pleine nuit pour l'insulter, m'ouvrir les veines sur son palier en laissant une lettre d'adieu qui lui fera froid dans le dos. La meilleure solution serait de trouver immédiatement une fille plus belle, voire deux ou trois, et de les exhiber sous son nez. Mais je sais que je dois mettre un terme à ces pensées, car j'en suis sûr, je ne la trouverai jamais, celle qui remplacera Tea. Et surtout, je sais que même si demain je me pointais bras dessus bras dessous avec Margot Robbie, Tea s'en ficherait éperdument.

Alors autant m'apitoyer sur mon sort. Qu'est-ce que je croyais faire ? Moi, un trentenaire en retard sur tout, provincial, maladroit, ignorant et trouillard ? Comme j'avais miraculeusement décroché une bourse de recherche pour faire mon doctorat et que j'avais pu passer quelques mois à Paris, soudain j'étais devenu un intellectuel révolutionnaire et cool, je pouvais passer du salon d'un ancien brigadiste aux amphis de l'ENS, piller les boutiques de luxe pendant les manifestations et rentrer à temps pour une soirée à l'ambassade ? Quel non-sens de penser que le dernier des provinciaux puisse être au même niveau que l'héritière de la bonne société romaine, des gens qui se sentent chez eux dans les meilleurs salons d'Europe et qui, s'ils défoncent la vitrine d'un *flagship* Louis Vuitton, ont l'impression d'être dans le dressing de leur mère. Quelle folie de penser que notre relation contre nature était une union judicieuse : Tea pouvait passer quelques soirées avec moi, mais il était beaucoup plus logique qu'elle soit avec une lesbienne militante exilée et furax ou avec un rejeton Elkann.

Bon, à vrai dire, je lui ai bien envoyé quelques textos. Voire plus que quelques-uns. Disons que, les premiers temps surtout, je me suis contenté de quelques-uns par jour et de cinq ou six par nuit ; mais je savais que c'était une façon de me défouler : je ne pensais absolument pas que ça puisse avoir le moindre effet. Je savais que mes messages voyageaient à une distance sidérale de son esprit et de ses préoccupations. Mais j'essayais quand même, je les écrivais dans ma tête, je les façonnais, je les ciselais longuement avant de les lui envoyer. Je voulais qu'ils soient parfaits, qu'ils correspondent à son idée de la perfection : laconiques, directs, jamais sentencieux et sans informations inutiles. Trouver cette synthèse radicale qui m'avait tant fasciné dans nos (rares) échanges WhatsApp au cours de notre (brève) relation. Elle ne m'a pas répondu une seule fois et je ne l'ai plus croisée à la BNF. Parfois, la nuit, je me postais en bas de chez elle, pas dans l'idée de la croiser ou de la revoir avec Jo, mais uniquement pour m'apitoyer sur mon sort.

Un soir, je suis aussi retourné avec Samuele à un de ces concerts de jazz manouche auxquels j'avais cessé d'assister depuis des mois. À la fin de la soirée, complètement bourré, j'ai envoyé un dernier message à Tea (un majeur dressé) et j'ai pris la seule décision possible : quitter Paris. J'ai acheté mon billet ce soir-là, encore ivre, me donnant quelques jours pour en finir avec les archives Sella avant de m'enfermer de nouveau dans ma coquille à Viareggio, toute velléité de devenir un chercheur cosmopolite et un révolutionnaire dûment remisée.

Pile le lendemain, je reçois un message de Tea.

“C’est l’héroïne qui m’a sauvé.”

Il me le dit d’une voix sèche et sur un ton neutre, sans la moindre nuance d’ironie ou d’autosatisfaction. Son accent toscan a disparu et, en contrepartie, il lui arrive d’émettre des nasales incongrues, signe que sa langue maternelle est désormais le français. Nous sommes assis à une table en terrasse dans un café près de République. Il fait chaud et j’ai mis un de mes T-shirts les plus présentables, tandis que face à moi Giorgio Palamides est en veste et chemise. Malgré son extrême maigreur, il ne donne nullement l’impression d’être un ancien junkie : il a une épaisse crinière grise qu’il laisse retomber sur son front d’une manière qu’on pourrait qualifier de coquette s’il n’y avait son air grave et son visage en lame de couteau ; ses dents sont parfaites, son teint n’est pas celui de quelqu’un qui souffre d’hépatite. Une rapide évaluation m’incite à croire que, moi qui ne saurais pas même où en trouver, de l’héroïne, je n’atteindrai sans doute pas soixante-dix ans dans une aussi bonne forme physique.

Le dernier message de Tea n’était pas celui auquel je m’attendais, mais les coordonnées de Giorgio que Pecoraro lui avait demandé de me transmettre. Inutile de préciser qu’il ne m’a pas fait particulièrement plaisir et que, sur le moment, je me suis dit que je n’avais aucune envie de rencontrer ce type, je craignais même qu’il me déçoive d’une manière ou d’une autre, songeant qu’il aurait mieux valu laisser tous les Ravachol dans la pénombre de mon hallucination personnelle et de ma *fantasima*. D'autant plus que je ne pensais pas en retirer grand-chose. Et je n'en aurais probablement pas retiré grand-chose si je n'avais décidé que le plus sage, durant ces derniers jours à Paris, était de remplir mes journées de choses à faire pour ne pas penser à Tea.

Je lui ai donc envoyé un message et il m'a rappelé. Il m'a dit qu'il ne pensait pas pouvoir m'aider, mais qu'il acceptait quand même de me rencontrer. Et nous voici donc là, tous deux un peu embarrassés. D'après ce qu'il prétend, il n'a jamais parlé de cette histoire à personne, du moins à personne qui se soit intéressé à l'histoire biographique et littéraire de Tito Sella.

— Comment ça, l'héroïne vous a *sauvé* ?

— Ce que je veux dire, c'est que sans l'héroïne j'aurais probablement participé moi aussi à la tuerie du 17 octobre. Mais à ce moment-là je me fichais complètement de tout ça, la lutte, la brigade Ravachol. La seule chose qui comptait, c'était de me piquer avec Susanna.

— Alors pourquoi êtes-vous revenu ? Pour l'argent ?

— Je suis revenu parce que Tito me l'a demandé. Je ne pensais pas à l'argent. Susanna était riche et ses parents ne lui avaient pas encore coupé les vivres. À l'époque, on pouvait avoir tout ce qu'on voulait... Plus tard, non. Plus tard, c'est devenu difficile. Quand ses parents lui ont claqué la porte au nez, la troisième fois qu'elle s'est enfuie de la cure de désintoxication, on a fait des choses qu'il est plus charitable de taire. Mais à ce moment-là la magie était finie : on se piquait parce qu'on ne pouvait plus s'en passer et on était prêts à tout pour trouver de l'argent. Mais pendant l'été 1977, se shooter était encore une chose merveilleuse et se shooter ensemble une apothéose. C'était l'étreinte de Dieu. Le plus beau moment de ma vie, ç'a été la première fois que je me suis piqué avec Susanna. Puis ça m'a coûté cher et à elle plus encore. Mais au moins ça m'a évité de devenir un meurtrier, de mourir comme les autres ou de passer le restant de mes jours en prison comme Tito.

— Vous n'aviez donc pas besoin d'argent ? je demande, revenant à la charge et essayant de m'éloigner d'un abîme que je préfère garder à distance.

— Non.

— Alors pourquoi êtes-vous parti avec le butin ?

— C'était à cause de Tito.

— Tito vous l'a donné ?

— Il m'a demandé de revenir pour tenter de dissuader les autres, mais il était clair que ça ne marcherait pas, ils avaient pris leur décision.

— Et donc ?

— Tito m'a expliqué que je devais partir, que ça sentait mauvais, que les autres avaient peur que je fasse une connerie et qu'on les découvre. Il ne me l'a pas dit, mais je pense qu'il avait peur pour moi.

— Alors vous avez disparu.

— Oui.

— Avec l'argent.

— Oui. Tito m'a dit de le prendre. Je pense qu'il espérait que sans lui l'opération échouerait ou du moins qu'ils la reporteraient.

— Mais ils l'ont faite quand même.

— Et ça s'est passé comme on sait. Peut-être que Tito avait raison, qu'ils avaient perdu la tête.

— Il y a une chose que je n'ai pas comprise.
— Je ne pense pas pouvoir vous aider.
— Essayons quand même : le camarade qui se faisait appeler Barabbas...
— Je ne l'ai jamais compris moi non plus, à vrai dire.
Je souris.
— Comment a-t-il pu s'en sortir ?
— Je ne sais pas. Je pense que ç'a surtout été le choix de Tito. Il était le seul à pouvoir parler et le dénoncer. Mais il a préféré ne pas le faire. Il n'a jamais rien dit aux juges. Peut-être pensait-il qu'il était inutile d'envoyer quelqu'un en prison et je suis tout à fait d'accord avec lui. Et puis c'était un camarade de lutte.
— Et vous ?
— Quoi, moi ?
— Pourquoi vous ne l'avez pas dénoncé ?
— D'abord parce que ça aurait signifié me dénoncer moi-même. J'étais loin et ça m'allait très bien de ne plus y penser. Ça ne valait pas la peine que je me sacrifie pour envoyer Barabbas en prison. Et puis j'avais autre chose en tête : je ne crois pas avoir jamais envisagé de dénoncer quelqu'un. Songez que j'ai appris ma condamnation des mois plus tard.
— Et après ? Une fois ici, vous étiez en sécurité, vous pouviez parler.
— Pour quoi faire ? Tito avait décidé. Si lui, qui était impliqué, avait choisi de se taire, de quel droit aurais-je parlé, moi ?
— Vous savez ce qu'il est devenu ? Barabbas, je veux dire.

— Non. Je sais qu'il est vivant car je l'ai vu. Tôt ou tard ils passent tous par Paris. Il ne m'a pas reconnu, mais je suis presque sûr que c'était lui.
— Vous ne lui avez pas parlé ?
— Je ne connais même pas son véritable nom. Et ça ne m'a fait ni chaud ni froid de le voir.
— Donc vous ne savez rien de lui.
— Je sais qu'il était du genre à retomber sur ses pieds. Au fond, nous venions tous de familles modestes sauf lui, normal qu'il ait été le seul à s'en sortir. Il a dû devenir conseiller régional ou dirigeant de quelque chose. Il était très malin, il a dû réussir.
Je m'arrête pour siroter la bière posée devant moi, alors que Giorgio n'a pas touché son jus de myrtille depuis qu'on le lui a apporté. Je me rends compte que, pour lui, cette histoire appartient à un passé lointain, c'est un sujet clos, et une montagne d'autres expériences, d'autres vies qui l'ont peut-être plus marqué que les Ravachol, le séparent de ces événements. J'ai l'impression d'être plus concerné que lui. Il y a une autre question qui me tient à cœur, mais je ne sais pas comment la lui poser.
— Vous étiez proche de Tito, je commence, faisant un large détour.
— Je crois que c'est le seul ami que j'aie jamais eu.
— Il y a une question que je me suis posée, je ne sais pas si vous pourrez y répondre.
— On verra.
— D'après vous, pourquoi Tito a-t-il finalement décidé de participer à l'opération ?
Je le vois soupirer.

— Je m'explique, j'ajoute. Il hésitait, il était contre... Pourquoi, alors qu'il faisait tout ce qu'il pouvait pour empêcher qu'elle ait lieu, entre autres vous faire revenir et vous donner l'argent ? Qu'en pensez-vous ? Vous êtes-vous déjà interrogé à ce sujet ?
— Non, jamais.
Je suis un peu déçu.
— Ça vous a paru normal qu'il y participe ?
— Pas du tout. Ce qui m'aurait semblé normal, c'est qu'il n'y participe pas.
— Exactement ! Alors comment expliquez-vous ce soudain revirement ?
— Il n'y a pas eu de revirement.
— Comment ça ?
— Je suis sûr que Tito n'a pas participé à la tentative d'enlèvement du juge Altieri.
— Il a pourtant avoué y avoir participé.
— Non. Il ne l'a pas nié, mais il ne l'a pas avoué non plus. Et personne n'a jamais témoigné qu'il était présent : ils l'ont arrêté en fin de matinée à la ferme.
— Il a tout de même fait plus de vingt ans de prison pour ça.
— C'est vrai, mais ça ne prouve pas qu'il y était.
— S'il n'y avait pas participé, il aurait pu s'épargner une longue peine de prison.
— Possible. Mais il avait peut-être d'autres raisons.
— Lesquelles ?
— Je ne sais pas. Si vous aviez connu Tito, vous n'auriez pas de mal à croire qu'il ait pu assumer la responsabilité d'une faute qu'il n'avait pas commise et pas su empêcher. Peut-être se sentait-il

aussi coupable. Peut-être avait-il péché par omission plutôt que par action. Quoi qu'il en soit, il a choisi de faire de la prison et je pense qu'on doit respecter ce choix.
— De la prison pour un crime qu'il n'a pas commis, vous pensez.
— Vous ne comprenez pas. Je ne *pense* pas : je *sais* qu'il ne l'a pas commis.
— Comment pouvez-vous en être sûr ?
— Cette nuit-là, il était avec moi. Il était venu au presbytère de Casoli, où je me cachais. C'était une dernière tentative de repousser l'opération. Une tentative qui a mal tourné, à l'évidence.
— Le quatrième homme était donc Barabbas ?
— Oui. Après tout, il est plus logique que quelqu'un qui a échappé à un tel carnage disparaisse, plutôt que de se faire prendre dans le repaire de la bande, non ?

Quand Giorgio Palamides prend congé, après avoir réduit en miettes mes quelques certitudes concernant l'épilogue de l'affaire Sella – et Ravachol –, son jus de myrtille est toujours là. Je commande un whisky. Non que j'en aie envie, mais il me semble que c'est la meilleure boisson pour accompagner mon état d'esprit.

Se peut-il qu'un homme passe sa vie en prison sans raisons ? Et surtout : j'ai lu les notes dans lesquelles Sella se demande s'il va participer à l'opération. Étaient-elles fausses ? Dans ce cas, dans quel but les a-t-il écrites ? Pour tromper ses camarades ? Peu probable. Et alors ? S'agissait-il simplement d'une phase troublée de son parcours, qu'il a surmontée par la suite ? Essayait-il de se convaincre lui-même ? Se répétait-il ce qu'il croyait *devoir* penser ? Et aussi :

est-on bien sûr que je doive me fier aux souvenirs vieux de quarante ans d'un type qui, de son propre aveu, entretenait à l'époque une relation étroite avec l'héroïne ?

Ma première réaction est le refus : je suis trop habitué à penser à Sella et au massacre de Gombitelli comme je l'ai toujours fait pour que mon esprit me laisse soudain tout chambouler. Mais il ne me faut pas longtemps pour commencer à me faire à cette nouvelle version de l'histoire. Tout d'abord, elle permet d'expliquer certains détails de l'opération qui semblaient incongrus – le rôle de Barabbas, l'interpellation de Tito à la ferme. Mais surtout, cette nouvelle version de Tito Sella me paraît beaucoup plus convaincante que celle que je m'étais bâtie : c'est comme si je comprenais enfin que jusqu'à présent je m'en tenais à l'image que Sella avait voulu donner de lui – le Sella théorique, le Sella-Rocky – plutôt qu'accepter celle qui le présentait tel qu'en lui-même et peut-être malgré lui – le Sella réel, le Sella-Oblomov.

Le problème, je m'en aperçois avec effroi, c'est que cette révélation bouleverse complètement la structure de ma thèse. Je repense à ce que j'ai toujours considéré comme le thème fondamental de son œuvre : la centralité du moment où le cours du temps et la succession d'événements qui forme une vie sont suspendus et révèlent l'identité définitive d'un individu. Jusqu'à présent, j'ai lu Sella sous ce jour et j'ai projeté cette idée sur sa vie, estimant que son moment de révélation était celui où il avait décidé de participer à l'enlèvement d'Altieri, celui où il avait placé le militantisme avant le reste et accepté toutes les conséquences, y compris une longue peine de prison qu'il vivrait le cœur en paix, inévitable corollaire de son choix final.

Mais à présent je suis de plus en plus convaincu que les choses se sont passées différemment. Peut-être Tito Sella a-t-il effectivement eu la révélation de ce qu'il était, de son essence, durant cette nuit fatidique du 16 au 17 octobre 1977. C'est à ce moment-là qu'il a dû choisir son destin et décider qui il était : c'est alors que son identité a été révélée une fois pour toutes. Le fait est que cette révélation n'a pas été celle qu'il aurait voulue : au lieu d'agir, il a choisi de disparaître, d'abandonner ses camarades et de les laisser se faire massacrer. Il aurait pu devenir un combattant qui meurt avec ses frères ou qui s'interpose et les empêche de commettre un geste qu'il sait suicidaire. Mais au lieu de ça il est parti tranquillement, en espérant que sa disparition suffirait à éviter le massacre. Au moment décisif, celui où son destin se dévoilerait, il s'est reconnu dans ses actes, comme toujours, pas seulement cette fois-là. Et ce dévoilement ne lui a pas plu, il l'a détesté, il *s'est détesté* : il aurait pu participer à l'action, pousser son choix de lutte jusqu'à ses conséquences ultimes, et peut-être sa présence aurait-elle évité le massacre ; ou, tout aussi résolument, il aurait pu saboter l'opération et parvenir à l'empêcher. Au lieu de ça, il avait opté pour la voie médiane : il s'était enfui. Et ce fut une catastrophe, le pire choix possible, et le plus odieux, celui de l'indifférence. C'est pourquoi Sella a passé le reste de sa vie à essayer de refouler (ou d'expier) ce moment : celui qui a révélé son essence mais auquel il a refusé de s'identifier. En acceptant la prison à vie, il s'agissait moins d'assumer les conséquences de son militantisme que de refuser cette identification à un choix décisif, à son propre destin, à son visage tel qu'il lui avait été révélé. Il a accepté les conséquences d'un destin à la hauteur duquel il ne s'était pas montré.

C'est peut-être sous ce jour que je devrais relire l'ensemble de son œuvre : le thème décisif, ce ne sont pas les moments épiques où un destin se dévoile, mais au contraire les mauvais choix prosaïques de ses personnages et leurs conséquences imprévues. Sella, c'est le métayer Nocentini, aveuglé par la jalousie, qui tue le mauvais frère ; c'est le jeune résistant qui ne crie pas le bon juron alors qu'il sera bientôt exécuté ; c'est Oblomov qui part sauver sa femme et, à cause de ça, ne parvient pas à donner l'alerte et à sauver le village des représailles nazies. Ça fait deux ans et demi que j'écris une thèse sur Sella. Et je n'avais rien compris.

ÉPILOGUE

De : marcello.gori@unipisa.it
À : r.sacrosanti@unipisa.it
Objet : Thèse
Date : 15 décembre 2019

Cher Professeur Sacrosanti,

Je vous adresse la présente à titre de remerciements et d'adieux. C'est un honneur pour moi de vous avoir rencontré et d'avoir pu collaborer avec vous. Ces trois années ont été très formatrices et, sans votre soutien et celui de votre équipe (le regretté Carlo Ceccanti *in primis*), je ne crois vraiment pas que j'aurais pu rédiger une thèse de doctorat digne de ce nom. Recevez toute ma gratitude, vous et les autres.

Pour autant, je dois vous informer que je ne vais pas pouvoir continuer mon parcours de recherche et, par cette lettre, je renonce donc à mon doctorat – ma démission formelle suivra. Mais je voudrais d'abord vous expliquer comment j'en suis arrivé à cette décision.

Tout d'abord, je tiens à dissiper un éventuel malentendu : j'imagine que vous pensez à la raison la plus simple, à savoir que je démissionne parce que la tâche est au-dessus de mes capacités. J'ai conscience que tous songeraient à cette motivation, mais ce n'est pas le cas et, pour confirmer mes dires, je joins à ce message le fichier PDF complet de ma thèse, avec les notes, la bibliographie et l'appareil critique. Vous aurez peut-être des objections à certains passages, mais je crois que dans l'ensemble vous trouverez mon travail, sinon excellent, du moins à la hauteur du titre qu'il m'aurait conféré.

Le second fichier que je joins, intitulé “Une hypothèse sur Tito Sella”, est un article dans lequel j’évoque certaines questions biographiques de Sella, notamment celle qui concerne sa participation à l’enlèvement du juge Altieri. Conscient que de telles questions ne vous intéressent pas, j’ai pris la liberté d’envoyer l’article à d’autres revues de critique littéraire, recevant pour l’instant un accueil favorable de la revue *Civiltà letteraria*, dirigée par votre collègue, le professeur Martesana. J’espère que vous ne m’en tiendrez pas rigueur. Si vous consentez à y jeter un coup d’œil, je vous en serai fort reconnaissant : je suis sûr que vous ne le trouverez pas superficiel et que vous apprécierez le travail minutieux de reconstitution historique sur lequel il se fonde.

Je vais dès maintenant vous exposer brièvement l’hypothèse en question. Née au départ d’une conversation avec Giorgio Palamides, compagnon de lutte de Sella, puis corroborée par diverses sources documentaires que je me suis efforcé de retrouver, ma conviction est que Tito Sella n’a pas participé directement à l’opération qui lui a valu une condamnation à perpétuité, mais qu’il en a ensuite assumé la responsabilité pénale (purgeant une peine de prison en conséquence), précisément pour expier la faute consistant à n’avoir pu empêcher le massacre. Comme vous vous le rappelez sans doute, Sella n’a jamais plaidé ni coupable ni innocent, il a simplement accepté que le procès confirme ce qui avait toujours été tenu pour acquis, une fois qu’on l’eut arrêté dans le repaire de la Brigade aussitôt après le massacre, à savoir qu’il était directement impliqué. Cette vision était pourtant erronée et a faussé le verdict, bien que Sella ait non seulement permis, mais même favorisé une telle issue.

Tito Sella – j’en suis maintenant persuadé – n’a pas participé à l’enlèvement : il se trouvait au presbytère de Casoli avec son ami Giorgio Palamides. Un autre membre de la Brigade, non identifié et inconnu de la justice, que ses camarades appelaient de son seul nom de guerre, Barabbas, a participé à l'enlèvement. Ce Barabbas reste en quelque sorte le point aveugle de l'histoire de Sella.

J'en viens donc aux raisons de ma démission, alors que j'étais à deux doigts d'achever ma thèse. Ce choix est le fruit, si je puis dire, du suicide de Carlo Ceccanti, qui m'a fortement ébranlé et m'a fait prendre conscience de mon incompatibilité avec un monde dont j'avais brièvement cru pouvoir faire partie.

Après la mort de Ceccanti et à la suite d'un concours de circonstances, j'ai hérité de toute sa bibliothèque, dans l'état où elle se trouvait au moment de sa disparition : elle comprenait des livres empruntés dans différents centres universitaires, auxquels je les ai rendus, et d'autres prêtés par certaines personnes, dont vous – votre générosité lorsqu'il s'agit de mettre vos ressources au service de vos étudiants est proverbiale. À mon retour de Paris, en rangeant les derniers volumes j'ai commencé à feuilleter un livre de Lotman et Uspensky, la traduction de *Typologies of Culture*. Il s'agit d'un texte publié en Italie en 1975, pratiquement introuvable aujourd'hui. C'est pourquoi Carlo Ceccanti vous l'avait emprunté. La particularité de ce livre est qu'il portait sur la page de garde non pas le nom de "Raffaele Sacrosanti", mais un autre : celui de "Barabbas". L'écriture et les annotations en marge sont identiques aux vôtres, et les correspondances biographiques entre ce Barabbas et vous sont bien réelles, faciles à documenter.

Certes, je ne connais pas les raisons, que je suppose tout à fait nobles et compréhensibles, pour lesquelles Sella et vous avez échangé vos places, lui qui est allé en prison tandis que vous êtes devenu le critique de référence de son œuvre littéraire. D'autant qu'en plus de vingt ans, il n'a jamais évoqué cette histoire et n'a donc jamais laissé entendre qu'il regrettait sa décision ; je m'abstiens donc de juger vos choix et vos vies.

Ce qui m'empêche de poursuivre mes études, c'est moins le fait que j'aie des solides motifs de croire que vous êtes Barabbas, le cerveau et l'auteur impuni du massacre de Gombitelli. Non, c'est avant tout que je crois avoir deviné pourquoi vous avez insisté dès le début pour que ce soit moi qui m'occupe de Sella et en particulier de ses archives. En effet, je crains que vous ne m'ayez choisi parce que vous aviez besoin d'un idiot utile, quelqu'un de suffisamment capable pour faire un travail correct (de sorte que, pendant un certain temps, les archives de Sella n'intéressent pas les chercheurs, puisqu'elles auraient déjà été étudiées), mais aussi d'assez stupide et superficiel pour ne pas comprendre, ou ne pas vouloir comprendre, ce que ces archives pouvaient révéler. Vous m'avez accepté comme doctorant, puis confié ce travail, car vous étiez certain que je ne m'en sortirai pas. Je me suis même demandé si vous ne saviez pas au départ qu'Agnese Camasta, l'étudiante de Bologne, se désisterait – dans votre monde, que j'ai appris à connaître, certaines choses vont de soi –, et même si vous n'aviez pas choisi ce sujet incongru sur le grotesque pour me favoriser. Quoi qu'il en soit, vous ne vous êtes pas trompé : s'il n'y avait eu toute une série de circonstances fortuites, si je n'avais pas cru trouver dans les papiers de Sella des réponses qui semblaient urgentes pour ma propre vie, vous auriez bel et bien misé sur le mauvais cheval idéal. Je vous confirme donc que votre prédiction était fondée et que c'est seulement par hasard que je n'ai pas été la personne dont vous aviez besoin.

Mais vous vous rendez certainement compte que je ne peux plus travailler avec un professeur qui n'a aucune estime pour mes capacités. Ou plutôt : je ne peux plus travailler avec un professeur dont j'ai déçu les attentes légitimes.

Je vous remercie donc encore une fois pour ces années et vous souhaite, également au nom de Carlo, de pouvoir évoquer dans le contexte judiciaire approprié l'hypothèse que j'ai exposée dans mon article.

Avec mes sincères salutations,

MARCELLO GORI

“Parfois on se sent incomplet et on est tout simplement jeune.” Ce matin, je me suis réveillé avec cette phrase dans la tête, que j’avais lue, enfant, à la fin du *Vicomte pourfendu* de Calvino et que je m’étais empressé d’écrire sur le mur de ma chambre. Tout au long de ma vie, je me la suis répétée chaque fois que j’avais besoin de justifier mon inefficacité chronique, mon éternelle incapacité à aller au bout des choses. C’est la jeunesse, je me disais, ça passera, et alors je serai moi aussi complet. Je me la suis répétée même quand l’excuse de la jeunesse avait perdu de sa force : à vingt-cinq, à vingt-sept, à trente ans. Je me la répétais chaque fois que je voyais autour de moi des gens commencer à construire quelque chose, à franchir des étapes sans retour possible (les enfants, la vie à deux, le mariage, les emplois fixes, les prêts immobiliers). N’est-ce pas moi qui me trompe, je me demandais, ne sachant toujours pas quoi faire de ma vie ? La voix de Calvino me soufflait : “Parfois on se sent incomplet et on est tout simplement jeune.” Et sa douce autorité suffisait à me rassurer.

Aujourd’hui, je ne sais pas si elle suffit encore, alors qu’à l’âge avancé de trente-trois ans j’ai de nouveau renversé la table, après trois années pendant lesquelles je me suis appliqué à disputer une partie tout à fait honorable, allant même jusqu’à imaginer un avenir universitaire. Peut-être qu’à ce stade la jeunesse n’est plus une excuse suffisante. J’écris à mes amis. “Ce soir, on picole. J’arrête mon doctorat : ça s’arrose.” Les réponses arrivent presque instantanément. Où qu'ils soient, quoi qu'ils fassent, mes amis sont rivés à leur téléphone portable et ne laisseraient jamais passer une bonne occasion de boire.

"Plus de trente degrés ?" demande Franz.

"Clairement", je réponds.

"Bah, personne n'avait parié un euro sur la possibilité que tu le finisses", écrit le Maître.

"J'avais parié dix euros que tu laisserais tomber dès la première année", précise le Sarde.

"T'es un vrai loser".

"*Chapeau**", ajoute l'Avocat.

"Parfait. J'ai re-quitté mon boulot jeudi : on fêtera ça aussi", intervient Dario.

"Tu t'es cassé ou ils t'ont viré ? demande Franz. Sur ça aussi on avait parié."

Etc., etc.

La discussion se poursuit sans moi, car je préfère garder les détails pour ce soir, certain que sortir de scène en accusant mon ancien mentor de terrorisme rejoindra les autres anecdotes légendaires dont se nourrit notre amitié. Mais d'abord, j'ai une autre affaire à régler, qui me tient encore plus à cœur que l'abandon de mon doctorat.

J'écris à Letizia pour lui proposer un café. Elle me répond non, j'insiste et elle cède. Letizia est la première personne à qui je raconte cette histoire. C'est aussi celle qui, dans l'absolu, en sait le plus sur mon doctorat, sur Sella et Sacrosanti. Quand je lui parle de l'impensable épilogue, ça la passionne.

— Tu ne veux plus entendre parler de l'université, j'imagine ? elle demande.

— Je pense, oui.

— Eh bien, il était temps, au bout de quinze ans !

— J'ai suivi mon rythme.

— Mais dis-moi, c'est vrai, ce que tu viens de me raconter ? Je veux dire, tu en es sûr ? Le type risque d'aller en taule si tu as raison.

— J'en suis sûr à 85 %. Disons 80. Mais ça me semblait juste d'avancer cette hypothèse. De toute façon, il ne se passera rien. D'un point de vue pénal, il est impossible qu'ils rouvrent l'enquête parce que j'ai trouvé une signature dans un livre. Mais après ce qui est arrivé à Carlo, j'en voulais à Sacrosanti et je voulais l'emmerder. Ce qui est certain, c'est que dans le monde universitaire la rumeur va circuler, ce qui est déjà une victoire.

— Tu vas vraiment publier cet article dans une revue ?

— Non, c'est du bluff. Tu crois que Martesana déclarerait la guerre à Sacrosanti ? Ils jouent dans des équipes différentes, mais le championnat est le même. Ils se tapent joyeusement dessus quand ils parlent de littérature, mais ils ne bousillent pas la réputation de l'autre comme ça. C'était pour le provoquer.

— Je n'aurais jamais imaginé ça.

— Quoi ?

— Eh bien... Te voir si... féroce.

— Sacrosanti y réfléchira sûrement à deux fois avant de prendre un inconnu et pas un de ses étudiants d'origine contrôlée.

Elle rit. De son rire franc et ouvert, sans sous-entendu ni malice. Je la regarde et je ne peux m'empêcher de remarquer que, comme souvent, être célibataire rend plus beau. Je ne saurais dire exactement ce qui a changé, mais quelque chose est différent.

C'est peut-être simplement qu'elle s'est débarrassée d'un boulet.

— Tu es très belle, j'observe.

— L'herbe du voisin est toujours plus verte, elle répond simplement.

— Comment ça ?

— C'est une façon de parler.

— Tu veux dire qu'*il y a un voisin* ?

— C'est pas tes oignons.

— Je sais, ça va sans dire... Mais il y en a un ?

Elle soupire.

— Il n'y a pas de voisin. Je suis très bien comme ça. J'ai jamais été aussi bien.

— Écoute Letizia..., je me lance, prêt à dérouler le discours que je répète dans ma tête depuis un moment, préparé et fignolé encore mieux que le courriel à Sacrosanti.

Elle m'interrompt aussitôt.

— Non.

— Quoi, non ?

— N'essaie même pas.

— De faire quoi ?

— De me dire que tu regrettes et que tu veux qu'on réessaie.

— Pourquoi pas ?

— Commence par passer des mois de nuits blanches et de larmes. T'es là, t'as tout foutu en l'air, t'as besoin de quelqu'un à qui t'accrocher et être une personne à qui s'accrocher est ma vocation. C'est pas moi que tu veux, c'est quelqu'un qui serve à ça. Mais ça ne marche plus.

— Je n'ai jamais été aussi présent à moi-même, je t'assure. C'est peut-être la première fois que je sais ce que je veux et ce que je ne veux pas. Et la seule chose que je veux, c'est toi.

— Non, non et non, elle proteste, presque agressivement. Ça ne marche plus.

— Tu sais, moi aussi j'ai beaucoup souffert.

— À cause d'une autre !

— À cause de toi aussi.

— Va te faire foutre.

— Mais je n'ai plus aucun doute. Je suis lucide comme jamais.

— Bon, j'ai pilates à six heures. Salut, dit Letizia.

— Le cours de pilates peut commencer sans toi. Moi, je ne veux pas vivre sans toi.

— Tu vas devoir patienter.

— Pendant le cours de pilates ?

Elle secoue la tête.

— Je pars. Je vais faire un an de spécialisation aux États-Unis. À Chicago.

— Vraiment ? Comme dans *Urgences* ?

— Non. Je suis oncologue, pas urgentiste.

— Mais ça se passait à Chicago, non ?

— J'en sais rien, peut-être.

— Et si je partais avec toi ?

Soudain, partir avec elle aux États-Unis me semble être exactement ce dont j'ai besoin.

— Je te réponds ce que tu m'as répondu quand j'ai voulu venir à Paris avec toi : pas question. On doit vivre ces expériences-là seul, traverser les hauts et les bas.

— Je ne le pense plus.

— Moi, je le pense.

— Tu pars quand ?

— Lundi.

— Et tu me dis ça maintenant ?

— On se parle plus depuis des mois, Marcello. Depuis que...

— Ne dis rien, je l'interromps. Voilà ce qu'on va faire : je t'attendrai.

— Comme tu voudras. Mais un an, c'est long...

— C'est une menace ?

— Oui, je pense.

— Peut-être que je viendrai te voir.

— Je sais pas, dit-elle d'un ton ferme. Bon, j'y vais.

Mais elle est alors saisie par quelque chose qui ressemble à des scrupules.

— Qu'est-ce que tu vas faire ?

— Je ne sais pas. J'ai toute la vie devant moi.

— Tu as presque quarante ans, Marcello.

Je lève les bras en signe d'impuissance et elle secoue la tête comme pour chasser une pensée. Je pense que mon manque de perspectives la blesse intimement.

— OK. Salut.

Elle se lève et je la regarde s'éloigner. Quel imbécile j'ai été. J'appelle le serveur et je commande une grappa pour faire passer ce fiasco. Je rallume mon téléphone portable, la discussion WhatsApp a repris. Le Sarde a envoyé deux photos éloquentes, prises de son bureau, juste en face du café où j'étais avec Letizia. Sur la première photo, nous sommes elle et moi, et le commentaire dit : "Gori revient à la charge..." Sur la seconde, il n'y a plus que moi et le verre de grappa : "... mais le résultat était à prévoir."

Je ne réponds pas. Je m'arrête un instant pour regarder la deuxième photo qu'il a prise de moi. Si Letizia s'est épanouie durant ces mois de célibat, on ne peut malheureusement pas en dire autant de moi.

De ma vie, je n'ai jamais pris aucune décision importante de manière consciente. Ce qui a provoqué mes actions, c'est toujours une combinaison de hasard, d'inertie et d'abandon inconditionnel à des circonstances extérieures. Il en est allé de même avec mon doctorat. Pourtant, je dois dire qu'à un moment donné j'y ai cru, j'ai cru à la possibilité d'exploiter ce fatras de contingences qui s'offrait à moi afin d'en tirer quelque chose. J'ai essayé de jouer l'intellectuel, le type cosmopolite, un temps j'ai même eu l'impression de pouvoir être un révolutionnaire. Mais soyons sérieux : je ne suis pas un intellectuel et si, dans les années 1970, j'aurais pu faire partie d'un groupe armé mi-héroïque mi-comique, aujourd'hui cette possibilité n'existe tout simplement pas. Si, dans la province des années 1970, quelqu'un comme Tito Sella avait au moins eu la possibilité de participer à une pantomime tragique de la révolution, pour nous, provinciaux au tournant des années 2010 et 2020, même une telle pantomime serait trop demander. On répète souvent la phrase de Marx suivant laquelle les événements de l'histoire se produisent deux fois : la première comme tragédie et la seconde comme farce. C'est peut-être vrai à Milan ou à Paris ; mais en province, c'est différent : ici, l'histoire arrive déjà désamorcée, de sorte que la première fois est déjà une parodie (ou une *dark comedy*, une *fantasima*), et la deuxième n'est que velléités avortées. Et, les velléités avortées, je dois dire modestement que c'est moi tout craché.

Au bout du compte, je finis par comprendre que c'était vrai, je ne suis pas fait pour l'université ; il m'a donc fallu trois ans pour accepter enfin ce que tout le monde savait depuis toujours. La seule différence par rapport à il y a trois ans, c'est que j'ai perdu Letizia et une bonne partie des cheveux qui me restaient. Et, en conclusion, j'ai choisi de tout envoyer paître, en sachant que j'enterrais toute possibilité d'avenir. Je pense que c'est l'éthique que nous avons toujours respectée, chez moi : si une opportunité se présente, la seule chose honnête à faire est d'essayer de tout faire foirer le plus spectaculairement possible, de la transformer en anecdote à raconter au café, plutôt que d'en faire bon usage et de prendre le risque de réussir. Le fait d'avoir gagné n'aura jamais autant de valeur à nos yeux que celui d'avoir échoué en beauté.

J'ai cru pouvoir m'identifier à Tito Sella en m'improvisant intellectuel, révolutionnaire, voire écrivain, puis j'ai dû reconnaître que ce n'était pas possible. Ou plutôt, je me suis rendu compte que le Tito Sella auquel je voulais m'identifier n'existait sans doute pas. Et, d'une façon paradoxale, je suis devenu Tito Sella. Nous nous sommes tous deux lancés dans quelque chose qui nous dépassait et nous avons tous deux inévitablement capitulé. Tandis que les élus, les gagnants, les enfants des classes dominantes, ou même simplement ceux qui poussent afin de monter dans l'ascenseur social – les Barabbas, les Tea, les Pier Paolo – s'affirment et prospèrent dans un monde qui semble fait pour eux, les autres – les perdants, les naïfs, les irréalistes, les enfants des classes inférieures, les paumés : les Miro, les Carmine, les Emma, les Carlo – sont dépassés. Et puis il y a une troisième catégorie, peut-être la pire : c'est celle des non-alignés, des incertains, des dubitatifs, de ceux qui n'arrivent pas à se décider ou qui ne se décident qu'à moitié, de ceux qui voudraient être intègres mais n'en ont pas la force, qui font tout capoter au dernier moment parce que leur vocation n'est pas le triomphe mais la poursuite d'un fantasme, et qui, finalement, ne peuvent que regarder ou raconter. C'est à cette catégorie en suspens que Tito Sella et moi appartenons, il me semble.

Parfois on se sent jeune et on est tout simplement incomplet.

NOTE DE L'AUTEUR

Une partie de cette histoire se déroule dans le département d'études italiennes d'une université qui, pour des questions de narration, ne peut se trouver qu'à Pise. Je tiens cependant à préciser qu'il n'a rien à voir avec le vrai département, que je ne connais pas et qui, pour ce que j'en sais, pourrait tout à fait être le plus vertueux, le plus efficace et le plus méritocratique d'Europe. Si, toutefois, il devait y avoir des similitudes avec certaines personnes ou avec des faits qui se seraient produits dans un contexte comparable, j'en serais heureux, non parce que j'ai voulu faire le portrait de quelqu'un en particulier, mais parce que mon intention était de dépeindre un environnement certes fictif, mais pas irréaliste.

L'affaire Ravachol est le fruit de la fantaisie ; à ma connaissance, une telle bande armée n'a jamais existé et le massacre de Gombitelli n'a pas eu lieu. Mais si les personnages et le contexte sont imaginaires, je tiens à souligner que nombre des actions que ces personnages accomplissent et, surtout, des détails qui pourraient paraître les plus farfelus ou grotesques, renvoient à des opérations réelles qui se sont déroulées durant les années de plomb.

Il m'est impossible de signaler ici les innombrables dettes littéraires que ce roman a contractées ; je peux cependant dire que le dialogue entre Emma et Tito, aux pages 332-334, est influencé par un passage du roman *Les Invisibles. Le monde à l'envers* de Nanni Balestrini (P.O.L., 1992 et 2019) et que Sacrosanti a emprunté la phrase sur Proust, page 184, à *La Honte* d'Annie Ernaux (Gallimard, 1997).

Parmi les nombreuses personnes (bien réelles) qui ont contribué à rendre ce roman meilleur, je voudrais exprimer ma gratitude à Nicoletta, Andrea, Paolo, Vins, Francesca, Simona, Fabio et Zikika. Le premier à avoir cru dans ce livre sans être un membre de ma famille (de droit ou de fait) a été Marco Malvaldi, qui a permis sa publication chez Sellerio Editore et que je remercie du fond du cœur. C'est à Jacopo Dell'Omo que revient le mérite d'avoir remarqué de nombreuses incohérences et anachronismes, souligné des manques et surtout éliminé des parenthèses : si le livre est finalement bien meilleur que je ne l'aurais imaginé, c'est grâce à son travail minutieux et passionné, et à celui de Mattia Carratello.

Sarah a lu ce texte à pas moins de dix reprises, et chaque fois elle lui a donné une nouvelle vie, même pendant la période où elle était elle-même occupée à créer un être humain, qui a fini par prendre le prénom d'un des protagonistes du livre, confirmant la perméabilité entre la vie et la littérature. C'est pour cette raison et pour d'autres encore que *La récréation est finie* lui est dédié.

TABLE

Année 0 7
Année 1. *Les choses* 37
Année 2. *Les mots* 105
La Fantasima 185
Année 3. *Les fantômes* 323
Épilogue 427
Note de l'auteur 443

RÉALISATION : NORD COMPO À VILLENEUVE-D'ASCQ
IMPRIMERIE NORMANDIE ROTO IMPRESSION S.A.S. À LONRAI
DÉPÔT LÉGAL : AOÛT 2025. N° S68975/01 (2502471)
IMPRIMÉ EN FRANCE